女船王

天涯 旅人 著

宁波出版社

图书在版编目（CIP）数据

女船王 / 天涯, 旅人著 . — 宁波：宁波出版社，2016.6

ISBN 978-7-5526-1776-4

Ⅰ. ①女… Ⅱ. ①天… ②旅… Ⅲ. ①长篇小说—中国—当代 Ⅳ. ① I247.5

中国版本图书馆 CIP 数据核字（2016）第 127121 号

女船王

天涯　旅人　著

装帧设计	金字斋
责任编辑	卓挺亚　苗梁婕
责任校对	罗敏波
责任审读	张爱妮
出版发行	宁波出版社
	（宁波市甬江大道 1 号宁波书城 8 号楼 6 楼　邮编：315040）
印　　刷	浙江新华数码印务有限公司
开　　本	700mm×1000mm　1/16
印　　张	20.75
字　　数	276 千
版　　次	2016 年 6 月第 1 版
印　　次	2016 年 6 月第 1 次印刷
标准书号	ISBN 978-7-5526-1776-4
定　　价	45.00 元

版权所有，翻印必究

本书若有倒装缺页影响阅读，请与我社联系调换，联系电话：0574-87286804

民国二十三年,寒冬。

刺骨的北风以横扫大江南北之势,肆虐大地,冰封千里原野。即使在上海法租界最热闹的霞飞路上,也少有无事闲逛之人,能躲的都躲到屋里去了。这条种满了法国梧桐,长约四千米,被视为城市摩登源头的商业大街,在这个季节最没有诗意。叶已几乎落尽,偶有几片不肯凋零,也是孤单得很。

黄昏时分,环境幽雅的西餐厅开始接待客人。衣冠楚楚的绅士和珠光宝气的小姐,举止优雅地用刀叉在切六七分熟的牛排。灯光暧昧处,有火花闪烁,那小姐说话的语气越发嗲糯,似快溶化的糖,甜腻腻的。"侬介会讲闲话啦。"话音未落,一个媚眼飞过去,对面男子不由浑身燥热起来,忍不住松了松领带,"等息去大光明看电影阿好?美国新片。""好咯。"小姐羞答答地低下头,暗中却挺了挺腰肢,高耸的胸脯立刻就显山露水了,彼此心里都有了浪漫的期盼。

门外,身穿西式衣裙、短款大衣,头戴蛋壳帽的摩登女郎坐在黄包车上,下着薄丝袜、高跟鞋,招摇而过。旁边穿厚棉袄、缩着手还感觉冷的路人侧目而视,奇怪她怎就不冷呢,莫非女人是用特殊材料做成的?坐在汽车里的太太神情端庄,头发梳得一丝不乱,她要去天蟾舞台听梅兰芳的戏,这是她唯一的爱好。有衣着华丽的孩子跑进洋烟纸店,手里捏着2角洋钿,"老板,买一只纸杯冰激凌。"后面有年老的佣人跟着,唠叨:"少爷,

介冷天吃冰激凌,肚皮要痛煞咯。"

街上随处可见的名品店,非达官贵人不能进。这里的名品上市时间只比法国巴黎晚一个星期,几乎就是同步。舞厅、夜总会、电影院、戏院门口,摆夜摊的小商贩找各自的位置,开始一天的营生。黄包车夫双脚不停地奔波着,挣点微薄的工钿来养家糊口,没有生意的时候,就抬头盯着巨幅海报上那些貌美如花的大明星看,嘴里啧啧响着,又摇摇头,自言自语,谁也没听清他们到底在说些什么。在他们眼里,她们是天上的月亮,跟自己没有半点关系,哪个老板在捧哪个角的新闻就听听过。当然,他们也不可能住在这片繁华之地,等曲终人散,挑担的,拉车的,悄悄回到这座城市的"下只角",推开某一扇破旧的门,疲惫地躺下。

不要说这些最底层的民众,一般人家想进入法租界也很难。霞飞路西,是一片具有异域风情的高档住宅区,用砖头和石块建造的洋房群。这些房屋在造之前,设计图纸必须经过法租界公董局工程师核准。任何情况下,这里都不允许出现用木材或土墙建造的简陋房屋。

郑公馆,是其中的一处私家花园洋房。

此时的郑公馆弥漫着抑制不住的喜气,门楣上方红灯笼高悬,平时紧闭的铁门洞开,家仆分立两旁,彬彬有礼地迎接各路宾客。

走进去就是花园,一条汽车专用道直达车库。园内小桥流水亭台楼阁,虽是寒冬腊月,但墙角仍有一树红梅盛开,三两乔木常绿,更有芭蕉、修竹亭立,一汪水池中鱼儿嬉戏,顿时减去几分季节的萧瑟感。穿过园中用鹅卵石铺就的曲径小道,前方左右出现一溜厢房,供雇佣人员居住。中间是一幢小楼,里面有宽敞的大小花厅、客房、餐厅,是主人招待客人吃住玩的地方。再走进去,又是一个小花园,一道围墙分隔前后两院,穿过圆月形的院门,后面别有洞天,这是主人居住的地方。各具特色的一主两副三幢小楼,每幢楼三层高,六间屋面宽,四周自然也是花木扶疏,别有情致。

此时院内彩灯萦绕,似繁星闪烁,再加上结伴而来的宾客,穿梭忙碌的家仆,热闹非凡。

后院一幢小楼的卧室里,郑家少奶奶郑李氏正站在卧室的镜子前,打量自己。精致的五官,年轻娇美的脸庞,看不出已是三个孩子的母亲。一身湖蓝色羊毛呢长旗袍衬出凹凸的身材,黑色的高跟鞋为个子娇小的她增添了几分亭亭玉立的风韵。天气冷,她又在旗袍里加了一条紧身窄腿裤,外披浅灰色貂毛披肩,长发被挽成一个光滑的发髻,插一根带坠子的玉簪,气质古典高雅。她的眼睛明亮有神,丈夫文章常说她眼角眉梢带着天生的妩媚,只要一笑就让人沉醉。

看时候不早了,郑李氏款款下楼,今天是公公郑丰裕的七十大寿,这场寿宴,家里早在两个月前就已经开始准备。公公白手起家,十五岁从宁波乡下到上海一家酒坊当学徒,学徒期满又去当水手,风里来雨里去,赚的都是辛苦钱。有点积蓄后,开洋货行,又开加工厂,后又投身航运业,从一艘二手旧拖轮开始,一步步积累,拥有了自己的船队、码头等产业,成就了今日的郑家,非常不易。原本按丈夫的意思是去大酒店宴请亲朋好友,可公公觉得眼下不太平,还是低调些好,就在家里小范围请客,小辈们也就随老人的意了。

走出小院的门,一阵风吹过来,郑李氏不禁打了一个寒战。抬头望一眼天空,灰蒙蒙的,晚上怕是要下雪了。她想起丈夫早上出门时忘了穿大衣,怕要冻着了。是自己疏忽,下次记得提醒他。想起丈夫,郑李氏的脸上不禁浮起甜蜜的笑容。自从十六岁嫁进郑公馆,比她年长一轮的丈夫始终对她宠爱有加,让她庆幸自己嫁对了人。

先去向公公请安问好,等丈夫到家,宴席就可以开始了。郑李氏拉了拉披肩的流苏,拐个弯,向前院的花厅走去……

— 1 —

郑丰裕在小花厅的客房休息。

屋里烧着火盆,这室温很容易让人犯困。趁宴席还没有正式开始,他让下人阿朱扶着去床上躺会儿,闭目养神。最近也不知怎么回事,郑丰裕总会想起过去的那些事,可能是老了吧,他想,也就剩下这点回忆。

睡意袭来,郑丰裕渐渐进入梦乡。

梦中的村庄,依然是当年离开时的模样。身穿干净旧衣衫的十五岁少年,瘦弱的肩膀上挎着一只布包袱,在村口苦楝树下跪别爹娘。爹娘千叮咛,万嘱咐,盼着儿将来能出人头地,光宗耀祖回故里。

从宁波三江口出发,去陌生的上海讨生活,这心情跟颠簸的船只一样,七上八下。幸好身边还有同族的大哥郑利来同行,少年心里不至于太过彷徨。

即使在梦中,郑丰裕仍清楚地记得自己第一次踏上上海这块土地的情景。金发碧眼的洋人,坐在独轮车上的小脚女人,气派的高楼,喧闹的市井,果然是十里洋场,他的头无缘无故地晕了起来。

哪里飘来这熟悉的酒香味?

郑丰裕很想努力睁开眼睛看看,可眼皮太沉重,实在睁不开,他再一

次坠入梦境。他看到两个自己,一个年老的和一个年轻的,他们坐在一起拉家常,很熟悉的样子。

对,也是这样的酒香。我想起来了,这是"涌香"酒坊"奇香酒"的香味,谁若不小心打碎了酒坛,那可真是飘香十里地。阿哥说,以后就在这里当学徒,签了字画好押,我就要在这里干六年的活。三年学徒期,没有工钱,每月只有少量剃头洗澡费。学徒期满后还要帮东家做三年工,那就有工钱了,年底还有鞋帽费。学徒违反店规时,掌柜有权随时解雇,而学徒却不能提前离开,除非有极其特殊的原因。那时候年轻,再苦也不觉得累,虽说每天从早忙到晚,但比起在乡下连饭都吃不饱的日子,我已经很心满意足了。

你问生意是怎么做的?去码头卖酒和下酒菜。别小瞧了,那也是一门学问。记得我第一次出去做买卖,天还没有亮,就挑着担子去十六铺码头。两只竹箩筐里各装一坛酒,还有下酒菜、小碗啥的。担子很沉,挑着走步子有点抖。怕打碎,这一路走得非常小心。等走到码头,早已是满头大汗。码头上做各种小生意的人真多,有的拎个篮子,装着刚煮好的玉米,流动叫卖。有的找个不碍事的位置,生一炉火,炉上放一铁锅,支起一张小桌子,几条小板凳,点心摊就开张了。还有蹲在路边,地上铺一块看不清颜色的布,布上摆放一些劣质的珠花、手工的绣花鞋等物品,天知道这些东西有没有人要。还有跟我一样卖酒和下酒菜的,你看我,我看你,各想各的招。大家都盼着外国轮船到,那样才会有生意。你想想,船上的人在海上漂了多日,好不容易回到岸上,不花点钱都对不住自己。所以只要有外国轮船靠岸,码头就像一锅煮开的粥,热闹得不得了。下船的、卸货的、交易的,全挤在一起。怎么办?别急,我有办法。打开酒坛子的盖,用竹提子舀半碗"奇香酒"出来,放在简易小桌上。此招非常有效,奇异的酒香味吸引了过往的路人,大家都停下脚步,掏出钱买酒喝。而那些用酒糟糟过的肉和鱼,以及花生米、猪耳朵之类的下酒菜也跟着畅销起来。

这个时候,有几个身材魁梧、手脚长毛的洋水手挤了过来,他们嘴里叽里呱啦地说着什么。反正我也听不懂,猜他们是想买酒,就指了指酒坛,用手比画着,打哑谜。洋水手朝我点头,我就根据他们的人数舀了几碗酒,那些人拿起就喝。一碗不够,再来一碗。喝完竖起大拇指叽里咕噜几句,其中一个从口袋里掏出一枚大洋丢在我面前。一碗酒也就几文钱,这几碗酒卖出了好价格,我心里高兴。等酒菜卖完回到酒坊,把钱一文不少地交给东家。东家一数,马上问我这生意是咋做的,我就老老实实跟他讲了。东家很满意,表扬我脑子灵光。从那以后我就专门负责去码头卖酒菜,生意很好,有时候一天要跑两三趟,把我那个东家高兴得嘴巴像敲木鱼。我这个人做账从来都清清爽爽,没一笔糊涂账。酒坊生意也越来越好,回头客多,常常一开口就是来两坛老酒,然后报上地址,付好钱,让我们把酒送到指定地方去。

对我来说,最难的就是跟洋水手语言不通,交流有障碍,但时间长了混了个脸熟,用手比画着也能明白个大概。当然,中国水手还是占大多数,我喜欢听他们讲各地的风土人情。当水手,钱赚得多,但危险,比我在酒坊当学徒辛苦多了。

我跟你说实话,其实那时我就在想,啥时候我也能有一艘自己的船就好了。不跑远的,就跑上海到宁波这条线,也应该有钱赚。后来我又去南市夜校学外国话,交学费钱不够,还是问掌柜借的。听不懂就在英语旁边注上中文,死记硬背,连走路都在默念单词。我还专门去买了一本《英话注解》,这也是上海出的第一种"洋泾浜英语"手册。白天做买卖时,看到洋人,我就大着胆子用英语跟他们交流。虽然很生硬、蹩脚,但说多了慢慢就熟练起来,有了自信。

六年后,我离开酒坊到"达利"轮上去当伙计。这船跑的是国内南北航线,运货的,包吃住,工钱比在酒坊要高得多,船家也同意船员带点私货去卖。这样每次运送货物,我都会带点大上海新奇的东西去当地,比如雪花膏、香粉、头油之类,最受太太小姐们喜欢。那边有专门的商贩收购这

些玩意儿,他们就等在码头,一手交钱一手交货,交易方便。返程时又把当地的特产带回来,一来一去,收入还是不错的。

你问有没有危险?当然有。我记得有一次特别惊险,差点就回不来了。夏天,在海上遇到雷暴天气,海面上那个浪大得吓人,一浪接着一浪打过来,凶狠得不得了。"达利"号被打得晕头转向,感觉船都要散架了。船上的人个个心惊胆战,脸色惨白,吐得苦水都出来了,拼命求菩萨保佑。我怕啊,怕就这样死了,太不值得。那时候只要能活命,什么事都愿意干。谢天谢地,后来雷暴总算过了,大家也松了一口气。这件事对我影响很大,我想还是上岸安稳些。我去找利来阿哥商量,他觉得我懂外国话,开洋货行不错。我听了他的建议,钱不够,他就介绍了一个叫乔云的朋友入股,我们合伙开。

你说合伙生意有利有弊?没错,想法不一样。有一次有个外国人带了一批丝绸次品到我们洋行,想卖给我们。乔云的意思是将次品按正品出售,利润可观。我坚决不同意,次品就是次品,怎么可以按正品卖?这不是自砸招牌吗?最后,这批货我们是要的,但按次品的价出售,顾客也乐得实惠。

后来乔云撤资了,单干去了。这样也好,我想怎么经营就全按自己的思路。赚了点钱后,我就想着是扩大洋货行业务呢还是另外去投资。为了领市面,我有空就去茶馆坐坐,了解到一个信息,市场上生产拖轮用的零配件需求大,投资成本又不高,于是就决定办厂。

我的海通铁工厂生意很红火,原因简单啊,产品质量好,价格又比同类产品略微低些。刚开始人家厂家也不信任,我就让他们先试用后付款。等取得信任后,就要先付款后发货了。

说起搞航运,还要感谢我那位大哥,是他提醒我,说做生意要学会"借鸡生蛋"。有十元钱的时候敢做一百元的生意,有一百元要做一千元的,有一千元做一万元,这样才能赚到钱。当然,眼光要准,看不准就会把老本也亏进去。我当时就是问钱庄贷了一部分款,买了一艘旧拖轮开始跑业务。

人这一辈子很短暂,你看看,我现在都老得走不动了。话也特别多,你没听烦吗?没有?没有就好。

"爷爷,爷爷。"

正在梦中唠叨得起劲的郑丰裕被惊醒了,睁开眼睛一看,是大孙子郑鹏站在床前叫他。郑鹏是个眉目清秀的年轻人,中等个子,穿一身黑色西服,配白衬衣,黑马甲,系一条枣红色带细花的领带。他长得比较"奶油",乌黑油亮的头发齐齐地往后梳,皮肤很白,鼻翼上有几粒淡淡的雀斑,嘴唇薄而红,一笑就露出一副好牙齿。

"阿鹏,客人都齐了?"郑丰裕转过头,慢慢挪动身子,十年前因中风,落了个偏瘫,行动不是很方便。

郑鹏忙扶爷爷起来:"没差几个了,母亲叫我请您去花厅。"

站在门口的阿朱闻声进来,伺候郑丰裕换上崭新的长袍马褂,等洗漱完毕,又送上温热的参汤。郑丰裕接过,喝了几口,清了清嗓子,问郑鹏:"你叔父回来没有?"

"方才还不见叔父回来。"郑鹏推来轮椅,和阿朱一起,扶着郑丰裕坐好,又给他戴上帽子,推到花厅去。

郑丰裕刚在太师椅上坐好,管家郑伯引着几位贵宾进来,又转身离开。

"丰裕兄大喜大喜。"

"同喜同喜,快快请坐。"

来者是郑丰裕多年的老朋友董文武、孙茂盛、秦师喻和汪国栋,这四人都是宁波帮里的大佬。今天郑老爷子七十大寿,他们相约前来祝贺。郑鹏走上前,很有礼貌地问候各位长辈。阿朱赶紧捧上好茶。

"丰裕兄,长孙一表人才,好福气。"头发花白的董文武把自己塞进红木椅子,笑着说。郑鹏悄悄瞄了一眼董文武,见他肥头大耳,一双浓眉不怒自威。让人感觉好玩的是,董老爷子的黑眉里又抽出几根白色的长眉

毛,倒是减了三分威严。

"你也一样,儿孙满堂。到我们这把年纪,只要他们好,也就心满意足了。"郑丰裕笑着对董文武说,抬头看了一眼郑鹏,对这个长孙他是既满意又不满意。说满意,是这孩子天性善良,对长辈也很孝顺;不满意的是他性格过于优柔寡断,不够果断,若要其肩挑重任,还需要好好磨炼。幸好小儿子文章正值盛年,也有能力,这让他很是欣慰。

"是啊,一晃我们就老了。丰裕兄,当年我们可是前脚后跟到上海来学做生意。闭上眼睛,过去的那些事情都在眼面前。"董文武感叹道。他比郑丰裕小两岁,也是从学徒做起。由于头脑活络,得东家赏识,很快就成为跑街,又当过买办。他的胆子很大,不按常理出牌,不像郑丰裕那么老老实实做生意,经常会打打擦边球。这几十年下来,早已成为富甲一方的大老板、工商巨子,还担任了上海总商会副会长之职,是上海滩的风云人物。

"丰裕兄有佳儿贤孙,事业后继有人,可喜可贺。"甬明银行董事长兼总经理孙茂盛笑着接过话头。

"茂盛,你怎么又瘦了?是不是最近事情太多?"郑丰裕打量着孙茂盛,关心地问。

"睡不好啊,我怕这仗要打起来,金融动荡,后果不堪设想。"孙茂盛用手指挺了挺鼻梁上的黑框眼镜,无奈地摇着头。瘦高身材的他,身子看起来很单薄,神情带着疲惫,若仔细看,还能发现他那双小眼睛里带着血丝。

"再怎么样,身体还是要注意,你看我,想出去走走都不方便。"郑丰裕用手拍了拍半边麻木的腿,一脸的遗憾。

"那是那是。"孙茂盛点头表示赞同。

孙茂盛虽比郑丰裕小了整整一轮,但并不妨碍二人成为至交好友。孙茂盛年轻的时候,曾因气盛,无意中得罪黑帮,遭人追杀,是郑丰裕出面,帮他调解此事。孙茂盛一直心存感激,两人走得要比其他几位更亲近些。他本人也是个商业奇才,从事金融业,擅长投资,上海好几家知名钱庄以及工厂均有他的股份。他还办保险公司,投资上海、苏州、宁波等地的银行、电气厂、轮船公司、国药号、煤矿等项目,是上海滩著名的大富豪之一。其中,甬明银行是孙茂盛和董文武等宁波老乡一起合资创办的。

"我跟孙兄一样,也怕打起来。"戴着一副金边方框眼镜,大圆脸的宁波旅沪同乡会副会长秦师喻说。屋里温度高,镜片上起了雾气,他取下来用镜布擦了擦。郑鹏看到他的眼珠有点突出来,可能是眼镜戴久了的缘故,不由下意识地摸了一下自己的脸。

秦师喻重新戴上眼镜,自嘲道:"现在没了眼镜就跟瞎子一样,啥也看不清。"他比孙茂盛还要小几岁,也是从事金融业,在上海钱业,两人的名气不相上下。

"你这年纪还不算大,我们才老眼昏花。"董文武感觉有点热,解开了上衣的一粒扣子,扭了扭脖子说。

"都一样。"秦师喻把头转向郑丰裕,笑着说,"还是丰裕兄好,诸事不用操心,虽说现在兵荒马乱,但兴盛公司的发展大家有目共睹,文章是青出于蓝而胜于蓝,不简单。"

"丰裕兄是上海滩航运业的一只鼎,兴盛一直是我们的榜样。"身材魁梧,顶着一颗聪明绝顶脑袋、一对引人注目招风耳的汪国栋附和道。他刚过六十岁,说话声音洪亮,中气很足。平时又很会保养,一张马脸油光发亮,看起来比实际年龄年轻。他的富盛公司主营航运,此外还有大量的矿产、房地产等实业投资。

"国栋老弟,你此话过谦了。"董文武端起茶杯,轻轻吹了吹,喝一口,发表不同意见。

"就是,国栋老弟,你的富盛公司早已走在我们兴盛前面了。"郑丰裕连忙摆手,客气地说。

"不分伯仲。"秦师喻打趣道。

"还是兴盛更胜一筹。"汪国栋摸着刮得泛青的下巴,一脸谦虚。

"一个好汉三个帮,犬子能撑得起这艘船,全靠诸位叔伯兄弟帮衬。"郑丰裕笑着说,"等会儿开席,让他好好敬各位几杯酒。"

众人点头笑言:"今天一定要一醉方休。"

"怎么,文章不在家?"孙茂盛这才想起没有看到郑文章,忙问。

"他还在公司,说会早点回来。"郑丰裕不满地说,"你们看看都这个时候了,还不见踪影,做事也没个轻重缓急。家里来了这么多客人,也不早点回来陪。"

"没事没事,都是老朋友,不必客气。"董文武笑着说。

聊了会儿轻松话题,大家又谈论起时局,不免忧心忡忡。九一八事变后,上海的企业家们并没有置身事外,而是积极做出反应。其实在事变之前,面对汹涌暗潮,每个人都在用自己的行动做选择。郑丰裕这些年因行动不便,很少出门,可每天必看报纸,再加上时常与儿子交流,消息并不闭塞。

"我记得那年日本军方在朝鲜煽起排华反华浪潮,文武兄弟在上海组织反日援侨委员会,公开发表演说,痛斥日军暴行,还宣布不与日本人做生意,这可不是每个人都能做到的。"郑丰裕朝董文武竖起了大拇指。

"我们虽是商人,但大是大非还是要分得清。"董文武神情严肃地说,"这是底线。"

"在这方面我们宁波同乡会的各位同仁还是做得不错的,九一八后,马上分两次召开了各同乡会抗日救国联席会,成立了旅沪各地同乡会团体抗日救国会,还组织了义勇军,又筹集救国储金,对日经济绝交,还发表宣言,唤起社会各界救亡图存之心。"秦师喻感慨地说,"我记得那次的抗日救国大会有二十万人参加,民众抗日热情高涨,在大会上通过了十三项抗日主张。"

"对啊,我记得你们还汇款给在黑龙江孤军奋战的马占山。"郑丰裕回忆道。

"捐款这类事太多了,非常时期,该我们承担和不该由我们承担的都承担了。在座的几位都曾参与发起上海银行界、实业界的'上海地方维持会',维持社会经济秩序,开展救济难民、支援前线等活动,所做的贡献有目共睹。"汪国栋在表扬别人的同时,把自己也表扬了一番。

"是啊,我虽不出门,但报纸是天天看的,各位兄弟所做的事那可不是一般的小事。"郑丰裕敬佩地说。

"文章也一样,每次募捐,无不积极参与。"孙茂盛笑着说。

"那是应该的,不值得一提。"郑丰裕摇摇头,"跟诸位叔伯比起来,他还差远了。"

"不过我认为抗日有多种形式,我们做实业,尽量不要去硬碰硬,可以迂回。其实日本人也不想跟我们撕破脸皮,毕竟那样对双方都没什么好处。"汪国栋沉吟道。

"确实要讲究点策略,但该强硬的地方一定要强硬,不然你退一寸,他要进一尺。"董文武说话时脸上的那几根白眉毛就跟着颤动起来,看得郑鹏忍不住想笑,倒忽略了他说的话。

"说的也是。"众人声音高低不一地表示了赞同。

"怕只怕以后的日子会更难过。"郑丰裕叹气道。

"我现在最担心的还是金融。近年来,内乱频频,无论钱庄、银行,若陷入军事区域,风险实在太大。"孙茂盛眉头紧锁。现在很多地方时不时发生银行挤兑风潮,老百姓犹如惊弓之鸟,一有风吹草动就马上万分紧张,甬明银行也曾发生过一连几日取款额超过总存款额一半的事件,他因此一夜愁白了头。幸好后来董文武想办法,出面找上海滩的一些大佬帮忙,才算平息了那场风波。不过至今想起,仍心有余悸。

"这是个大问题,南市向来为钱庄业发源之处,可眼下钱庄却有减少的趋势。很多同业,为了避免风险,都迁往了北市。"说到现状,秦师喻坐不住了,身处这个行业的一线,最能感知这里面的寒意。

"这局势我看对航运业倒是一个商机。"汪国栋分析道,"如果中日这场仗真的打起来,想离开上海的人必定很多,而物资也会很紧张,一切运

作,少不了航运这条线。只要抓住时机,这生意还是可以做。"

郑丰裕却摇摇头,"就怕真到那个时候,不是你想怎样就能怎样,风云变化莫测。"

一时,众人都陷入沉思中。

花厅,虚掩的门被推开。

两个活泼可爱的男孩跑了进来,后面跟着一个长相俊俏的女孩。孩子们像小鸟一样欢叫着"爷爷",扑到郑丰裕怀里。

屋里凝滞的空气一下子就活了起来。

郑丰裕眉开眼笑,摸摸这个的头,又捏捏那个的小脸蛋,然后指着在座的客人,让孩子们问好。

"爷爷们好!"三个孩子异口同声地叫道。

"真快,文章的孩子都这么大了。"董文武感慨道。

"是啊,你说我们能不老吗?"郑丰裕的眼睛里是满满的慈爱。

"自然规律。"汪国栋点着头说。

"告诉爷爷,你们叫什么名字?几岁了?"孙茂盛笑眯眯地问道。

"我叫郑诗韵,十三岁。"

"我叫郑程,十一岁。"

"还有我,还有我,我叫郑万,九岁。"

"哈哈,好名字。丰裕兄,你再添个孙子,合起来就是'鹏程万里'了。"孙茂盛拍着双手,大声叫好。

"我也这么想,多子多福。"郑丰裕笑着回答,接着又用带着命令的口吻对郑鹏说,"你年纪也不小了,过完年让你娘给你订门亲事,我还等着当太阿爷呢。"

郑鹏被爷爷说得不好意思起来,连忙找理由解释:"爷爷,我现在一事无成,还不想这么早成家。"

两个弟弟朝大哥扮鬼脸,欢乐地起哄:"大哥要娶新娘子啰!"

门外,传来轻轻的敲门声。

阿朱上前开门,见是郑李氏,叫了一声"少奶奶"。

郑李氏见两个宝贝儿子在调皮,轻声吩咐女儿诗韵带弟弟们去另外的房间,自己款款走到郑丰裕面前,恭敬地叫了一声"爹",又向在座的各位长辈道了万福。在座的几位都认得这是郑文章的太太,就笑眯眯地朝她点头。

"文章有电话打来吗?何时能到?"郑丰裕威严地扫了一眼小儿媳妇,问道。

"早上曾说会早点回来,"郑李氏心里也急,嘴上只能安慰公公,"应该已在回来的路上。"

"你去打个电话,看他出发没有。"郑丰裕皱了皱眉头。

"是,爹。"郑李氏遵命而去。

兴盛航业公司大楼,郑文章背着双手站在写字间窗前,看外面阴沉的天。人到中年,他的身材开始发福,不过穿西装还是很有派头。一副金边眼镜,棱角分明的五官,让他身上有一股干净儒雅的气质。妻子经常开玩笑说他不像个做生意的,倒似读书人,只是平时太严肃,让人不敢轻易接近。

想到妻子,郑文章的神情柔和了许多。等忙完父亲的寿宴,就要准备过年的事情,今年他计划带妻儿回宁波,去看望岳父岳母,回老家祭祖。也不知道什么原因,近年来他一直被一种莫名的不安感纠缠着,最近这感觉尤其强烈,害得他晚上要么失眠,要么做噩梦,惊醒过来一身的冷汗,也许是跟眼下变化莫测的时局有关。兴盛公司的规模在上海滩不算小,仅海迪达造船厂就拥有多座船台、船坞、拖轮、驳轮、挖泥船及造船的各种机械、设备等,有四百多个工人。公司还有拥有七艘大型轮船、十六条小轮船的船队。这可是父亲苦心经营几十年的结果,也凝结了自己和大哥多年的心血。没有背景和靠山,这么大一份产业,很容易成为砧板上的肥肉,惹人垂涎三尺,无论如何得想个万全之策才行。

怎么办?郑文章的眉头拧成了一个结。虽然他们一家人都住在法租

界,眼下还算安全,但从每天发生在上海滩的各类刑事案件来看,谁都可能成为下一个被"猎杀"的目标。更让他不安的是,前段时间,他收到日本海军俱乐部送来的商业酒会请束,他想都没想就丢在一边,心里只是纳闷,日本人怎会邀请他去参加酒会?似乎没有理由。就这样日夜思虑,他食不知味,夜不成寐。偏这心事又不能跟家里人讲,怕父亲和妻子担心,只好自己处处小心谨慎。只怕是明枪易躲,暗箭难防,但愿这一切只是一场虚惊。

看天色,今晚要下雪,该回家了。郑文章想到今天是父亲七十大寿,家里恐怕早已宾客盈门。可惜母亲去世得太早,而大哥又在几年前的一次海难中失踪,郑公馆已经很长时间没有热闹过了。这次给父亲办寿宴,就是想让大家开心点,特别是父亲,让他高兴高兴。不去想那些烦心事,郑文章拿起包,锁上写字间的门,匆匆下楼。

司机阿虎早就在外面候着,看到少爷出来,连忙拉开车门。等郑文章坐好,他发动汽车,朝郑公馆驶去。

郑李氏回到小楼,刚从客厅走出来的吴妈一见她就说:"小姐,刚才有电话铃响,我去接又挂断了。"

吴妈习惯喊郑李氏"小姐",这么多年还是改不了口。她是郑李氏从娘家带来的贴身女佣,长得清清爽爽,为人又温和,深得郑李氏信任。当年郑李氏的母亲担心宝贝女儿年纪小,又远在上海不适应,就让吴妈跟着来。这一来,就再也没有离开。现在也是五十出头的人,不过手脚还很麻利。两个人名为主仆,感情跟母女差不多,郑李氏平时也不让她做什么,有空就管管这小楼里几个年轻的佣人。吴妈闲不住,帮着照顾两位小少爷。

"一定是文章打来的。"郑李氏高兴地说。她快步走进自己的房间,拨通丈夫写字间的电话,没有人接。她想丈夫一定已经在回家的路上了,于是放下电话筒,前去回禀公公。

郑丰裕听郑李氏说儿子已在回家路上,就让她去通知厨房,准备开席。走到半道,郑李氏看到丈夫的好友林景生带着姨太太李淑慧提着礼物过来,忙热情招呼。

"弟妹,伯父在哪?"林景生是安徽人,比郑文章年长一岁,在上海做桐油和粮食生意。他瘦高个,八字眉,虽是男人却长着一双桃花眼,只是眼袋有点重,添了几分老态。只见他一身深蓝西装,脚上是擦得锃亮的黑皮鞋,戴一顶深蓝色礼帽,手指上套着一只厚重的黄金方戒。

"我带你们去。淑慧妹妹久未曾来,可安好?"郑李氏边说边转身引路。

"我平常也就搓搓麻将,听听戏。"李淑慧个头和郑李氏差不多,都属娇小型,不过她比郑李氏丰满。她烫着披肩卷发,描成弯月似的两道眉毛,一双丹凤眼似笑非笑,口红是鲜艳的红,珍珠耳环、项链、手链,手指上戴着钻戒;尖尖的高跟鞋配上裁剪合身的法兰绒旗袍,更衬得她身材凹凸有致;外套一件长款的裘皮大衣,很是雍容华贵。

"以后有空常来。"郑李氏语气真诚,听不出有半分客套。

李淑慧点点头。其实她很喜欢来郑公馆,特别是看到郑程和郑万两个虎头虎脑的男孩,总想去亲亲他们。只是每次看到孩子,她心里会有隐约的痛,恨自己肚皮不争气,生不出一男半女,替丈夫传宗接代。她觉得这是老天爷对一个女人最大的惩罚。不过她知足常乐,想自己十二岁被一位跑江湖的亲戚从四川老家带到上海,送进一个专门培训"小先生"的地方,学琴棋书画。二十岁那年遇到林景生,他见她温顺听话,就拿出一笔钱给她那位亲戚,把她带进了林公馆。由于大太太林叶氏长年在老家侍奉公婆,抚养女儿,李淑慧虽是姨太太身份,但在林公馆,她就是女主人。

郑李氏把林景生和李淑慧带到花厅,自己去了厨房。

郑公馆有大厨房,每房又备有小厨房,像今天这样的寿宴,大小厨房早早一起开动。郑李氏先到小厨房察看,准备工作已妥当,然后又来到大厨房,见嫂子郑安氏正在检查晚上的菜品。

郑安氏是个富态的中年妇女,慈眉善目,上穿淡蓝色短棉袄,下着深蓝色长裙,深色绣花鞋,手腕上缠一串佛珠。见郑李氏过来,就问开席时

间定了没有。

"差不多了,爹吩咐厨房做好准备。"郑李氏估计着时间说。

郑安氏吩咐下人们先把冷菜端上桌。天气冷,她特意让厨房备了暖锅,吃了热乎。

郑李氏对嫂子一向尊重,尤其是大哥遭遇不幸后,看嫂子整日以泪洗面,一直给予劝慰。后来郑安氏信了佛,又吃素,就单独开伙,家里的事也不再管,由郑李氏全权处理。不过有什么事情,郑李氏总不忘知会嫂子一声。平时,妯娌俩关系和睦。

"文章还没回来?"郑安氏关心地问。

"他也该到了。"郑李氏朝厨房外看了看,让这么多客人等丈夫一个人,她心里实在过意不去。

"那我们去给爹回个话。"

"好。"

"文章到了吗?"郑丰裕见两个儿媳妇进来,看了一眼摆在桌上的西洋钟,五点多了,客人们都等得有点不耐烦了。

"爹,我马上派人去看。"郑李氏一听丈夫还没有到,也不由着了急,忙出去找人。刚走出花厅,高跟鞋竟莫名其妙地崴了一下,差点扭到脚,郑李氏的心里浮起一种不安感。最近丈夫常常面带愁容,长吁短叹,问他有什么烦心事,他又不说,实在被问急了,就轻描淡写来一句,生意难做,不太平。她就安慰他,生意不好做就少做一点,只要一家人在一起,平平安安就好。丈夫长叹一声,说覆巢之下安有完卵,说完,就是长久的沉默,把她的心情也搞得沉重起来。见她担心,丈夫又反过来劝她别想太多,不管什么事,有他在就不怕。算算时间,这个时候丈夫无论如何该到家了,为什么到现在还不见人影?会不会出什么事?这个念头一闪过,郑李氏被自己吓了一跳。

郑李氏想起十年前的那个午后,郑公馆装饰一新,为公公举办六十大寿。正当大家举杯庆贺时,突然从外面跑进来一个人,气喘吁吁地叫喊着:"不好了,不好了!"

她记得当时管家郑伯一把拉住那个人,呵斥他:"大喜日子,慌慌张张干什么?!"

"老……老爷,不好了,船……船队出事了。"

老爷子闻听此言,猛地站起来,晃了晃,焦急地问道:"快说,怎么回事?"

"老爷,刚得到消息,说我们船队……船队在海上,全军覆没了。"来人结结巴巴地说着,一边不停擦着额头上的汗。

在场所有人都被这个惊天的噩耗震住了。

这时,只听到碗掉在地上的清脆声音。再看,公公已口舌歪斜,浑身颤抖着说不出话来,被丈夫一把抱住。

随后,大家七手八脚地把老爷子送到了医院,结果是中风。谁知道那竟是个误传的消息,几个月后,郑家船队回来,还大赚了一笔,病床上的公公闻听后又哭又笑。从那以后,公司的事就交给了丈夫和大哥。值得庆幸的是,经过精心治疗和照顾,公公恢复得不错。没想到,三年后,郑家又来了一场灾难。大哥押送一批货,在海上遇风浪,其他的船只没出事,偏他的那艘船翻了,连人带货都沉入海底,不知所踪。公公再次病倒,费了好大的周折,总算慢慢恢复元气,千斤重担都落在丈夫一个人身上。他现在可是郑家的顶梁柱,若有一丝一毫的闪失……想到这里,郑李氏不由加快了脚步。

天已经黑了下来,飘起了零星的雪花,郑李氏走到大门口,对守门的阿龙说:"你速去看看,少爷的汽车会不会途中抛锚了?"

"是,少奶奶。"阿龙答应一声,马上就跑了出去。

时间在一分一秒地过去,雪花从零星到密集,纷纷扬扬。郑李氏看着越下越大的雪,感觉自己那颗心在狂奔乱跳,似要蹦出胸腔。她又双眼紧紧盯着门外,竖起耳朵,深怕漏掉了汽车开来的声音。

郑鹏小跑着过来问:"姊姊,叔叔来了没有?爷爷和客人等急了。"

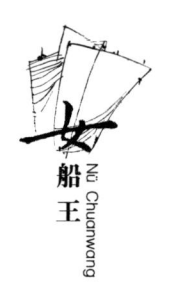

郑李氏摇摇头说:"我已让阿龙过去看了,叫爷爷别等了。"

"是,婶婶,你也别太急,叔叔可能有急事耽搁了。外面冷,你还是回屋等吧!"郑鹏见婶婶一脸焦虑,安慰道。

"我再等等,说不定一会儿你叔叔就回来了。"郑李氏朝门外张望,没有车也没有人,她已经有点魂不守舍。

"那我先进去。"郑鹏见她这么坚持,也就不多说,转身跑开。

雪花越飘越急,门外是昏黄的灯光,郑李氏不禁轻轻地跺了跺脚,呵着双手,这天怎会这么冷!

"少奶奶,你回屋吧,别冻坏了身子,少爷肯定去办要紧事体了。"一身灰布长衫、身材清瘦、头发花白的郑伯匆匆走过来劝道。

这郑伯虽是管家,但他是郑丰裕从老家带过来的,忠诚可靠,他的妻子罗氏又是郑文章的奶妈,这么多年下来早已是郑家重要的一员,郑李氏对他也是另眼相看。郑伯的小儿子郑少伟读书的所有费用都是郑家供给,毕业后,就在海通达船厂工作,现在是船厂的工程师兼经理。

"那我回房去加件衣服,郑伯辛苦你看着点。"郑李氏想了想,由郑伯守着,她是放心的。

"好,这里有我,一有消息,我会马上通报。"郑伯年纪也六十有二了,不过身子骨很硬朗。

郑李氏回到小楼,打开衣橱,不知道自己要拿什么。再一想,记起是要加件衣服,于是就把披肩换成了大衣,又匆匆下楼。

天已经完全黑下来,地面上的雪也已积了一层,在路灯下泛着幽幽的白光。郑李氏穿过小径,北风挟带着雪花扑在她身上,彻骨地寒。刚走到餐厅门口,见郑少伟和郑文章的堂弟郑辉走过来。

郑辉是个皮肤黝黑的成熟汉子,高大魁梧,由于经常在外随船队跑,看起来比实际年龄要苍老。他虽然年纪比郑李氏大几岁,但辈分在那里,看到郑李氏,很恭敬地叫了一声"嫂子"。作为船队的经理,郑辉负责整个船队的日常运营。

站在旁边的郑少伟看起来身子要单薄些,没有郑辉那般魁梧,不过身材很匀称,浓眉大眼厚嘴唇,鼻梁上有几粒雀斑,不过皮肤黑,倒也不明显。他平时不善言辞,外号"闷葫芦"。他与郑李氏同龄,看到她,就低低地叫了一声"少奶奶"。

"嫂子,兄长可能遇到什么需要紧急处理的事,估计很快就回来了。"刚才两个人进门的时候,郑伯已经告知郑文章还没有到。话虽这么说,但郑辉心里也纳闷,想不出郑文章今天会有什么非办不可的事。

郑李氏点点头说:"我想也是。"

"外面冷,进去说。"

郑少伟推开了餐厅的门,一屋子正在喝酒吃菜的人都回过头来。郑丰裕一见郑李氏,忙欣喜地问:"文章到了?"

郑李氏摇摇头,上前轻声说:"爹,我已派阿龙去看了,可能是汽车中途抛锚。"

"这孩子,让他早点回来就是不听。"郑丰裕把筷子往桌上一放,再也没有了吃喝的心思。

郑李氏忙向公公赔不是,请公公不要生气。

"没事没事,我们边吃边等。来来,丰裕兄,祝你子孙满堂,福寿双全!"董文武忙拿起酒杯,打圆场。

大家纷纷举起酒杯,说着一些祝福的话。郑丰裕怕扫了客人们的兴,只好按捺住心中的不快,举杯表示感谢。

一时,恭贺声不断,气氛变得热闹起来。

门突然被撞开,寒风"呼"地扑了进来,屋里冷暖空气碰撞,一下子让人从阳春三月极速坠落到寒冬腊月。

郑伯和阿龙扶着头上血迹斑斑的阿虎,一脸惊恐地撞进门来。阿龙和阿虎身上的雪花,一进屋里就化了,衣服和头发全都湿透。

郑李氏顾不得形象,慌忙冲过去,一把抓住阿虎的胳膊,焦急地问:"少爷呢?"

阿虎带着哭腔说:"少……少奶奶,少爷被人绑架了!"

"你说什么?"郑李氏疯了一样摇晃着阿虎的手臂,"怎么回事?"莫名地,郑李氏头上的簪子滑落,掉到了地上。乌黑的长发披了下来,遮住了她的半边脸。

在阿虎颠三倒四的叙述中,众人总算听明白了事情的经过。车子开到半道,见前面有块大石头在路中间,开不过去,阿虎就停车去搬石头。谁知道他刚弯腰,就被人从后面打了一记闷棍,就啥也不知道了。等醒过来,郑文章已不在车上。阿虎头晕,开不了车,就趴在那里,幸好阿龙跑过来,要不然搞不好他晚上就冻死在路边了。

晴天霹雳!

屋里一片死寂,空气好像凝固住了。只有餐桌上的暖锅,还翻滚着汤汁,散发着食物的香味。

郑李氏顿觉天旋地转,浑身像被抽掉了骨头,只剩下软软的躯体。眼看着她就要倒下去,旁边的郑少伟眼疾手快,一把将她扶住,李淑慧也赶紧过来帮忙。

突然,郑鹏惊叫起来:"爷爷,爷爷,你怎么了?!"

众人反应过来,再看郑丰裕,已倒在郑鹏怀里,不省人事。

立刻,屋里又像是油锅里倒进了水,炸开了。董文武和孙茂盛连忙叫几个年轻人把郑丰裕抬到床上,一边让人打电话叫救护车。郑程和郑万被吓着了,紧紧抓住姐姐的手,不知所措。诗韵被两个弟弟拽着,脸变得雪白,一双美丽的大眼睛里闪动着惊恐的泪光。宾客们一见这情形,面面相觑,坐也不是,站也不是,走也不是,僵在那里,不知如何是好。

"对不住,还是请各位先回,家里太乱,怠慢了。"郑安氏回过神来,抱歉地对众宾客说。

有了这个台阶,众人就纷纷告辞而去,只有董文武和孙茂盛几个留下没有走。正在厨房帮忙的吴妈还不知道发生了什么事,送菜的佣人跑回来说大事不好。吴妈一听这消息也蒙住了,她想到小姐,又慌忙跑出去。

郑李氏被李淑慧扶着,神思恍惚地看着屋里的人进进出出,大脑一片空白。吴妈急匆匆进来,叫了一声"小姐"。接着诗韵大声地哭着叫"姆妈",郑李氏失窍的灵魂突然归位,脚步踉跄地冲过去,紧紧搂住三个孩子,浑身颤抖,半天说不出话来。

"你们不要慌,把老爷子救醒再说。既然是绑架,估计文章暂时不会有危险。晚上我们就先回去,明天再过来商量。"董文武对郑家的二房媳妇说。

郑安氏连忙道了谢,再看郑李氏,正脸色苍白、两眼无神地盯着虚空,于是上前让李淑慧代为照顾,她还得收拾这屋里一摊子的事。

救护车来了,急救医生进屋,大家又小心地把郑丰裕抬上车,郑鹏和郑少伟、郑辉一起随车护送。

救护车呜呜地叫着开出了郑公馆。

雪,下得更大了。

— 2 —

雪,依然在纷纷扬扬地飘着。

长夜漫漫,每一分每一秒都是煎熬。

房间里,疲惫不堪的郑安氏瘫坐在椅子上喘气。她很想念念经来平息心头之乱,可平时滚瓜烂熟的经文此刻居然一个字都背不出来,只好坐着发呆。郑李氏幽灵似的在房间里坐立不安,嘴里不停地喃喃自语:"谁干的?谁干的?"

"还会有谁?!肯定是坏人干的。"郑安氏冒出一句,眼睛定定地盯着墙角那盆今天特意从花房端出来的蝴蝶兰,紫色的花朵开得那么灿烂,她脑子里闪过四个字:"天灾人祸。"她想起了英年早逝的丈夫,好端端出门,就再也没有回来,丢下孤儿寡母伤心人,生活再富足,可这心是空荡荡的。现在小叔子又遭人绑架,万一有个三长两短……她不敢再往下想。

郑李氏似乎没有听到嫂子在说话,她只感觉自己的头像被某种利器劈开了,疼得眼珠都要掉出来。屋里的家具在晃动,镜子里有个陌生的女人,她的样子很可怕:披散着头发,两只空洞无神的眼睛红肿着,脸上还有未干的泪痕。这个女人是谁?郑李氏头重脚轻地晃了过去,伸出手去摸镜面,好冰冷。

"你能不能坐下来,别这样走来走去,我的头都被你晃晕了。"郑安氏忍不住提醒道,"省省力气,明天还不知道有多少事等着我们去做。"

郑安氏的话滚进了郑李氏的耳朵,她怔了怔,清醒了些,机械地走到椅子边坐下。抬头看郑安氏,微闭着眼,手指不停地拨动着佛珠,嘴唇微微动着,好像在念什么。细听,原来郑安氏在念佛号,她在祈求郑家的两个男人平安。

郑李氏心头一暖,泪水盈满了眼眶,低低地呼了一声:"嫂子。"

郑安氏停止了手指的动作,睁开眼睛,目光落在郑李氏愁云满布的脸上,长叹一声,幽幽地吐出一个字:"命。"

"我不信命。"郑李氏扬起头,语气坚定。

"人强不过命,你以后会明白。"郑安氏闭上了眼睛,忽又睁开,犹豫片刻后对郑李氏说,"你自己心里得有个主意。"

郑李氏明白嫂子话中的意思,对最严重的后果,她是万儿不敢去想,眼下心里满怀着希望,无论是公公还是丈夫,都一定会逢凶化吉,渡过此劫。

"爹和文章都会平安无事。"郑李氏低下头,学着嫂子的样子,双手合十,开始祈祷。

夜,越发深了。

屋里火盆已经熄灭,室温下降,寒意渗入骨髓。郑李氏站起来,悄悄走到窗前,掀起窗帘一角往外看,外面雪已停,地上积起厚厚一层,白色的冷光反射进来,那么的凛冽。回头看郑安氏坐在椅子上,头像小鸡啄米似的晃动着,手指停了半天,忽而机械地转动佛珠,又停下来。郑李氏回过神,取来一件外套,轻轻披在嫂子身上。郑安氏惊醒过来。两个人互劝对方去休息一会儿,结果谁都不肯睡,就这样坐等天明。

郑安氏轻声说:"大慈大悲的菩萨会保佑他们,你别太担心。"

郑李氏沉默了。她第一次对虚无缥缈的神灵产生了敬畏之心,相信嫂子说的,天亮以后,定会有好消息传来。

"你跟我一起念大慈大悲观世音菩萨的名号。"郑安氏说。

"是。"郑李氏点点头。

两个女人振作精神,共同祈祷上苍,保佑亲人平安无事。

天亮了。

电话铃突然响起,声音惊心动魄,两个女人被吓了一大跳,一时没有回过神来。到底是郑李氏年轻,转瞬清醒,忙扑过去,拿起了话筒,还没有开口,手就控制不住地抖动起来。

话筒里传来郑鹏焦急的声音:"爷爷不行了,快来医院!"说完,电话就挂了。

郑李氏紧紧捏着话筒,脸色像纸一样白,牙齿开始打架。

"谁的电话?是不是阿鹏的?"郑安氏的声音有些颤抖。

"阿鹏,阿鹏让我们马上去医院,爹不行了。"郑李氏无力地放下话筒,一阵刺痛感袭上心头。这痛,让她清醒了许多。

郑安氏脸色大变,跌坐在椅子上。

"我去叫郑伯。"郑李氏明白此刻不是伤心难过之际,急忙打开房门,随手抓了件大衣,就朝楼下奔去。

郑安氏忙跟上,这个时候她也没有了主张。

郑伯一夜未眠,既担心老爷,又忧心少爷。他甚至想,这郑家的祖坟是不是哪里出了问题,要不然这几年郑家怎会这么多灾多难。天没亮,他就起来了。不管老爷、少爷在不在,家里还是不能乱了规矩。听到少奶奶叫他,连忙出来。

阿虎受伤开不了车,就叫上阿龙,虽然车技没有阿虎好,这会儿也只能将就。谁知道心越急柴越湿,因昨夜那一场雪,再加早上气温低,路都结了冰,阿龙平时又很少开车,车子开得歪歪扭扭,车上三人吓得魂都要跳出来。郑伯一看,太危险,连忙让停车。

"郑伯,怎么了?"郑李氏惊魂未定地问。

"少奶奶,这路不好开,我们还是坐黄包车去吧。阿龙,你等会儿慢慢把车开回去,千万注意安全。"

"是,郑伯。"阿龙早已紧张得满头大汗,手心全是汗。

三个人下车,太早了,马路上还不见黄包车的踪影,急得郑伯直跺脚。郑李氏说边走边看,没时间了,郑安氏也不想傻傻地站在路边。两个女人就相互搀扶着往前走。半路好不容易碰到两辆黄包车,就坐上车直奔医院,到达时已是一脸狼狈。

郑少伟在医院门口等着,看到母亲和两位少奶奶过来,神情沉重,他什么话也没有说,就带着三人朝病房走去。医院长廊静悄悄的,郑李氏心里浮起强烈的不安,她咬了咬下嘴唇,警告自己要镇静。

走到最后一间病房,郑少伟推开门,郑李氏一眼就看到病床上的人蒙着白布,她的心"咯噔"一下,不由抓紧了嫂子的胳膊。郑安氏也看到了,她停住脚步,整个人愣在那里。郑伯不相信自己的眼睛,冲到病床前,大叫一声:"老爷!"跪倒在地,老泪纵横。

郑李氏一个趔趄,微微后退一步才站稳,脑子里反复出现"文章快来"这几个字。再看旁边的郑安氏,显然也还没有接受这个事实。直到郑鹏哽咽地说"爷爷走了",两个女人才确信这是真的,于是抱成一团,痛哭起来。

郑鹏、郑少伟和郑辉不知所措地站在那里,郑丰裕被送到医院后,虽然进行了急救,可一直昏迷着。他们就守在病床边,下半夜太困,迷迷糊糊的,也不知道老人家什么时候没有了气息。等发现时,已经回天无力。郑鹏内心很自责,可又不敢说。

郑伯毕竟当了多年的管家,很快,理性占了上风。他站起来,流着泪对两位少奶奶说:"眼下当务之急,就是办老爷的后事。落叶归根,得把老爷的灵柩护送回镇海,与老夫人合葬。可少爷……"他哽咽着说不下去了。

"嫂子,你说爹的丧事该怎么办?"郑李氏抬起泪眼问道。

"按规矩,最少也得办七天。"郑安氏拿出手绢,擦了擦眼泪。

"嫂子,现在文章下落不明,这丧事你看是不是从简?"郑李氏终于冷静下来,恢复了往日当家人的样子。她回过头对郑伯说:"这事还得辛苦你,郑伯。"

"少奶奶,你放心,我会尽力的。大少奶奶,老爷已经走了,我们最要紧的是把少爷给找回来,我想这丧事就办三天,老爷会谅解的。"

"好。"郑安氏点头表示同意,先管活的要紧。

"大少奶奶、少奶奶,对不住,那我就做主了。"

郑伯思路清晰地开始分派任务,他让两位少奶奶回家去布置灵棚、灵堂、灵床等,人手不够,又通知码头负责人陈森,调一些年轻力壮的工人过来帮忙。郑鹏、郑少伟、郑辉,负责把老爷子的遗体送回公馆。另外,郑辉负责落实护送灵柩的船和人员,郑少伟把老爷生前挑好的寿棺运来,郑鹏发讣告及向各路亲朋报丧。他自己去落实葬礼的其余具体事宜。郑李氏看到郑伯井井有条地安排着,心里踏实了些,就和郑安氏急忙回公馆去做准备。

悲伤又忙乱的一天。

昨日的红灯笼全部换成了白灯笼,白缦黑纱低垂,所有色彩鲜艳的花都已撤下,窗帘也换成素净的颜色,郑府上下一干人等全部头戴白花,换上黑色或灰色衣裤。灵棚搭起来了,时间太仓促,又是非常时期,只好不那么讲究。一个大主棚供吊唁,一个小一点的副棚供宾客休息。灵堂也布置好了,灵前放了一张八仙桌,桌上摆着供品、香炉、烛台和长明灯等。在没有入殓之前,长明灯不能灭,不管白天晚上都要有人看守。郑李氏强打着精神,和郑伯、郑安氏一起指挥调度这一切。

第二天早上,举行"小殓"。相关物品郑伯已准备好,包括绸子的衣服和被子等。入殓应该由孝子亲手做,郑文章不在,这任务就交给了郑鹏。郑鹏就在郑伯和吴妈的指导下,完成了"小殓"这一仪式。得知消息的亲朋好友身穿素服,带着祭礼,纷纷上门吊唁。

灵堂里,哀乐低回,孝媳贤孙们披麻戴孝跪在灵案边陪祭痛哭,其他女眷们跟着哭泣。郑文章的三个孩子,特别是郑万,平时再调皮,这会儿也老老实实低头跪着。

郑李氏跪在地上低泣,她一边操持公公的丧事,一边忧心丈夫的安危。绑匪一直没有来消息,要不要去报警?她举棋不定。如果对方只是求财,一报警,就可能对丈夫不利,只好耐下心,再等等。连续的不眠不休,让她面色潮红,两眼发涩浮肿,双腿早已麻木。

前日来祝寿,今天赴丧礼,这样的变故实在让众人唏嘘不已,为郑家的不幸遭遇摇头叹息。

郑伯走到老爷的众位挚友面前,深深地行了一个大礼,强忍着悲痛说:"在座各位贵客,都是我家老爷生前好友,现在郑家有难,我家少爷被绑架,音信全无,这件事无论如何还要请各位大佬想想办法,帮帮忙。"说到最后,已是一脸的泪。

"郑伯,你家少爷的事,我们不会袖手旁观。只要搞清楚到底是谁干的,找到主,事情就好办了。"孙茂盛万儿没有想到,他的丰裕兄就这样魂归西天了。想起寿宴那日,郑丰裕还关心自己的身体,再想起从前的种种交往,孙茂盛就更难过了。

"但愿只是求财。"董文武担心地说。凭他的江湖经验,现在的上海滩各路神仙太复杂,郑文章个性并不张扬,按理不大会得罪人,既然是绑架,且迟迟没有音讯,说明问题不会那么简单。

坐在边上的人七嘴八舌地议论,有的说会不会是外面来的劫匪,现在世道乱,这类流窜的匪徒很多;有的认为可能是郑少爷和上海滩上哪个帮派有过节;也有的觉得可能是竞争对手搞的鬼……

汪国栋的心情颇为复杂,他与郑丰裕虽说是朋友,可由于兴盛公司在行业内的名气压着他的富盛,所以他的内心一直不服气。当然,对于郑家今天的不幸,他还是很同情,于是就建议道:"大家各有各的门路,这事我看不宜拖得太久,得抓紧时间去打探打探。"

郑伯老泪纵横地谢过各位:"明天是我家老爷大殓出殡的日子,要用

船护送回镇海去安葬。少爷下落不明,丧事只好一切从简。"

"理解,理解,非常时期。"

"时候不早,还请各位贵客入席吃斋饭,都已经准备好了。"郑伯说。

"不吃了,还是回去想办法打听你家少爷的消息要紧。"孙茂盛站起来走了两步,又回过头对郑伯说,"明天我们都会过来送丰裕兄一程。"

郑伯再次替少爷和两位少奶奶向大家道谢。

夜深了,跪了一天的郑李氏强撑着站起来,明天还要继续忙碌,晚上无论如何得休息。双腿好像已经不是自己的,手扶着椅背站了许久,才慢慢有了知觉,一步步挪着回到房间。吴妈端了一碗红枣银耳汤进来:"小姐,吃点再睡,看看你这脸色,少爷回来要心疼。"

"吴妈。"郑李氏抬起头,眼泪汪汪地看着吴妈。母亲不在身边,这么多年来,吴妈早已成为她的亲人。

"小姐,吃点吧,要冷了。"

郑李氏接过,还没有吃,眼泪就掉了下来。吴妈也跟着掉起了泪,心里叹息好端端的一家人,飞来横祸,谁受得了。

"小姐,吃几口吧,再难受你也得撑着。"吴妈劝道。

"我知道。"郑李氏沙哑着声音说。

拿起调羹吃一口,这红枣银耳汤怎会这么苦?泪水,又模糊了双眼。

郑安氏回到房间,都没力气梳洗,就直接躺床上了,只感觉浑身酸痛,骨头都要散架了,身子变得极其沉重。她想睡,可明明很困,又偏偏睡不着。公公去世,小叔子被绑架,接下来还会有哪些变故,她不知道。公公走得太突然,生前又没有分过家,一旦小叔子回来,哪还轮得到她说话?更何况,郑家到底有多少家底,她心中也没个数,到时候提分家,那就只能任凭小叔子夫妻俩做主了。人不为己,天诛地灭,不如趁明天大家都在,提出分家建议。虽然时机不是很恰当,可她也没有办法。就算不为自己的后半辈子想,也得为儿子考虑。郑鹏到了成家立业的年纪,他的日子还长着呢,没有钱可不行。权衡利弊之后,郑安氏打定了分家的主意。心一定,睡意就潮水般涌上来,很快把她淹没了。

郑李氏一宿未眠,身体极度疲惫,可大脑清醒无比。这个时候,她特别想念在宁波老家的父母,好想在娘亲怀里痛哭一场。娘家虽比不上夫家那么有钱,但在当地也属家境殷实人家。她的爷爷李容朴年轻时也曾闯荡大上海,从上海码头沙船上的运输工人开始,到拥有自己的沙船队,规模不算大,可也曾风光一时。倘若不是因为父亲李思园对做生意一点兴趣都没有,转手了船队,说不定现在的李家也跟郑家一样有名。母亲李汪氏是个大家闺秀,知书达理。郑李氏是婆婆看中的,她家与婆婆娘家是隔壁邻居。婆婆喜欢她模样好、人品好,又知根知底。郑李氏很庆幸自己有一对开明的父母,在没有嫁进郑家前,她还有个"李文萱"的芳名。她从小接受的并不是"女子无才便是德"的传统礼教,而是读书识字,做个有文化的人。嫁到上海后,虽然孩子接二连三降生,但并不影响她对新鲜事物的热爱。平时,她爱看书读报,喜欢和丈夫讨论公司经营上的事。对于船,她有一种天生的亲切感。更让她欣慰的是,丈夫一向疼爱她,夫妻俩相敬如宾,日子过得平静又幸福。

"文章,你在哪里?"郑李氏睁着酸涩的眼睛,盯着黑暗深处,会有人给她一个期望的答案吗?

窗外有人在低声说话,这个夜晚,不眠不休的人不止郑李氏一个。沉重地翻个身,郑李氏把枕头抱在怀里,枕头上还残留着丈夫的气息。想到丈夫如今正在某一个地方受冻挨饿,她心如刀绞,把脸埋在枕头里哽咽。一旦公公的灵柩回乡,爹娘闻听此消息,不知会有怎样的担心。就这样翻来覆去地折腾,直到窗外透进来微光,她又挣扎着起来,洗一把冷水脸,告诫自己必须清醒。

郑李氏的两条腿更痛了,特别是下楼时,几乎迈不开步子,只好扶着楼梯扶手慢慢走下去。灵棚里,昨晚守长明灯的是郑鹏和郑少伟,一个上半夜,一个下半夜。还有几个族亲陪着守灵。

"你们辛苦了。"郑李氏沙哑着声音说。

郑少伟摇摇头,低声说:"少奶奶节哀,注意身体。"

郑李氏心一酸,眼泪又要落下来,于是转过头,用手指悄悄抹了抹眼角。平静下心绪,走到灵案前点香、跪拜。

郑伯匆匆过来,大殓的时间已选定,出殡的事宜也已安排妥当。他来征求随船护送人员名单的意见。按理,儿子媳妇和孙子们都要去,可现在郑文章还没有消息,这里也少不了人。经过商量,最后决定郑鹏带着弟弟妹妹去,郑安氏和郑李氏留在上海处理家里的事。

来送郑老爷子的人不少,董文武、孙茂盛、秦师喻、汪国栋、林景生等人早早就来了。还没有到出殡的时间,大家坐在一起讨论。汪国栋与董文武在低声说着什么,只见两个人摇头叹气,担心文章万一出个什么事,郑家怕是要散了。

"等把老爷子送走,还是赶紧想办法找到文章。"孙茂盛对董文武说,"董兄人脉广,这次恐怕要你多费心了。"

"这是应该的,丰裕兄是我们多年的老朋友,文章的事,我定尽力而为。"董文武很真诚地说。

"不过说起来这事也奇怪,绑匪到现在仍无任何消息,到底是何人所为,让人百思不得其解。"汪国栋不禁皱起了眉头。

"确实有些反常,在这上海滩郑家不算最有钱,文章平日里也很低调,到底是得罪谁了?"孙茂盛心里也隐约有不祥之感。

郑李氏头戴白花,一身黑服,不施任何脂粉的脸已迅速瘦了一圈,下巴变得尖尖的,让人看了心疼。她已从最初的惊慌中冷静下来,忙而不乱地处理各种事务。面对长辈朋友,郑李氏诚恳地拜托各位伸出援手,救救郑文章。

"你放心,我们大家都会尽力。"孙茂盛安慰道。

郑李氏弯下腰,向在座宾客道谢。

这时,郑安氏走了过来,她犹豫着要不要当着众人的面说分家的事。如果现在不说,恐怕日后就没有了这样的机会,为了儿子,她宁可背后被人议论,也顾不了这么多。想到这里,她鼓起勇气,让大家静静,她有话要讲。

大家都停止议论,把目光转向郑安氏。

郑安氏清了清嗓子,尽量保持语气的平稳,开口道:"各位亲友,郑家一向由公公当家做主,他老人家突然去世,郑家上下顿失主心骨。由于公公生前没有分过家,我夫文成三年前又不幸遭难,留下我们孤儿寡母相依为命,不知道今后日子该怎么过。故今日冒昧提出分家事宜,也请大家做个旁证。"

众人一听,不禁面面相觑。郑李氏万儿没有想到嫂子居然会在这个时候提出分家,愣在那里,脸色一阵红一阵白,无端端难堪不已。

郑安氏见没有人表态,又补充了一句:"其实也很好分,把所有资产折价变卖,两房各得一半。"

郑李氏反应过来,马上表示反对:"我不同意分家,这份家业是公公辛苦一辈子攒下的,不能就这样分了。有什么事情,等文章回来再商量。"

"树大分枝,很正常。"郑安氏一脸不悦地说。

"嫂子,你放心,今天我当着各位亲友的面承诺,绝不会亏待你和阿鹏,只是现在分家不合适。"郑李氏耐着性子。

其实郑安氏也知道,就算马上要分家,也不是这一两天的事,她是要这些人作个证明,以免分割财产时吃亏。见目的达到,也就摆出一副大度相,扔下一句"那就等小叔子回来再议",然后转身走了。

有了这么一段小插曲,郑李氏的心情更糟糕了。郑鹏在旁边听了也尴尬不已,他无法理解母亲的做法,再看众人,表情各异。

爆竹噼里啪啦地响了起来,出殡的时间到了。

郑鹏手执招魂幡,郑程捧着爷爷的遗像,郑安氏、郑李氏带着诗韵和郑万随后,每个人都一身重孝,哭声一片。几个年轻力壮的后生抬着寿棺,后面跟着送葬的队伍,朝郑家码头走去。马路两边,站满了看热闹的人。

等护送寿棺回乡的船离岸,大家也各自散去。临走前,孙茂盛交给郑

李氏一张名片,说以后有什么需要帮忙的可以去找他。至于郑文章的下落,若有消息,他也会第一时间通知郑公馆。郑李氏拿着名片,感动地道谢。郑少伟跟郑李氏打过招呼后,就直接回船厂了。

回到郑公馆,郑李氏的体力已撑到极限,可现在还没到可以休息的时候,眼下得先把灵棚等拆了。正要找人,负责码头与仓库业务的陈森经理带着工人过来帮忙了。郑李氏总算松了一口气。郑安氏过来,说很累,先回房躺一会儿。郑李氏就随她去了,嫂子提出分家的话,实在是伤了她的心。第三天了,丈夫还没有任何消息,郑李氏明白自己在逃避,怕一面对自己就会崩溃。可还能再逃吗?倘若明天早上还没有任何音信,无论如何要去报案,不能再拖了。郑李氏在心里对自己说。

又一天过去,郑文章像断了线的风筝,依然杳无音信。

天刚亮,郑李氏就起来了。她简单梳洗一番,让自己看起来精神些。郑李氏去找郑安氏商量,她不想再等,决定报案。

郑安氏刚念好经,准备去小餐厅吃早餐。自从"分家"两个字说出口后,她有意识地避着郑李氏,那是一种无法言喻的感觉,好像一张平整的床,床单下无端多了一粒小石子,硌得人有点不舒服。见郑李氏主动来找她商量郑文章的事,她也就不好端着架子,说还是去报案的好,巡捕房人手多,找起来也容易些。

"你自己也当心。"郑安氏看一眼郑李氏的脸色,忍不住说。

对嫂子提分家的话,郑李氏事后换个角度想想,也理解了,所以就不再计较。听到郑安氏关心的话,心里还是有点感动。

站在巡捕房门口,抬头看到那几个字,郑李氏的心情是复杂的。她从没有想过自己有一天会走进这里,真是世事难料。如今公公去世,丈夫失踪,郑家陷入风雨飘摇中,逼得她这位深宅里的少奶奶走出来,独自去面对过去从未处理过的事。为了丈夫的安危,顾不了这么多了。郑李氏深深地吸一口气,平复一下紧张的心情,勇敢地走了进去。

这日,是沈俊箫值班。他是个目光锐利的青年,国字脸,左眼角有道很明显的伤疤。一米七八的个头,一身制服更给他添了几分英武之气。别看他年纪不是很大,却已是一名老巡捕。最初是便衣密探,后又在专门缉查强盗案的"强盗班"当班长,由于工作敬业,破案能力强,很得上峰器重,现在是刑事科副科长。

沈俊箫第一眼看到郑李氏,感觉这个小女子看起来很柔弱娇小,但眼睛里却有一种无法形容的光芒。从她的发型来看,应该是已婚女士,于是就和颜悦色地问:"这位太太,请问有何事?"

"巡捕先生,我要报案。"

沈俊箫一听有案情,神情马上慎重起来,请郑李氏讲,自己则拿起桌上的本子,准备记录。

"我丈夫被绑架了。"郑李氏的声音带了哭腔,她强忍着不让眼泪掉下来。

"说具体点。"沈俊箫一听是绑架案,心想又有一家倒了霉,现在每天都有类似的案件发生,真让人头疼。

郑李氏就急促地把详情说了一遍,讲到最后,已是珠泪盈盈。沈俊箫这才明白,眼前这位举止优雅的女士原来是郑家少奶奶。郑文章被绑架一事在外面已传得沸沸扬扬,他早有耳闻,只是郑家一直没有来报案,还以为跟绑匪已私下达成协议,没想到竟是这样。

"郑先生被绑架前,有没有什么异常的表现?"

"异常表现?就是感觉他有心事,经常唉声叹气,可问他,又不说。"

"这情形大约有多久了?"

"这一年多来未见他真正舒心过,特别是近期,尤为严重。"

"平时,郑先生有没有跟什么人结仇?"

"没有,我丈夫遇事宁可吃亏,也不跟人起争执。"

沈俊箫边记录,边安慰郑李氏:"郑太太,你也别太担心,郑先生既然没有得罪什么人,有可能是遇到流窜的土匪,临时起意绑架了郑先生。他

们一般是求财,相信不会伤害他。这几日没消息,应该是他们得知郑老先生去世,所以在耐心等待时机,我估计明后天应该会有绑匪的消息传来。"

"希望如此。"郑李氏听沈俊箫一番分析,心稍稍安了些。

"郑太太,让那位叫阿虎的司机过来一趟,我要再详细了解下情况。你放心,我们会马上派人去调查。"沈俊箫拿过一张纸,写上自己的名字和电话号码,递给郑李氏,"有情况请及时与我联络。"

郑李氏接过,看了一眼,小心地把纸条放进小皮包的夹层里:"那我回去让阿虎过来,谢谢你,沈先生。"

"好。郑太太,把郑公馆的联系电话也留一个。"

郑李氏报上电话号码,就起身告辞回家。她没想到这位沈先生挺和气的,但愿巡捕房的调查很快有结果,更盼着绑匪早点有消息,只要丈夫平安,破财也认了。回到郑公馆,郑李氏让阿虎去巡捕房找沈俊箫。

郑安氏见郑李氏回来,询问了相关情况。

"菩萨保佑。"郑安氏微微叹了一口气,转移话题,"阿鹏他们今天也该回来了。"

"是的,孩子们明天还要去上学,已请假好几日了。"

"那也没办法,家里出了这么大的事。"

一提到家里的事,两个人又陷入了沉默。这么大的郑公馆,没一个当家的男人在,心里还真有点发虚。可眼下也无计可施,只有等待。

吴妈走过来,手上拿着信箱钥匙去大门口取报纸。郑安氏看着吴妈的背影,感慨道:"你好歹身边还有个娘家人,而我什么人也没有。"

"嫂子,你有阿鹏,还有我们。"

"儿子大了要讨媳妇,现在郑家这个样子,怕阿鹏的亲事也会受影响。"郑安氏勉强笑了笑,"讨进来的媳妇脾气好坏又不得而知,我也只好自求多福。"

"不会的,嫂子,你想多了。"郑李氏安慰道。

正说着,吴妈拿着报纸和几封信进来,放在茶几上,对郑李氏说:"小姐,有好几封信,你看看,别耽搁了要紧事。"

郑李氏一听有信,忽一激灵,忙说:"吴妈,你把信拿给我。"

吴妈把信递给郑李氏,又去忙她的事了。郑李氏快速扫了一眼手中几个信封,目光落在一个绘有骷髅标记的白色信封上,脸色瞬间变得煞白,手一松,信就掉到了地上。

"怎么了?"郑安氏见她神情大变,疑惑地问。看到地上的信,弯腰捡起,一看信封,也跟着变了脸色。

"快看看写了什么。"郑安氏把信递给郑李氏,焦急地说。

郑李氏紧张地撕开信封,抽出信纸,一张白纸上简单地写了几句话:"郑少爷在我们手上,两天内准备好五十万全国通兑通汇的钱庄银票,交货地点另行通知。不准报案,不许耍花招,要不然等着收尸。"字迹歪歪扭扭,像小学生写的,下面画了一个骷髅头,标明了时间。

"嫂子,文章他还活着。"郑李氏捏着信纸,内心似巨浪滔天,先惊后喜。

"真的?太好了,怎么说?"郑安氏高兴地问。

"两天内准备好五十万赎金。"

"啊!这么多?上哪去找这么多钱?"郑安氏大惊,心想完了,这样一来,郑家真的要被掏空了。再一转念,不禁有点羞愧,自己似乎不应该这么想,人活着就好。

郑李氏冷静下来,只要丈夫能平安回来,再多的钱她也要想办法去筹齐。绑匪威胁不准报案,这件事要不要知会沈先生?郑李氏捏着信纸,目光落在信封上的那个骷髅标志,那可怕狰狞的模样,弥漫着死亡的恐怖气息。为防万一,她决定把这个信息告诉巡捕房。想到这里,郑李氏马上去拿皮包,从夹层里翻出那张纸条,给沈俊箫打电话。

沈俊箫让郑李氏先去筹赎金,一旦绑匪有新的通知,立即告知。郑安氏发起愁来,时间这么紧,上哪去筹这么大一笔赎金?她猜郑李氏会打公司户头上资金的主意,心情不免复杂起来。郑李氏一旦提出,于情于理,

她都不好拒绝。

郑李氏脑子里想到的第一个求助对象是孙茂盛。她了解公公和丈夫与孙茂盛的交情，跟其他几位还是有所不同的，她相信他不会置之不理。她跟郑安氏说了这个想法，郑安氏自然点头赞成。

郑李氏根据名片上的号码拨了过去，把收到绑匪信的事告知对方。孙茂盛听说两天内要筹集五十万银圆，就问郑李氏："你可清楚公司账上有多少钱？"

"不清楚。"郑李氏不好意思地说。

"你先去问下账房总管，看看还差多少再说。"

"好，多谢孙叔！"

郑安氏一听真要从公司账上提款，嘴上没说什么，脸色已变得不好看。郑李氏无暇顾及嫂子的情绪，急忙打电话到公司，找账房总管田旺财，问他公司账上有多少钱可以提出来。田旺财在电话里告诉她，没有总经理的签字和印鉴，这钱是取不出来的。

"这可怎么办？"放下电话，郑李氏一筹莫展地站在那里发呆。

郑安氏看她这样，心又软了起来："那你再打电话给爹的那些朋友，问他们先借借，等小叔子回来马上还。"

郑李氏只好又给孙茂盛打电话，说了相关情况。这点，孙茂盛倒没有想到，看样子这抵押贷款的手续也没法办，只好问个人借了。"这样吧，我帮你想想办法，你等我消息。"

虽然孙茂盛答应帮忙，可郑李氏心里还是不踏实，万一没筹到钱怎么办？她又开始惴惴不安起来。郑安氏就劝她别太焦急，这五十万银圆虽说是个大数目，但对那些资产雄厚的富豪来说，筹措起来也不算太难，实在不行，多找几个人借，总能凑齐。

这一天，郑李氏都不敢离开电话机半步，怕错过了重要消息，连吃饭都是吴妈端上来的。可她丝毫没胃口，不想吃。吴妈好说歹说，她才勉强吃了小半碗饭。可越等得慌，电话铃越沉默不语。有几次，她甚至怀疑会不会是线路出了问题,拿起听筒听一听声音,又赶紧放好。

天,渐渐黑了下来。

郑李氏高度紧张的神经依然不敢松懈。郑伯带着孩子们回来了,他把一封信交给郑李氏,说是亲家老爷写的。

"我父母大人可安好?"郑李氏接过父亲的信,低声问郑伯。

"亲家老爷和老太太闻听我家老爷和少爷的事,忧心如焚。亲家老爷本想随我们一起来上海,可亲家老太太受不了这个打击,第二天就病倒了。我就劝他不要来了,等少爷平安回来,我们会写信回去告知。"说到少爷,郑伯马上问郑李氏,"少奶奶,少爷有消息了吗?"

"绑匪已寄信来,现正在筹赎金。"郑李氏听说母亲生病,一脸焦急地问,"母亲身体要不要紧?"

"少奶奶也不要太担心,应无大碍。"

郑李氏难过地低下了头,真是屋漏偏逢连夜雨。

回到房间,郑李氏无力地打开父亲写来的信,在信中父亲嘱郑李氏遇事不要慌张,一定要冷静面对。一旦贤婿有了消息,务必第一时间写信告知。字字皆是牵挂,句句都是关爱。

"爹,娘,"郑李氏的泪又流了下来,滴在信纸上,墨迹迅速洇开了,"请恕女儿不肖!"

这一个晚上,郑李氏睡得极不安稳。她梦见丈夫掉下悬崖,伸手去拉,却没有拉住,就眼睁睁看着他掉下去,她吓得猛然惊醒过来。以前日日锦衣玉食,再幸福也觉平常,现在才明白,倘若没有丈夫,这一切也就成了虚无。

"文章,你一定要平安,这个家不能没有你。"郑李氏低声向上苍祈祷。

交钱的日子到了。

大清早,电话铃直响。郑李氏现在听到电话铃声就条件反射,心跳得厉害。接起电话,原来是孙茂盛打来的,让她去一趟甬明银行,说钱帮她

筹到了。郑李氏激动得连声道谢。放下电话,她让吴妈请郑安氏过来,麻烦嫂子守在电话机前,等绑匪的电话,自己去孙茂盛那里取银票。郑安氏一口答应,让郑鹏开车送郑李氏前往。

郑李氏和郑鹏匆匆来到孙茂盛的写字间,顾不上寒暄,孙茂盛就递过来一个信封,里面是一沓钱庄的银票,可以全国通汇通兑,这是他找几位宁波帮朋友私人借的款,其中有十万元是他自己的。

郑李氏捏着信封,朝孙茂盛深深地鞠了一躬,感激地说:"孙叔的大恩大德,郑家永生不忘。"

"不必客气,当年你公公也曾救过我一命,只要文章能平安回来就好。"孙茂盛摆摆手,也没叫郑李氏写借条,就让她回家去,"文章若到家,请及时告知。"

"一定禀告!"

两个人又急急回到郑公馆,信箱里没有信,电话也没有响过。郑李氏的心中又打起鼓来,坐也不是,站也不是。对她来说,这几天比过去的二十多年还要漫长,她好似一叶孤舟漂在茫茫大海上,看不到彼岸。

"我去念经了,为小叔子祈祷,有事你叫我。"郑安氏站起来,拍拍郑李氏的肩。

"是,嫂子。"

郑李氏枯坐在电话机旁,目光所及,皆是丈夫的身影。丈夫坐在窗前看书,她端来厨房刚做好的小点心,丈夫不吃,她就调皮地把书抢过来不让他看。丈夫喜欢听她弹古琴,每次听都闭着眼,摇晃着头,一脸陶醉。丈夫看她的眼神总是那么温柔,赞叹她的脑袋瓜聪明,说她如果是男儿身的话,一定也是个出人头地的人物……

"老天爷,快让文章回来吧,求求你了。哪怕以后我终身吃素念佛,也心甘情愿。"郑李氏在心里默默祈祷。

"丁零零——"电话声响起。

郑李氏迅速拿起话筒,颤抖着声音问:"喂,哪位?"

"我是巡捕房的沈俊箫,请问郑太太在吗?"

"沈先生,我就是。"

"赎金都准备好了吗?绑匪有没有新的消息?"

"钱已准备好,绑匪还没有消息。"

"那就再等等,郑太太你也不要太焦急,郑先生现在应该是安全的。记着,有消息你要第一时间通知我。"

"好的,沈先生。"

吴妈进来,说少伟来了。郑李氏纳闷,少伟不待在厂里,这个时候过来莫非有什么事?刚走到花厅门口,碰到郑伯,原来是他通知少伟来公馆,到时候陪郑李氏去交赎金,接郑文章回来。

"郑伯,还是你考虑周全。"郑李氏感动地说。

"少奶奶,只要少爷能平平安安回来,要我们做什么都行。"郑伯诚恳地说。

郑李氏点点头,又问少伟厂里的情况。郑少伟说厂里运营还正常,请少奶奶放心。

"辛苦你了。"郑李氏看郑少伟也是一脸疲惫,明白他的付出,柔声道。

郑少伟的嘴角微微向上扬了扬,没有说什么。他不敢直视郑李氏的眼睛,怕自己失礼。

阿龙小跑着过来,手里拿着一封信,边跑边喊:"少奶奶,信,信!"

郑少伟比郑李氏动作还要快,忙上前接过信封。郑李氏叫他快打开看。郑少伟从信封里抽出一张纸,上面写着:"请郑太太带上五十万银票,速到禅龙寺后面的树林,一手交钱一手交人,过时不候。若报案,后果自负。"下面依然画着一个骷髅头。

"少奶奶,你看。"郑少伟把信递给郑李氏。

"禅龙寺?"郑李氏盯着白纸黑字发呆。

郑安氏和郑鹏闻声而来,听说要去禅龙寺,那个地方在很偏僻的郊区。郑鹏主动提出开车陪婶婶去。郑安氏不放心,怕宝贝儿子有什么意

外,刚想开口阻拦,郑少伟在旁边说,他会陪少奶奶去。郑安氏乐得做个人情,嘴上说其实应该让郑鹏陪去。

郑李氏摇摇头,表示不同意:"阿鹏,郑家几个孩子,就你已长大成人,弟妹们还这么小,你现在就是顶梁柱,不能去冒险。还是让少伟陪我去,万一有什么事,想必绑匪也不会为难他。"

这一番话落在郑安氏耳中,她的心忽有小小触动,就提醒郑李氏和郑少伟,无论如何要注意安全。郑李氏又赶紧让郑鹏给巡捕房的沈俊箫打电话,把交钱地址告诉对方。

安排妥当,郑少伟开车载着郑李氏,驶出郑公馆。不远处的角落,有个戴帽子的男人看到车子开出,忽地没了人影。

"少伟,你车不用开太快。"郑李氏提醒道,她想沈俊箫接到电话后,要赶过去也需要时间。

"好,少奶奶。"郑少伟明显感觉到了郑李氏的紧张,故意找些轻松的话题来聊。无奈这个时候的郑李氏心思根本不在聊天上,她心里既盼着车子快点到达目的地,又怕到时候一场空。

"少奶奶,后面有辆车一直跟着我们,会不会是巡捕房的?"郑少伟刚开始也没注意,只是这路越走越偏僻,那辆车却一直不紧不慢地在后面,很可疑。

郑李氏回头,发现真是如此。"应该不会是沈先生的车,他没这么快,难道是绑匪?"

"啊?有可能。"郑少伟暗想不妙,莫非这是一个圈套?他不禁踩紧了油门,加快了速度,想试探后面跟着的是敌是友。后面的车也跟着快了起来,郑少伟几乎可以确定,这场交易要在半途进行了,只是少爷真的会在那辆车上吗?

果然,在一开阔处,后面的车突然加快速度,冲了上来,又一下子横在郑少伟的汽车前。郑少伟赶紧踩住刹车,郑李氏的头差点撞到了前排座椅。

"不好,少奶奶,小心!"郑少伟低声说道。

那辆车上下来三个头戴黑色礼帽,架着黑色大墨镜,身穿黑色大衣的男人,两个体态胖点,一个比较瘦。他们走过来敲了敲郑少伟汽车的玻璃窗,做了一个下车的手势。郑少伟和郑李氏只好打开车门下车。

"郑太太,对不住了,我们还是在这里交货吧。"

"我丈夫呢?我要见他。"郑李氏紧紧拿着包,盯着这几个黑衣男人问。

"你丈夫现在好好地在禅龙寺,方丈陪着他喝茶呢。把我们要的钱拿来,就带你去见他。"其中一个瘦男人说。

"不行,我要见到人才给钱。"郑李氏咬住不松口。

"臭娘们,别给脸不要脸,拿来,不给小心老子劈了你。"

郑少伟一把拉过郑李氏,把她护在身后,愤怒地盯着这三个男人,大声说:"欺侮女人算什么本事!"

"兄弟们,上!"

话音刚落,两个黑衣男人朝郑少伟冲过去就打。郑少伟以一敌二,还要顾着郑李氏的安危,一心两用,渐渐处于劣势。另一个男人去夺郑李氏手中的包,郑李氏跟对方拉扯,被狠狠推搡一把,重重地撞在路边的一棵树上,昏了过去。那男人抢过包,一声口哨后三个人快速跳上车,朝禅龙寺方向逃去。郑少伟顾不得浑身疼痛,忙跑过去扶起郑李氏大叫。

这时,后面又有一辆车停了下来,戴着一副黑色墨镜的沈俊箫冲下来,焦急地问:"人呢?"

"朝禅龙寺方向逃了,银票被抢走了。"郑少伟顿足道。

郑李氏醒了过来,看到沈俊箫,急得眼泪都出来了。她还抱着一丝希望,丈夫在禅龙寺。

"快追。"沈俊箫没时间说太多,跳上车,一路快速驶去。禅龙寺那边,他已通知当地巡捕房的人去了。

郑少伟把郑李氏扶上车,问:"要不要送你去医院?"

"去禅龙寺。"郑李氏虚弱地说,她的额头鼓起了很大一个包,一动就

有晕眩感。

"好。"郑少伟顾不得自己也已鼻青脸肿,脚踩油门,紧紧跟上。

郑李氏神思恍惚,50万银票被抢,丈夫还影踪全无,老天存心不让她活了吗?

沈俊箫的车开得太快了,郑少伟对这路况又不熟,渐渐落在后面。等郑少伟和郑李氏赶到禅龙寺,发现寺里根本没有郑文章的人影。

果然是骗局。郑李氏又气又急,再次昏了过去。

— 3 —

上海郊外,应家村。

村庄依山傍水,环境清幽,村民大多姓应,仅有少量外姓。在离村庄稍远一点的山脚下,有一幢深宅大院,修着高高的围墙,原来为一户张姓人家居住。两年前,不知何故,这家人突然搬走,不知去向。过了没多久,来了一群陌生人,把这大院整修一番,还撇开村庄另修了一条汽车路通向外面。平时这宅院漆黑的铁门紧闭着,谁也不知道里面的情况。深更半夜,村里的人有时会隐约听到里面传出惨叫声,谁若是第二天好奇询问,马上就会发生意外。从此,再也没有人敢说什么,怕惹来是非。渐渐地,四周笼罩着神秘、恐怖气息的张家大院成了应家村人的一个禁忌,若有外人想打听,村里人什么都不会告知。

天快黑了,一脸络腮胡子、身材粗壮的蒋茨站在院子的角落抽烟,眼睛盯着一间上了门锁的房间,他的任务是看管屋里的那个人。抽了半支烟不到,送饭的李老头端着托盘过来,上面放着饭菜。

蒋茨本来想抽完这支烟再送进去,想想天气这么冷,再加上那屋里又没有灯,算了,还是先送进去。把烟灭了,蒋茨从口袋里掏出钥匙,打开了房门,接过李老头手中的托盘,走了进去。

坐在椅子上的郑文章见蒋茨进来,站起来说:"带我去见你们老板。"

"郑先生,你先吃饭,我家老板现不在,她明天会过来。"蒋茨把托盘放在桌子上,态度很客气。

"那能不能让我给家里打个电话,报个平安?"郑文章要求道。

"对不起,郑先生,这个不可以,晚上你好好休息,明天等你见过我们老板就可以回家了。"语气中没有一点商量的余地。

"既然如此,我也不为难你,那能否告知你家老板是谁?"郑文章不甘心。

"无可奉告。"蒋茨不再接他的话,走出房间,再次锁上门。

郑文章捏紧拳头,恨恨地在桌子上捶了一拳。自那日从昏迷中醒来,整整三天过去,他就一直被关在这间小黑屋里,除了送饭菜的这个黑衣男人,再也没有见过其他人。这是哪里?谁是幕后主使?为什么要绑架自己?郑文章一头雾水。时间拖得越久,他的心里越不安,还不知道家里会乱成什么样。眼前浮现老父亲和妻儿惊恐、焦虑的样子,郑文章听到自己的心脏被硬生生撕成两半的声音。父亲已经中风过一次,医生再三叮嘱不可再受刺激,这次他能挺住吗?饭菜早冷了,郑文章坐在黑暗中发呆。这几天他苦思冥想谁是幕后主使,是同行还是帮派?想想可能性都不大。莫非是日本人?郑文章被这个猜测给惊住了。不可能,他又很快作了否定。作为一个本分的生意人,他怎么可能会引起日本人的关注?再细想,莫非是"九一八"以后自己作为宁波旅沪同乡会的成员之一,参与的那些募捐以及抵制日货的申明,惹到了日本人?若真是这样,那也太卑鄙了。多想无益,等明天吧,真相总会大白。

屋里的空气太浑浊,郑文章感到头有点晕。窗户被封死了,只有上方角落有个出气孔,透进来缕缕灯光。没有钟表,他只能从这个小孔透进的光去分辨白天还是黑夜。现在让他担心的并非自身安危,而是家人,但愿明天之后,一切安好。

又一个不眠之夜过去了。

郑文章站起来活动僵硬的筋骨,用手指做梳子,理了理头发。几天没洗漱,实在难受得很,只好忍着。忽然听到开门的声音,他心里升起了希望。

"郑先生,我们老板有请。"蒋茨打开门,探进来一个脑袋。

郑文章走出房间,用目光迅速观察四周环境,此院子呈长方形格局,中间是两层楼的主楼,两边厢房,用檐廊连起来。院子面积很大,围墙特别高,几个黑衣男子站在铁门边。难道这里是土匪的窝点?郑文章满腹疑虑。

穿过长长的走廊,来到一扇虚掩的门前。蒋茨举起手,轻轻敲了敲。

"进来。"里面传来一个女人清脆的声音。

"吉老板,郑先生来了。"蒋茨恭敬地说。

郑文章一惊,女人?再看眼前的这位,瓜子脸,桃花眼,肤白唇红,身材高挑,却是一身男装打扮,头上还戴了顶黑色的大礼帽。

"郑先生请坐。"对方很客气地对郑文章说,回头又吩咐蒋茨,"你先出去。"

"是。"蒋茨答应一声,退出房间,轻轻掩上房门。

郑文章强抑内心的愤怒:"请问阁下是?"

"你没听他叫我吉老板吗?其实我是谁并不重要,重要的是郑先生愿不愿意跟我们合作。"女人走上前,把手轻轻放在郑文章的肩膀上,"久仰郑先生大名,今日一见,果然不俗。"

"请自重。"郑文章一侧身,避开女人的手,正色道,"有你们这样搞合作的吗?把人打昏绑来,简直就是土匪行径!"

"此事确实做得不妥,我是想请郑先生过来喝杯茶,没想到手下行事如此鲁莽,得罪了,还请你多多原谅。"女人朝郑文章妩媚地笑,"只要郑先生愿意跟我们合作,一切都好商量。"

郑文章沉下脸:"你们是谁?我郑某只是一个本本分分的生意人,绝

不跟窃贼盗匪合作。"

"郑先生先不忙拒绝,你还没听我说是怎样的合作。"女人脸上的表情越发温柔,又朝郑文章贴了过去,"若说你是本分的生意人,未必见得,郑先生也是个抗日分子吧!虽然不算活跃,但你能否认从未参与过?"

郑文章心中一惊,叫了声不好,看来十有八九是日本人把自己给绑来了。但他又迅速恢复了冷静:"别给我乱扣帽子。"

女人也不在意,笑眯眯地说:"过去的那些事不重要,重要的是以后。兴盛公司在上海负有盛名,我们需要租借贵公司的码头、船厂、船队和仓库,并请郑先生加入东海联合轮船公司,到时候在报上登个声明,成为我们忠实的盟友。"

东海联合轮船公司,还声明?那不成汉奸了吗?果然不出所料,郑文章意识到自己遇上大麻烦了。

"郑先生,我们会成为好朋友。"女人笑得更甜了。

郑文章沉着问道:"若我不答应呢?"

"不答应也没有关系。郑先生,听说你家两位小少爷长得非常可爱,夫人和小姐都很漂亮,什么时候引见下,让我认识认识?"女人轻描淡写道。她端起桌上的茶杯,慢悠悠地喝了一口茶。

"卑鄙。"郑文章在心里狠狠地骂了一句。他挺直腰杆,不再说话。

"郑先生,你考虑考虑,如果想回家,请在这份合约上签字,我保证把你平安送回去。"

说着,一份合约递到郑文章面前。

"你们这是抢劫!"郑文章怒目而视。

"错,郑先生,我们是友好合作。"女人依然一脸笑容,她看郑文章的目光就像猎人在打量猎物。

郑文章知道一旦签了字,不但兴盛公司会转眼落入日本人手中,自己也要戴上汉奸的帽子,他还有何脸面回家去面对老父亲和妻儿,面对郑家的列祖列宗和亲朋好友?

见郑文章一声不吭站在那里,女人也不着急,她朝门外叫了一声"来人",蒋茨闻声走了进来。

"把郑先生带回去好生侍候。"

"是。"

郑文章跟着蒋茨刚走到门口,身后传来女人冰冷的声音:"什么时候想清楚了告诉我。不过郑先生,我要提醒你,我的耐心是有限的。"

这声音让郑文章感到阵阵寒意爬上后背。

门,再次锁上。

郑文章紧锁双眉,犹如困兽般来回走着,幕后主使竟然是日本人!果然自己之前莫名的不安是有缘由的。要说自己跟日本人的交集,也就是参与了一些捐款之类的抗日活动,不算多,也并非领头人,按理不可能引来此等祸事,肯定是有别的原因。从合约的内容来看,他们目的很明确,就是掠夺和占有,恐怕遭难的不只他郑文章一个。

走累了,就坐下来,既然急也没有用,还不如冷静下来想想对策。在这个非常时期,选择走哪一条路太重要了。郑文章想父亲这一生走过的路,从一无所有来到上海,到拥有这份庞大家业,靠的是勤奋、能吃苦,还有为人正直和诚信,对朋友仗义,从不干落井下石之事。父亲经常跟他说,做人要有骨气,雪中送炭的事情要多做,锦上添花之事则可以少去凑热闹。这些年局势一日三变,父亲一再嘱咐他,小心谨慎,千万不要跟日本人有所牵扯,免得后患无穷。眼下他若签了合约,家业易主事小,背负汉奸之名事大。可若不同意,万一伤及妻儿性命,那还不如拿他的命去。真是进也难,退也难,郑文章顿感自己陷入泥潭,想脱身却不知力使何处。

女人在打电话。

"报告山本长官,我已按您的吩咐找郑文章谈了,他表现得很不配合。如果他不同意,是不是把他给做了?"

"吉子,做事要有耐心,中国人有个成语叫'先礼后兵'。杀一个郑文

章容易,但让上海那些有权势有财富之人心甘情愿臣服才是本事。对他们,不能硬来,要怀柔,怀柔懂吗?当然,必要的手段还是要上,那些就不用我教了,你不一直是个优秀的学生吗?多动动脑筋。"日本海军特务部长官山本次郎在电话里"谆谆教导"。

"遵命,山本长官!"

放下电话,这位喜欢手下叫她吉老板的女人叫来蒋茨,吩咐他按时给郑文章送饭,不许向外泄露半点消息,谁若多嘴,格杀勿论。

"是。"蒋茨领命而去。

吉子是山本次郎的得意女弟子,在一九三二年南京政府代表郭泰祺与日本特命全权公使重光葵分别代表中日双方签订《淞沪停战协定》后,跟着山本次郎来到上海。她把这里当作自己人生的大舞台,配合军方逐步控制和掠夺上海各种资源,以便战时为日军所用,"以战养战"。

坐在桌子前,吉子打开抽屉的锁,拿出一个文件夹翻看,里面有一份上海各行各业中具有一定规模的企业及其掌门人名单。什么时候这些人都能为她所用,那就好了。合上文件夹,吉子的目光落在封皮上的"猎羊计划"四个字上,露出神秘莫测的笑容。两个月前的商业酒会只是一次试探,郑文章自以为不来就可以万事大吉,太天真了。对付这样的人,只有找准他的软肋才会乖乖就范。把文件夹放进抽屉锁好,吉子面无表情地拿起桌上的一个红果子,轻轻一捏,再摊开,手心里沾满了浆果液,触目惊心地红。

夜越来越深,四周寂静得可怕。

郑文章趴在桌子上迷糊地睡过去。他梦见自己在不停地奔逃,山道崎岖,身后有猛兽追赶,可双脚沉重,怎么也跑不快。不好,前方没有路了,眼看着猛兽呼啸着扑过来,郑文章大叫一声,醒了,一身冷汗。再看那小孔,已微微有了亮光。

吃饭时间到了。蒋茨端着饭菜进来,放在桌上,又转身出去。郑文章虽然早已饥肠辘辘,可他实在不想吃日本人的东西,脑子里全是家人的身影:年老体弱的父亲、孤独无助的妻子、不谙世事的孩子,走马灯似的在他眼前闪过。那个女人的警告在他耳畔一遍遍响起,他明白,眼前没有一条路可以让他走。

"天绝我郑文章!"郑文章长叹一声,"不行,我还是不能坐以待毙。要不先假装答应,待出去后反悔?"

再一想,不行。只要签了字,日本人岂能容他反悔?说不定转眼就迎来灭门之灾。郑文章的脑子快速运转,他左思右想,决定先表现出合作的态度,麻痹对方,再找机会让对方放了自己或逃出去。他把目光落在已经没有丝毫热气的饭菜上,捧起了饭碗。

蒋茨进来,看到郑文章把饭菜吃得干干净净,便把碗筷一收准备离开。郑文章叫住他,提出自己关了一天难受,能不能让他到门口透透气?

"郑先生稍等,我去请示吉老板。"

"谢谢这位先生!"郑文章道谢,"请问尊姓大名?"

"蒋。"蒋茨说完,转身关上门离开。

吉子听说郑文章把饭菜都吃了,猜测他思想已经松动,很高兴。"那就让他在院子里走走,看紧他。"

"是,吉老板。"

郑文章走出软禁的小屋,站在院子里,深深地吸了一口气,又长长地吐了出来。他一边装作活动筋骨的样子,来回走着,一边偷偷观察,要想出去,唯一的通道只有这扇铁门,从眼下的情况看,难度太大。为了不引起看守他的人怀疑,郑文章在院子里站了一会儿,就自觉地回到小黑屋。

郑少伟把郑李氏送回郑公馆。

郑安氏等人看到她披头散发,额头红肿,一副失魂落魄的模样,再听说钱被抢,人没有找回来,都傻了。

吴妈冲过来扶郑李氏回房。

"五十万银票啊,老天!这可怎么办?"郑安氏手足无措地跟在后面,急得团团转。

郑伯跑到郑丰裕的牌位前跪下,拼命磕头:"老爷,你快救救少爷,他可千万不能出事啊!"

"对不起,是我没有保护好少奶奶,我真该死。"郑少伟自责不已,一脸的悔恨愧疚。

"这事也不能怪你,他们人多,早知道我该让阿鹏一起跟去。"郑安氏说得很真诚。她见郑少伟身上带伤,就问要不要去医院包扎一下伤口。

郑少伟苦笑着摇摇头说:"我没事,刚才想送少奶奶去医院,她不肯。我现在就去厂里,那边也放心不下。"

"那你去吧!"郑安氏第一次注意到郑少伟是个很不错的年轻人。

"爹,你让吴妈注意少奶奶的情况,我怕她想不开。"郑少伟走到父亲面前,低声说。

"我有数,你的伤不打紧吧?"郑伯心疼儿子,朝四下看了看,又催促道,"快去厂里,别让你娘看到,否则又要担心。"

郑少伟答应一声,顾不得身上的疼痛,开车直奔船厂。

郑李氏躺在床上,发起了高烧,整天昏昏沉沉。她不断跋涉在幽暗的长路上,眼前是无边无际的黑,看不到尽头。好累,一个无形的漩涡想把她吸进去,挣扎,想喊又喊不出来,她想抓住什么,却又什么都抓不住。

吴妈看到郑李氏这样,急得直掉眼泪,她日夜守在床边,精心照顾。郑安氏也很忧心,叫郑鹏去请相熟的一位老中医到郑公馆来看病。老中医把脉后,说郑李氏是精神太紧张、疲劳,致肝火上升,开了几帖龙胆泻肝汤,嘱咐要静养。服了汤药后,郑李氏的烧退了,人也慢慢清醒过来,只是浑身一点力气都没有,躺在床上一句话都不想说。

"小姐,你看你,眼睛都陷进去了。"吴妈端着一碗刚熬好的骨头粥上来,对郑李氏说,"起来吃点吧,小姐,别把身子搞坏了。"

"巡捕房那边有消息吗?"郑李氏有气无力地问。

"沈先生来过电话,说他们已抓到一个坏人,另两个还没有抓到。"

郑李氏听说抓到一个,激动得想坐起来,猛一用力,整个人就晕眩不已,只好重新躺下喘粗气。

"我的小姐,你不要急,来,先吃点东西,这样才有力气。"吴妈放下粥碗,扶郑李氏起来,又拿过一个靠垫让她靠在床头。

"不想吃。"郑李氏病恹恹地说。

"小姐,我求求你,你好歹吃点,不为自己想,也为少爷和三个孩子想想,保重自己的身体才要紧。再说,不是抓住一个坏人了吗?我想那两个肯定也能抓住,到时候钱就能拿回来。"

经吴妈这么一劝慰,郑李氏人又清醒了些,总算把那碗骨头粥给吃了一半。

"小姐,我叫大少奶奶过来陪你说说话。"

"我想一个人静一静。"

"那我先出去,你好好休息。"

吴妈出去,轻轻带上了门。郑李氏靠在床头整理纷乱的思绪,丈夫依然音信全无,这么大一笔钱又被抢走,倘若追不回来,她该如何面对?巨大的压力似泰山压顶,让她近乎窒息。可她还有别的选择吗?郑李氏想起小时候爷爷曾对她说过的话:一条船启航了,倘若中途遇到了风浪,就会把帆放下来,减少阻力,不要慌,总能想出办法来。

"对,不要慌,会有解决的办法。"郑李氏安慰自己。

郑李氏挣扎着起来,让阿虎送她到孙公馆,告知孙茂盛赎金被抢的事。"孙叔,现在巡捕房正在抓另两个歹徒,只要一追回银票,即刻奉还。倘若……"说到这里,郑李氏的心又刺痛起来,她忍住泪,语气坚定地说,"请孙叔放心,万一有什么意外,即便倾家荡产也绝不让您为难。"

孙茂盛一直托人在四处打探,郑文章却像人间蒸发了一般,看来事情远比他想的要复杂。见郑李氏身为女子,却如此有担当,不由多看了她一眼:"眼下最要紧的是找到文章,其他的事可以缓缓。我给商会打个电

话,让大家都想办法去找找。"

"孙叔,谢谢您!"郑李氏流下了感激的泪水。

回到郑公馆,郑李氏想着人多点可能找起来更容易,就去书房抽屉找丈夫放在里面的名片,病急乱投医,也不管对方亲疏远近,先一一打过去再说,拜托大家伸出援手,帮忙查找丈夫的下落。林景生接到电话,说他已托帮会的朋友在打听,一旦有消息,定及时告知。郑李氏向他道了谢。有这么多人帮忙,丈夫一定会平安回来,郑李氏不停给自己打气。

傍晚,郑文章在院子里活动,蒋茨在边上边抽烟边看着他,两个人还时不时地搭几句话。这是郑文章的策略,对签合约的事,他的态度非常好,可又借口此事关系重大,要好好想想,以此拖延时间。吉子心想他人都在自己手上了,晚几日也无所谓,就不再催促。郑文章明白,要想从这院子里逃出去太难。就算逃出去,跑得了和尚跑不了庙,结果也一样。要想不签字就让日本人放他,除非动用外界的力量,所以对他来说,若能把这里的信息传递出去,那就有活路了,而唯一有可能帮他的就是眼前面相虽凶,但对他还算客气的男人。

蒋茨进来送晚饭。郑文章又故意找话:"蒋先生,这几日麻烦你了。你是哪里人?听口音,好像也是江浙一带的。"

"郑先生好耳力,我是绍兴人,离宁波很近。"几天下来,蒋茨跟郑文章也熟了,趁吉老板不在,聊几句也无妨。于是就虚掩上门,拉过一把椅子坐下,笑着说。

"绍兴也是好地方,蒋先生家人在上海吗?"

"家里只有老母亲一人,在乡下。"蒋茨的神情黯淡下来。

"蒋先生还没有成家?"郑文章好奇地问。

"我们这种人,还是不成家的好,哪天掉了脑袋都不知道。"蒋茨长叹一声,"过一天算一天。"

郑文章点点头说:"这营生也真难为你了。"

蒋茨没想到这位兴盛少东家这么能理解人,心里有点感动,他劝郑文章早点把字签了,也好回家去。"你斗不过他们。"

郑文章苦着脸说:"我也想早点回家,可我真不懂这种合作,这样的大事,没禀告过家父,我是断断不敢擅自做主的。要不蒋先生,麻烦你帮我带个字条出去?"

蒋茨吓了一跳,站起来,连忙摇头说:"不行不行,让吉老板知道,我的小命就没有了。"

郑文章见蒋茨一口回绝,不由失望,他还想继续努力:"蒋先生你有所不知,我们郑家家规甚严,别看外面是我在主事,其实一切大事皆由我父来定夺,我只负责执行罢了。"

"郑先生,你现在可以自己做主。"蒋茨犹豫了一下,"不瞒你说,令尊大人已经过世了,报上登了讣告。"

"你说什么?!"郑文章抓住蒋茨的手,瞪大眼睛追问道,"你再说一遍!"

蒋茨推开郑文章,低声说:"别嚷嚷,郑先生,你父亲已经死了。"

郑文章的头"嗡"的一声,耳朵似在瞬间失聪,好端端地,父亲就去世了?! 一定是自己突然失踪引发的严重后果!他跪倒在地,伤心欲绝。

"郑先生节哀!"蒋茨看郑文章如此痛苦的样子,有点后悔告诉他这个消息。

郑文章猛地站起来,此刻他满脑子就是"回家"两个字,于是拖住蒋茨的胳膊:"求求你,放我回家,我要去看我爹。"

"郑先生,这个我做不了主,不要为难我。"蒋茨使劲掰开郑文章的手。

"好,那你带我去见吉老板,我签字。"郑文章抬头看了眼小孔,天已经黑了,这个时候守门的都在吃晚饭,是防备最松懈之时,他心里忽有了一个冒险的想法。

"吉老板出去了,这样吧,郑先生,等她回来,我马上去汇报。"蒋茨见郑文章答应签字,松了一口气,这样他的任务也算完成了。

郑文章点点头,说好。蒋茨转过身,走到门边去拉门。郑文章顺手抓起桌上装饭菜的托盘,狠狠心砸向蒋茨。蒋茨没提防,一下子被打晕了过去。从没有这样打过人的郑文章手脚都发起抖来,但他已没时间多想,慌忙把蒋茨的衣服脱下来换上,戴好帽子,故意压低帽檐,悄悄拉开一道门缝朝外看。

四周没有异常。

郑文章手里紧紧捏着钥匙,侧身闪出房门后锁上。他故意朝里面走去,边走边观察四周。冷风一吹,郑文章清醒过来,他又该如何走出那道森严的大铁门?

拐弯处,郑文章忽看到一个老头从厨房出来,他想躲开,可已经来不及了。天虽黑,可李老头还是发现眼前是个陌生人,他张了张嘴,却没有发出声音,因为他突然想起这个人是谁了。

郑文章大喜,上前深深地鞠了一躬,轻声哀求道:"老伯救我。"

李老头紧张地摇头,悄声说:"你还是赶紧回房,这里出不去。"

正说着,突然传来铁门打开时的沉重声音,又听到汽车的鸣叫声。"吉老板回来了。"李老头心惊胆战地看了郑文章一眼,转身闪进厨房,关上了门。

郑文章陷入了绝望。他知道自己回不去了,那就拼了命搏一回。他把帽檐压得更低,装作若无其事的样子向大门口走去。汽车缓缓开了进来,守卫人的视线出现了盲区,郑文章加快速度,贴着墙根,一阵风似的朝外跑过去。

很快,有人发现了可疑的他,大声叫喊:"什么人?站住!再不站住就开枪了!"

眼看着大铁门要关上了,郑文章拼了命冲过去。突然,一声枪响,郑文章奔跑的脚步踉跄起来,接着缓缓地扑倒在地上。眼镜飞到远处,镜片碎了。刚从汽车上下来的吉子听到枪声快速跑过来,门口的探照灯瞬间亮了。吉子蹲下身一看,原来是郑文章,她大吃一惊,忙用手探他的鼻息,还有一丝气息,就吩咐手下,马上给山本长官打电话,请他速派军医过来。

厨房间,正拿起菜刀准备切菜的李老头听到枪声,手一抖,菜刀掉到了地上。耳边响起刚才郑文章的哀求声,摇着头叹气,又一条人命,他在心里暗暗说。没多久,李老头听到吉老板在办公室骂人,声音像刀子一样锋利。又一阵稀里哗啦摔东西的声音传来,估计那些杯子遭殃了。蒋茨和开枪的守卫耷拉着脑袋,任她劈头盖脸地臭骂。"废物""蠢货""成事不足,败事有余""老子真想一枪毙了你们"等等,像机关枪一样扫射过来,一张俏丽的脸扭曲变形,很是狰狞。

蒋茨生怕眼前的这个女人真的发疯,暴怒之下把他给结果了。心里埋怨起郑文章,这么聪明的一个人也有脑子糊涂的时候,这样的下下策居然也想得出来。幸好他那一盘子手下留情,不然的话自己不死怕也残了。早知道就不该把他爹的死讯告诉他,唉,都怪自己多嘴。这事若让这个女人知道,她非把自己煮了吃不可。骂累了,吉子总算住了嘴,厌烦地一挥手,吼一声"滚"。两个男人如获大赦,战战兢兢退了出来,虽大冬天的,但身上已全是汗。

电话铃响了。

吉子接起,态度马上变得恭敬无比,一脸的唯唯诺诺,现在轮到她挨骂了。通过声音,吉子可以想象山本次郎在电话那头吹胡子瞪眼大发雷霆的样子。

"这件事就当从没有发生过,绝不能泄露一丝消息,让他们管住自己的嘴。"山本次郎命令道,"明天早上你过来一趟。"

"是,山本长官。"

放下电话,吉子又立即通知所有人在院子里集合训话,语气阴森地重申,无论是谁,都不准把晚上发生的事说出去,谁多嘴就割谁的舌头。

黑暗中,蒋茨和李老头不禁同时打了个冷战。

— 4 —

夜幕被一只神奇的手揭开了,郑公馆又迎来忐忑不安的一天。

郑李氏的精神完全靠意志力支撑着,在重复的希望与失望中煎熬。她打的那些电话,除了林景生来了一个回话,说已打探清楚,此事与帮派无关之外,其他人都没有音信。郑李氏思来想去,还是找孙茂盛,问问他那边的情况。孙茂盛说他和商会的人都通过各自渠道打探,奇怪的是,没有人知道郑文章的下落。能把事情做得如此缜密,恐怕不是一般人,要有心理准备。挂断电话,郑李氏在椅子上呆呆地坐着,她还没有理解孙茂盛所说的心理准备是什么意思。是丈夫回不来了?不,这绝不可能!她突然想到巡捕房,也许他们那边已经有眉目,还是过去当面问问沈先生。吴妈见郑李氏已是风都能吹倒的样子,不放心她一个人出门,就跟着一同前往。

巡捕房,沈俊箫坐在桌子前,忙着写郑李氏被抢一案的审查报告。电话铃响了。线人向沈俊箫汇报,说已查到郑文章的下落,不过已经死了。

"可靠吗?怎么死的?"沈俊箫低声问。

"可靠。他想逃走,被守卫打死了。"

"知道了。"

放下电话,沈俊箫心情很沉重,又是一起严重的刑事案件,可他偏偏无能为力。这些年恶性事件逐年增加,为提高破案率,巡捕房专门收编了一批行走江湖的"包打听",每个人的报酬跟他们提供的线索价值直接挂钩。至于线人的消息来源,他们就不管了。蟹有蟹道,虾有虾路,有钱能使鬼推磨。这事怎么跟郑太太说?沈俊箫不禁犹豫起来,这结果不是每个人都能承受得住的,更何况她的公公也刚去世。可瞒得了一时,瞒不了一世,再说告知实情是他的职责所在。等把这份报告写完,还是通知她来一趟。正想着,手下进来说有人找。沈俊箫抬起头,看到站在门口的郑李氏和吴妈,忙站起来招呼她们进来。他发现几日不见,郑李氏的脸瘦得只剩下两只大眼睛,不由心生怜悯之情。"郑太太,我正准备给你打电话,告诉你一个好消息,那三个歹徒抓住了,银票也追了回来。"沈俊箫给郑李氏倒了一杯开水,他在考虑要不要把那个坏消息也一并说出来。

"真的?"郑李氏激动得一把抓住沈俊箫的手,又猛地意识到自己的失态,慌忙松开,脸莫名地红了起来。

沈俊箫看到满脸红云的郑李氏,心像被尖细的针给刺了一下,现在说另一个消息,会不会太残忍?他让郑李氏坐下,先听他说说这三个人怎么抓住的。郑李氏点点头,她没想到这么短时间,沈先生就把歹徒给捉拿归案了,由衷敬佩之余,心里又燃起希望,相信丈夫的下落也一定能查个水落石出。

原来那日沈俊箫开车去追,这三个人看到情势不对,拼命加快速度,拐到一条小路上,想甩掉后面的车,没想到路太窄,车速过快,车翻下了路基。有一个人卡在车里动弹不了,另两个也受了伤,不过还跑得动,于是就拿着皮包自顾逃命,把卡在车里的那个人气得大骂。沈俊箫把人带回巡捕房后,立即审问,此人因同伴弃他不顾而恨极,还没有问,就自己开口供出了另两人的具体情况。沈俊箫马上派人去追捕。原本也没想到会这么顺利,没想到这两人面对五十万银票,都想独吞,各自设计对方,结果还来不及逃离上海,就被抓了,发财梦破灭。

郑李氏听得心都快跳出来了,她急切地问:"那我丈夫的事跟他们可有关系?"

"没有关系。"沈俊箫摇摇头说。

这三个人住在上海郊区,平日里游手好闲,最爱赌钱。郑文章被绑架那天傍晚,他们去赌场,无意中发现路边停了一辆车,两个男人站在树丛小便。一个高个子的男人问另一个矮个儿的:"你说,这郑家少东家值多少钱?"

矮个儿回了一句:"别做梦了,这是皇军要的货,哪轮得到你我?"

"说的也是。妈的,这天真冷,快走快走。"

说完,两个人上车,发动车子开走了。

这几句话三个人开始也是当风吹过,可没想到,接着又传来郑老爷子去世的消息,又风闻少东家下落不明,郑公馆想拿钱赎人还不知道找谁,就觉得有机可乘。三个人一拍即合,就有了那封勒索信和后面的事情。

"日本人?他们为什么要抓我丈夫?"一听此事与日本人有关,郑李氏大惊失色,又满腹狐疑。看来事情果真如孙茂盛所说,非常复杂,郑李氏的两只手不自觉地绞在一起。

沈俊箫没有回答郑李氏的问话,他拿过来一份报告,请郑李氏签个名,把装有银票的信封递给她:"你清点一下。"

郑李氏只好先把那颗七上八下的心按住,从信封里抽出银票,清点后没有错,就站起来朝沈俊箫感激地鞠躬道谢。"沈先生,你说日本人为什么要抓我丈夫?"郑李氏把信封放进皮包,继续追问。

"这个尚不清楚,郑先生是生意人,最有可能就是跟生意有关。郑太太,我还有件事要告诉你。"沈俊箫欲言又止,他真担心郑李氏接受不了这个噩耗。

"什么事?"郑李氏心中再次浮起强烈的不安,想听又怕听到最害怕的事。

"是有关郑先生的事。"沈俊箫尽量用平静的语气说。

"我丈夫怎么了？你快说！"郑李氏再也坐不住了，紧张地站了起来，死死盯着沈俊箫的嘴巴。吴妈的心也被提到了半空。

"刚得到的信息，郑先生已遭遇不幸……郑太太，请节哀！"沈俊箫低下头，不忍去看郑李氏绝望的神情。

郑李氏的脸顷刻变得灰白，颤抖着身子，拼命摇头。"不可能，这不可能，我不相信。你骗人，骗人！"话音未落，已泣不成声。

"小姐，这可怎么办啊！"吴妈上前，抱住郑李氏，哭了起来。

郑李氏傻傻地站在那里，任吴妈一声声叫她，耳边只有一个声音反复响起，"郑先生已遭遇不幸"。泪水模糊了视线，这个世界，在她眼里，已不复存在。沈俊箫感到从未有过的难过，对一个妻子来说，没有比这个消息更残忍的了。

"走，我送你们回郑公馆。"沈俊箫穿好大衣，戴上墨镜，对吴妈说。

吴妈抹一把眼泪，点点头，扶着郑李氏朝外走去。郑李氏的脚步像踩在棉团上，虚软无力。走在后面的沈俊箫，看着她像纸一样单薄的身子，竟莫名地担心起来。

当郑公馆上下得知郑文章已被害的消息，个个呆若木鸡，随后哀号声一片。

天，真的塌下来了。

郑伯捶胸顿足，痛哭流涕，仰天长叹道："老爷，太太，你们为什么不保佑少爷，为什么啊？！"

郑安氏脑子也一片混乱，她在花厅不停打转，手上的佛珠被她扔在桌上，嘴里念念有词："怎么会这样？！怎么会这样？！"

三个孩子抱成一团痛哭，郑鹏站在旁边，不知该如何劝。从小锦衣玉食的他，强烈地感到恐慌与无助。这种感觉，在他父亲失踪噩耗传来时曾发生过，只是这次更加强烈。

"爸爸，你快回来！"

"爸爸,我再也不调皮了,你回来!"

凄惨的哭声,就算是铁石心肠都要为之心碎。最让人忧心的是郑李氏,她一反常态,不吃不喝不哭不说话,神情痴呆地坐在那里,一动不动,整个人好像没了魂。吴妈寸步不离地守着她,怕她想不开。

最年长的郑伯成了主心骨,他看郑安氏没个主张,郑李氏一时半会儿怕缓不过神来,万一公司再出些什么差错,如何对得起老爷和两位少爷付出的心血?他打电话给郑辉等公司各负责人,先把郑文章遇害的事简单说了下,然后拜托他们这个时候千万不要大意,各自尽责,等过些天少奶奶精神恢复了,再坐下来好好商量。

"船厂工人这么多,你一定要管好。"郑伯对儿子的要求更严,再三叮嘱。

"我知道。"得知郑文章已不幸遇害,郑少伟的心掉进了冰窟。以后少奶奶和三个失去父亲的孩子如何是好?他万分焦虑。

郑伯又和郑鹏一起去宁波旅沪同乡会,告知此噩耗。

那些心思活络的下人们已在暗做其他打算,能偷懒就偷懒,还有的竟打起了偷盗的主意,想趁机捞一笔就走人。短短几日,郑公馆就呈现出一片衰败景象,连地上的枯枝落叶都没人打扫,气得郑伯把下人召集起来,狠狠地训了一顿。

卧室里,郑李氏昏沉沉躺在床上。

郑伯和吴妈急得像热锅上的蚂蚁,医生也来看过了,说这是心病,药物起不了什么作用。郑安氏也一样寝食难安,连念经都没了心思。家里乱成一团,公司那么大的摊子又没人管,再这样下去,怕是要出大乱子。

诗韵好像一夜间就长大了,母亲病倒,她和两个弟弟白天上学,晚上回家守在母亲的病床前,吴妈要催好几次,孩子们才肯去睡觉。连平时最调皮的郑万也变得格外安静。郑伯看少奶奶这个样子,非常担心,但他又不敢惊动少奶奶的父母,怕再节外生枝,那他可就担不起了。

沈俊箫坐在写字间翻案卷,他的情绪陷入了一种莫名的压抑中,仿佛听到了郑公馆里的一片哭声,这让他心情很沉重。

电话铃响了。沈俊箫接起,原来是他的好朋友王兆林打来的。王兆林是《申报》的记者,专写社会新闻,文笔很是犀利。王兆林约他去悦来茶楼,有事。

放下电话,沈俊箫跟下属交代几句,换上便衣,匆匆赶往悦来茶楼。在路上,沈俊箫猜测王兆林找他可能是想了解郑文章的绑架案,他这个朋友天生是块当记者的料,感觉特别敏锐。说起来两个人认识也有好几年了,由于投缘,经常在一起喝茶交流,互通信息。

悦来茶楼是一栋古色古香的木结构房子,两层楼,环境清雅。这里不仅茶好,特色茶点也不错,还有一个个装修别致的小包间,适合谈事情。

"贵叔,最近生意怎样?"沈俊箫走进茶楼,笑着对茶楼老板说。

"托您的福,沈先生,王先生在'风雅'。"贵叔是个慈眉善目的老人。

沈俊箫上楼,推开"风雅"的门,王兆林坐在那里独自品茶。他是个身材瘦小的年轻人,戴一副近视眼镜,长相普通,属于丢在人群里一点也不会引人注目的那类。

沈俊箫在王兆林对面坐下,拿起茶壶自己倒了一杯,喝一口,就直奔主题:"你想知道啥?"

"兴盛航业公司少东家绑架案,"王兆林一脸惋惜地说,"我听说他已经遇害了。"

"你怎么知道?"

"刚有人给我打的电话。"

"谁?"

"你别急,我慢慢讲给你听。"

其实郑家少东家绑架案,王兆林在案发第二天就开始关注,本来想着等有结果再写篇文章,没想到这次很异常,迟迟没有消息来。一小时前,他接到宁波旅沪同乡会秦师喻副会长打来的电话,对郑文章被害事件非常愤怒,希望能通过媒体强烈谴责此类卑鄙行径,要求当局保障各企业家

的人身和财产安全,以免悲剧再次发生。

"你想了解什么?"沈俊箫问。

"当然是有关这个事件的,越详细越好。"王兆林奇怪地看了一眼沈俊箫,发现他的脸色不太好,于是关心地问,"怎么了?人不舒服?"

"没事,可能昨晚没睡好。"沈俊箫避开王兆林询问的目光,淡淡地说。

王兆林催沈俊箫快讲,等会儿他还要赶回报社去写这篇报道。沈俊箫犹豫了一下,把相关情况简单说了一遍。最后提醒王兆林,有关郑文章是被日本军方绑架并遇害这事,倘若在报上公开,恐怕会有后遗症。最关键一点,到现在为止,仍没有确切的证据。虽然抓获的那三个人可以作人证,但他们并非直接参与绑架。从线人提供的消息来分析,日本军方并不想要郑文章的命,他们应该是另有目的,只是没想到郑文章会趁机逃跑,这才被枪杀了。"郑家太不幸,两房全是孤儿寡母,这么大的产业,接下去恐怕是非多多。"

"另有目的?有道理。我估计日本人看上的就是他家的产业,那么大一块肥肉,不敢明目张胆抢,就使阴谋诡计。"王兆林冷静地分析道。

"我担心这样的事以后还会不断发生。"沈俊箫一脸沉重。

"我也是这种感觉。"王兆林端起茶杯,又轻轻放下。

一时间,两个人都沉默不语。

第二天,王兆林以"离奇的绑架案"为题,报道了郑文章绑架事件,追问到底谁是幕后凶手,下一个牺牲品又会是谁,当局如何来保障公民的人身和财产安全。虽没有直接点明,但读者已从字里行间感觉出这剑指向日本人,一时舆论哗然,议论纷纷。王兆林采访了宁波旅沪同乡会的代表及部分企业家对此事的看法,进行跟踪报道。连续几天,上海的大街小巷中谈论最多的话题就是兴盛少东家事件,对幕后主使强烈谴责,群情激愤,大有燎原之势。王兆林又趁机把近年来上海滩发生的一系列跟企业家有关的刑事案件做了一个梳理,连问为什么,让日军方面非常紧张。

守卫森严的日本海军特务部内,山本次郎坐在桌子前,盯着桌上摊开的几张报纸,一脸怒容。他背后的墙上,悬挂着天皇的照片,另一面墙上贴着一张中国地图。

守卫通报,说吉子小姐来了。

"让她进来。"山本次郎冷着脸说。

"山本长官。"吉子低下头,不敢直视那双鹰一样的眼睛。

"你说,到底怎么回事?消息怎么泄漏出去的?"山本次郎站起来,抓起桌上的报纸狠狠地甩在吉子脸上。

报纸落到地上,吉子弯腰捡起,这些报道她已经看过了,过来之前已做好挨批的准备。

"属下该死。"吉子诚惶诚恐,"是属下的责任,请山本长官惩罚。相关嫌疑人,属下已经处理。"

"笨蛋,你知不知道,这对我们的计划影响有多大?我不是再三提醒你,要悄悄进行,不要打草惊蛇,搞得满城风雨。你听哪儿去了?"山本次郎怒目圆睁,拍着桌子骂道。他那大蒜一样的鼻子因为情绪激动,变得红通通的。

"请山本长官给属下一个戴罪立功的机会。"吉子低下头,恳求道。

山本次郎狠狠地瞪了吉子一眼,半响才说:"暂时停止行动,等我命令。"

"是!"吉子很不情愿地答应道。本来她还想打个漂亮的翻身仗,以雪此次行动失败之恨,没想到竟然让她暂停。

"以后多动动脑子,我们的目标不是一个人,你要搞清楚。人心,要收买人心,让他们心甘情愿,我们就能省很多精力。"山本次郎很不满地看着他的女弟子,威严地说,"你是大日本帝国的军人,不要忘了,你还是个女人,这也是你的武器,明白?"

"属下明白。"吉子嘴上这么说,心里却无端地难过起来。没有人知道,她对上司有一种异样的情愫,她所有的努力,只想得到他的肯定和赞赏。

"好了,没有我的命令,不许轻举妄动。"山本次郎皱着眉头又嘱咐一句。

"是,山本长官!"吉子大声回答。

吉子走后,山本次郎再次拿起报纸,脸色越来越难看。这王兆林是什么的干活,专跟皇军过不去?至于"猎羊"计划,看来他得另外再派人和吉子共同执行,免得她太好胜,反而误了事。

"郑文章。"吉子恨恨地念叨着这三个字,发动车子,调头开出大门。这次事件搞得太被动,最可恨的是,她都不知道是谁把消息泄露出去的,人人都有嫌疑,她总不可能都给毙了。为了在山本次郎那里交差,她把烧饭的李老头给处理了,因为他隔一两天就要出去买菜,最有机会传递消息,嫌疑最大。郑文章死了,她倒要看看兴盛公司还能撑多久。

好戏要开场了。吉子的嘴角浮现阴险的笑。

当又一个黎明来临,郑李氏从一个又一个噩梦中醒来。

这是一条多么漫长的跋涉之路啊,她走得好累,真想就这样永远沉睡下去,不再睁眼。可孩子们一声声叫着姆妈,提醒她别忘了自己还有一个母亲的身份。郑李氏静静地躺在床上,她在想自己前面走过的人生路,从小衣食无忧,何时经历过这样的风浪?可现在命运把她推到了风口浪尖,眼看着郑家这艘船就要散架了,她能带着孩子们安全回到岸上吗?郑李氏想起来,小时候爷爷最喜欢讲故事给她听,他说第一次上沙船去干活,人家就跟他说,"沙船三寸板,板内是娘房,板外见阎王",非常危险。可他不怕,大着胆子就去了。倘若他没有迈出第一步,就不可能有后来的沙船队。最后,爷爷用"成事在天,谋事在人"这句话做总结。此刻,爷爷曾经说过的话从郑李氏的记忆深处浮现了出来,如此的清晰。

"成事在天,谋事在人",无论结果如何,郑李氏明白,这一步,她终究是要迈出去的。放弃,不是她的性格。

"小姐,你起来了?"吴妈轻轻推开卧室的门,见郑李氏坐在梳妆台前梳头,惊喜地说。

"我不能再躺下去了。"郑李氏语气平静地说。

"是,小姐,这个家不能没有你。"吴妈的眼泪又出来了,怕惹郑李氏伤心,慌忙抹去。

"这段时间辛苦你了,"郑李氏梳好头发,回过头拉住吴妈的手,"幸好有你陪着我。"

"只要小姐没事就好,这几天可把大家给吓坏了。想吃什么?我马上去厨房做。"吴妈心疼地摸摸郑李氏的手臂,嘀咕一句,"看看,瘦得都脱了形,要好好养养。"

"熬点粥吧,做两样清淡的小菜。"郑李氏刚才就发现自己又瘦了,似乎只剩下一副骨架子,撑不起衣服。

"好好,我这就去。"吴妈边说边匆匆去厨房。

听说郑李氏已起床,郑安氏走了过来,询问身体状况。

"嫂子,没想到我们一样命苦。大哥和文章两个都活不见人,死不见……"郑李氏声音哽咽,说不下去了。

郑安氏想起丈夫,想起漫漫长夜的孤寂,也不禁悲伤起来,喃喃道:"这就是命。"

"难道真的有命?"郑李氏问自己,也问上苍。

"我说过,到时候由不得你不信,认命吧,这样你心里也会好受些。"郑安氏的手指又开始轻轻捻动佛珠,脸上又恢复了波澜不惊的平静。

"若真有命,我倒是想跟它争一争。"郑李氏还是不甘心接受命运的安排。

郑安氏苦笑了一下,没有说话。她想,郑李氏毕竟年轻,不肯认命也是可以理解的。可不认命又能如何?你丈夫能回来吗?两个女人各想各的心事,一时相对无言。还是郑安氏先想起自己过来的目的,开口道:"现在郑公馆上下没一个当家做主的男人,公司也群龙无首,阿鹏虽是长房长孙,但毕竟年纪轻,挑不起这么重的担子。你我都是妇道人家,又能做什么?还是趁现在把所有产业卖掉,我们两房各分一半,以后就各过各的日子。"

"嫂子,我也同意分家,但卖掉产业我不同意,这是公公辛辛苦苦创下的,又有大哥和文章的心血,不能就这样断送在我们手上。"

"不卖掉?这么大公司谁去管?我和阿鹏没兴趣,阿程和阿万都这么小,等他们长大接手,猴年马月去了。"

"嫂子,这事你容我好好想想。你放心,属于你和阿鹏的那份,绝不会少。"郑李氏恳切地说。

"那就先把小叔子的丧事办了,再来处理这件事。"郑安氏见郑李氏说得诚恳,心想也不怕妯娌说话不算数,毕竟那么多人都可以作证,也就不再说什么。

吃了一碗粥,又喝了半碗吴妈煲的参汤,郑李氏感觉稍有了点力气,就叫人把郑伯请来。郑伯匆匆走进来,看到郑李氏已下床,他稍稍松了口气。郑公馆不能没有当家人,这段时间,他这把老骨头也是硬撑着。

"郑伯,请坐,辛苦你了。"郑李氏对郑伯的感激是发自内心的,她知道,如果没有郑伯守着,郑公馆恐怕早已鸡飞狗跳。

"少奶奶,我所做的一切都是我的本分。人死不能复生,你也别太伤心,你还有两个小少爷和诗韵小姐,一定能熬出头。"郑伯的声音中全是疲惫,原本花白的头发白得更明显了。他告诉郑李氏,少伟这些天日夜守在船厂,生怕出事。其他几位管事的也如此,大家都尽心尽力,但心里没有底,都很慌,所以郑公馆里得尽快拿个主意出来,免得大家东猜西想。

"我明白。"郑李氏点点头,她已萌生一个念头,这念头一出现,就像生了根,挥之不去。

接着,郑李氏跟郑伯商量如何操办郑文章的后事。她虽万般不愿接受丈夫已不在人世的现实,可不接受又能如何?丈夫再也不会回来,而日子还得过下去。郑伯说得对,她还有孩子们,那是她的希望。"郑伯,我想就在家设个简易的灵堂,到报上发个讣告,其他的还是免了,相信文章会谅解我这么做。"郑李氏平静地说。

"少奶奶,一切听你安排。"郑伯点点头,"这事就交给我,少奶奶,你还得尽快把他们几个叫来,定定心。"

"好,等忙过这几日。"

郑伯急急去忙他的事,郑李氏让阿虎送她去孙茂盛处,归还那五十万银票。孙茂盛对郑家一而再再而三遭遇不幸表示同情和难过,问郑李氏接下来有什么计划。

"孙叔,家嫂要求把产业卖掉,两房各一半,可我不想把好端端的郑家产业就此断送。"郑李氏心里已有了主张,她想听听孙茂盛的意见。

"那你有什么好主意?"孙茂盛好奇地问。

"我想接管过来自己经营。"郑李氏冷静地说。不过,很快她又想到现实问题,"只是苦于手中无钱,又无经验。"

郑李氏的回答让孙茂盛颇感意外,他不由自主地认真打量起眼前的这个弱女子:清瘦,眼睛清亮,脸上有一种坚毅的神采。但他怕她只是一时冲动,于是婉转地说:"经营这么大一份家业,没有那么容易,你可要想清楚。"

"孙叔,不瞒您说,以前文章常与我探讨公司的事情,我也时有意见建议给他,所以对业务也算是略知一二。"郑李氏自信地说,"更何况管理船队的郑辉是自家兄弟,船厂经理郑少伟是郑伯的儿子,都忠诚可靠。码头的陈森经理是文章的同学,都是相交多年的朋友,相信他们都会继续留下来帮我。"

"但还有一件事你别忘了,日本人为什么要绑架文章?打的恐怕就是郑家这份产业的主意,倘若他们继续下手,你又该如何应对?"孙茂盛顾虑重重。

郑李氏站起来,激动地说:"若如此,我更应该替文章担起此责,而不是因为畏惧而放弃,让仇人得意!大不了玉石俱焚!"

孙茂盛没想到郑李氏的性格里还有如此刚烈的一面,沉吟了片刻,开口道:"既然你有这样的决心,我倒愿意帮你一把。要分家,就必须先盘点总资产,然后一分为二,分给你嫂子的那部分资产就折价成钱,我和董

事们去商议,争取让甬明银行给你提供贷款。不过你回去再好好想想,毕竟这贷款数目不会小,仅利息就是一个很大的压力。等确定下来,再给我回个话。"

"谢谢您,孙叔。"郑李氏再三道谢,"我会再认真想想,尽量考虑周全。"

孙茂盛语重心长地说:"不用谢,我也不忍心你公公一手创下的家业就此毁了。你若能好好经营,等孩子们长大了就交给他们,你公公和丈夫地下有知,都会感激你。"

"是。"郑李氏点点头。

郑李氏又询问孙茂盛资产如何估价,孙茂盛的意见是请专业人士,参照市场行情,再请几个双方都认可的值得信任的长辈作证。郑李氏听后,心里有了谱,就告辞回家。

郑文章的丧事办得非常简单低调,不过得知消息的生前好友还是来了不少。大家礼到后,说些安慰的话,就告辞回去了。沈俊箫带着王兆林过来,在灵堂前上了三炷香。郑李氏上前,对沈俊箫帮她追回银票的事,深表谢意。

"郑太太客气了。"沈俊箫见一身重孝的郑李氏,只觉素净得像出尘之莲。这些天,他时不时会想起这个柔弱的女子能否承受这接二连三的打击,今天看到她的样子,他突然就放心了。他隐约感觉在郑李氏身上,有一种隐藏的、让他说不清楚的韧性,这引起了他的好奇心。这究竟是个什么样的女人? 怕自己胡思乱想,沈俊箫赶紧转移话题:"郑太太,这是《申报》的记者王兆林,我的好朋友,有关郑先生的那些文章就是他写的。"

"多谢王先生!"郑李氏没想到眼前这位貌不惊人的年轻人就是写《离奇的绑架案》的作者,忙请两位到花厅喝茶。

"不打扰了。郑太太,以后有什么事需要帮忙,记着给我打电话。"沈俊箫真诚地说。

郑李氏也不勉强,就让郑伯送两位出门。刚到门口,碰到林景生和李淑慧,郑伯又把两位带了进来。林景生夫妻双双出现,让郑李氏触景生情,暗自神伤。林景生见郑李氏面带悲切,想她年纪轻轻就没有了丈夫,一个女人以后要带着三个孩子过日子,心里很同情。"文章兄弟虽不在了,但我们还是朋友,有事尽管开口。"林景生客气地说。

"是啊,姐姐,有需要你就说,不用跟景生客气。"李淑慧附和着丈夫的话说。这些天,李淑慧一直在感叹,人啊,真的不知道自己的命,以前她好羡慕这位姐姐,不但长得好,还嫁得好,孩子们又活泼可爱,自己是正室,丈夫也没三妻四妾,生活简直太完美了。没想到,一夜之间会有这么大的变故。相比之下,还是自己幸运。

郑李氏很感动,拉着李淑慧的手,想说什么,却又什么都没有说,一切尽在不言中。

由于无处去找遗体,有关丧事的那些程序全部免了。郑文章的衣冠冢,郑李氏想另外找时间回宁波去办,接下去的大事就是分家,嫂子怕夜长梦多,一直在暗示她。在分家之前,郑李氏让郑伯通知公司各位负责人到家里来,她要事先听听他们的意思。

晚上,郑少伟、郑辉、陈森和田旺财都过来了。郑李氏备了一桌素斋,又把郑鹏和郑伯叫上,以茶代酒。郑安氏没有参与。第一次跟少奶奶同桌吃饭,郑少伟等人都很拘谨,包括郑伯,都不好意思地坐在那里,不敢动筷子。

郑李氏亲自给大家斟茶。

第一杯茶,她代表丈夫,向大家表达衷心的感谢。特别是这段时间,倘若没有他们几位尽心尽责,恐怕早已是非多多。几个人连忙表态,这是职责所在,分内之事,请少奶奶放心,他们一定竭尽全力保证公司正常运营,减轻少爷一事带来的负面影响。

第二杯茶,郑李氏敬郑伯。郑伯虽是管家,但早已是这个家里不可缺少的一员。多年来,一直任劳任怨为这个家操劳。这个年纪,本可以安享晚年,可现在郑公馆还少不了他,只好请他再辛苦几年。郑伯听了少奶奶

一番暖心的话,无声地掉下了眼泪。

第三杯茶,郑李氏敬郑鹏。

郑鹏赶紧站起来,连声说:"婶婶,不敢当。"

"阿鹏,你是郑家的长房长孙,从今以后,你要学会担当,给弟弟妹妹做榜样。"

"是,婶婶。"

一餐百般滋味的饭吃好,郑李氏向郑少伟、郑辉、陈森和田旺财询问了各自管理的业务与相关运营情况。

"不瞒诸位,家嫂的意见是想把公司所有资产变卖,然后各分一半。我以为不妥,所以有意想把所有业务接管过来,恳请各位能留下来与我共渡难关,把公司经营好。"郑李氏万分恳切地说。

四个大男人听说郑李氏想接管公司,非常惊讶,不由对她投去又敬佩又狐疑的目光。

"少奶奶,你放心,只要公司存在一天,我绝不会离开。"郑少伟率先表态。

"嫂子,你能来主持大局再好不过。现在公司上下人心浮动,这个消息要早点公布。"郑辉说的是实情,这些天他也一直在忧心此事,现在听到郑李氏有这样的打算,虽还有点怀疑她一介女流能否挑起此重担,但总比没有人站出来好。

陈森也赞同郑辉的说法,他说:"最近码头工人私底下议论的就是此事,各种流言蜚语很多。少奶奶巾帼不让须眉,一定能担当此重任。你放心,今后不管发生什么事,我们都会和你共同面对。"

掌管公司财务多年的田旺财是个做事非常严谨的老人,他说:"少奶奶,此事宜尽快宣布,眼下公司有多笔货款受总经理一事影响收不回来,公司的正常运营恐要受影响。"

"好,我会尽快,你们都是兴盛的功臣,文章没有看错人。"郑李氏更加坚定了内心的想法。她相信,丈夫若地下有知,一定会支持她这个决定。

郑李氏给孙茂盛打电话,确认了自己的计划:为了告慰公公和丈夫的在天之灵,她决定挑起这个重担。不管有多艰难,她一定要坚持下去。孙茂盛见她心意已决,表示愿助她一臂之力。

要分家了。

为显示公平,要请哪些人来作证,名单由郑安氏与郑李氏共同拟定。分家之前,两房先各派人一起进行资产登记,花了好几天时间。待一切准备工作就绪,郑安氏负责去请族中长辈,郑李氏去请孙茂盛等公公与丈夫的生前好友,还有公司账房负责人等。

这一天到了。郑安氏和郑李氏各自请来的人都坐在一起,见证郑家的又一件大事。郑李氏表明自己的想法,公司船队、船厂、码头等固定资产不能拆分,只好麻烦大家评估一下所有家产的价值,再对半分,到时候她愿意盘下大嫂那部分资产。

郑安氏想到自己什么都不懂,宝贝儿子也没能力经营这公司,还是拿钱最实惠。她对郑李氏提出的建议,表示同意,但又忽生疑问,怕郑李氏在中间做了什么手脚。"慢,这估价我又怎么知道是不是公平合理?"郑安氏盯着郑李氏的眼睛问。

"嫂子,你不信我,也总得信在座的这些长辈。"郑李氏无奈地回答。

郑鹏暗中拉了拉母亲的衣袖,对这位年轻的婶婶,他还是挺信任的。再说,当着这一屋子外人的面说这样的话,总归不太好。

孙茂盛出来打圆场,笑着说:"都是自家人,好商量。也不可能分得那么细,差不多就可以了,两位应该也不会计较。"

郑安氏见孙茂盛这么说,又见大家都看着她,也就不再坚持,坐下来,瞧瞧这家怎么分。请来评估的人根据登记的资产清单,一一标上相应的市值,说明会有一定偏差,但在合理的范围内。大家又轮流传阅,看有没有异议。主要分的是大资产,那些零碎的就不计算在内。从上午忙到晚

上,总算理清了家底,确定了公司和郑公馆资产大概的总价值。林景生盯着一百四十万银圆这个数字,忍不住悄悄咽了一下口水,难怪日本人会看上这块肥肉。最后确定,由郑李氏接管全部的海运产业,除了自己所得部分外,还需要付给郑安氏母子俩七十万银圆。郑公馆也归郑安氏母子所有。

郑安氏对这个结果还是满意的,这笔钱,足够母子俩这辈子衣食无忧。不过,她转眼又不相信似的问郑李氏:"你哪来这七十万银圆?"

"嫂子,我去向银行借贷。"郑李氏怕郑安氏误会,连忙解释道。

"哪家银行会借给你这么多钱?"

"我们甬明银行愿意提供借贷。"孙茂盛微笑着说,"我相信兴盛航业有这个偿还能力,更何况我与你们公公是多年的好友,我也不想兴盛就此消失,所以愿意帮这个忙。"接着,孙茂盛又对郑李氏说:"不过我有个条件,这公司必须由你亲自经营掌管,其他人不得插手干预。"

郑李氏承诺,自己一定会好好经营,把欠款还清。孙茂盛让她第二天到银行来签合约。

分家的协议拟好后,双方各自审阅,确认没什么问题,都在协议上签下自己的名字。捧着这份协议,郑安氏心里的那块石头总算落了地。

"嫂子,请给我点时间找房子、搬家。"郑李氏心情复杂地对郑安氏说。

"可以。"郑安氏回答。她本来想说还是住一起,热闹些,可犹豫了一下,这话就没有说出口。她得从长远考虑,现在满脑子想着有了这么大一笔钱后,是不是该给儿子去订门亲事,来给这郑公馆冲冲喜。

郑伯听说郑公馆归大少奶奶母子,想不通,来问郑李氏。

"没办法,我把这房子的一半折成钱了,要不然还要借更多。郑伯,你有空帮我去找个小院子,我已做好过苦日子的准备。"郑李氏平静地说。

"我们老两口跟你们一起搬出去,诗韵小姐和两位小少爷还需要人照顾。我老头子帮不了什么忙,给你看看家还行。"郑伯生怕郑李氏不答应,又解释道:"你放心,这么多年了,我也略有积蓄,不会增加你的负担。"

"那岂不是要苦了你和罗妈?"郑李氏带着歉意地对郑伯说,"你这个年纪本可以回老家安度晚年。"

"少奶奶见外了,老爷和少爷都不在了,我有义务照顾好你们。"郑伯言辞恳切。

"郑伯。"郑李氏的眼泪涌了出来,患难见真情,有这么好的家人支持,她什么都不怕了。

郑鹏想不明白,他去问母亲,这么大一个郑公馆,就他母子俩住,是不是太浪费了?再说,以后肯定也不用养这么多佣人,那就更加空荡荡,为什么不让婶婶一家住?

"阿鹏,这个你就不懂了,不是姆妈狠心,你婶婶一家现在住着是没什么,问题是再过几年呢?你要成家,你弟弟妹妹也会长大,到时候再让他们走?既然这房子归我们了,晚走不如早走,省得留后患。"郑安氏振振有词。

郑鹏毕竟年轻,被母亲这么一说,也想不出什么好反驳的话,只是心里感觉不舒服。这家里原本热热闹闹的,谁想到会接二连三出事!走出母亲房间,他闷闷不乐地下楼到花园,抬头看到诗韵和郑程、郑万背着书包回来。

"大哥好!"三个孩子亲热地跟郑鹏打招呼。

"放学了?"郑鹏走上前,摸了摸两个弟弟的脑袋,想到过不了多久,他们都要搬出去,不禁多看了弟妹们一眼。

"大哥,你是不是有心事?"诗韵摇着郑鹏的手,像个小大人似的问。

郑鹏连忙否认,他轻轻弹了一下诗韵的额头,苦笑着说:"小孩子知道啥叫心事?"

"我当然知道。"诗韵神情忧郁,"我姆妈就有心事,她已经难过很多天了。"

"大哥,你说爸爸是不是真的不会再回来了?"郑万不甘心地问道。

郑鹏不知该怎么回答,只好含糊地说:"万儿,你爸爸去天上陪我爸

和爷爷去了,他们在那边很好。"

"真的吗?那他什么时候会来看我们?"郑万追问道。

"他会到你的梦中来。"郑鹏终于想到了这样一个借口。

"哦,那我知道了。哥,姐,晚上我们一起做梦,爸爸就会来看我们了。"郑万一脸期待。

诗韵和郑程顺着小弟答应一声,心里却是越发难过。三个孩子回小楼去了,郑鹏看着弟妹们的身影,感到从未有过的惆怅和空虚。不知怎么,他突然想到了《红楼梦》中的大观园,曾经的繁花似锦,到最后都变成了断壁残垣,这也会是郑公馆的结局吗?再看这园子,弥漫着一股肃杀之气,让他莫名生出一种恐惧来。

郑李氏没有告诉孩子们搬家的事,她想等房子找好了再说。吴妈就一句话,跟着小姐走。这一夜,郑李氏睡得很沉,她已经很多天没有这样睡过了。

开弓没有回头箭,她已别无选择。

第二天,郑李氏在甬明银行的贷款合约上,第一次签下自己的新名字:郑李文续。

续,即延续之意。

— 5 —

郑李文续坐在梳妆台前,很认真地给自己化了一个淡妆。抹一点点头油,让头发光滑服帖,再从梳妆盒里挑一支样式简单的白色珠花簪子插在发髻上。打开衣橱,选一套裤装换上。外加一件黑色大衣,一条咖啡色细格子羊毛长围巾,黑色高跟鞋。郑李文续看镜子里的那个女子,神情不喜不悲,眉宇间隐约有一抹淡淡的忧伤,不仔细看,很容易忽略。

"如果你不信命,就走出这道门。你,想好了吗?"郑李文续问镜子里的女人。

镜里镜外两个女人相互凝视片刻,各自转身。

郑李文续拉开房间的门,走到门口,又回头看墙上挂的全家福,丈夫正神情严肃地看着她。

"你就好好休息,平时多笑笑,不然会很累。我走了。"

郑李文续关上了门,朝楼下走去。

阿虎开着车,载着郑李文续去公司。

"少奶奶,你今天跟平时有点不一样。"阿虎抬起头,偷偷瞄了一眼后视镜里的少奶奶,忍不住说。

"哪里不一样?"郑李文续盯着车窗外一闪而过的街景,神思悠远。

阿虎的话，让她回过神来。

"我也讲不清楚。"阿虎不好意思地说。

郑李文续没有说话，她心里明白，阿虎说的不同，大概就是她的神情，一种历经大悲后的平静。对遭遇的一切不幸，她似乎已不再那么伤心难过，就像翻书，她必须要把这一页翻过去，而不是沉溺其中不能自拔。父亲曾跟她说过，要先学会接受，再去努力改变。

兴盛公司到了。

郑辉和郑少伟、陈森、田旺财已候在写字间，今天他们的任务是陪同郑李文续去船厂、船队和码头、仓库等处检视，和工人们见面，让他们认识兴盛新的当家人。

郑李文续一步步慢慢走进丈夫工作的写字间，看着屋里的陈设，她感觉到了丈夫浓重的气息，仿佛他从未离去。不想在众人面前失态，她很快定了定神，硬生生地把眼泪给憋了回去。她走到桌子边，随手拿起一份船厂递交上来的造船预算计划审批书翻看，翻到最后一页，看到丈夫的签名，再看日期，就是被绑架那天。

"这份计划书我晚上再看看。"郑李文续举起计划书朝郑少伟晃了晃。

"好的，少奶奶。"话刚出口，郑少伟猛地醒悟过来，连忙更正，"是，总经理。"

郑李文续也不计较，又对田旺财说："田经理，我要了解近三年来公司的运营情况，你抽时间把账册整理出来给我。"

"总经理，我现在就去通知。"田旺财没想到郑李文续第一天来就提出要看账册，又惊讶又佩服，连忙吩咐账房的人准备。

郑辉和陈森相互交换了一个眼神，两个大男人发现自己对这位走马上任的少奶奶一点也不了解，她看起来并不是像家中的那么柔弱无能，内心忽有一种期待，或许她真的可以给兴盛带来一些新的气象。相比郑辉他们，郑少伟相信郑李文续有这个能力，这种信任源于一种感觉。不管怎样，只要是她决定的事，他一定会无条件支持。

一行人来到船厂,郑李文续感叹,这么多年了,她居然是第一次到船厂来,而且是以总经理这个身份。郑少伟征求她的意见:要不要通知工人们在厂内小广场集合?郑李文续摇摇头,她不想影响大家工作,随意看看就好。走进装配车间,郑李文续见一艘木船的船体已初见雏形,就走过去很仔细地察看。正在干活的工人抬起头,好奇地看着郑李文续,猜测这位可能就是郑家少奶奶。

郑少伟朝车间的工人做了个暂停的手势,大声说:"我给大家介绍一下,这位就是我们兴盛的新当家,总经理郑李文续女士。"

工人们之前已经得知,郑家少当家出事后,公司将由郑家少奶奶接管,但私下里总有些不相信,觉得一个女人怎么可能懂这些,搞不好没几天公司就倒闭关门,没想到来真的了。

郑李文续跟工人们打了个招呼,然后温婉又利落地说:"兴盛是一艘船,离不开各位的努力。当家人虽然换了,但方向没有变。谁若对我这位总经理没有信心,可以提出辞呈。当然,我希望大家都能留下来,兴盛定不会让你们失望。"

车间里突然安静下来。

工人们用各种各样的目光偷偷打量郑李文续,见这位新任总经理看起来个子娇小,可这脸上的表情温和中又自带气势,再听她这一番话,都不敢再轻视。郑李文续见目的达到,就摆摆手,让大家继续各干各的活,她还要去下一站。

一圈转下来,郑李文续已深感肩上压力之沉重。兴盛这艘行驶在茫茫大海上的巨轮,要靠她这双曾经弹琴绣花写诗文的手去掌舵,岂是使一点蛮力就能行的?眼下对于她来说,最急迫的是尽快了解和熟悉公司业务,幸好身边有几位得力的助手,让她不至于手忙脚乱,无从应对。

天快黑了,郑李文续还在凝神听取几位经理的汇报,她要求每个人对各自负责的业务讲得越详细越好。

"船队生意虽然竞争激烈,但还算稳定,最怕的是安全问题。天灾是

一回事,遇人祸又是另一回事。你的船好好开着,突然给你来个拦截,找个什么借口没收货物,还要交赔偿金,那损失就大了。日本人越来越不老实,怕早晚要打仗。"郑辉管理着这么大一支船队,肩负重担,不敢掉以轻心。

郑少伟的担子更不轻,几百号工人要吃饭要有活干,事事得操心。船厂业务因郑文章绑架案影响很大,已下订单的客户宁可交违约金,也要把单子撤了,怕公司倒闭。他说目前要尽快做好与客户的沟通工作,重新取得客户的信任。另外,时局动荡,浑水摸鱼的人太多。常有流氓地痞来挑衅滋事,还有各种帮派上门收保护费,日本人也是一副蠢蠢欲动的样子,以后还得万分小心,怕别有用心的人来搞破坏。

"说到保护费,哪里都一样,那些'阿爸'三天两头冒出来,只好跟他们的头搞好关系,每个月给点孝敬钱,保保太平。不然他们暗中搞些破坏,就得不偿失了。"陈森接着郑少伟的话题补充道。

郑李文续边听边记录,脸色越来越凝重,管理公司比管理一个家要复杂得多,自己想得太简单了。"局势如何变化,非你我可以控制,眼下先保住现有的业务。"郑李文续紧锁眉头说。接着,她又补充一句:"万事谨慎。"

田旺财则介绍了目前公司的财务状况,有哪些应收款尚未收回,流动资金多少等情况。由于换了总经理,相关印鉴、与银行的协议等都需要尽快去办理更改手续。

等郑李文续回到家,已近午夜,整个郑公馆静悄悄的,除了值夜的家仆,其他人早已入睡。回到小楼,才发现吴妈还没有睡。

"我给你热参汤去。"吴妈揉了揉眼睛,刚才她坐着打了一会儿瞌睡。

"下次不要再等了,我没事。"

郑李文续靠在沙发上,一动也不想动。嘴上说没事,可事实上却累得很。很多事情没深入感觉不到,一旦进入,才发现是另外一回事。她很后悔,以前自己还是跟丈夫交流太少,不清楚他工作之辛苦。要撑起这么大的家业,仅凭勇气远远不够。

吴妈端着一盅人参汤进来:"小姐,喝几口补补身子。"

郑李文续接过,喝了两口,说饿了,让吴妈去煮碗面。吴妈一听,心疼不已,急忙奔往小厨房去。

吃了一碗热腾腾的葱油面后,郑李文续感觉又有了力气。她去了书房,上次郑伯带来父亲的信,她一直没有坐下来回复,晚上得写封回信。怕父母过于担心,郑李文续简单告知最近发生的一系列事情,丈夫已遭不幸,自己和孩子安好,公司她已接管,会尽最大努力保全郑家的这份产业。另外,禀告父母大人,过年计划带孩子们回宁波,具体时间暂时未定。写好信,郑李文续环顾书房里熟悉的一切,想到不久就要离开这个生活了十多年的家,不禁又暗自神伤起来。这里留有太多她与丈夫的甜蜜回忆,拿起一方镇纸,想到上面还留有丈夫的指痕,心又绞痛起来。太晚了,睡吧,明天还要工作。郑李文续关上了书房的门,走向卧室。

转眼,要过年了。

郑李文续来找郑安氏商量年夜饭的事。今年太特殊,她想请郑伯一家和吴妈一起吃饭。郑安氏虽觉得和下人们坐一桌吃没有规矩,很别扭,但听到郑李文续说年后就要搬出去住,以后怕再也没有这样的机会,也就点头同意了。

"过年的钱由我这边支出吧!"郑安氏说,"你现在也困难。"

"谢谢嫂子,这餐年夜饭还是我来准备,今年跟往年不一样。"郑李文续惆怅地说。

郑安氏叹了一口气,不再说什么。现在的郑家已大不如前,她托人给儿子做媒,女方居然嫌郑家家道中落,一口回绝,真是狗眼看人低,气煞人。

"阿鹏最近工作很忙吗?我已许久没看到他。"郑李文续关心地问。

"这孩子现在早出晚归,连我都见不到他人影,越大越管不了,还是想

办法早点让他成家,也好了却我一桩心事。"郑安氏不满地说。

"是该给他定亲了,看看哪家有合适的姑娘,找个好的。"郑李文续附和道。

郑安氏想说,若是过去,恐怕提亲的人早就踏破了门槛,现在却还要被人家嫌弃。不过这么讲等于变相贬低儿子,于是就顺着郑李文续的话说:"是要好好挑一个。"

郑伯过来问郑李文续过年有没有计划回宁波。郑李文续说要回,计划初二前往,到时候一起去。郑伯说他这就去做回乡的准备。

前几日,郑李文续收到父亲寄来的家信,信中父亲对郑家接二连三的不幸感到非常难过。得知她已接管公司,既欣慰又担心。父亲一向对做生意没兴趣,所以也没什么经验传授给女儿,只送给她两个字:诚信。父亲在信里嘱咐她,一定要好好培养三个孩子,既然她选择了挑起这副重担,就不要退缩,过去讲"女子无才便是德",父亲希望她用事实证明"女子有才也有德"。郑李文续很感谢父母的理解,所以她准备趁过年,带孩子们回宁波去看望外公外婆。

大年三十到了。

傍晚时分,郑少伟安排好厂里的值班事宜,匆匆前往郑公馆。他一年到头吃住在厂里,工作起来没有时间,已经习惯了。经过热闹的街头,郑少伟想着大过年应该给孩子们买点吃的,于是就走进一家俄国人开的糖果店,买了一大包什锦朱古律。隔壁是西饼店,他又买了几样精致的糕点。再过去是一家饰品店,郑少伟被玻璃橱窗里摆放的精致饰品吸引住了,要不要买一样礼物送给少奶奶?郑少伟被这个疯狂的想法惊呆了。这怎么可以?太不合适了。他苦笑一下,欲转身离开。可不知为何,心里有一个声音在怂恿他:买吧,挺好看的,送不送以后再说。两个郑少伟打了一会儿架,他终于鼓起勇气推开那道门,走了进去。

"先生,请问您需要什么?"年轻的店员彬彬有礼地迎上来问。

"我随意看看。"郑少伟低声答道,脸涨得通红。

"先生是送太太还是送女朋友?"店员微笑着跟在后面问。

郑少伟一呆,他不知该如何回答。目光落在玻璃柜里一朵紫色的珠花上,于是用手指了指:"这个。"

"好的,先生。"

店员从柜台里取出珠花,笑着说:"先生好眼力,这珠花只剩下最后一朵,可以戴头上,也可以别在衣襟或者丝巾上,多种用途。你看这天然的紫珍珠,色泽柔和,雍容华贵。"

郑少伟从没有买过首饰,听店员这么一介绍,再看那珠花,不由越看越爱,就掏钱买了下来。店员把珠花放进一个小巧的首饰盒里,递给郑少伟。郑少伟连忙把它装进衣服口袋里,像做贼一样急急离开。

一进大门,冷清的郑公馆让郑少伟很不适应,想起往日喧闹欢乐的情景,恍然如梦。郑伯看到儿子来了,很高兴,说少奶奶吩咐晚上一起吃年夜饭。接过儿子递过来的点心盒,又心疼起钱来了:"这么贵的点心买它做啥?!"

郑少伟听了父亲的话,内心像突然打开了一道门,一丝欢喜的风吹进来,眉宇整个都舒展开来。远远地,看到郑程和郑万,郑少伟叫着两个孩子的名字。兄弟俩跑了过来,郑少伟晃了晃手中的什锦朱古律:"送你们的。"

"谢谢少伟叔叔。"郑程很有礼貌地接过,道谢。

郑万高兴地说:"朱古律?我最爱吃了。"

郑程摸出一颗给弟弟:"给你,其他的我拿给姆妈去。"

"小气。"郑万剥开糖纸,轻轻地咬了一口,转身对郑少伟说,"少伟叔叔,我们要去宁波外婆家,你去不去?"

"叔叔不去了,叔叔要去管厂。"郑少伟弯下腰,摸摸郑万的脑袋,多可爱的孩子,现在却没有了父亲。一想到这个,他的心又忽地痛了起来。

郑少伟走到厨房,想去看看母亲,没想到郑李文续和吴妈也都在厨

房,忙问有什么需要他做的。郑李文续说不用,准备得差不多了。分家后,郑安氏已把大半的佣人给解雇了,人手少,郑李文续只好亲自上阵。罗妈叫儿子别添乱,郑少伟只好退出来去了花厅。

年夜饭开始了。

郑安氏和郑鹏过来了,郑李文续招呼大家坐下,罗妈和吴妈看大少奶奶在,不敢坐。

郑安氏淡淡地说:"都坐下吧,大家随意。"

众人坐下,郑鹏见桌上有酒,拿起就倒,他想尝尝一醉方休的滋味。

"阿鹏,少喝点。"郑安氏瞪了儿子一眼。

郑鹏很不高兴地回了一句:"还没有喝……"

郑李文续见郑鹏情绪不对,忙说:"今天是大年夜,大家要尽兴,别去想这一年到底有多少伤心事。郑伯、少伟,你们也喝一点。"

"我不喝,吃好饭还要去厂里。"郑少伟坐在郑李文续对面,看她的目光是复杂的。

"你不是天天在厂里吗?晚上就陪你爹娘守岁吧!"郑李文续亲切地说。

"不了,我还是去厂里放心些。"郑少伟找了个理由,"这个时候最容易出现偷盗。"

"我应该给你双倍薪水。"郑李文续很认真地说。

郑少伟憨厚地笑了笑,他的手碰到了口袋里那个硬物,刚才买的时候有些冲动,这会儿惊醒这礼是无论如何也不适合送的,毕竟她新丧丈夫,若被旁人知道,就会毁了她的清誉,那就是他的罪了。一时,他竟有点魂不守舍起来。

郑伯在儿子面前一向很严肃,说:"少伟,少奶奶这么信任你,你可不能做对不起她的事,不然我第一个不饶过你。"

"爹,我不会的。"郑少伟回过神来。

"郑伯,少伟不是这样的人。来来,大家快吃菜,都冷了。"郑李文续特意把几盆素菜调换到郑安氏面前,"嫂子,你就看着我们吃肉。"

"罪过,你们吃吧。"郑安氏的嘴角牵了牵,想笑又没笑出来。

看着一桌子人围坐在一起吃年夜饭,郑安氏理解郑李文续为什么要这样安排了。她想若晚上真的只有她和儿子两个人吃,这年夜饭还有什么滋味?这么转念一想,脸部表情就柔和了许多。

郑鹏只顾自己喝酒,想到这样的场面以后怕不会再有,就没有了说话的欲望,沉默不语。郑程和郑万见他这个样子,不敢去招惹他,还是少伟叔叔亲切,就缠着他问东问西。家里突如其来的变故,让诗韵变得沉默寡言,她学会了用眼睛观察这个世界。爷爷和父亲不在了,她是家里的长女,以后要帮母亲多分担家事。

吃好年夜饭,郑少伟坚持要回厂里去。郑伯跟他说自己初二去宁波,少伟还是选择留守船厂,让父亲陪少奶奶去。郑伯只好随他。

郑鹏晚上喝多了,耍起了酒疯,嘴里喃喃自语:"散了好,散了好。"见儿子这么丢人现眼,郑安氏又气又急,举起手想打,又舍不得,只好叫罗妈赶紧熬点醒酒汤给他喝。郑李文续打发三个孩子回房间早点休息,她请郑安氏一起守岁。郑安氏本来并无兴趣,只是想到这可能是最后一次,也就顺了郑李文续的意。

两个人回到房间坐下,吴妈端上来一些小零食,郑李文续也让她去休息。不早了,郑安氏抬头看了看西洋钟,快十一点了。往年这个时候,郑公馆最热闹,郑鹏带着弟弟妹妹放鞭炮,化厅里两房儿子媳妇陪着老人闲聊,喝酒,吃菜,分压岁钱。桌上堆满了各种好吃的零食和水果,到处是欢声笑语。哪像现在,这么大的郑公馆,没几盏灯亮着,真有一种说不出的凄清。

郑李文续也和郑安氏一样想法,这冷冰冰的大年三十让她很不习惯。她叫嫂子一起,实在是不想一个人守岁,这样的夜晚,想起丈夫,心就撕裂般疼痛。

"嫂子,阿鹏好像有心事?"郑李文续找了个话题,她要把伤感的情绪

压下去。

"这孩子,我看他晚上是不对劲。"郑安氏也正有此疑问。

"你还是找机会问问他,会不会是外面有了喜欢的人?"

"这可不行,婚姻大事,都是父母之命、媒妁之言,哪能让他自己做主?"

"嫂子,我也是乱猜的,年轻人在外面喜欢女孩子也正常。"

"等会儿我要问问他。"

"你也别太心急,大过年的,还是先别说,免得他不开心。"

说着说着两个人又陷入了沉默,听滴答滴答的钟声,任时光从指尖一点点流过。

"当当当——"钟声响起,十二点整。

不远处,传来"噼里啪啦"的鞭炮声。屋里的两个女人站起来,走到阳台上,遥望瞬间璀璨的夜空。

郑李文续双手合十,向远在天堂的丈夫道了一声"新年快乐"。

从今以后,所有的新年,她的身边再也不会有一个男人站着,陪她一起看烟花,听她的欢声笑语,看她坐在梳妆镜前描眉画唇,看她弹琴画画,与她一起慢慢变老。

珠泪从郑李文续的眼角,悄悄滑落。

回到船厂,已经很晚了,郑少伟在厂区转了一圈,见无异常,就叮嘱值夜的人小心,自己回宿舍休息。

打开门,刺骨的寒气扑面而来。郑少伟拉亮电灯,屋里陈设很简单,一床一桌一椅一柜以及少量生活用品。洗把冷水脸,郑少伟坐在床沿,打开首饰盒,取出珠花细细欣赏,他想郑李文续戴上一定很漂亮。只是,他有胆量送她吗?摇摇头,不禁苦笑起来,笑自己痴心妄想。

关灯躺下,黑暗中,一张清秀的脸在郑少伟眼前浮现。没有人知道,他的心里藏着一个小秘密,一辈子都不能说出口的秘密。即使在梦中,他也只能远远地看着她。他永远忘不了第一眼看到她的情景——

那是一个春天的傍晚,他在一棵开满白色花朵的玉兰树下看到了她。当时,身穿粉色锦缎夹袄和米色长裙的她正仰着头看天上飘浮的云朵,余晖透过花的灯盏,洒在她的脸上,给她涂抹了一层温暖的底色。他从没有见过如此美丽的容颜,白皙、细腻的肌肤让玉兰花黯然失色。他傻傻地站在那里,忘了自己要去做什么。她似乎听到了他的呼吸,回过头,朝他嫣然一笑。她的眼睛干净得不染一丝尘埃,身上散发着空谷幽兰般的气息,让人怀疑她与这个豪华的公馆毫无关联。

"你好,你叫什么名字?"背着书包的少年停住脚步,好奇地问。平时他住在学校,一周回来一次。这次回来见公馆内张灯结彩,知道少爷成亲了,还以为眼前这位少女是来赴宴的客人。

她闻声再次转过头,目光撞到瘦弱少年那双晶亮的眼睛,羞涩地说:"我叫文萱,你呢?"

"我叫郑少伟。"他很有礼貌地回答。

"你是来这里做客的吗?"他又问。

"傻孩子,她是新进门的少奶奶。"他抬头一看,原来是母亲过来了,"还不赶紧叫少奶奶?"

"少,少奶奶。"十六岁的少年结结巴巴地叫了一声。

她的脸忽地红了,似洇在宣纸上的一朵桃花,她不好意思答应,像一只受惊的小兔子般匆匆跑开了。而他从此就坠入一个梦中,再也没有醒来。

他知道,她是天上的月亮,他和她之间隔着今生遥不可及的距离。他把这个梦深深地埋在心底,不让任何人察觉,只要能远远地看着她幸福地生活,他就心满意足了。当她突然失去丈夫,孤独无助之时,他多么想走上前,给她一个可以依靠的肩膀。但他明白,这只是他一厢情愿的幻想,他没有这样的勇气,现实也绝不可能让他梦想成真。他唯一能做的,就是加倍尽心尽力,哪怕能多为她分担一丝一毫,也是高兴的。就这样想着想着,郑少伟渐渐进入了梦乡。他在梦中也是如此小心翼翼,她是他心中的女神,高不可攀。他爱得如此卑微,却又无怨无悔。

新年,带着希望而来。

正月初二,郑李文续带着三个孩子和郑伯、罗妈、吴妈,还有两个家仆,大清早出发,坐船回宁波。

一行人提着大包小包走在路上很引人注目,很快有人认出她是李思园的女儿,就争着打招呼。郑李文续朝乡邻们微笑问好,高跟鞋走在青石小路上,发出清脆的声音。她的目光扫过家乡的一草一木一河一山,感觉是那么的亲切。相比喧嚣的大上海,这里是如此宁静,黑瓦素墙,屋顶竖立的烟囱里有淡蓝色的炊烟袅袅升起,屋里飘出饭菜的香味。门口,有或黑或黄的土狗趴着,看到陌生人有的叫几声,有的爱搭不理。空气里有硝烟的味道,间或有零星的鞭炮声响起,一定是哪家孩子在玩甩炮,欢笑声滚过,那么的天真无邪。

河埠头,几个妇人在浣洗衣物,看到这一行人,都停下了动作。不远处,有小木船静静地停泊于河边。

"文萱,文萱。"

郑李文续恍惚中听到有人在叫这个名字,既熟悉又陌生,她不由停住了脚步,转过头,只见一个穿着枣红色棉袄、黑色裤子的小媳妇顾不得脚边的一堆衣物,跑过来站在她面前,惊喜地叫着:"文萱,真的是你?"

"玉珠?"郑李文续细细打量,原来是自己少女时代的女伴,她激动地拉住对方的手,"好多年不见!"

"是啊,自从你嫁到上海后,我们就再也没有见过面了。"李玉珠边说边打量郑李文续,眼里全是羡慕,"当了少奶奶果然不一样。"

"看你说的。你也是刚回娘家?"郑李文续笑着问。

"是的,见到你太高兴了。文萱,你先回,我明天下午去找你。"李玉珠瞧了瞧郑李文续身后的人说。

"好。"郑李文续看了看天色,点头道。

一行人加快了脚步。

远远地,郑李文续看到父母亲站在院子门口,原来早有人前去通报。

"爹,娘。"郑李文续的脚步突然停了下来,百感交集地叫了一声,又慢慢走上前去。

"萱儿,你们可算来了。"身材矮胖、头发花白的李汪氏上前,一把抱住女儿,眼泪就出来了,"我的傻闺女。"

"娘……"郑李文续把脸埋在母亲怀里,哽咽着说不出话来。

"外公好,外婆好。"三个孩子很有礼貌地上前,朝两位老人鞠躬。

"好,好,大家快请进。"留着长胡子、皮肤黝黑清瘦的李思园上前摸摸两个外孙的脑袋,又连忙招呼大家进院门,坐下休息。李汪氏也赶紧松开女儿,去端茶倒水,吴妈和罗妈跟着帮忙。

郑李文续看着眼前熟悉的院落,思绪万千。父亲爱种花,墙角种了蜡梅、海棠和石榴树,已经长得很粗壮了。另一个角落放着一只青石大水缸,里面蓄满了水。她沿着楼梯走上二楼,推开自己闺房的门,里面所有的摆设仍是老样子。自结婚后,她和丈夫最多也就一年回来一次,特别是随着孩子一个接着一个来到人间,有时候一年一次都没有回来过。现在想想,太对不起父母大人了。拉开梳妆台的抽屉,里面还有一盒未用完的胭脂,变了色的银耳环、银戒指等一些零碎的首饰。刚才李玉珠的那一声"文萱",让她想起自己在这块土地上生活过的十六年光阴里那些美好的碎片。

春天,和三两女伴一起去田里挑野菜,追风逐蝶,银铃般的笑声让空气都变得那么轻柔。夏天太热,就不出门了,躲在闺阁读书,晚上看月亮,听星星私语。她爱吃石榴,父亲就特意为她在院子里种了一棵。她就守着那石榴慢慢由绿变红,到了秋日,摘下来剥开,然后一粒粒含在嘴里,回味那丝丝甘甜。冬季最爱下雪天,一夜风雪呼啸,第二天早上起来,屋檐全倒挂着透明的冰凌,宝剑一般。青石缸里也结了厚厚的冰,要取水,就要敲一个洞。母亲不许她出门,让她烤着火盆,读书练字弹琴,或者就坐在窗前绣花。而她会趁母亲不注意,偷偷溜到外面去堆雪

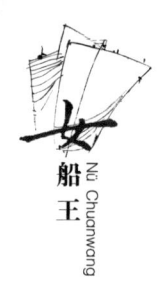

人玩。

当然,如果有女伴来找她,母亲是欢迎的。两个女孩子便躲在屋里,叽叽喳喳说笑着。饿了,吴妈就会端上一盆刚出笼的米糕或煨年糕,她就会撒娇:"吴妈,我要吃炒倭豆。"吴妈就笑眯眯地说好,然后指指柜子上的一只大肚锡瓶。她就喜滋滋地打开盖子,从里面抓一把炒倭豆出来,剥两粒在嘴里,嚼得脆响,一边问:"吴妈,这是你什么时候炒的?"吴妈一抿嘴,小心提醒:"小姐,注意吃相,太太看到了要说的。"她忙掩住嘴,看看门外没有动静,又扔几粒在嘴里,故意嚼得很响。

回忆真美好,郑李文续的脸上浮现了久违的笑容。

"姆妈,外婆叫你下来帮忙。"诗韵在楼下喊。

郑李文续这才想起自己带这么多人回娘家,天都黑了,大家还没有吃饭,于是赶紧下楼。郑伯、罗妈、吴妈等人早已在厨房帮着李汪氏炒菜做饭。

两口土灶,一口炒菜,一口煮饭,灶火烧得旺旺的,厨房里弥漫着温暖的气息。

"太太,咸菜有吗?"罗妈问。

"有,就在墙角左边第一只甏里。"李汪氏说。

"要做雪菜黄鱼汤吗?"郑李文续看到案板上放着一条黄鱼,欣喜地问。

"是的,少奶奶。"罗妈笑着说。

"娘,还有没有臭冬瓜?"郑李文续转过头问正在切菜的母亲。

"你这孩子,大过年的吃那个?"李汪氏哭笑不得,对吴妈说,"你看看,在上海吃香喝辣的,她倒惦记这臭味。"

"太太,说实在话,我也挺想的。"吴妈把洗干净的菜放到一边,拿起一只空碗和长筷子说,"我去夹几块出来,下饭吃。"

"我今年腌得多,够你们吃的。"李汪氏指了指墙角的一排甏,"第三只。"

"我知道,"吴妈得意地说,"太太还是老习惯。"

"这么多菜。"郑李文续的目光扫过去,案板上摆着白斩鸡、炝蟹、咸烤虾、熏鱼等菜,都是她爱吃的,"娘,辛苦你了。"

"上次你写信说过年要回来,可又没说是哪天,只有多备点。"李汪氏疼爱地看了女儿一眼。

"娘真好。"郑李文续从后面搂住母亲的腰,头靠在母亲的背上撒娇。

"这么大的人了,还像小孩子一样,快把菜端上桌去。"李汪氏嘴上这么说,心里又暖又酸,她想到了女婿,眼圈一红,苦命的孩子。

三个孩子在陪外公说话。李思园看到孩子们活泼可爱又懂事,很高兴。可一想到女婿的不幸,女儿年纪轻轻就失去了丈夫,孩子们也没有了父亲,又很难过。他语重心长地对孩子们说:"万般皆下品,唯有读书高,你们要好好读书才行。"

"是,外公。"三个孩子异口同声回答。

"爹,孩子们,可以吃饭了。"郑李文续过来招呼。

"姆妈,我快饿晕了。"郑万做出一个夸张的表情。

"瞧我这老糊涂,都忘了拿些糕点给孩子们吃。"李思园光顾着高兴了。

"这样好,吃得香。"郑李文续笑着说。

一张八仙桌坐不下,就分成两桌,李思园让大家随意,别见外。

"家里已经很久没有这样热闹过了。"李思园边说边夹菜给三个孩子,"多吃点。"

"爹,对不起,以后我会常来看你和娘。"郑李文续愧疚不已。

"爹知道你忙,孩子们又小,现在还要管公司,难为你了。"李思园心疼地看着女儿,一年未见,她苍老了许多。

"都怪娘坐不得车船,不然我们早去上海看你们了。"李汪氏恨自己身体不争气,女儿夫家出这么大的事,都没法过去安慰,为此她都病了好几天。

"今儿高兴,快吃饭,先不说了。"李思园怕说下去,大家又要伤感起

来,忙岔开话题。

"姆妈,外婆家的雪菜黄鱼汤味道真好。"诗韵很懂事,马上理解了外公的话外之音,她捧着汤碗,一副陶醉状。

"好吃多吃点。"李汪氏给诗韵夹菜,一脸慈祥。

"这臭臭的是什么菜啊?好奇怪的味道。"郑程研究了半天,也不敢下筷子。

"我来尝尝。"郑万自告奋勇,伸出筷子挑了一点臭冬瓜放进自己的嘴里,立马眉头紧皱,想咽又咽不下去的样子,最后还是忍不住吐了出来,"哥,太难吃了。"

一桌子的人都忍不住笑了起来。

"乖,你吃鱼干烤肉,很香的。"李汪氏赶紧夹了一块肉放到郑万面前,又把那碗臭冬瓜移到郑李文续面前,"吃吧,解解馋。"

郑李文续朝母亲一笑,夹了一块臭冬瓜,就着白米饭有滋有味地吃了起来。

饭吃好,吴妈又帮李汪氏把每间客房的被子等准备好,主仆两人躲在房间里说了好久的悄悄话,主要是李汪氏想从吴妈那里了解女儿在上海的真实情况,她怕女儿只报喜不报忧。听说女儿背了七十万的巨额债务,老太太给吓着了,连声说:"这可怎么办?这可怎么办?"吴妈就劝她别太焦急,要相信小姐,她有这个本事。李汪氏这时真是后悔把女儿嫁到上海去了,早知道这样,还不如就在本地找一个,也好随时照应。

郑李文续陪父亲在书房闲聊。李思园详细地问了女儿目前的境况,郑李文续也不隐瞒,向父亲一一道来。

"经营这么大产业,负这么多债,你有把握吗?"李思园打量着女儿,担心地问。

"爹,女儿有信心。"郑李文续语气坚定。

"那就好,"李思园欣慰地看着女儿,又语重心长地说,"光有信心是不够的,你每做一个决定前,一定要慎重考虑,要步步小心,切不可盲目大意。爹当年不想接手你爷爷的生意,就是觉得商海凶险不如读书好。没想到你阴差阳错走了这条路,这也是天命。爹不在你身边,你遇事多向别人请教,做生意要诚信,做人要谦恭,要外圆内方,切不可事事逞强。"

"爹,女儿记住了。"

李思园又问女婿郑文章的事,后来有没有查出什么。郑李文续摇摇头,神情忧伤。

"文章这么好的孩子,没想到会遭此不幸。有件事爹还是要提醒你,你年轻,又在外面做事,这男女之事可千万沾不得,不能毁了女儿家的名声。"李思园的思想既开放又保守,他觉得女孩子应该读书,但老祖宗传下来的三从四德还是要遵守。他怕女儿到时候在情感问题上出偏差,那就麻烦了。李家女儿、郑家媳妇,是不可以改嫁的。

"爹,看你说哪儿去了。"郑李文续嗔怪道。

"好好,爹不说了,你什么都明白。"李思园怕女儿不开心,赶紧打住。

郑李文续跟父亲说了给丈夫做衣冠冢的事,李思园沉默着点点头,眼下也只能如此了。和父亲说了会儿话,郑李文续到房间和母亲聊家常。知女莫若母,李汪氏拉着女儿的手,想到她这么年轻,又拖着三个孩子,还有那么大一个摊子要管,这要累成什么样啊,想到这眼泪又流了下来。

"娘,别难过,我很好。"郑李文续把母亲拉到床边坐下。话是这么说,可心里却感觉酸酸的。

"娘知道。"李汪氏边流泪边说。她伸出手抚摸女儿的脸,本来以为女儿嫁了个好丈夫,享着清福,谁知道命运变化无常,女婿竟会遭遇这样的不幸。

这一夜,当父亲的主动睡到书房去,让母女俩在一张床上说着知心话。直到半夜,娘俩才沉沉睡去。

第二天一早,一家人起来后,郑伯带着两个家仆一起去镇海郑家的祖坟,给郑文章做了一个衣冠冢。郑李文续又根据父亲翻黄历选的吉时,把丈夫平时穿的一套衣服鞋袜放进去。

两支蜡烛,三炷清香,几盘瓜果点心,一壶黄酒,再加几样清爽小菜。郑李文续往空酒杯里倒满酒,摆在丈夫的坟前。千言万语化作两行清泪,从此夫妻阴阳相隔,只有来世再见了。孩子们在坟前跪下,认认真真磕起头来。接着,郑李文续又在郑伯和吴妈的陪同下,去公婆和大哥的坟前祭拜。

"姆妈,那是什么山?"郑程指着不远处的一座山问。

"招宝山。"郑李文续看时辰尚早,就转头对吴妈和郑伯说,"郑伯,吴妈,你们先回,我带孩子们去招宝山走走。"

"小姐,那我回去告诉太太。"吴妈说。

"好。"

郑伯和吴妈先回去了,郑李文续带着孩子们来到招宝山下:"你们想不想到山顶去?"

"想。"三个孩子异口同声地回答。

"好,那我们一起上山。"

四个人开始爬山,山路崎岖,郑李文续想起自己没有嫁到上海之前也经常和女伴一起来这里。山上的春夏秋三季都很漂亮,冬天要萧瑟些。她喜欢登高,这样视野就会变得开阔。再看孩子们,一个比一个走得快。"小心看路。"郑李文续落在后面,大声提醒道。

"程儿、万儿,等等姆妈。"诗韵停下脚步,对两个弟弟说。

郑程和郑万转过身,站在路边,等母亲上来,四个人再一起走。

"你们看,"在一高处,郑李文续停下来,对孩子们说,"站在这里是不是感觉心胸也宽了许多?江的对面就是小港金鸡山,这里地势险要,自古以来就是'郡之咽喉',海防要地。"

"我知道,姆妈,你以前跟我讲过抗倭故事,就是发生在这里吧!"诗韵接过话头说。

"是的,这是块神奇的土地。"郑李文续凝视着远方,神思不禁恍惚起来。她从小就听父亲讲发生在这里的故事,特别敬佩那些民族英雄。大浪淘沙,总有些星辰留在历史的天空。

"姆妈,你给我们也讲讲。"郑万缠着母亲说。

"回去让外公讲给你们听,时候不早了,我们回去吧!"郑李文续想到与李玉珠的约定,转身下山,姐弟三个就跟在后面原路返回。

等郑李文续带着孩子们回到家里,已过了午饭时间,大家都吃过了。吴妈忙去厨房热了菜,母子四人就草草把饭吃了。刚收拾好,李玉珠来了。郑李文续迎上去,两个人又像从前一样,躲到房间里去说姐妹间的体己话。

"玉珠,快说说你的情况。"

"你去上海不久,我也奉父母之命嫁到鄞县,丈夫是个手艺人,人倒老实,对我也好,只是他家兄弟多,公婆又体弱多病,家境贫寒,日子还不如我在娘家时好。"

郑李文续握住女伴的手,曾经的纤纤玉手现已粗糙不堪,再细观她的脸,无疑比自己苍老许多,不禁心酸:"玉珠,你有几个孩子了?"

"三个女儿,现在肚子里又有一个,但愿这次是儿子。"李玉珠抽出手,轻抚自己的肚子。

郑李文续站起来,拿过自己的包,从里面掏出一盒没有开封的雪花膏塞到李玉珠的手心:"风太寒,抹点在脸上会好些。"

"这东西在乡下可稀罕了。"李玉珠盯着雪花膏铁盒盖上的图案,一个烫着卷发的妩媚女子坐在那里,不由一呆。同样是女人,差别太大了。再看郑李文续的打扮,她自卑地低下了头:"文萱,你的命真好。"

郑李文续轻拍李玉珠的手背,感叹道:"各有各的为难罢了。"

"你有什么为难的?有钱人家的少奶奶,什么事也不用操心。"李玉珠心里忍不住嫉妒起来。

郑李文续不知该如何向她解释,只好笑笑。

"你丈夫这次没有来吗?"李玉珠好奇地问。

"我丈夫?"郑李文续迟疑了一下,说,"他去世了。"

"什么?"李玉珠惊讶得张大了嘴巴,不敢相信自己的耳朵。再看郑李文续的神情,她知道是真的。刚滋生出来的嫉妒忽地消失不见,她忍不住搂住了郑李文续的肩,低低地叫了一声:"文萱。"

"玉珠,来,吃碗汤圆。"李汪氏端着盘子进来,把两碗汤圆放到桌上,笑着说,"你们姐妹俩别光顾着说话。"

"是,娘,知道了,我们马上吃。"郑李文续笑着说。

李玉珠显然被刚才那个消息给惊到了,几只汤圆下肚,她就说要回去了。郑李文续送她到门口,两个人告别。看着李玉珠远去的背影,郑李文续心中浮起莫名的惆怅。

考虑到年后要搬家,有太多的事需要处理,郑李文续准备再住一晚就回上海。

"不多住几日吗?"汪李氏听女儿说这就要回,万般不舍。

"娘,对不起,女儿不孝。"郑李文续心里也很矛盾,难得回来一次,理应多住些日子,可她实在放心不下上海那边的事。

"让她回吧,在这里她也不安心。"李思园走过来,心疼地看着女儿。

"爹。"郑李文续酸楚地叫了一声,父亲是理解她的。

"好了,不说了,去准备吧!"李思园叹了一口气,摆了摆手。

"是。"

这一夜,郑李文续翻来覆去睡不着。她在想自己也想李玉珠,如果上苍再给她一次重新选择的机会,她还是愿意去上海,嫁给郑文章,愿意承受所有的快乐与痛苦,她觉得那样的人生才有意义。

天,渐渐亮了,要启程了。

郑李文续跪下向父母磕头道别:"爹,娘,请原谅女儿不能在二老面前尽孝。"

"起来吧,你回到上海自己注意身体,遇事不要慌。"李思园嘱咐道。

"爹,娘,你们保重!"

李汪氏抹着眼泪,拉着女儿的手不肯松开。吴妈走过来,劝李汪氏别难过:"太太,我会照顾好小姐和小小姐、小少爷的。"

"还有我们。"郑伯和罗妈走过来,朝李思园和李汪氏行了一个礼,"亲家老爷、太太,你们放心吧。船马上要开了,少奶奶,我们得走了。"

李思园和李汪氏点点头,郑李文续坚持不让父母送到码头,就到院子门口。

转身上路,郑李文续强忍着不回头,泪水已模糊她的视线,她的背后有灼灼的目光,那是父母对子女永远扯不断的关爱。随身带的行李里,有一罐母亲亲手腌制的臭冬瓜。

— 6 —

过完年,郑李文续就忙里偷闲收拾东西,准备搬家。

这是一件费心又费力的事,生活多年,有太多的东西沾满了记忆。她很想全部带走,可考虑到租的房子比这里小许多,再加上也没那么多人手,最后她决定挑选一些重要的细软以及生活必需品,其他就留在郑公馆。

诗韵姐弟三人怎么也想不明白,为什么要搬家。郑程和郑万跑去问郑鹏,郑鹏一时竟不知如何回答,只能含糊着解释是因为分家的关系。

"大哥,我们为什么要分家啊?我们不是一家人吗?"郑万天真地问。

郑鹏被问住了,他不好意思地摸了摸弟弟的头说:"万儿,你将来会明白,我们是一家人,但长大了是要分家的。以后,你和程儿哥哥也要分开住的。"

"我才不呢。"郑万嘟着嘴巴。

"是,大哥,我们不分家。"郑程大声地说。

"对不起,是大哥不好。"郑鹏愧疚地低下了头。

"那你会来看我们吗?以后我们想你和大妈妈了,怎么办?"郑万晃着郑鹏的手问。

"会的,大哥会去看你们,你们也随时可以回这里来。"

听了郑鹏肯定的话,郑万总算开心地笑了,而郑鹏心里却是说不出的酸涩。

搬离郑公馆的日子终于到了。

郑李文续站在小楼的阳台上,眺望前方的花园,回忆自己在那个春天,从闭塞的乡下来到大上海,第一次踏进郑公馆的情景。她第一眼就爱上了这个充满生机的花园。多少个晨昏,她流连在花园的小径上,欣赏这些有生命的植物。看到盛开的鲜花,她会忍不住剪一枝回房间,插在花瓶里,用清水养着。夏天的晚上,她和丈夫晚饭后喜欢在花园里散步,说些甜蜜的情话。现在一切都结束了。想到这里,泪水盈满眼眶,视线已然模糊。

"文章,别忘了以后去新家看我和孩子们。"

风吹了过来,似有一双温柔的手抹去郑李文续脸上的泪痕。

收起伤感的情绪,郑李文续下楼。郑公馆的佣人,她只带走了三个,郑伯夫妻俩和吴妈。阿虎依然安排在公司,做她的专职司机。

郑安氏不想放郑伯走,毕竟他做了这么多年管家,人又忠心,有他在,她什么事都不用操心。他一走,这郑公馆里里外外的事都得要她管,想想都头痛。"郑伯,你还是留在郑公馆继续当你的管家,我给你加薪资。"郑安氏挽留道。

"大少奶奶,你的好意我心领了,可你也知道,少奶奶的孩子们都还小,需要人照顾。少爷不在了,我这把老骨头无论如何都要帮他看好孩子了。"郑伯说。

郑安氏知道郑伯心意已决,也只能无奈地随他去了。等郑李文续一家搬走后,家里的佣人也被郑安氏解雇得没剩几个,空旷而冷清的郑公馆让郑鹏很不适应,他更加流连于外面的花花世界,不想回家。

听说郑李文续搬了新家,林景生带着礼物跑去道贺乔迁新居。他思忖这个时候多给孤儿寡母以关心,等于是雪中送炭的情分。"文续,我最近认识了几个有身份的人,对你拓展业务很有好处,找时间我介绍他们跟

你认识。"林景生热情地说。

见林景生改口叫自己的名字,郑李文续一时适应不了,见他一个人,忙问:"淑慧妹妹怎么没有一起来?"

"她有事,说过几日来看你,让我代问好。"林景生环顾小客厅,一脸同情地说,"看你们现在这么多人,住这么小的房子,我心里也不好受。以后有事尽管跟大哥说,不要把我当外人。"林景生看郑李文续的眼神里多了些内容,他禁不住想,谁若能得到她的芳心,岂不是财色双收?怕郑李文续察觉他内心的想法,忙又装作一脸正经。

"无妨,慢慢都会好起来的。"郑李文续微笑着说。

林景生恭维道:"了不起。"

东拉西扯闲聊了一会儿,林景生见郑李文续并没有向他倾诉的欲望,再坐下去就尴尬了,于是就站起来告辞。

等林景生走了,吴妈在边上欲言又止,郑李文续很奇怪,问她有什么话要说。

"小姐,有句话我不知道该不该讲。"

"吴妈,你跟我之间有什么话不能讲的?"

"小姐,我觉得林先生这个人,好是好,就是感觉有点滑头,刚才他看小姐的眼神不对劲。"

郑李文续忙正色道:"这话以后可别说,让旁人听到会惹出闲话来。林大哥是文章的朋友,人很热心,这次也帮了我们不少忙。我知道你担心我,但我们也不能乱猜忌。"

"知道了,小姐。"吴妈嘀咕了一句,不再言语。

夜深了,郑李文续还在灯下翻账本。那些枯燥无味的数字看得她头昏脑涨,看不明白的地方她都用笔标出来,第二天好叫来账房的人仔细询问。如果谁以为她是外行想蒙她,那就大错特错了。田经理曾开玩笑地对她说,第一次到公司说要看账本,就把他们给镇住了,私底下暗暗议论,这位总经理太厉害,以后得打起十二分的精神,避免出娄子。郑李文续听了微微一笑,这也是没有办法的事,她得逼自己用最快的速度适应这个新角色。

"专营客货运输""兼营代客报关、运输等附属业务""承接各级吨位的木船、机械船只的制造",以及仓库、码头的托管和租赁业务等。郑李文续揉了揉太阳穴,靠在椅背上闭目养神。三年的财务账单翻下来,她了解到公司的主要盈利来自于运输和造船这两块,码头和仓库除了自用外,还有租赁收入,在总盈利里占的比例不大,但较稳定。运输业利润空间大,不过风险也大,运营成本高,燃料、物料、船员薪金、工驳码头费、船舶修理费等等,都是不小的开支。船厂依赖于订单,一旦订单流失,业务接不上,这几百号工人又怎么养得起?眼下,公司因郑文章的绑架案各项业务不同程度受到影响,她得想办法尽快扭转被动局面。千头万绪,需要她一一去厘顺。

这时,郑李文续忽想到一事,自接管家业后,她还没有主动去拜访那些同乡前辈,疏忽了。以前她曾听公公和丈夫说过,做生意除了要诚信、产品质量过硬、价格合理等,人与人之间相互的帮衬也很要紧。她睁开眼睛,在计划本上把"拜访同仁"这几个字写了上去。

第二天,郑李文续排出时间准备去拜访各位前辈,电话打到董公馆,董文武刚好有事要出去,就约定下午过去。改打汪公馆,主人在,于是就先去汪公馆。

到了汪公馆,郑李文续向守门的家丁递上名片,说求见汪国栋先生。

汪国栋听下人通报,忙说了一声"请"。

下人带郑李文续到花厅,佣人送上好茶。郑李文续坐下,端起茶杯,轻啜一口。环顾四周,皆是骨木镶嵌的家具、青瓷花瓶、名人字画,看样子这汪老先生也是个喜欢风雅之人。

"稀客稀客。"汪国栋说笑着从外面走了进来,没戴帽子,头顶明晃晃地亮。他最近又得一位可心的小佳人,人逢喜事精神爽,心情很是愉悦。

郑李文续放下茶杯，连忙站起来，向汪国栋行礼，态度恭敬地说："汪叔，今日文续冒昧打扰了。"

"快坐快坐。"汪国栋在太师椅上坐下，很客气地说。郑家两房分家，少奶奶独自接管家业，他第一时间就得知了，当时的心情比较复杂，又惊讶又好奇，还带着一点敬佩。女人搞海运，闻所未闻，这位郑家少奶奶倒颇有胆识。不过对于郑李文续会把兴盛带到何种境地，他并不看好。听说甬明银行贷款给她七十万，他更觉得不可思议，这孙茂盛怕是老糊涂了。

"你的事我听说了，了不起。"汪国栋朝郑李文续竖起大拇指，一派长者的风范。

"文续年轻无知，以后还请汪叔多多指点。"

"我们虽是同行，但我与你公公是多年好友，兴盛的事就是我的事。你放心，今后有什么困难，尽管开口。"

郑李文续再次道谢。

"别见外，来，喝茶，这是上好的明前龙井，尝尝。"汪国栋见郑李文续主动上门来拜访，觉得很有面子，非常高兴。他与郑丰裕虽个性差异较大，但私下关系还不错。只是作为同行，难免会有竞争。对兴盛，他是有心结的，总觉得兴盛压过了他富盛。现在兴盛由这个年轻小媳妇掌舵，那些沉积在心底的压抑顿时消失无影，在郑李文续面前他乐得做人情。

郑李文续向汪国栋简单介绍了兴盛目前的经营情况，虚心向他讨教如何消除绑架案带来的影响。

"文章究竟是否死于日本人之手，有确切的定论吗？"汪国栋关心地问。

"巡捕房查到的是这个结果。"郑李文续的神情凝重起来。

汪国栋"哦"了一声，半晌才严肃地说："若此事真是日本人所为，我们倒是要重视，恐怕这只是他们野心的开始。"

"汪叔提醒得极是。"郑李文续点点头，她不懂政治，但被汪国栋这么一点，凭女人的直觉，也意识到其中的复杂性。

"你也不必过于恐慌,这里毕竟是上海,谅他们也不敢太过分。"汪国栋自信地说。

"但愿如此。"郑李文续又被勾起了心事,一时沉默起来。

汪国栋见郑李文续神思恍惚的样子,不免叹息,就接着刚开始的话题说:"兴盛公司目前最重要的是稳定人心,不只是公司雇员的,还有客户的,让他们重新对贵公司有信心,生意自然就会上门。不如你去报上登个广告,也好让大家知晓兴盛公司没有倒闭,只是换了个当家人,实力仍跟原来一样。"

郑李文续收回游离的神思,点点头说回去便斟酌这广告怎么登效果比较好。两个人又闲聊了一阵,郑李文续就告辞离开。汪国栋看着她的背影,不由哼起了梅兰芳在上海天蟾舞台演的《抗金兵》中的唱词,"明日里抗金兵分头应战,全仗着那中军帐的号令森严",边哼边到后花园找他的姨太太玩乐去了。

下午,郑李文续又去了董公馆,拜访董文武,向他讨教经营之道,并说了心中对日本人的担忧。

董文武是敏感的。自从郑文章绑架案发生后,他曾动用不少江湖关系去打探,却一直没有得到有用的信息,直到郑家向同乡会报了噩耗,才知郑文章已被害。当时他就怀疑,这不是一起简单的绑架案,背后必有隐情。事实也证实了他的疑虑,日本人的目的绝不只是郑家,而是想牢牢把控上海的经济命脉。郑文章的事件恐怕只是个引子,他决定找时间召集宁波同乡会成员开个会,商量对策。现在每天发生在上海的新闻太多,郑文章的不幸用不了多久就会被人彻底遗忘。

"你所顾虑的也正是我所担心的。从文章贤侄这件事可以看出,日本人的野心很大,一个上海怕不能满足他们的胃口。"董文武眉头紧锁,脸上的皱纹堆得更深了,他语重心长地说,"你一个弱女子扛着如此重担,更要事事谨慎。以后有什么难处说出来,人多主意多,不怕。"对于经营之道,董文武送给郑李文续三个字:"稳、准、狠",并让她密切关注时局的

变化,该收时要收,该放时要放,不要墨守成规。

郑李文续对董文武的指点表示深深的谢意,她感动地说:"董叔,有您的支持,文续无惧。"

"应该的。"董文武微笑着回答。

午后,春日的阳光散淡而温暖。大地已恢复勃勃生机,发芽的发芽,开花的开花,连空气都充满了一股甜津津的味道,一切看起来都如此美好。

一身轻便夹克装的王兆林来到兴盛公司大楼前,抬头看墙上"兴盛航业"四个鎏金大字。天长日久加风吹雨打,这四个字已显暗淡。昨日他和沈俊箫聊天,说到郑李文续,作为记者,他想到这位少奶奶本身就是个新闻人物,可以给她写篇文章,于是今天特意上门来。

"总经理,有人找。"坐在写字间外面,专门负责帮郑李文续处理杂务的阿香站在门口,轻轻敲了敲门。

正坐在桌前写广告词的郑李文续抬头一看,原来是《申报》的那位王记者,有点意外,忙起身招呼。王兆林开门见山,说今天上门是想采访她,给她写篇报道。

"王先生,多谢你的美意,只是我这样恐不合适。"郑李文续从没有想过让自己的名字出现在报纸上,婉言谢绝。"不过,兴盛公司倒是想在报上做一则小广告。"郑李文续补充道。

"那不是正好吗?郑先生的绑架事件肯定会对兴盛公司的业务有影响,一些合作的商家会因心生顾虑而去找别家公司。这个时候就是要让大家知道,兴盛航业并没有倒下,而是重新出发,我这报道就是最好的广告,也是对之前报道的补充和延续,还替你省了一笔广告费用,一举多得。"王兆林认真地说。

经王兆林这么一分析,郑李文续不禁笑了起来,说:"那赶巧了。"

"我掐指一算,你今天需要,所以就过来了。"王兆林玩笑道。

"王先生真是个风趣之人。"郑李文续没想到王兆林这么幽默,两个人就坐下来愉快地交流起来。

很快,王兆林在报上推出了一篇郑家少奶奶郑李文续接任兴盛航业掌门人的报道。由于当时没有女人经营海运,如此独一无二的人物,自然引起了社会的关注。而郑李文续对公司今后的一些设想和规划,更让人对她刮目相看。一些老客户又回过头来与兴盛公司合作,公司业务眼看着又慢慢稳定下来。

报道一出来,山本次郎和吉子都看到了。

"女人当家?"山本次郎用手指点了点郑李文续的名字,饶有兴趣地对吉子说,"有意思,有意思。"

"山本长官,我们的行动计划是否可以重新启动?"吉子问。

"计划可以动起来,不过这个女人你别动她,我想看看她有些什么本事。"山本次郎眯起了眼睛,摸摸自己的下巴,若有所思地说。

"是,山本长官。"

春天是短暂的,很快就迎来了炎炎夏日。

一早,身穿短袖旗袍的郑李文续来到公司,开始一天的工作。坐在外间的阿香忙端上刚泡好的茶水,轻轻放在郑李文续的桌上:"总经理,半小时后,陈森经理要来找您。"

"好。"郑李文续喝一口茶,目光落在桌上那一沓待处理的文件上,放下茶杯,又开始专心致志地工作。

陈森来了。大概路上走得急,满头大汗。一进写字间,就随手拿起一张报纸当扇子,不停地扇着,嘴上抱怨着这鬼天气,太热了。郑李文续见陈森一副火急火燎的样子,就让他坐下来喘口气,喝杯茶,有事慢慢说。

陈森是来汇报一件事的。最近码头突然冒出几个地痞小混混,每天像上班一样准时,来了后要么故意挑衅吵架,要么拿一把锋利的匕首去捅那些来不及运走的货物搞破坏,要么像影子一样跟在客户后面,把人搞得心烦意乱、鸡犬不宁。陈森去找巡捕房的人,结果巡捕房的人一来,这些

小混混就不见了。等他们前脚刚走,这几个人又出现了,像癞皮膏药一样,搞得陈森很心烦,只好派几个工人跟在后面,一看到对方搞小动作,马上阻止。可防不胜防,顾了这头顾不了那头,严重影响了码头的生意。陈森很纳闷,想自己平时与各路地头蛇还是保持着友好的关系,该打点该上供的都没有落下,这几个人是哪里冒出来的?于是就暗中派人去打听,有的说是刚从外地来的,有的说不认识。这就奇了,上海刚开埠时,各路流氓团伙非常多,随便取个名号就能自成一派。后来经大浪淘沙,一些小团伙或归顺于大帮派,或自生自灭。每个大帮派都有自己的地盘,新的团伙想占地为王,几乎是不可能的事。"这些人天天这么来搞,太影响码头的正常秩序。"陈森一口气把杯中的茶水喝完,用手抹了下嘴,苦恼地说。

"这些人的真实来路查不到吗?"郑李文续从没有遇到过这样的事,一时也没了主意。

"根据我的观察,是帮派的可能性比较大。我想到饭店备一桌酒席请他们,若肯来,就好商量。若不来,又不说目的,那就不是帮派所为了。"

"难道又是日本人?"郑李文续突然想到这个可能性。

"这个……应该不会吧。"陈森侧着脸沉思了一会儿说,"这样,总经理,我还是私下先找他们中间的一个,看看哪个是领头的,花点小钱总能买到有用的信息。搞清楚来路,再做下步打算。"

"好,这事就交给你去处理。和为贵,我们做生意的尽量不要跟人结仇。"

"明白。"

陈森走后,郑李文续想起沈俊箫曾跟她说过,有事情尽管给他打电话。这段时间太忙,她都没空好好谢他,于是找出电话号码,拨了过去。沈俊箫接到郑李文续的电话,有种意外的惊喜:"郑太太,最近可好?"

"托沈先生的福,一切都在重新开始。"郑李文续在电话里向沈俊箫咨询有关码头和船厂的安全问题,顺道把刚才陈森向她汇报的事简要复述了一遍,"沈先生觉得这事如何处理比较合适?"

"郑太太,现在上海的治安情况很复杂,巡捕房也没有这么多的警力,你们还是要自己小心,有事及时报警。"

郑李文续道了谢,并邀请沈俊箫有空来公司坐。沈俊箫爽快地答应了。放下电话,郑李文续又惦记起船厂的事。前些日子,接了一单造船业务,由于工期特别紧,郑少伟带领技术人员和工人没日没夜泡在车间里赶工,不敢有丝毫松懈。想起郑少伟,郑李文续的心里闪过一丝异样的感觉。她从没有见过哪个人可以把工作当成自己唯一的爱好,一天二十四小时在厂里,而她支付的薪资远远比不上他的付出。她知道,他那么拼命工作,绝对不是为了那份薪资,应该是情义。一个有情有义的好男人,应该有一个好女人去疼他。不知为何,想到这里,郑李文续突然觉得这天真的太热了,鼻尖已微微渗出了汗。

窗外的树上,知了正叫得起劲,热死了,热死了。

陈森经过观察,发现来挑衅的人当中,那位脸上有道刀疤的汉子似是领头的,其他几个都是小喽啰。于是很认真地写了请柬,亲自送给这些故意来捣乱的人,请他们务必赏光赴宴。给那汉子的请柬里夹着一张银票,陈森用眼神示意他这里面的秘密。那汉子接过,翻开一看,随手就塞进口袋。其他人拿着这请柬,显得有点意外。

"各位好汉,请赏陈某一个薄面,大家都是为了混口饭吃,不知哪里得罪,还请好汉指点。"陈森双手抱拳,一脸诚意。

那汉子道:"不是我们不给你面子,实话告诉你,这事我们也做不了主。至于这吃饭嘛,就免了。"

"那能否请好汉告知来路?也好让陈某登门拜访。"陈森的语气极其诚恳。

那汉子走到陈森身边,在他耳边低声说:"你是真不知道还是装傻?这白莲泾帮都换主子了,你还一点都拎不清。你说你平时都孝敬谁去了?这信息太闭塞了。"

"啊?"陈森醒悟过来,忙解释道,"兄弟,我是真不知情。"

"现在是马爷当家,我看你这人还识趣,算了,话说到这里,接下去怎么做,是你的事。"

"有数有数,谢谢兄弟!"

"走了。"那汉子一声吆喝,带着几个手下扬长而去。

既知此事是白莲泾帮所为,陈森又连忙找人去打探具体情况,好好的怎么就突然换了主子,搞清楚了前因后果,再向郑李文续汇报。郑李文续听说此事与日本人无关,暗暗松了一口气,就向陈森询问白莲泾帮是个怎样的帮派。

原来,白莲泾帮是盘踞于浦东一带的一个小帮派,规模并不大,但名气却不小。帮主胡爷是外地人,以前是杀猪的,因与邻居打架失手杀了人,干脆就跑路了。来到上海后,到处游荡,后落脚于浦东。他性格暴躁,为人有股狠劲,谁不服就拔出杀猪刀捅过去,得了一个"胡杀"的绰号。渐渐地,身边聚集了一批游手好闲的小混混,他就自命帮主,向附近的厂家和码头收保护费。谁若不愿合作,就会二十四小时派人骚扰,没有人吃得消这一招,只好乖乖交钱。之前,陈森管理的码头是花钱消灾,每月按时上贡,买个太平。

这胡爷有了钱就花天酒地,自己享乐,对手下却很苛刻。副帮主马爷是军师,深得胡爷信任。后来听说胡爷出门,在外遇到不测,在马爷心腹们的提议下,勉为其难接了帮主的位子。私下又有种说法,说马爷派人把胡爷给杀了,他早有夺位之心,故一直暗中收买人心。至于真相如何,就不得而知了。

马爷上位后,时时琢磨怎样树立自己的威信,他一边招兵买马,扩充队伍,一边把那些没有上门前来恭贺的厂家商家列出来,派人去骚扰。面对这种下三烂的行为,无辜的厂家商家们只好打落牙齿往肚里吞,额外送上一份大礼,才算过关。

郑李文续问陈森如何处理此事,陈森说小鬼难缠,只有送上一份礼,息事宁人。郑李文续一时也想不出更好的办法,就同意陈森先这么处理。

第二天，陈森带着厚礼亲自来到那位马爷府上，递上名片求见。接到通报后，有人出来把陈森带了进去。

在没有见到马爷之前，陈森以为他和胡爷一样，定是个满脸横肉、五大三粗的男人，没想到坐在太师椅上的竟然是个油头粉面的年轻人，穿一身白西服，一副金边眼镜刚好掩饰他绿豆似的小眼睛。陈森很诧异，不过很快回过神来，朝对方双手抱拳："对不住马爷，陈某恭贺来迟，请多原谅。"

"陈经理客气了，请坐。我知道你们大东家和少东家都出了事，现在是少奶奶掌管家业。"马爷声音尖细，怀里抱着一只肥硕的黑猫，一只手轻轻地抚摸着猫的脊背，笑眯眯地说。

"是，以后还请马爷和众位兄弟高抬贵手，多多关照。说实话，现在日子真的不好过，还不知道能撑多久。"对眼前这个年纪轻轻的爷，陈森不敢有丝毫的轻视，他明白，倘若没有手段，怎可能管住那一群亡命之徒？

马爷吩咐旁边站着的一位黑衣汉，让他去查一下，看有没有人私下骚扰过陈经理。陈森知道马爷在演戏，连忙站起来，抱拳作揖道："马爷义气，陈某感激不尽，相信今后有马爷的关照，一定诸事无忧。"

"你们都给我听好了，陈经理是我们白莲泾帮的朋友。之前你们做过什么对不起陈经理的事，他大人大量不计较，从今天开始绝不允许。当然，陈经理也不会亏待兄弟们，每个月的'月规钿'不会少一分钱。"马爷转过头来，假惺惺地说，"陈经理，你说对吗？"

陈森心里诅咒对方祖宗千百遍，这脸上还得是一副感恩戴德的样子，嘴上说着"那是那是"。

马爷对陈森的知趣很满意，他换了一只手去顺那猫毛。

"按说孝敬马爷再多也不为过，只是自我们少东家出事后，生意一落千丈。马爷体谅陈某，不知可否……"陈森边说边悄悄观察马爷的反应，刚才他犹豫了一下，最后还是决定试探一下，若能少交点钱那就好了。

"喵——"突然，一声凄厉的猫叫吓了陈森一跳。他定睛一看，马爷一脸怒容地把黑猫扔在地上，冷冷地说："不识好歹的畜生。"

陈森暗叫坏了。没想到马爷忽又换了一张笑脸问陈森:"陈经理,刚才我没听清楚,你说了什么?"

"马爷,没什么。"陈森赔着笑脸说。

马爷得意地哼了一声,高叫"送客"。

陈森告辞。等走出大门,见四下无人,他狠狠朝地上啐了一口唾沫,低声骂一句"狗日的",才转身离开。回到公司,陈森详细地向郑李文续汇报了此事的经过。"这个马爷绝对是个心狠手辣之徒,开始我还幻想让他给我们减点月规钿,没想到这家伙来这么一出。"

"陈经理,让你受委屈了。"郑李文续亲自给陈森倒了一杯水,这件事让她体会到现实的无奈。

"人在江湖漂,哪有不挨刀,习惯了,"陈森笑着说,"又不是第一次当孙子。"

正说着,郑少伟来了。郑伯这几日腰痛,他给父亲买了一包膏药,没时间特意送过去,刚好有事来公司,就想托郑李文续帮他带回去。见陈森也在,一问,原来是白莲泾帮敲诈的事,很气愤,说那些巡捕也不管管。郑李文续就把沈俊箫的话告诉他们,指望不上巡捕,只有靠自己了。

"总经理,你也不要过于担心,我们小心就是。"郑少伟见郑李文续面有忧色,安慰道。

郑李文续的视线落进郑少伟的眼睛里,心"怦"地一跳,慌忙移开。这天气,真的太闷了。

陈森和郑少伟走了,郑李文续静下来,忽想到已经很久没有陪孩子们一起吃饭,很是歉疚,就取消了晚上加班的计划,回家去。

诗韵姐弟三人看到母亲回来得这么早,非常开心地围了上来,像几只小麻雀,叽叽喳喳地说个不停。郑李文续听孩子们说学校的趣事,看到儿女们这么懂事,再苦再累都觉得能坚持了。诗韵给母亲倒了一杯开水送上,郑李文续很欣慰地接过。自从丈夫去世,女儿变得特别的懂事,不仅照顾两个弟弟,还帮忙做家务。

"小姐回来了！我再去炒个菜。"刚从厨房出来的吴妈，看到郑李文续，忙着要去加菜。

"不用了，吴妈，随意吃点就好。"郑李文续叫住她。对吃什么，她早已不再讲究。

很快，饭菜端上了桌，油豆腐烧肉、炒青菜、土豆饼、榨菜丝鸡蛋汤，这是三个孩子的晚餐。郑万瞧了一眼桌上的菜，嘟起嘴说："姆妈，我想吃鱼。"

郑李文续拿起筷子，笑着对郑万说："明天吧，晚上有肉吃很好啊！"

"不要吃肉，"郑万很不高兴地说，"我要吃鱼。"

诗韵见弟弟耍脾气，忙劝道："万儿，快吃吧，姆妈工作一天很累了，别惹她生气。"

"我要吃鱼。"郑万一脸不开心，以前每餐桌上好多菜，想吃什么就吃什么，可现在只能吃些什么嘛。

郑李文续平静地问儿子："你真不吃？"

"不吃。"郑万继续嘴硬。

"好，吴妈，把小少爷的碗筷收了。"郑李文续吩咐吴妈。

"我的小少爷，不吃饭怎么行？乖，明天一定烧鱼给你吃。"吴妈出来来唱红脸。

"不要理他，收了。"郑李文续的神情一点也不像开玩笑。

诗韵忙去拉小弟的手，暗示他别闹了。郑万没想到最疼自己的母亲这样对他，一把推开姐姐的手，哭着跑了出去。郑程把饭碗一放，追了出去。郑李文续克制着自己的怒火，只顾吃饭。诗韵也不敢说话，赶紧把饭往嘴里扒拉。

过了好一会儿，郑万被郑程拉着进来，脸上还挂着泪珠。郑李文续已吃好饭，她没有说话，只是静静地看着小儿子。郑万低着头，怯生生地走到母亲面前。

"想好了？"郑李文续淡淡地问。

"姆妈,我错了。"郑万的声音跟蚊子叫差不多。

"说说,你错在哪里?"

"我不应该乱发脾气,不应该非说要吃鱼。"

"那饭还要不要吃?"

"要吃的。"

吴妈一听,马上又重新端了一碗热饭上来,让郑万吃。等孩子们吃完,郑李文续耐心地给他们讲道理:饭菜已做好,不吃就是浪费。你嫌菜不好,可还有很多人连饭都吃不饱,要懂得惜福。

"明白了吗?"郑李文续问。

三个孩子点点头,诗韵和郑程的脸上浮现出与年龄不符的淡淡忧伤。这神情,让郑李文续心里有说不出的难过。她温柔地说:"不要担心,有姆妈在,会好起来的。"

吴妈在一旁,看得又抹起了眼泪。

这一夜,郑李文续又失眠了,小儿子想吃鱼的声音深深地刺激着她。丈夫在的时候,家里又何曾如此窘迫过?可眼下为了早日还清债务,能省的地方就省。让孩子们吃点苦也不是坏事,生活不易,相信孩子们总有一天能理解母亲的心。

"文章,你在天上可安好?可想过我们?"郑李文续在黑暗中问在另一个世界的丈夫。

没有人回答她。

— 7 —

大清早,郑安氏又在餐桌上数落儿子。自从分家后,她把那一大笔分家费交给了儿子,让他存到银行去,每个月吃利息。郑公馆没几个人,她的生活也简单,眼下最让她操心的是儿子的婚事,一直想找个门当户对的媳妇,可挑挑拣拣总没有满意的。儿子的脾气也越来越大,多说几句就嫌她烦。"等你娶了媳妇,完成给郑家传宗接代的任务,我才懒得管你。"郑安氏气呼呼地说。

"我又没说不结婚,只是不想这么早结婚。"郑鹏跟母亲的想法不一样,他只想找个自己喜欢的人。

"成家立业,先成家再立业。娘还盼着你有一大能出人头地,给你死去的爹长长脸。"郑安氏还在唠叨,郑鹏受不了,胡乱吃了点东西,开车走了。

"不肖子,想气死我!"郑安氏把碗重重一放,坐在那里生闷气。

这天,还没有下班,郑鹏的同事高文基过来,邀请他晚上一起去百乐门大饭店舞厅跳舞。郑鹏正想去哪里散散心,一口答应。

华灯初上,大饭店三楼楼面正中,"百乐门"三个大字如霓虹闪烁,进门处站着几位身穿黑色大衣、身板结实的守门人。门外,停了几辆汽车,一旁的黄包车夫们都各自守着一个位置等客。

来到买票窗口,高文基假装弯下腰去系脚上皮鞋的鞋带,于是郑鹏就去买了舞票,跟着高文基来到二楼。

二楼的舞池很宽敞,最大的有五百余平方米。大舞池周围是可以随意分割的小舞池,供客人们跳舞或闲聊。这舞池的地板很特别,用汽车钢板支托,跳舞的时候会产生晃动感,故又称弹簧地板。室内装有冷暖空调,陈设豪华奢靡,转动着的粉色朦胧灯光,透出一股肉欲的暧昧。身穿高开衩旗袍的舞女们或站或坐,白嫩的大腿若隐若现,更有那高耸的胸部像吸铁石一般牢牢吸引着男人们的目光。如果你看中哪位舞女,就可以把舞票给她,舞女的收入跟她收到的舞票相关。

高文基从口袋里摸出一包香烟,递给郑鹏一支:"鹏哥,来一支?"

郑鹏摆摆手说:"我不会抽。"

"鹏哥,勿是我讲侬,人活了格世上,要懂得及时行乐。侬年纪轻轻,家财万贯,不抽烟不喝酒不打牌不找女人,侬讲侬勿是白活了吗?"高文基叼上一支烟,点燃,深深吸一口,吐出一个圆圆的烟圈。

这高文基虽是上海人,但家境其实并不好,只是那派头,完全是一副"小开"样,头发抹得油光发亮,每个月赚的钱还不够他花。他上面有三个姐姐,他爹四十岁才有了这么个带把的,宝贝得不得了,从小被爹娘和姐姐们捧在手心,惯坏了。不过人热情,没啥本事却喜欢大包大揽一些事。他能进沪德洋行,全靠他爹苦苦求一位转弯拐角的亲戚帮忙,那亲戚是这家洋行的股东之一,情面难却,就让他在洋行里打打杂,跑跑腿。对于郑鹏这么年轻就拥有大笔的财富,高文基充满了羡慕和嫉妒,真是人比人气死人。

自从分家后,郑鹏身边各种各样的朋友也多了起来。沪德洋行主要业务有两大块,一是海运,二是海洋及意外保险业务。郑鹏在海运部工作,跟高文基接触并不多,只是两个人年纪相仿,高文基又是那种自来熟,主动来结交,郑鹏也不好意思拒绝。一来二去,也就成了场面上的朋友。

"我不懂的地方还很多,以后你就多多指点。"郑鹏客气地说。

高文基一听这话,很高兴地站起来,真把自己当成了一根葱,大言不惭:"鹏哥,以后兄弟带侬好好去领领各种世面。"

郑鹏想笑,又忍住了,他好歹也是郑家孙少爷,又不是刚从乡下进城的"小瘪三",没见过世面。再说了,虽然郑公馆今非昔比,但瘦死的骆驼比马大,更何况银行里还有那么大一笔存款,这高文基算什么?不过,他多少了解高文基的为人,也就不计较了。

音乐响起来了,舞客们纷纷走到自己中意的舞女前邀其陪舞,高文基和郑鹏也站起来走过去。高文基选了一名叫丽丽的舞女,拉着她去跳舞了。郑鹏快速地用目光扫了一遍,一个个浓妆艳抹,再加上光线很暗,这长相还得靠几分想象。突然,他的视线落在一个舞女身上。她很安静地坐在角落,脸上的妆也没那么夸张,好像在想什么心事。他不由被吸引,今晚的舞伴就是她了。

"小姐,可以请你跳支舞吗?"郑鹏上前,彬彬有礼地弯下腰,伸出自己的右手。

那舞女听到郑鹏的邀请,眼睛里闪过一丝紧张,忙站起来,低声说:"谢谢!"

郑鹏就拥着这位身材苗条的舞女滑向了舞池,两个人稍一磨合,肢体马上找到了默契。近距离看这位舞女,郑鹏发现她五官精致,也很年轻。一问,只有十九岁,难怪。再问,居然今天是她第一天上班。握着舞伴纤细的小手,郑鹏都不敢太用力,他微笑着问:"能告诉我芳名吗?"

"悠悠。"女孩轻声地回答。

"哪个字?"

"悠然见南山的悠。"

郑鹏不免有些意外,再看她的眼睛,很干净,分明还没有被污染过,只是不知道为什么会来当舞女。初次跳舞,他又不好问。

一曲接着一曲,这个晚上,郑鹏只跟悠悠跳,一直到快半夜了,想起第二天还要上班,才和高文基一起走出舞厅。

临走前,郑鹏在悠悠耳边低声说了一句:"明天晚上我还来找你跳。"

悠悠点点头,说一句:"谢谢,先生慢走!"

高文基一见,打趣道:"咋了,鹏哥,这么快就看上了?"

"乱说啥,走走,太晚了,都忘了明天还要上班。"郑鹏一边说一边上了汽车,他还得先把高文基送回家。

晚上,郑鹏失眠了。他发现自己对那位悠悠印象挺好的,看她的气质,这出身应该也不会太差,不知为何要选择去百乐门当舞女?等明天晚上一定好好问问她。就这么胡思乱想着,天快亮了才睡着,一觉醒来,才发现快到上班时间了,急得他早饭也没吃,匆匆离开。

郑安氏见儿子一副心急忙慌的样子,叹了一口气:这孩子怎么回事?居然会睡过头,每天连个人影都看不到,不知道他在忙什么,看来真要给他找个媳妇来管管了。对儿子的将来,她也没想太多,有这么多钱在手上,这辈子吃喝不愁,只要儿子平平安安就好。倘若以后有机会能出人头地,自然是再好不过。只是平时她的生活太过封闭,身边也没个可以商量的人。这时,郑安氏又想起了郑李文续,自搬家后,电话倒是打过来几个,邀请她有空去家里坐坐,她一直不好意思,就没有去。要不找个时间过去?郑安氏思来想去,可是又拉不下这个脸,只好自己给自己找借口,以后再说吧!

第二天上班,郑鹏心不在焉。他惦记着晚上的事,那个悠悠姑娘会告诉他实情吗?

"郑鹏,在想什么?"

正浮想联翩中的郑鹏,突然听到一个威严的声音,吓了一跳,抬头一看,原来是主管汤先生,正背着双手盯着他,忙站起来问好。

"年轻人,做事要专心。"汤先生瞟了一眼郑鹏,转身走了。

高文基走过来,瞧着汤先生的背影,拍拍郑鹏的肩膀说:"鹏哥,如果阿拉是侬,早辞职了,有那么多钱在,还在这里看人脸色?"

郑鹏笑了笑,没有说话。

"夜到还去伐?"高文基朝郑鹏眨了眨眼睛。

"可能有别的事,再说吧!"郑鹏不想让高文基知道自己与悠悠的约定,故意找了个托词。

高文基说:"侬勿去,阿拉一个人去。"

"没事就跟你一起去。"郑鹏只好硬着头皮回答。

郑安氏接到儿子电话,说晚上又不回来吃饭,气得差点摔电话筒。郑鹏忙解释是同事相邀,不好意思拒绝,现在这工作,需要交际、应酬。郑安氏没办法,只好提醒他早点回来。

晚上,当悠悠看到郑鹏如期而至,很欣喜。两个人边跳边聊,犹如相识多年的老朋友。

"悠悠小姐,有一句话不知该不该问。"郑鹏实在憋不住,开口道。

悠悠淡淡一笑说:"无妨。"

"你别误会,我不是坏人,我姓郑,叫郑鹏。我见小姐气质高雅,跟周围的那些舞女不一样,不知……"郑鹏没有说下去。

悠悠眼睛里的神采马上黯淡下去,过了许久,才慢慢吐出一句话:"各有各的命罢了!郑先生不必奇怪。"

郑鹏见悠悠不愿说,也就不再勉强,不由自主地握紧了她的手。悠悠感觉到了郑鹏手上的力量,抬起头,朝他微微一笑,似在感谢他的关心。

这一晚,悠悠又成了郑鹏唯一的舞伴。

高文基是个人精,早轧出了苗头。走出舞厅,他凑过来就问:"真看上了?"

郑鹏连忙否认,说:"哪有这回事!你自己还不是整晚跟那个丽丽在跳?"

"阿拉是白相白相,不像侬介认真。鹏哥,侬若真看上了,可以考虑娶回家当个姨太太。"高文基玩笑道。

"再胡说,小心我揍你。"

郑鹏举起拳头在高文基面前晃了晃,高文基装作害怕的样子讨饶。

高文基说跳舞跳得饿了,一起去吃夜宵。郑鹏本不想去,又不好驳了高文基的面子,只好一起去。等回到家里,自然又是午夜了。

一连几日,郑鹏夜夜往百乐门跑,整个心思都在悠悠身上。就算晚上回家吃饭,饭后也必得找个借口出去。

这大半年,山本次郎和吉子都没有闲着。一边配合日本驻沪领事馆以及军方,在上海寻找各种机会,制造事端进行挑衅。比如故意组织一些日本浪人在街头结伙闹事,今天醉酒打人,明天把商店的玻璃橱窗击碎,后天又跑去抢劫,搞得民众怨声载道,埋怨政府软弱无能。另一方面,暗中调查列入"猎羊"计划的各行业掌门人的具体情况。

这天,山本次郎通知吉子到他写字间来一趟。吉子接到电话,马上开车前往日本海军特务部。肯定又有新的任务!一想到任务,吉子的精神就亢奋起来。走进山本次郎的写字间,吉子看到屋里站着一位文弱秀气、中等身材的年轻军官,很诧异地看了对方一眼。"小白脸",她的脑海中闪过一句上海话,目光里多了几分轻视。她不喜欢这类男人。

山本次郎见吉子进来,态度少有的和蔼,给两人做了介绍。"三木吉利,刚从别的部门调过来。'猎羊'计划,以后就由你们两位负责。吉子,你要多配合三木君,切不可鲁莽行事。"山本次郎话中有话。

"是,山本长官。"吉子面无表情地答应了一声。

三木吉利神情冷漠地伸出手,开口道:"吉子小姐,合作愉快!"

"合作愉快。"吉子言不由衷地说。

"加快'猎羊'计划进度,"山本次郎的鹰眼从二人脸上扫过,"务必保证成功。"

"是,山本长官!"二人齐声回答。

山本次郎又吩咐吉子尽快报上一份新的行动计划,要有明确的目标。吉子答应照办。

三木吉利跟着吉子来到小白楼。吉子让蒋茨召集里面所有人,先一顿训话，摆足了架势，然后才假装客气："下面请三木君讲几句。"

三木吉利摆摆手，说一句不讲了，然后自顾自朝里面走去。吉子一愣，心生不快，想这小白脸的架子竟摆得比她还要足，看来也不是个好侍候的主。

在小白楼转了两圈，三木吉利对里面的环境有了大致的了解，他又选了间窗外有棵大树的房间作写字间，命令谁也不要来打扰他，说完就"啪"地关上了门，把吉子和手下的人搞得丈二和尚摸不着头脑，这人怎么如此古怪？

三木吉利一脸阴郁地站在窗前，今天他的心情恶劣到了极点。在这个深秋的午后，看着窗外秋风吹过树梢，落叶纷飞的场景，更加重了他的抑郁感。他的口袋里装着一封信，薄薄的信纸上却写着令他痛苦万分的内容，他的心上人香子被迫嫁人了。

"为什么?！说好等我回去，为什么不等我?！"三木吉利拳头紧握，狠狠地砸在墙上，血流了出来，却不觉得痛。此刻，他的内心充满了对战争的憎恨，好好的大学读不成了，原本他的梦想是当一名教师，没想到却被征召入伍，为了家族的荣誉不得不踏上漫漫征途来到中国。

"香子，你为什么不等我？"三木吉利的身子无力地滑了下去，一屁股坐在地上，仰起头，两眼无神地盯着屋顶。从香子最后一封来信可以看出，自己之前寄给她的信，她都没有收到。到底问题出在哪里？是有人扣留了他的信还是根本没有寄到？他不得而知。既然他都莫名"失踪"两年了，又有什么资格要求香子等他？三木吉利闭上眼睛，脑海里浮现香子娇小的身影——

她有一双美丽的凤眼，挺拔的鼻梁，小而薄的红唇。

她在樱花树下翩翩起舞，那舞姿比樱花还美。

她朝他回眸一笑，他就挪不动脚了。

她说："三木君，你去中国，一定要早点回来。"

她说："我等你。"

她说这句话的时候,眼里全是羞涩。她温柔的声音让他忘记这世上还有忧愁。他和她约定,一辈子在一起。

"一辈子!"三木吉利睁开眼睛,嘴角浮起苦涩的笑容。他恨不得现在就飞回日本,阻止香子的婚礼。他甚至想好了,怎样带香子从婚礼上逃跑,他相信她一定会跟他走。此时此地,他对山本次郎分派的这个任务一点兴趣都没有,可又不得不去执行,这是他的悲哀。

吉子回到自己的写字间,关上了门,拨通了山本次郎的电话,试探着能不能让她单独负责"猎羊"计划,并保证不误大事。山本次郎很不高兴地批评吉子,让她好好跟三木吉利合作,遇事多商量,不要自作主张。放下电话,吉子坐在桌子前生了半天闷气。她看三木吉利根本心不在焉,跟这样的人共事,实在是羞辱了她。不行,她要好好干几件漂亮的事,让导师对她刮目相看,她要让他发现自己的唯一性,谁也不能替代。吉子打开锁,从抽屉里拿出那本"猎羊"计划书,轻轻翻开,她的目光从一个个名字上移过,最后定格。

这次就是他了。吉子微微一笑,合上了计划书。

富盛公司大楼。

汪国栋靠在椅背上,双手揉了揉脑门,昨晚在他的小情人可心那里玩得太晚,精力明显透支,感觉有些疲惫。岁月不饶人,汪国栋在心里不得不承认这一点,如果能再年轻20岁,不,10岁就好了。想到可心,汪国栋的心情又荡漾起来,金屋藏娇的滋味真好。正闭目养神胡思乱想着,手下人来报,有客人求见。

来者是个陌生的年轻人,从头到脚一身黑,可脸上却有一种说不出的媚态。汪国栋还以为是来谈业务的,就让他去找公司专管业务的经理,没想到对方开口说是来找他的。一听声音,汪国栋吃了一惊,怎么听起来像女人?

"请问阁下是?"汪国栋疑惑地打量着对方,猜测来意。

"汪先生,我是来跟您谈合作的。"来客笑眯眯地说,"你可以叫我吉老板。"

"什么合作?"汪国栋是个老江湖,对这种来历不明的人,他是绝不会轻信的。

"日本海军特务部的山本长官想请汪先生担任东海联合轮船公司总经理一职,不知汪先生意下如何?"吉子边说边盯着汪国栋的眼睛,观察他的反应。

汪国栋心里"咯噔"一声,微微变了脸色。日本人找上门来了,他立刻想到了郑文章,看来传闻是真的。不能硬碰硬,于是马上换个表情,客气地说:"感谢山本长官和吉老板的美意,只是老夫一来年纪大了,精力有限;二来也无多大能力,恐担当不起此大任。"

"汪先生何必如此谦虚?山本长官是不会看错人的。"吉子笑得眼睛弯弯,"你们中国人不是常说'识时务者为俊杰'吗?"

"惭愧惭愧,吉老板过誉了,老夫说的都是实情。富盛现在也就一个空架子,徒有虚名。还请转告山本长官,另请高明,可不要因为老夫而误了你们的大事。"汪国栋推脱道。

"汪先生不再考虑考虑?"吉子的脸阴了下来。

"吉老板,实在对不住。"汪国栋态度谦卑,连连抱拳作揖。

吉子站起来,她从汪国栋的眼神里读到了"求你放过我"这几个字,于是就慢悠悠地说:"既然如此,那吉某就不打扰汪先生了,改日再来拜访。不过我要提醒汪先生,山本长官决定的事,一般不会轻易改变。"说完,扬长而去。

汪国栋坐在椅子上大口喘气,他从口袋里掏出手绢,擦了擦额头冒出来的汗。什么鬼天气,都11月份了,居然还这么热!他再也没有心思做其他事了。

吉子回到小白楼,把汽车钥匙往桌上一扔,在屋里踱步。汪国栋的态度也在意料之中,中国人死要面子活受罪,喜欢敬酒不吃吃罚酒。不过她

已看出汪国栋和郑文章两个人的差异,别看他嘴上说得硬,心却是虚的,这就好办了。

"蒋茨!"吉子朝门外一吼。

蒋茨听到声音,立马跑了过来:"吉老板,有何吩咐?"

"交给你一个任务,从现在开始跟踪富盛公司的老板汪国栋,每天详细记录并上报。"吉子命令道,"如果被他发现,小心你的脑袋。"

"是,吉老板。"蒋茨不敢含糊,连忙答应。

蒋茨出去了,吉子犹豫此事要不要告知三木吉利。以她的私心,最好从头到尾都不要让三木吉利参与,可她又怕惹山本次郎不高兴。想来想去,还是跟他说一声吧。

三木吉利正在看"猎羊"计划的资料,见吉子找他,就问她有什么事。吉子没好气地看了三木吉利一眼,话中带刺道:"没事就不能找你?"

"没事你也不会来找我。"三木吉利冷冷地说。他对这个女人没一点好感,倘若不是山本次郎的命令,他一天都不想待在这里。

"三木君看了资料,有何高见?"吉子拉过一把椅子坐下,似笑非笑地问。

"我看以后我们两个分头行动,这里面的名单,各负责一半,互不干涉。"三木吉利用手指点点资料,神情严肃地说。

"这个主意倒不错,好,我没意见,你可以先选。"吉子双手一摊,耸了耸肩说。

三木吉利拿起笔,在名单的中间画了一道线:"上部分给你,下部分由我负责。"

"等等,我看一下。"吉子站起来,拿过名单一看,然后说,"把兴盛公司给我。"

"兴盛公司?就是上次报道过的郑家?"三木吉利又从吉子手中拿回名单,目光落在郑文章这一栏上,不解地问,"郑文章不是已经死了吗?"

"兴盛现在的当家人是郑家少奶奶,我不想怎样,只是上次事情没办好,这笔账早晚得跟那位少奶奶算。"

"无聊。"三木吉利不悦地说,"兴盛公司的事我会处理。"

"你什么意思?"吉子斜着眼,很不高兴地说,"这事也不是你说了算,山本长官自有安排。"

"就这么说定了。"三木吉利沉下脸,不再理吉子。

吉子"哼"了一声,转身就走,到门口狠狠摔了一下门。她才不管三木吉利怎么搞,兴盛是她的囊中之物,她志在必得。她现在没去动,是因为山本次郎要看戏,先让郑家少奶奶折腾一番再说。

"兴盛,郑家少奶奶。"三木吉利自言自语,他拿起笔,在"兴盛"两个字上画了一个圈,若有所思。

自那日回绝了吉子,汪国栋提心吊胆了很长一段时间,吓得都不敢出门。若非要出去,就让保镖寸步不离地保护他。没想到,一天天过去,什么事也没有发生,他想也许是山本次郎改变了主意。想到已多日冷落了可心,实在不应该,晚上过去好好陪陪她。在家吃过晚饭,汪国栋借口商会有事要商量,还约了孙董打牌,晚上让太太们不要等他。大太太和两个姨太太提醒他注意身体,这把年纪了,要多保养。汪国栋说声有数,就迫不及待走出家门。

"去玫瑰公寓。"一上车,汪国栋就吩咐司机金刚。

"是,老板。"金刚答应一声,发动了汽车。

汪国栋对金刚非常信任,他最大的特点就是不该说的绝不说,不该打听的绝不打听。为此,每到年底,汪国栋都会额外给他封个大红包,有点类似"保密费"的意思。

车子开到玫瑰公寓,汪国栋说他今晚要住在这里,让金刚明天早上来接他。金刚停好车,回自己家去了。汪国栋上楼,从口袋里掏出钥匙,边开房门边喊:"可心,我来了。"

客厅亮着灯,没有人答应。

再一听,浴室里有洗澡的声音。汪国栋一屁股坐到沙发上,悠闲地靠着,心想人生美事也就这样吧,有财富有地位有美妾有好身体。这可心姑娘是他在烟花之地发现的,难得的温柔乖巧,他一见就喜欢,第二天就迫不及待地把她单独约出来谈,很明确地告诉她,他喜欢她,要她。自然,他也不会委屈她,给她一张纸,上面是他开出的条件:房子、珠宝和每个月固定的生活费。可心姑娘面对这样一位出手大方的恩客,一口应允。汪国栋考虑到家里已经有三个女人,就不想让她进汪公馆,那样会少很多乐趣。可心也不想,她喜欢单独住。两人正处于如胶似漆的蜜月期,恨不得一天二十四小时黏在一起,没想到被日本人一搅和,白白浪费了好多天,真是一想就生气。

"先生,你终于来了。"身穿丝绸睡袍的可心从浴室出来,犹如出水的芙蓉,看到汪国栋,立马珠泪盈盈。

汪国栋一见,心疼得不行,伸出双手把可心拉进怀里,嘴里不停地道歉:"对不起,宝贝,我不是故意的,有特殊原因。"

"还以为你不要我了。"可心搂住汪国栋的脖子,咬着他的耳廓,撒娇道。

"怎么可能?就是要了我的命,也不能不要你。"汪国栋一把抱起可心,朝卧室走去。

夜,渐渐深了。

吉子在小白楼分派任务。

经过多日跟踪,蒋茨终于等到汪国栋去玫瑰公寓,于是第一时间向吉子汇报。吉子也通过外围,掌握了汪国栋的弱点:喜欢女人,特别好面子。得知他新收一位美人在玫瑰公寓,就让蒋茨盯着,机会果然来了。晚上的行动,吉子没有通知三木吉利,是他自己说各管各的。只要把汪国栋拿下,在山本次郎那里,就是头功一件。

"出发。"

小白楼的铁门开了,两辆汽车驶向黑夜,铁门又沉重地关上。

夜晚的上海滩比白天更迷人,每个角落都弥漫着让人心醉神迷的气息。

汪国栋搂着可心进入了甜蜜的梦乡。几个黑影悄无声息地从阳台潜入客厅,悄悄推开卧室的门。

睡梦中的汪国栋突然被惊醒,睁开眼睛,借着窗外透进来的光,猛地看到床前站着的人影,吓得魂飞魄散。他刚想大叫,嘴就被一双大手给捂住了,一个声音在他耳边低低响起:"汪先生,我们有话要跟你说。别出声,小心你的小心肝。"

汪国栋拼命点头,狼狈地从床上滚下来,哆嗦着套上裤子,胡乱抓过一件外套披上。这时,床上的可心也惊醒了,还没来得及发出尖叫,就被人一拳打晕过去。

"看着这个女人。你,去书房。"黑衣汉子命令道。

汪国栋不放心地回头看一眼床上的女人,被子外是两条白嫩的胳膊,再看床边奉命留下的那个五大三粗的汉子,最后战战兢兢地走出卧室,推开书房的门,他还没有从惊吓中清醒过来。

"汪先生,我们又见面了。"一身黑衣的吉子站在那里,微笑着说。

汪国栋定睛一看,脑袋像被打了记闷棍,他艰难地咽了一下口水,强作镇定地说:"吉老板,你这又是为何?"

"汪先生,你好像忘了我跟你说过的话,山本长官认定的事一般不会改变。"吉子反客为主,指了指椅子说,"请坐。"

汪国栋只好乖乖坐下,日本人居然摸到自己的床头来了,这事若传出去,他还怎么在上海滩混?看晚上这架势,自己答应也得答应,不答应也得答应,不然惹怒了这阎王,明天早上上海各大报纸头条就会出现这样的新闻标题:富盛公司董事长、总经理汪国栋昨夜与一女子赤身裸体暴死玫瑰公寓……想到这里,汪国栋不禁打了个寒战。

"汪先生,这是合约,如果没什么意见,请签字。"吉子把合约和笔递给汪国栋,"在利益方面,你尽管放心,我大日本帝国绝不会亏待每一位合作的朋友。"

汪国栋接过合约,上面写着富盛公司同意把船队、码头以租赁方式交由对方使用,日方会按年支付租金。日方收购富盛公司房地产和矿区百分之五十一的股份,派员协助公司日常运营。另请汪国栋出任东海联合轮船公司上海总经理一职,负责动员上海各航运家加入此公司,为大日本帝国服务。看着这白纸黑字,汪国栋的心痛,简直无法用语言来表达,头上的汗不停往下流,笔从他哆嗦的手上滑落,掉到了地上。吉子弯腰捡起,又微笑着递给了他。灯光下,汪国栋冒着汗的脑袋愈加显得油光发亮。

"汪先生,还需要考虑吗?想想那位兴盛少东家。既然我们有本事摸到你的床前,自然也有本事让你生不如死。"吉子走上前,一只手搭在汪国栋肩膀上,轻轻地拍了拍,弯下腰在他耳边说,"你艳福不浅啊,卧室里那位长得还真水嫩,我手下那帮兄弟比较粗鲁,但都比你年轻,要不要让他们替你去伺候伺候你的小心肝?"

"你,别太过分。"汪国栋站起来,涨红了脸,不自觉地捏紧了拳头。

"怎么,想死?"吉子拔出枪,抵在汪国栋脑门上,冷冷地说,"给你一分钟时间考虑,是死是活你自己选。"接着又转过头对手下说:"你们排好队,一个个去伺候汪先生的美人。"

"不不不,吉老板,我求你了,把枪放下,好商量好商量。各位兄弟,求你们放过可心。"汪国栋的声音越说越轻,他的心理防线崩溃了,他还不想死,好日子还长着,他更不能让心爱的女人被这一帮畜生糟蹋。

"吓你的,杀了汪先生,我还舍不得。"吉子收起枪,伸出手轻佻地在汪国栋的脸上滑过,一边吩咐手下,"好了,你们谁都不许动汪先生的女人,听明白了吗?"

"明白,吉老板。"

汪国栋已百分百确定眼前这个吉老板是个女人,刚才她的手在他脸上滑过的瞬间,他浑身都起了鸡皮疙瘩。

"吉老板,我同意跟你们合作,但有个条件。"汪国栋用手抹了一把脸上的汗,定了定神。

"什么条件?"吉子问。

"这事必须保密,无论什么时候,你们都不能公开这份合约的内容。"汪国栋想了想,接着说,"另外,必须要保证我和我家人的安全。像今晚这样的事,我不希望再有第二次。还有,东海联合轮船公司上海总经理一职我真的不能担任,上海滩多的是比我有声望的人,我可以答应在幕后帮你们做事。"

"汪先生果然爽快,不像那个郑文章非要跟皇军作对,最后落了个死于非命的下场。没问题,你有什么要求尽管提出来,只要能办到,我都答应你。至于是否担任总经理一职,由山本长官决定。"吉子笑眯眯地说,心里却冷笑,只要签了字,还管你这不行那不行?中国人果然虚伪,难怪他们有句"既做婊子又立牌坊"的话。不过汪国栋的态度还是让她很满意,没费什么周折,就大功告成,不由心情大悦。

汪国栋知道自己别无选择,只好乖乖在合约上签下名字,正要交给吉子,又缩了回来,不放心地问:"你们可不能过河拆桥。"

"我们是讲信用的。"吉子一把夺过合约书,看了一眼签名,伸出手,"汪先生,合作愉快,相关租赁事宜我会派人来跟你接洽。"

"合作愉快。"汪国栋咬着牙吐出这几个字,颤抖着伸出手,草草一握。

吉子带着手下从大门堂皇而去。汪国栋瘫坐在椅子上,想自己一世英名就要毁于一旦了,就再也没有心情重回温柔乡。

突然,神思恍惚的汪国栋听到卧室里传来可心压抑的哭声,他清醒过来,猛地冲进卧室。

"畜生。"汪国栋狠狠地打了自己一个耳光。

第二天,吉子去向山本次郎复命,没想到三木吉利也在。

"山本长官,汪国栋已签字,这是合约书。"吉子得意地奉上合约书。

山本次郎接过,翻到签名处,又合上,满意地点点头:"这次干得不

错,三木君一加入就有效果,做得神不知鬼不觉,又不伤元气,好。战争马上就要开始了,上海各个领域必须有大日本帝国忠诚的代言人,他们都是一枚枚有用的棋子。"

"是,山本长官。"三木吉利英俊的脸上看不出任何喜怒哀乐。

吉子一听功劳归三木吉利,气急败坏地说:"山本长官,进行这次行动的是我,三木君没有参与。"

"怎么回事?你又擅自行动了?"山本次郎盯着吉子,不满地问。

"山本长官,吉子小姐没有擅自行动。"三木吉利平静地说,"她的意思是这次行动由她带队去完成,我没有跟去,因为我相信吉子小姐一定能很好地完成任务。"

"这还差不多。"山本次郎转怒为喜,表扬吉子,"这次做得不错。以后就用这一招封喉法,找准对方的死穴,事情就好办多了。上次如果不是你,也不会让这个计划耽搁这么久。至于汪国栋不想担任东海联合轮船公司总经理一职,不能由着他。他不肯戴那顶帽子,是想给自己留条后路。不行,必须让他全心全意为大日本帝国服务。"山本次郎是个中国通,他特别喜欢孙子兵法,喜欢研究中国人的性格弱点,他觉得,只要方法正确,没有攻不破的城池。

"是,属下知错,上次确实太鲁莽。"吉子连忙检讨。对三木吉利她是又气又恨,他这么一解释,等于不费吹灰之力,就把功劳归于自己,太阴险了。

"以后有事多跟三木君商量,他比你冷静。"山本次郎见吉子态度不错,也就不多说什么了。

"那兴盛?"吉子想让山本次郎把兴盛交于她对付,这样三木吉利就不好插手了。

"不忙。"山本次郎摆摆手说,"我对她很感兴趣,你先找别的人。"

吉子连忙保证,没有山本长官的命令,绝对不动那个女人。显然她没听懂山本次郎话中"感兴趣"这三个字的真正意思。三木吉利在旁边听着两个人的对话,对兴盛的女当家更为关注。

  汪国栋自签了合约后,度日如年,心情极其沮丧,自己辛苦一辈子创下的家业就这样平白无故落到日本人手上,实在是心有不甘。可现在,哑巴吃黄连,有苦说不出,他已无路可退。同时,他怀疑是身边的人出卖了自己的行踪,不然日本人怎么会算得这么准?难道是金刚?因为只有他最清楚自己要去哪里。可暗中观察,他一点也没有发觉金刚跟平时有什么异常。到底还用不用他?汪国栋陷入纠结中。算起来,金刚跟了他也快十年了,一直忠心耿耿,自己待他也不薄,按理不会出卖他。可再转念一想,自己都已屈服,何况一个下人?再换一个,还不是一样。罢了,罢了,事已至此,也只能走一步看一步。连续几日,汪国栋食不知味,夜不能寐,人看起来苍老了许多。

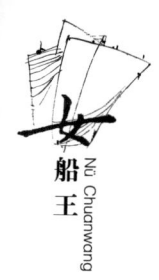

— 8 —

海通达船厂,郑少伟在造船车间忙碌。

这是一艘选用老龄杉木造的货船,造船全过程为纯手工操作。郑少伟根据流程把工人分成了几组,各安排一名小组长,第一组负责选料、备料,第二组负责断料、配料。料准备好,马上破板、分板、拼板。然后就是很重要的放样。做船的骨架时,要考虑到船体内需承受的各种负荷,支承壳板并保证船体强度和刚度的支架结构。仅一个骨架,就由肋骨、脚梁、面梁、隔舱板等横向构件,以及压筋等纵向骨材组成。工人们都各司其职,一旦零部件完工,马上送到组装车间,对各构件进行组装和紧固。经过几十名工人两班倒轮流紧张的作业,现在船已到了打麻、填灰和上桐油阶段。等晾干后,就可以下水试船了。

"阿奇,仔细点,好好检查,看哪个接缝处还有遗漏的。"郑少伟对一位正在用油灰腻子刮涂木船的工人说。

"我会仔细检查,郑经理。"阿奇抬起头说。他是个很瘦小的年轻人,皮肤黝黑,像个印度人。

"好。"郑少伟对车间里忙碌的工人们说,"大家辛苦,再加把劲,我们的船就可以完工了。到时候我请总经理给大家放几天假,好好休息。"

"我们不要放假,给钱就行。"阿奇大声说。

"就是,多给我们一点钱就可以了。"有工人附和道。

"放心,总经理不会亏待你们的。"郑少伟微笑着说。

他最近很累,一天只睡几个小时,每个环节都紧盯着,丝毫不敢大意,胡子也好几天没刮了,显得有点邋遢。如果被母亲看到,又要唠叨了。郑少伟想等忙过这阵子,就去看看父母。

郑李文续早上出门前,就听罗妈在念叨儿子,她便想着找个时间去船厂,看看少伟和工人们。临近下班,郑李文续叫阿香进来,问她哪里有卖生馄饨的。

"总经理要买生馄饨?离我们公司不远的马路拐角处,就有一个摆馄饨摊的,不过他不卖生的,卖的是熟馄饨。而且这个时候还没有出来摆,要等天快黑了才有。"

"阿香,你跟阿虎一道,帮我去买些生馄饨和馒头、包子,大概三十人的量。"

"好的,总经理,我这就去。"

等点心买回来,天已经黑了,郑李文续让阿虎送她到船厂。路上,听着自己的肚子咕咕叫,郑李文续顾不上形象,拿起一只还热乎的包子吃了起来。到了船厂,两个人把买来的几大包点心送到食堂。食堂的工作人员看到总经理提着东西进来,吓了一跳,忙上前接过。

郑李文续很和气地对大家说:"这些给晚上加班的工人做夜宵,先放着,晚点我会过来,你们留两个人帮忙好不好?"

"好的好的,郑经理本来就安排让我们留个人。"

"那好,辛苦大家了。"

食堂工作人员见总经理这么和蔼可亲,又见她买这么多吃的给加班的工人,都很感动。

郑李文续不清楚郑少伟他们在哪个车间加班,见一个身材瘦小的工

人从身边走过,忙叫住他:"郑经理在哪个车间?"

这位工人认出问的人是总经理,很高兴地带她去找郑少伟。

"你叫什么名字?在哪个车间干活?"

"大家都叫我阿奇,我是负责给船涂油灰腻子的。"

"阿奇,你这道工序很重要,船若途中漏水就要出事,不可大意。"

"我知道,我们郑经理盯得很牢。"

阿奇带着郑李文续走进灯光通明的车间,来到郑少伟面前,说总经理找。郑少伟抬起头,很意外,还以为发生了什么事,不由紧张地问:"出什么事了?"

"没有。"郑李文续的目光里带着温情,这个胡子拉碴的男人肯定又熬夜了。

"吓我一跳,你不放心我吗?"郑少伟难得开起了玩笑。

郑李文续故作生气地说:"是,不放心,你太拼命了,晚上我要陪你们。"

郑少伟的心像喝了蜜糖水一样甜,低声说,没事。转身又找来一把椅子,拿块布抹了抹,请郑李文续坐。工人们见总经理亲临现场,很惊讶。郑李文续让大家各忙各的活,她在旁边看看就好,感受一下这火热的工作场面。

时间在一点点过去,郑李文续怕影响大家,悄悄站在一个暗处的角落,静静地看着眼前的一切,内心特别充实。站累了,就坐在椅子上。郑少伟原以为郑李文续坐几分钟就走,没想到她真的留下来陪同。他担心她身体吃不消,就过来劝她回家休息。郑李文续摇摇头,郑少伟见她这么倔,只好随她。

半夜了,郑李文续想去食堂给工人们准备夜宵。她见阿奇在不远处,就走过去,悄声说:"你带我去下食堂行吗?会不会影响你?"

"没关系,我带你过去。"阿奇放下手中的工具,站起来说。

到了食堂,郑李文续让阿奇赶紧回车间,她和留守食堂的两个人一起煮馄饨,热馒头、包子。等把点心弄好,两个食堂师傅拎着一大桶热乎乎的馄饨,郑李文续双手各提着一大袋的馒头、包子,一脚高一脚低地回到车间。

"大家休息一下,吃点夜宵。"郑李文续微笑着说。

工人们万儿没有想到,总经理这么关心他们,不但陪着他们加班,还亲自送夜宵。郑少伟更感意外,他招呼大家先放下手中的活,吃点东西再继续干。

"把你们的碗筷准备好,一个一个来。"郑李文续亲自掌勺,给大家舀馄饨。食堂的两个师傅负责分发包子、馒头。

很快,点心分好,大家都狼吞虎咽地吃了起来。郑少伟见郑李文续没有,就把自己那碗馄饨端到她面前:"你吃点,守了半夜该饿了。"

"你吃吧,你比我更要紧。"郑李文续嘴上这么说,可肚子却不争气地叫了起来。郑少伟把筷子往她手中一塞,自己吃起馒头来。郑李文续只好接过,把那碗热乎乎的馄饨吃了。

吃好夜宵后,工人们的心暖洋洋的,干劲更足了。下半夜向来是最容易犯困的时候,为了不犯迷糊,有人打来几盆冷水放着,谁有睡意了就去洗把冷水脸清醒清醒。

郑李文续坐在角落的椅子上,渐渐敌不过浓浓的睡意,打起了瞌睡。她做了一个梦,梦见自己掉进河里,好冷。这时,突然伸过来一只手,把她拉了上来。太阳出来了,她感到很温暖。再看救她的那个人,已消失不见。

东方渐渐发白,郑李文续猛地惊醒过来,睁开眼,发现自己身上盖着一件衣服。再看灯光明亮处,一群人围在一起,她连忙站起来奔过去,紧张地问:"发生什么事了?"

话音刚落,她看到郑少伟的右手紧紧捏着左手的手指,血从指缝间流下来。

"你受伤了?快去医院!"郑李文续焦急地说。

"不用了,我去洗洗。"郑少伟忍着痛,走出车间。

郑李文续不放心,跟了出去。她见郑少伟在用冷水洗伤口,痛得嘴

里咝咝直响。她走上前一把抓起他的左手看,两根手指肿胀,虎口皮开肉绽,惊叫道:"还是去医院包扎一下,你伤得不轻,万一感染了怎么办?"

郑少伟被郑李文续抓着手,心头腾起一股热浪,脸像烧红的炭,不知所措地说:"我,我没事,皮肉伤而已。"

"会不会伤到骨头?"郑李文续松开郑少伟的手,不放心地追问。

"应该没有。"郑少伟举起手,轻轻弯了弯手指。

"你看,血还在流。"郑李文续忽然想到身上带着干净的手绢,急忙拿出来,仔细地给郑少伟包扎好。

郑少伟第一次和郑李文续挨得这么近,她身上散发出来的淡淡香味让他的大脑出现短暂的缺氧,心跳得飞快,好像马上要从喉咙里蹦出来,按都按不住。这是在做梦吗?对,一定是梦。

"暂时先这样,你别干了,回去休息吧!"郑李文续心疼地说。

郑少伟清醒过来,说没事,又匆匆跑回车间,继续去忙他的事。

郑李文续看着郑少伟的背影,眼眶渐渐湿润起来。刚才睡着时,给自己盖那件衣服的,除了他还会有谁?想到这里,脸莫名一热,她不由深深地吸了一口清晨的空气,真新鲜。

新船造好,交货前要下水试航。

郑少伟带着郑李文续来到船厂小码头的一个看台上,自己又跑去指挥。从成船车间到小码头,有一条专用的滑道。随着一声口哨,新船缓缓地被推了出来,到了江边,就顺着斜坡,滑到水里。船上的人等着郑少伟下一个指令。

郑李文续第一次看新船试水,心情很激动。郑少伟走到她身边说:"你没看到过两千吨级远洋轮试航的场面,那才叫气势恢宏,这条船太普通了。"

"下次一定有机会。"郑李文续满怀信心地说。

"肯定的。我们厂已造过好几艘两千吨级以上的远洋轮,有这个实力。"

郑李文续看着新船,突然有一种冲动,对郑少伟说:"我要到船上去。"

两个人来到船边,郑少伟先上船,然后转身向郑李文续伸出了自己的右手。郑李文续把手伸向他,郑少伟把她拉上了船。当两个人的手握在一起时,彼此像触电似的,一股电流从心里涌到脸上,辣辣地烫。

船慢慢离开码头,郑李文续站在船头,千般滋味涌上心头。郑少伟提醒她站稳了,他和技术人员忙着用耳听,用手试,用眼看,在江面上转了一圈,看一切正常,又返回码头。郑李文续用欣赏的目光打量着郑少伟,她早就感受到这个男人身上有一种很强的安全感,似乎只要他在,什么困难都能解决。

新船试航很成功,郑李文续非常开心,她叫郑少伟晚上到家里吃饭,他都好久没有去看自家父母了。"你把郑辉和陈森都叫上,一起过来,我们晚上好好庆祝一番。"

"好,我去通知他们。"

回到公司,郑李文续打电话回家,让郑伯晚上加几个菜,她要请客。

晚上,三位负责人准时来到郑李文续家里。桌上已摆好了酒菜,虽是些平常的菜肴,但味道可口。郑少伟为了来见父母亲,特意把自己收拾干净,看起来精神了许多。

"你的手怎么了?"罗妈一见儿子的手指缠着纱布,吓了一大跳。

"没事,一点皮肉伤。"郑少伟故意把手捏成拳又放开,表示很灵活。他的衣服口袋里装着那块洗干净的手绢,他在犹豫要不要还给郑李文续。

"这么大人了,还毛手毛脚,做事这么不小心。"郑伯批评道。

"郑伯,你冤枉少伟了,他工作很认真负责。"郑李文续走过来,微笑着说。

"少奶奶,你别夸他了。"郑伯不满地看着儿子说,"你该听你娘的话,讨一房媳妇,也好有个人照顾你。"

郑少伟忙阻止,说再这样,自己下次就不回来了。说完,偷偷看了郑李文续一眼,刚碰到郑李文续也在看他,慌忙找借口找郑辉去了。郑伯和

罗妈面对这个倔儿子,一点办法都没有,只好摇头。

愉快的晚餐开始了。

"少奶奶,不是我夸你,你真是女中豪杰。"郑伯感叹道,"我活了这把年纪,很少见像你这么能干的女当家。"

"我一个人有什么能耐?还不是靠在座的诸位。"

"方向盘在你手中。"陈森笑着说。

"现在公司账上没多少余钱,这么多工人的工资要按月发,我也发愁得很。"郑李文续很头痛此事,工人们靠工资生活,拖个一两天还行,若拖个十天半个月,怕要造反了。

"外面应收的货款情况怎样?船队这边的运营还比较正常,资金到位也及时。"郑辉关心地问。

"我让田经理查过,还有十几笔没有收回,不过我们也有欠别人家的,只是没这么多。如果能全部收回,除去应付的欠款,紧一紧,工人们的工资倒是可以解决。"郑李文续想起那笔贷款,神情又凝重起来,"对了,还有每个月要还银行的利息,这个一天都耽搁不得。"

"现在都这样,你欠我,我欠他。不过我们情况特殊,这货款还得抓紧时间去讨。"陈森说,"回头我也去理一理,看仓库那边哪些客户的租期快到了,这租赁合同要抓紧签。"

"打电话没有用,得专门派人去盯着要。"郑少伟出了一个主意,"重赏之下必有勇夫,总经理可以考虑给讨要货款的业务员加佣金,这样他们才会有动力。"

郑李文续点点头:"你跟我想一块去了,明天我就宣布谁把货款要回来,按比例抽成。"

"今年算是稳过去了,我想如果有可能的话,明年再把公司的业务拓展一些,各位回去好好想想,有什么好建议,到时候提出来。"郑李文续很认真地说。

"好。"三个男人异口同声回答。

忙碌的一天过去了,郑李文续躺在床上,却无睡意。不知为何,她的眼前总闪过郑少伟的脸,他看她的眼神,他对工作的态度……她想起那年春天的玉兰树下,他红着脸,结结巴巴地叫她少奶奶的羞涩样子,嘴角不禁扬起了笑意。在她的印象中,这个男人一直很沉稳,只做不说,不善于表达,是个实在人。哎,自己怎么回事?不行不行,不可胡思乱想,要不然就太对不起丈夫了。黑暗中,郑李文续摸了摸自己的脸,微微地发烫。睡吧,明天还有很多事等着她去处理。

郑少伟回到宿舍,从抽屉里拿出首饰盒打开,那朵珠花静静地躺在那里。他把珠花放在掌心,脑子里浮现的全是跟郑李文续有关的时光碎片。她的眼神,她的笑容,她关切的话语,一切的一切都让他难以忘怀。他知道,这是一个遥远的不可能实现的梦。今生若能就这样不远不近地守在她身边,为她分忧解难,他已经很知足了。这朵珠花,他是不敢送的,那就当成自己心中的一个秘密留存起来。郑少伟又从口袋里掏出那块手绢,他决定不还给郑李文续了,让它和珠花在一起。

拉开的抽屉,又被轻轻关上。

熬过严冬,窗前的树叶又返绿了。

纷飞的细雨,在不同的人眼里,有着不同的感受。

小白楼。吉子无意中发现三木吉利把兴盛从"猎羊"计划里画去了,就过来责问:"郑李文续是山本长官感兴趣的人,你别自作聪明。"

"我已详细了解过,这位郑家少奶奶背负巨额债务接管兴盛,一个女人还拖着三个孩子,日子过得很艰难,还是放人家一马。"三木吉利平静地说。

"没想到三木君还怜香惜玉,别忘了你自己的身份,居然说出这样的话来。"吉子讽刺道。

三木吉利反过来嘲笑她不像个女人,做人没一点同情心,哪个男人都不会喜欢她这种只知道杀人的机器。这句话激怒了吉子,她想去打三木

吉利的耳光,却被他推开了。她气不过,给山本次郎打电话告状,要求把三木吉利调走。没想到山本次郎不但不同意,还说她个性太好强,冲动又急躁,他这么安排,就是要让他们互补。

"你要理解我的良苦用心。猎羊计划讲究的是策略,不是打打杀杀,方法很重要,你多动动脑子。"山本次郎语重心长地说。

"我就是看不惯他!"吉子气鼓鼓地说。

"好了,别整天耍脾气。"山本次郎命令道。

"什么鬼天气,每天下雨,烦死了!"吉子扔下话筒,心情烦躁地把桌上的东西一推,气呼呼地走到窗边。最近上海已连续下了一个星期的雨,空气特别潮湿,她感觉自己跟屋里的物品一样都要发霉了,心头有一股无名火想发泄,不但看谁都不顺眼,连看写字间的摆设都不舒心,于是就大叫"蒋茨"。

蒋茨小跑着过来,弯着腰问:"吉老板,有何吩咐?"

"你找两个人,把这里给我重新调整布置一下。"吉子像个困兽般在屋里走着,不小心碰到了椅子,抬腿就是一脚,不想踢了个正着,痛得她捂着脚嘴里咝咝直响。

"扑哧",蒋茨不小心笑了出来,又慌忙用手捂住嘴。

吉子听到了,找到了出气筒,破口大骂,中文里夹杂着日语,把蒋茨骂得狗血淋头,吓得蒋茨连声求饶,生怕这个姑奶奶拔出手枪结果了自己的小命。骂累了,吉子又抬起脚狠狠地踢了蒋茨两脚:"滚!"

蒋茨低头哈腰退出房间,与走过来的三木吉利撞了个满怀,又吓了他一跳,连声说对不起。

"吉子小姐,怎么发这么大火?"三木吉利走进来,看着屋里乱七八糟的样子,不由皱了皱眉头。

"你管得着吗?"吉子没好气地甩过去一句。

"不可理喻。"三木吉利严肃地说,"吉子小姐,请控制好你的情绪,山本长官要求我们两人共同行动,我要和你聊聊。"

吉子阴沉着脸,根本不理会三木吉利,自顾自摔门而去。没多久就传来铁门打开,汽车急驶而去的声音。三木吉利摇摇头,心想这女人真可怕,身上没一点女性的温柔。他又想起了香子,哪怕她已嫁人,他还是放不下她。

蒋茨赶紧叫人过来,重新布置吉子的房间,把东西整理好。这段时间他在悄悄观察吉子,琢磨这个日本女人的火究竟来源于何处。仔细分析,好像自从三木吉利来了后,她的脾气就一天比一天大。他确定,这两个日本人面和心不和,看来自己得格外谨慎才是,免得被牵连。

吉子开着车,冲进雨中,她对山本次郎不相信自己,一定要两个人一起行动而感到烦躁。她喜欢速战速决,而三木吉利优柔寡断,没阳刚之气,不像个帝国的军人。她一直盼着山本次郎能发现自己的心事,可那男人偏偏对她一副公事公办的样子,甚至还批评她不运用自己的美色去达到目的,这让她很伤心。

"难道我在你眼里只是一枚棋子?"吉子把车开得更快了,她内心有一团火,想去烧毁一些什么东西。

汽车开到江边,停了下来。吉子坐在驾驶室,摇下车窗,看着不远处朦胧的江景。一艘又一艘船从远到近,又从近到远,时不时拉响阵阵汽笛声。

"不知郑家少奶奶现在怎样了。"眼前的船只,让吉子又惦记起兴盛的郑李文续。

"郑家少奶奶,你好啊!"吉子的嘴角露出一丝冷笑,她把这一切不痛快都归咎于郑文章当初的不配合。

时间在滴滴答答中过去,又一个黎明来临。

郑少伟从睡梦中醒来,伸出一只手掀开窗帘的一角,看外面天已蒙蒙亮,就翻身起床。昨晚他睡得很香,可能是因为这段时间太疲劳,一旦神经松懈下来,就睡得特别熟。

　　下了很多天的雨终于停了,地面还是湿湿的。郑少伟经过厂区,各个车间都静悄悄的,工人们尚未上班。走到小码头,那里泊着一艘刚完工的新船。郑少伟停住了脚步,突然,他感觉哪里不对劲,这船体怎么是倾斜的?难道是眼花了?跑过去一看,他的脸色马上变了。没有看错,这船被人动过手脚了。昨天夜里发生了什么事,自己居然没有听到一点声音?正疑惑着,忽又想到什么,他赶紧转身往厂区的大门口跑去。值夜的老张正睡眼惺忪地打开值班室的门,看到郑少伟急匆匆跑来,奇怪地问他发生什么事了。

　　"赛虎呢?"郑少伟气喘吁吁地问。

　　"赛虎?没看到,我刚起来。"老张边说边四下张望,没看到那只叫赛虎的狼狗。

　　"昨晚你听到什么声音没有?"郑少伟急促地问。

　　"昨天下半夜没有加班的车间,我等工人都走了就关了大门,大概十二点多,然后就睡觉了,没听到什么声音。郑经理,怎么了?"老张见郑少伟脸色不对,小心翼翼地问。

　　"我们的船被人破坏了!"郑少伟懊恼得握紧了拳头。

　　"啊?不会吧,这、这……"老张结巴起来。

　　"你跟我一起来,我们四处好好看看。"郑少伟从地上捡起一根木棍,和老张一起巡视厂区。

　　在拼装车间的墙角,郑少伟看到倒在地上的赛虎,它的边上是一只咬了一大半的肉包子。

　　赛虎被人毒死了。

　　"这是哪个丧天良的干的,不得好死!"老张气得大骂,这狗一直是他负责养的,很有感情。赛虎高大威猛,白天用铁链子锁着,晚上在厂区自由活动,若遇偷鸡摸狗之徒,它就会毫不客气地狂叫着扑上去,非常忠心。现在好了,没有了赛虎,等于少了一道防线。

　　郑少伟明白,这件事倘若没有内应,仅靠外来的人,难度很大。到底是谁呢？郑少伟的心情沉到了谷底。

郑李文续接到郑少伟的电话，马上叫阿虎送她到船厂。郑少伟看到她，很不安地检讨自己的疏忽，居然让这样的事发生了。郑李文续怕郑少伟太过自责，就安慰他："这事不能怪你。我们在明处，别人在暗处。"

"是我睡得太熟了。"郑少伟紧锁眉头，神情疲惫地说。

"你太累了，我让罗妈去给你炖点补品。"郑李文续看着郑少伟，胡子没有刮，头发一根根竖着，一点也不注意个人形象。没女人疼的男人，活得也够粗糙。

郑少伟见郑李文续这么关心自己，歉意更深了，低声说："我马上去组织人修复，不能耽误了交付。"

"要想法子查出搞破坏的人，不然无法让人安心。"考虑到交付时间迫在眉睫，郑李文续又担心完不成，不由得蹙紧了眉头。郑少伟让她放心，他会处理好。

郑少伟马上召集几位组长，通报了新船被破坏一事。众人皆惊疑不定。有人提出要不要报案。郑少伟说这件事还不能张扬，得保密，免得客户误以为船的质量有问题而拒收。大家想想觉得有道理，也就不再吭声。郑少伟让每个组长即刻抽调组里最精干、技术最好的工人组成一个特别抢修小组，务必在交付之前把船上受损的部件全部替换好，再三叮嘱一定要保证质量。各位组长领命后，迅速前去安排。很快，车间陷入一片忙碌之中。

回公司的路上，郑李文续陷入了沉思。从赛虎被毒死来看，这件事绝对不会是偶然发生，而是有预谋的。是内外勾结吗？目的何在？莫非又是日本人？一连串的问号充塞了她的大脑。走进写字间，她想到了沈俊箫，想听听他的意见。电话打过去，沈俊箫不在，只好作罢。要不给孙叔打个电话吧，顺道说说公司的经营情况。

很快，郑李文续给孙茂盛打了电话，说要向他汇报经营上的事。孙茂盛很客气地说，以后不用汇报，自从她接管兴盛后，每步都走得很稳，他放

心了。

趁此机会,郑李文续把新船被破坏一事告诉了孙茂盛:孙叔,您说此事会不会又跟日本人有关?"

"不排除这个可能。"孙茂盛语气沉重地说,"日本人的手现在越伸越长,我们都得小心,不可大意,若有需要同乡会或我个人出面的,尽管开口。"

"多谢孙叔!"

沈俊箫回到巡捕房,同事告诉他,有位姓郑的女士打过电话找他。沈俊箫马上想到了郑李文续,这段时间太忙,他也很久没去她公司了,不如现在走一趟,于是就换上便服出了门。

郑李文续看到沈俊箫,很高兴地请他坐:"沈先生很久没来了。"

"每天也不知在忙些什么。"沈俊箫无奈地说,目光停留在郑李文续身上,不禁感慨于她的变化。第一眼看到时弱不禁风的贵妇人,现在已是精干的职业女性。但再职业,也难掩她渗透到骨子里的女人味。

"沈先生,喝茶。"郑李文续似乎读懂了沈俊箫目光里的意思,微微一笑。她已习惯生活中有这样一位朋友,平时不常联系,但有什么事,只要说一声就可以了,让她觉得很温暖。

沈俊箫问郑李文续是不是遇到难事了。没什么事,她不会主动给他打电话。郑李文续就把船厂的事说了一遍,忧心道:"不知还会不会有下次。"

"这事十有八九是内外勾结。"

"我也这么想,只是这么多工人,如何查?"

沈俊箫问郑李文续有没有报案。郑李文续说没有,怕事情传出去,影响客户对新船质量的信心。

"要不你带我过去一趟,我去看看。"

"好。"郑李文续马上通知阿虎,送她和沈俊箫去船厂。

到了船厂,郑少伟看到郑李文续带着一个似乎有点眼熟的男人过来,有点吃惊。郑李文续忙向他介绍了沈俊箫，两个人很友好地点头致意。

"船在哪里？被破坏的构件能不能让我看看？"沈俊箫问。

"换下了，在拼装车间。"郑少伟说。

郑李文续和沈俊箫跟着郑少伟来到拼装车间，换下的两根桅脚梁放在角落。三个人蹲下身，郑少伟指了指断裂处，说："这么厚的梁，一个人是不可能把它搞断的，而且这工具很专业，手法也很专业。"

沈俊箫对郑少伟说："看来你们船厂内部有问题。"

"是的，只是不知道是谁。"郑少伟忧心忡忡。

"我们借一步说话，先不要惊动其他人。"沈俊箫站起来，用目光扫视着四周，工人们都在忙碌着。

三个人走出车间。沈俊箫让郑少伟好好想想，近段时间以来，厂部有没有和工人发生过矛盾？或者工人之间有没有什么冲突？

郑少伟摇摇头说："好像没什么激烈的冲突或大矛盾，至于私底下有些什么过节，这个倒不清楚，这么多人也难免。"

"还有一种可能，就是为了钱这么做。至于谁是幕后主使，现在还不好定。"沈俊箫分析道。

"他们为什么要这么做？会不会跟日本人有关？我只要想到文章的死跟他们有关，就感觉不对劲。"郑李文续的眉头拧成了一个结。

"这事你就别操心了，交给我和郑经理处理。"沈俊箫转过头对郑少伟说，"你还是找时间暗中了解一下，看看最近是否有人突然变得有钱，或家里出了什么事急需要用钱的，或辞职不干的。我去找'包打听'找找线索。"

"好，谢谢沈先生，这背后的人一天没查出来，我就一天没法睡安稳觉。"郑少伟说的是心里话。

"我也睡不着。"郑李文续叹了一口气说，"这么多年来，公司一向善待员工，不知为何竟会出这样的事，人心难测。"

"万事总有原因，你别太焦心。"沈俊箫劝慰道。

郑李文续点点头，怕影响郑少伟工作，便与沈俊箫告辞离开船厂。中

途,沈俊箫下了车。郑李文续发现他有个习惯,就是每次面对她时,他会很自然地取下墨镜,用那双带着伤痕的眼睛看她。她从他的这个动作里,感受到了一种真诚。

夜深了,喧闹的城市渐渐安静下来。

林景生开车回家。最近公司接二连三有大单找上门,他暗暗为自己财运亨通而高兴。做生意,他一向信奉只要有利可图,管他什么来路的原则。这些年他连山东大土匪孙招远的生意都敢做,每个月定期向他们提供粮食。不过这事他做得很隐秘,对方也极谨慎,每次的送货地点和时间都不一样,全都临时通知,送到某处,自有人来接货。昨天傍晚,他接到汪国栋的邀约电话,说要给他介绍朋友,约了今晚在南京路上的新雅饭店吃饭,就很爽快地答应了。放下电话,他还是略感意外,虽说与汪国栋认识多年,但并没有很深的私交,没想到这次会主动请他吃饭,看来人运气来了,做什么都是一顺百顺。

晚上,林景生按时赴约。

新雅饭店闻名上海滩,环境整洁优雅,菜肴以色泽鲜艳、用料少而精、烹制考究、口味清淡为特点,外国人特别喜欢来这里吃,图个放心。走进包厢,林景生惊讶地发现桌上摆着三副碗筷,里面已经有两个人坐在那里:汪国栋和一个年轻的陌生男人。看到他进去,两人都站了起来。

"来,我来给你们介绍一下。"汪国栋晃着锃亮的脑袋,笑着对林景生说,"林景生林先生,你是双木,这位是三木先生,比你多一个木,有缘有缘。"汪国栋打起了哈哈。

"三木先生?"林景生一听这名字,马上意识到对方是日本人,不由迟疑了一下。见对方伸出了手,他也把手伸了过去,心里却是满满的疑问。

"林先生,很高兴认识你。"三木吉利彬彬有礼地说。

"三木先生,幸会幸会。"林景生毕竟在生意场上混了多年,很会察言观色,马上换了一副笑脸说话。

三个人寒暄一番,坐了下来。

很快,服务生把菜端上了桌。牦牛肉、葱油鸡、烟鲳鱼,以及时令菜蔬等精致的特色菜肴一一摆好。另每人一份小冬瓜盅,这也是饭店最受顾客欢迎的菜。

"三木先生,我们开始吧?"汪国栋亲自拿起已醒好的红酒给三木吉利和林景生倒上。

"好,开始。"三木吉利举起酒杯,朝两位装了个样子,喝了一口又放下,目光从林景生脸上扫过。

"来尝尝这冬瓜盅,又鲜又嫩,味道好得不得了。"汪国栋拿起调羹挖了一勺,放进嘴里细细品味,又咂咂嘴点着头说,"每次来新雅,必点此菜。"

林景生也附和道:"确实鲜嫩,与平常吃的冬瓜不同。"

"品种完全不一样。"汪国栋又喝了一口红酒,放下酒杯,对三木吉利说,"三木先生吃得惯吗?"

"不错。"三木吉利矜持地点点头。

林景生一直在琢磨汪国栋什么时候和日本人搭上了关系,晚上叫自己来,恐怕不会只是吃餐饭那么简单。果然,三木吉利开口了,第一个问题居然是问林景生对眼下时局的看法。

"这个……"林景生顿觉口中红酒的味道有点苦,他把目光转向汪国栋,一脚把皮球踢了过去,"汪老前辈怎么看?"

汪国栋没想到林景生这么滑头,只好接了这个球说:"各人看法不同,你若去街上看看,歌舞升平,发财的照样发财,升官的也照样升官。"

"说的也是,三木先生,你们大老远从日本过来,不容易啊!"林景生拿起酒瓶,给三木吉利添了点酒。

林景生的话勾起了三木吉利的伤心事,他猛地灌了半杯酒,"啪"地把酒杯往桌上一放,瞪着眼睛问:"林先生可愿意与我们合作?"

"合作什么?"林景生小心翼翼地问,他的手不小心碰倒了面前的酒

杯,红色的液体迅速渗进洁净的白桌布,洇出一个奇特的图案。他赶紧手忙脚乱地掏出手绢去擦,一边说着对不起。

三木吉利站起来,拍拍林景生的肩膀说:"别紧张,其实也不需要你做什么,相反是你以后做生意都能得到大日本帝国海军部的保护。"

"景生,三木先生的出发点也是为了我们好,你考虑考虑,多个朋友多条路。"汪国栋和颜悦色地说,他用眼神暗示林景生,别硬来。

"既然三木先生是汪老前辈的朋友,自然也是我林某人的朋友。"林景生给自己的空酒杯倒上酒,向两位敬酒,算是半推半就地答应了。

这餐饭最后是林景生抢着买的单,汪国栋和三木吉利都很满意,觉得没有看错人。三木吉利要回去了,汪国栋和林景生两个人送他到饭店门口,见车子开走,都不约而同地松了一口气。今天幸好三木吉利穿着便装,不然太引人注目。

"景生,我们再回去坐会儿,我有几句话要跟你说。"汪国栋回过头对林景生说,这个时候,他好像又变回了原来的汪国栋。

林景生点点头,跟着汪国栋回到包厢,随手关上了门。两个人坐下来,汪国栋开门见山地对林景生说,今天约他来吃饭,是三木吉利的意思,他也很无奈,人在江湖,身不由己。现在日本人的势力越来越大,得罪不起,只好妥协,退一步。

"这也是权宜之计,等哪天这帮人都走了,我们也就轻松了。"汪国栋叹着气说。

晚上这出戏来得太突然,林景生其实还没有真正回过神来,他从汪国栋的话里听出了一种无力感。在他的印象中,汪国栋说话做事一向很强势,没想到现在变成这样,可见日本人的手段。他突然想起了郑文章,不由自主地打了个寒战。

"要求合作的目的是让我们为他们所用?"林景生把自己的猜测说了出来。

"正是。"汪国栋赞许地看着林景生,跟聪明人交流就是省事。

林景生沉默了,他得好好理理思路。汪国栋也不多说什么,只是嘱咐他,这件事天知地知你知我知,切不可再让另外的人知晓,那样对大家都没有好处。林景生自然清楚这其中的得失,连忙保证绝不会自找麻烦。

　　回到林公馆,除了管门的下人没有睡,其他人都已进入梦乡。林景生来到卧室,李淑慧被惊醒了,睁着蒙眬的睡眼问:"才回来?"林景生把外套脱掉,挂在衣帽架上,心不在焉地说了一句:"应酬晚了"。

　　躺在床上,林景生翻来覆去睡不着。汪国栋会成为日本人的说客,倒是出乎他的意料。不过再想想又觉得正常,从郑文章到汪国栋,被日本人看上的都不是一般的商人,都是有资产有实力有地位的。那么,他们选中自己,算是幸还是不幸?

　　"你怎么了?"李淑慧敏感地察觉到躺在身边的丈夫有心事。

　　"没什么,睡觉吧。"林景生转过身,闭上了眼睛。

　　午夜的钟声敲响了。

— 9 —

郑李文续在写字间处理文件,陈森来了。

码头有一个叫阿斌的工人生病了,看样子一时半会儿好不了,陈森想将对方的薪资结清就解雇。本来这种小事不用向总经理汇报,只是陈森无意中得知阿斌家境特别贫寒,家里老婆加三个孩子,全靠他一个人挣钱养家,这次病得厉害,都没钱去看医生,他有点于心不忍。

听了陈森的汇报后,郑李文续马上说:"不要解雇他,你代表公司去一趟他家,把他送到医院去看看要不要紧。另外,买些营养品,除了提前把薪资给他,再给他送一些钱,让他好好养病,养好了再回来做工。"

"好,我这就去办。"陈森高兴地答应了。

陈森回去后,找来一个跟阿斌相熟的工友,让他带路去阿斌家。

阿斌家住在闸北区,非常小的一间破房子,挤着一家五口人。阿斌正躺在床上,看到陈森和工友突然到来,挣扎着坐起来,很紧张地问:"陈经理,你怎么来了?"

"阿斌,你把衣服穿好,我带你去医院。"陈森说。

"我,我没有钱。"阿斌有气无力地说。

"走吧,是总经理吩咐的。"陈森把口袋里的红包掏出来,放在枕头边说,"阿斌,这个红包一半是你的薪资,另一半是总经理让我给你的,她让你安心养病,等身体好了再来码头上班。"

"总经理?"阿斌简直不敢相信自己的耳朵,总经理怎么会关心像他这样的一个码头工人?

陈森点点头说:"是总经理。"

阿斌颤抖着嘴唇说不出话来,他穿好衣服,由工友扶着走到门口,坐上陈森的车,前往医院。

到了医院,做了一番检查,医生开了些药,嘱咐他好好休息。陈森把阿斌送回家:"你安心养病,我们走了。"

"谢谢总经理,谢谢陈经理!"

阿斌想给陈森磕头,被阻止了。阿斌的妻子抱着小儿子不停地道谢。陈森见这屋子又黑又小,连个转身的地方都没有,又看着家里三个拖着鼻涕的孩子,摸了摸口袋,把身上的钱全部掏了出来,默默地放在桌上,然后和工友一起离开了。

工友回到码头后,逢人就讲陈森和总经理如何对待生病的阿斌一事,工人们都很受震动,纷纷赞叹郑李文续真是菩萨心肠,又说陈经理也是大好人。从那以后,大家干活更加有劲了。

沈俊箫给郑李文续打来电话,说上次船厂有人破坏新船的事,他从"包打听"那里获知消息,是有人出钱买通船厂内部的人做的。郑少伟也在暗中调查,有了点眉目。他的意思,这事再查下去恐怕也没什么结果,因为没有证据。当然,如果确定了怀疑对象,可以解雇,但又怕冤枉了好人,所以让郑李文续考虑下,这事怎么处理。郑李文续表示她会好好想一想再决定。

放下电话,郑李文续想到了阿斌的事情。陈森告诉她,自从带阿斌去看病,又送上慰问金以后,工人们的积极性明显被调动起来了,加班加点都没有怨言。郑李文续感觉到人性化的管理可能比单一的铁面无私更有效果。她想起以前看过的书中有"焚书定心"之法,如今可借来一用。

　　择一时间,郑李文续来到船厂,让郑少伟召集所有工人开会。开会前,她向郑少伟详细询问了调查的情况。郑少伟递给她一张纸,上面写着十来个人的名字,这些都是事后发现有异常表现的,但还没法确定搞破坏的是哪几个。郑李文续把纸条装进信封,又找来一包火柴,一起放在包里,两个人来到会场。

　　所谓会场,实际上是船厂的一块空地,郑少伟临时搭了一个小小的台子,准备了一只喇叭。郑李文续走上去,拿着喇叭,对下面乌鸦鸦的人群说:"各位工友,今天我站在这里,是有一件非常重要的事要宣布。"

　　刚才还在交头接耳的人们慢慢安静下来。

　　郑李文续清了清嗓子,把新船被破坏事件说了一遍,她用肯定的语气说:"这件事,现在已经查明,是一起恶劣的内外勾结事件。"

　　她从包里拿出信封,扬了扬:"名单在我这里,但我还没有看过。"

　　工人们你看我,我看你,表情各异。郑李文续的目光越过人群,投向远方,沉默了一分钟后,她拿出火柴点燃,把信封给烧了。工人们睁大眼睛,惊奇地看着。

　　"你们肯定在奇怪,我为什么要把名单烧了?"郑李文续微笑着说,"因为我知道,他们就在你们中间,而且我也知道,他们做这件事,是出于无奈,是为生计所迫。我郑李文续今天当着大家的面承诺,此事到此为止,不再追究。我只希望他们从今以后能改过自新,好好工作,有什么困难可以说出来,大家一起来想办法。但倘若还有下次,有人再做对不起公司、损害公司利益的事,绝不轻饶。"

　　最后这四个字,郑李文续说得斩钉截铁。

　　工人们愣在那里,半天才反应过来,他们忍不住交头接耳,窃窃私语。郑少伟万儿没有想到郑李文续会这么处理,恩威并重啊,他的目光情不自禁追随着她,心头掀起难以自抑的情感浪花。

　　三天后,郑少伟带着码头工人阿斌和一位年轻人来到郑李文续的写字间。

"阿武,快给总经理跪下。"阿斌边说边去拉那个年轻人的胳膊。

"什么事?站着说吧!"郑李文续疑惑地看着他们。

阿斌突然跪倒在地,朝郑李文续磕了一个响头,羞愧地说:"总经理,对不起,破坏新船我弟弟阿武也有份。"

"快起来。"郑李文续心里一紧,又马上觉得很欣慰。

"总经理,你和陈经理这么关心我,我也是刚知道阿武做了对不起厂里的事,实在是没有脸来见你们。"阿斌不肯起来,"不知道总经理能不能原谅我们?"

"你起来说话。阿武,你能告诉我究竟是怎么一回事吗?"郑李文续转过头,微笑着问。

"阿武,你把事情经过详细向总经理说一遍。"郑少伟严肃地说。

"大家都坐下来,阿武,你慢慢讲。"郑李文续说。

阿武低着头,不敢坐。阿斌站起来,恨铁不成钢地看着弟弟。阿武就嗫嚅着讲了一遍事情的经过。他说,前些日子,有个陌生人来找他,给了他一块大洋,问他厂里的一些情况。得知厂里正在造新船,快完工了,就让他在完工交付前,想办法搞破坏,搞得越大,给他的报酬就越多。那个人就跟他约定时间,说到时候会来找他。因为阿武媳妇刚生孩子,家里正缺钱,于是就头脑一热,稀里糊涂答应了。那天晚上他等别的工人走了,就溜到新船上,发现两根桅脚梁已被人动过手脚,他心里很慌,匆匆忙忙用工具在船底搞了些小缝,就跑上岸去了,躲在车间的一个角落里等天亮才出来。赛虎不是他毒死的,还有谁参与这事他也不清楚,那个找他的人再也没有出现。看厂里为了不耽搁交船时间,很多人通宵加班,他心里已经后悔了。那日,总经理到船厂开会,他以为自己完了,没想到总经理把装有名单的信封烧了,这对他震动太大。回家后,他想了很久,不知道该怎么办,于是就找自己的哥哥阿斌商量。阿斌经过治疗,身体好了许多,看到弟弟来,就跟他感慨道总经理和陈经理的菩萨心肠,说得一脸泪水,更让阿武不知所措。在阿斌的追问下,他把事情说了出来,阿斌气得抄起

家伙就想揍他,今天就拽着他来认错道歉。"

"阿武,谢谢你,你能勇敢承认错误,我很高兴。如果另外参与的人也能跟你一样,那就更好了。"郑李文续由衷地说。

"总经理,另外的人我真不知道是谁,这事现在想想,后悔死了。"阿武说。

"这件事就到此为止,我不再追究,你安心工作。"郑李文续大度地说。

"谢谢总经理,谢谢郑经理,我以后再也不会干对不起厂里的事了。"阿武朝郑李文续和郑少伟深深地鞠躬,大声保证道。

"总经理,你一定是菩萨转世,心肠这么好。"阿斌感激地说。

郑少伟让兄弟俩先回去,他还有事跟总经理商量。阿斌和阿武走了以后,郑少伟说了自己的想法,接下去谁若主动来辞职,有可能就是参与破坏新船的人。

"你分析得有道理。"郑李文续对郑少伟说,"暗中密切关注,以防类似事件再次发生。"

"好。"郑少伟答应一声,又忍不住问道,"你是怎么想出这一招的?"

郑李文续的神色凝重起来:"厂里有这么多工人,我们没有精力去一一调查,就算查到了,没有直接的证据,对方肯定不会承认。但毕竟做贼心虚,对方也怕自己的行为曝光。我这样处理,也是险招,若对方还有良知,会受不了良心的谴责,至少以后再要做那样的事会多些顾虑。以心换心,我想对方能感觉到。"

"以心换心?我怎么没有想到!"郑少伟不好意思地搓搓双手说。

"你别自责,男人和女人还是有区别的,你有你的特长,这个船厂没有你还真不行。"郑李文续认真地说。

郑少伟的心跳又开始加速了,低下头,不敢去看她的眼睛。

沈俊箫得知郑李文续对新船事件的处理方式后,非常赞同,认为这是目前最好的结果。

连续工作多日,郑李文续决定休息一天,在家请客,她有重要的事想听听大家的意见。她昨晚已跟吴妈和罗妈说过,让她们早上多买点菜回来。

"郑伯,辛苦你去一趟郑公馆,请大少奶奶和郑鹏少爷中午到这里吃饭。"郑李文续下楼,对站在院子里的郑伯说。

"好的,少奶奶,我这就去。"郑伯回过头说。

"姆妈,我也想大哥了。"郑万扔下扫把,跑上来。

"那你跟郑爷爷一起去请大妈妈和大哥。"郑李文续笑着说。

"好。"郑万高兴地答应,又走到郑程面前说,"哥,这院子就交给你了。"

"就知道偷懒。"郑程瞪了弟弟一眼,拿起扫把继续打扫。

郑万朝哥哥扮了一个鬼脸,吐了吐舌头,拉起郑伯的手说:"郑爷爷,我们快走吧!"

"万儿,别拖郑爷爷,走路小心点。"郑李文续连忙提醒道。

"知道了。"话音未落,郑万已跑到门口去了。

"这孩子。"郑李文续摇摇头,去厨房帮忙。

郑伯和郑万坐着黄包车来到郑公馆,按响了门铃。阿龙见是老管家和郑万少爷,欢喜地叫了起来:"郑伯好,郑万少爷好。"

"阿龙,大少奶奶和少爷在家吗?"郑伯问道。

"大少奶奶在家,少爷开着车出去了,说是和朋友有约。"阿龙说。

"那你带我去见大少奶奶吧!"郑伯说。

"好的,郑伯。"阿龙边在前面走,边感叹现在郑公馆太冷清,平时就大少奶奶和他们三个下人在家,郑鹏少爷白天又不在家,晚上也很晚才回来。还是以前好,人多热闹。

郑伯看着眼前熟悉的一切,心中也是万分感慨。郑万早已一溜烟跑进去,边跑边喊:"大妈妈,大哥。"

正在念经的郑安氏听到郑万的叫声,还以为自己的耳朵出现了幻觉,走到阳台一看,果然是他。她很意外,忙下楼来,走出小院门。

"给大少奶奶请安。"郑伯行了一个礼。

"郑伯,今天怎么有空过来?"郑安氏惊讶地问。

"少奶奶请您和郑鹏少爷中午过去吃饭。"郑伯恭敬地说。

"大妈妈,大哥呢?我好久没见他了。"郑万不见郑鹏踪影,忙问道。

郑安氏没想到郑伯过来是请他们母子俩过去吃饭,她还以为两家从此老死不相往来了,猛听到这样的邀约,不由一愣。被郑万一问,才反应过来:"万儿,你大哥出去和朋友们玩了,不在家。郑伯,代我谢谢你家少奶奶,我今天持斋,不能吃东西,下次有机会再去。"

郑伯也不知道郑安氏说的是真话还是借口,见她不愿意去,只好作罢,带着郑万告辞了。

郑安氏看着这一老一少的背影,想到自己虽然吃喝不愁,但身边却冷冷清清,唯一的儿子也早出晚归,很少见人影。难道分家真的错了吗?站在阳光下,郑安氏感到从未有过的孤独。

郑李文续见郑安氏不肯来,想到曾经亲密的一家人,现在搞得形同陌路,不免伤感,下次还是亲自登门,解开嫂子的心结才行。时近中午,郑辉、陈森和郑少伟都陆续过来,每个人还带着点心礼盒。

"你们也太见外了,快请坐,家常便饭而已。"郑李文续笑着招呼。

"给孩子们吃的。"郑辉笑着说。

三个孩子过来,叔叔伯伯地叫了一通,气氛十分融洽。吴妈过来说饭菜已准备好,请大家入席。

十个人,满满一桌。

桌上虽是家常菜肴,但有鱼有肉有蔬菜,还是很丰盛。郑李文续请大家随意,就同在自己家一般。席间,郑李文续提出自己的设想:开辟一条新的航线。这个想法去年就有,也曾提起过,现在她觉得时机成熟了。

"我觉得可行,眼下公司各方面运营情况良好,多一条航线就多一个市场。"郑辉表示赞同。

"总经理准备开辟哪条航线?"陈森好奇地问道。

"上海到马来西亚。"郑李文续笑着说。

郑少伟早知道郑李文续的这个计划,她私下跟他聊过,征求过他的意见,心里除了敬佩还是敬佩。只是郑李文续越能干,他越没有勇气在她面前表露自己的心事。

"开辟新航线之前,需要做具体的市场调查。"郑辉提醒道。

郑李文续微微一笑,说:"这调查工作我去年下半年就开始请人在做,调查报告已出来,饭后你们看看。"

从饭桌到客厅,讨论继续,一本厚厚的计划书在各人手中轮阅。里面有客户群体分析、上海与马来西亚之间一年的进出口货物量,以及其他民间和官方的数据等相关调查报告。除此之外,还有成本核算、赢利空间的预测等,很是翔实。从头到尾看下来,大家都觉得此计划可行。

郑少伟坐在那里,看郑李文续的眼神越来越迷离,可人前还得努力装作若无其事的样子,这种分裂的感觉太难受。

"还有投入的资金呢?"郑辉掌管船队多年,清楚投入一条新航线所需要的资金不是一笔小数目。

"资金的事我也考虑过了,甬明银行的贷款我们是按月在还,其中利息占大部分,本金占小部分。根据目前的情况,索性还款时间再延长一些,我会跟孙董商量,相信能得到他的支持。账房那边,我已跟田经理说过,把这部分资金先预留起来。"郑李文续胸有成竹地说。

"总经理考虑周全。"郑少伟插了一句。

"如果开辟这条新航线,你那边准备工作大概需要多长时间?"郑李文续问郑辉。

"两到三个月吧!"

"好,争取早日开通。船只和人员安排,全权由你负责。"郑李文续思路清晰,说话干脆利落。

"真是太好了。"陈森拿起茶杯,"来,刚才酒没喝尽兴,现在就以茶代酒,祝兴盛一天比一天兴盛。"

"看来我怠慢陈经理了。"郑李文续笑着说。

大家都笑了起来。

郑李文续去甬明银行找孙茂盛,把自己准备开辟新航线,以及要求延长还款时间的想法一一相告,并送上计划书。

"开辟新航线?"孙茂盛接过计划书,很认真地翻阅后,赞许道,"不错,看得出来你很有胆识,现在这局面对航运倒是有利。至于延长还款时间,这个没问题,比起我手上那些烫手的烂账、坏账,你的信用已经非常好了。"

"孙叔,银行有许多坏账吗?"郑李文续见孙茂盛又苍老了许多,眉宇间是难以舒展的结,就猜他肯定有很多烦恼事。

孙茂盛摇摇头说:"一言难尽。"

这几年来,金融动荡,上海房地产市场盛极而衰,不少持有地产过多的金融机构因套牢而破产。唇齿相依,甬明银行的日子也不好过。民国二十四年十一月三日午夜,财政部发通告,规定从十一月四日开始,中央银行、中国银行、交通银行这三家银行发行的钞票全部为法币,一切公私款项的收付,都要以法币为限,银圆不能再流通了,谁违反了规定就要尽数没收。十一月十一日,财政部又通知各省政府,所有省银行发行的各种钞券停止发行,新、旧各券连同现金准备和保证准备悉数交至当地的中央、中国、交通三行。当时,甬明银行欠缴发行准备金达1309万元,筹措无门,只好领用中央银行垫款作为收回钞票基金,使得甬明银行进一步被官僚资本所控制,孙茂盛的日子越来越难过。当然,这些孙茂盛是不能告诉郑李文续的,作为长辈,他对她还是尽量多点鼓励。

"你就按自己的想法放手去做,我相信你的能力。"孙茂盛笑着说,"你能守住这份家业并有所发展,说明我看人的眼光还不错。"

郑李文续谦虚地说:"文续经验不足,全仗孙叔指点。"

"我也没帮你什么。"孙茂盛把计划书还给郑李文续,高兴地说,"等你好消息。"

郑李文续道了谢,告辞回公司,很快投入了新航线的筹备工作中。

两个月后,兴盛航业的上海至马来西亚航线正式开通。

开通那日,郑李文续请来了董文武、孙茂盛和汪国栋、林景生等人,搞了一个小小的开通仪式。

董文武没想到郑李文续这么能干,在众人面前,对她大加赞赏。他笑着对汪国栋说:"国栋老弟,这次你可落后一步了。"

汪国栋是有苦难言,表面上富盛公司与过去无异,其实早换了内容。日本人在公司各重要部门都安插了人手,公司的绝大部分利润都进入了他们的口袋。至于东海联合轮船公司总经理一职,在他强烈要求下,日方总算答应不公开,但事情照样做,他明白自己已成傀儡。听到董文武的话,只好自嘲道:"惭愧惭愧,岂止落后一步,至少三步。"

郑李文续怕汪国栋尴尬,连忙说:"不敢不敢,文续是小辈,以后还请汪叔多多指点。"

"不容易,祝贺祝贺。"孙茂盛走过来,笑着对郑李文续说。

林景生也挤了过来,一脸的笑容,祝贺兴盛公司开通新航线。他私下已与三木吉利结交,为他们提供所需的某些物资,照样赚钱。如果说刚开始他还有点思想负担,次数多了也就习以为常了,日子过得比过去还要潇洒。

郑辉和郑少伟站在一起,凝视着停泊在岸边的船队,两个男人忍不住感慨,没想到兴盛在发生那么大的变故后,还能开辟一条新的国际航线,实在令人意外和惊喜。

"文章兄长若地下有知,也该放心了。"郑辉转过头,看了一眼不远处正在招呼客人的郑李文续,语气里全是敬佩。

郑少伟点点头说:"称她为女中豪杰也不为过。"

"兴盛有希望了。"郑辉高兴地拍拍郑少伟的肩膀,"我们再辛苦也

值得。"

郑少伟咧开嘴笑了笑,对他来说,只要能为她分忧解难,一切无怨。

"走,时间差不多了,我们过去吧。"郑辉碰了碰郑少伟的胳膊说。

"好。"郑少伟转过身,他看到阳光下的郑李文续,那么娇小,可浑身上下散发出让人不敢轻视的力量,不禁又痴了。他又一次听到心里的那个声音,人跟着燥热起来。

"高温又要来了。"郑少伟自言自语道。

开通仪式结束,林景生给三木吉利打了个电话,做了简单的汇报。这是他们之间的约定,有关兴盛的情况,他要随时向三木吉利汇报。三木吉利为了消除林景生的顾虑,告诉他,这是为了能更好地保护郑李文续,他说吉子一直想找兴盛公司的麻烦。林景生对这一说法将信将疑,但仍积极地予以配合。

山本次郎得知兴盛又开通了一条新航线,对郑李文续的兴趣越发浓了。吉子摩拳擦掌、跃跃欲试,又被山本次郎阻止了。"这个女人,先养着。"山本次郎一挥手,眼睛里闪烁着兴奋的光,好像是猎人发现了一只幼小的猎物,为了获取最大的利益,他要把小猎物圈养起来,等长大了再下手。

"山本长官英明。"站在旁边的三木吉利说。

吉子狠狠地瞪了三木吉利一眼,嘴里轻声嘀咕一句"马屁精"。对山本次郎的命令,她心里再不爽,也只能执行。看着吉子猫抓似的难受,三木吉利脸上浮现淡淡的嘲讽。

"战争也许很快就要开始了,你们都要做好思想准备。"山本次郎的神情又变得严肃起来。

"是。"三木吉利和吉子立刻齐声答应。

上海至马来西亚的航线开通后,顾客盈门。

不久,又有一个机遇降临。郑少伟告诉郑李文续一个信息,高远公司要造一艘长五十八米,排水量达一千吨的远洋渔船,公开招标造船厂,离投标截止时间没几天了,他问郑李文续要不要去参与竞争。

"当然要去,你马上去做相关的准备工作,和账房一起做个详细的预算,还有我们竞标的底线。另外,派人去打听一下有哪几家造船厂投标,实力如何,以便作好应对之策。"郑李文续一听有这机会,连忙说。

"我也是刚刚得知的消息,那我即刻就去准备。"郑少伟兴致勃勃地说,"如果这次我们能中标,下半年船厂的业务就不用愁了。"

"到时候我们一起去。"郑李文续也很期待,她还从没有亲自去过招标现场。

郑少伟点头说好。郑李文续看郑少伟的目光里写了两个大大的字,那就是"信任"。

为了保密,郑李文续让郑少伟在投标截止时间最后一刻带资料过去把名报上。郑少伟报好名,交纳投标保证金后,领取招标文件,然后加班加点,根据要求制作好标书,等待投标。

"其他投标公司的情况如何?你了解了吗?"郑李文续不放心地问。

"共有六家报名,除了富盛公司,论实力,与其他五家相比,我们海通达还是略胜一筹。"郑少伟想了想说,"不过,富盛公司自己并没有造船厂,这次不知为何也参与了投标。据我分析,可能有两种情况,一是受没有竞标资质的小船厂委托,代为投标。另一种是他们中标后,再找合作的船厂,赚差价。"

"哦,我打电话探探汪叔的意思。"郑李文续对这次竞标非常重视,毕竟是自己当家后第一次主动参与,之前也有新船业务,除小吨位船之外,承接的方式不一样。很快,她就拨通了汪国栋写字间的电话。

"汪叔,我是文续,又有事来打扰您了。"

"不打扰,你说。"汪国栋刚得知兴盛也报名了投标,就猜郑李文续打电话来肯定是为了此事,他也正想摸摸她的底。

"汪叔,不好意思,您是不是要去参加高远公司的招标会?我们海通

达也报名参加了。"

汪国栋打了个哈哈,说:"是的。"

"汪叔,富盛若中了标,我猜此业务您也是交于别的船厂,您是不是可以把我们海通达也纳入备选之列?在条件相等或稍高一点的情况下,优先考虑我们?"郑李文续婉转地问。

"这个嘛,好说,我会考虑的。"汪国栋说这话的时候,似乎这标已成囊中之物。

"谢谢汪叔。这是文续第一次参与竞标,不懂之处还要请您多多指点。"郑李文续态度谦恭地说。

"这投标嘛,标得太高不行,对方公司会考虑成本。标得太低也不行,你要核算自己的成本,分寸确实不好掌握,搞不好还要闹笑话。若是以往,兴盛去竞标,成功率还是很高的。不过这次是你当家后第一次参与,对方公司不一定了解你,可能会对你们的实力表示怀疑,你还是要有这方面的思想准备。"汪国栋看似提醒,实则是暗示。

"汪叔说的是,文续明白,到时候定去旁观一番,长长见识也是好的。"郑李文续暗暗在"旁观"两字上加重了语气。

汪国栋以为自己已把郑李文续唬住了,心想毕竟是女人,没见过什么世面。对这次竞标,他是志在必得。自从公司被日方暗中控股后,他从开始的寝食难安转变为后来的无奈接受。以前这种转手赚点小差价的生意,他是不屑一顾、瞧不上眼的。现在只要能赚钱,不管多少,他都要去做。幸好日本人还守信用,没有公开他的身份,让他在同行面前保住了脸面。

投标的日子到了。

郑李文续和郑少伟带上相关证件和标书,前往高远公司。到了会场,其他参加竞标的公司代表已经在了。郑李文续环顾四周,汪国栋没有来,而是由另外一个人坐在富盛公司的席位上。郑少伟把标书送进去摆好,郑李文续不放心,跟了进去,见兴盛的标书放在最上面,忙趁人不注意,伸手把标书换到最后放好。那几家竞标公司的人看到郑李文续,都显得有点意外。郑李文续平静地走向兴盛的座位,和郑少伟一起坐下,耐心等待。

时间一到,高远公司的人宣布开始,唱标的顺序由标书放的次序决定。

郑李文续紧张地竖起耳朵,侧过脸轻声对郑少伟说:"你听清楚别家的报价。"

"放心,我有数。"郑少伟从口袋里掏出纸笔,做好记录准备。

"正泰航业,标的十二万。"

接下去两家标的一家比一家高,郑李文续注意力高度集中,生怕漏了一个字,前面这三家标的都比海通达高,现在就剩下最后一个竞争对手富盛公司了。

"富盛公司,十一万九千。"

当高远公司的人报出这个标时,郑李文续暗叫好险,她从包里拿出手绢,轻轻按了按额头上冒出来的细密汗珠。

"兴盛公司,十一万八千五百。"

最后,高远公司宣布兴盛公司中标。

郑李文续非常开心,她注意到富盛公司的代表脸色很不好地匆匆走了,但愿汪国栋不会怪她。

"总经理,你真神了。"郑少伟对郑李文续佩服得五体投地。

前一晚,郑李文续和郑少伟以及账房的田经理等人一起反复核算原材料和人工成本等,分析其他投标公司可能会出的价。最后,郑少伟在纸上分别写了三个价,十二万一千、十二万、十一万九千。

"再低,我们就没有利润了。"郑少伟对郑李文续说。

郑李文续接过纸条,考虑再三,对郑少伟说:"这样,你在标书上写十一万八千五百这个价,把握更大一些。我们在其他方面紧一点,这钱还是多少能赚点。"

郑少伟就听从郑李文续的建议,写上了这个数,没想到今日险胜富盛

公司。

"运气好。"郑李文续微微一笑。

汪国栋听下面的人汇报,就差那么一点点钱,结果让兴盛中了标,心里又气又无奈。只是碍于面子,他也不好对郑李文续说什么,就把具体操办此事的人叫过来狠狠地骂了一顿出气。

10

秋日的一个午后,王兆林和沈俊箫在悦来茶楼喝茶。

"你不是每天跑新闻吗?今天怎么有空约我喝茶?又想打听什么?"沈俊箫开玩笑道。

"知我者沈兄也。"王兆林大笑起来,不过很快又一脸认真,"我还真有事,想挖点内幕。"

"你们记者是不是都这样?不肯放过任何一个新闻线索。"沈俊箫打趣道。

"当然。"王兆林拿起茶壶,给沈俊箫续满水,"我挖的可是正经事,非八卦也。"

"行,你说,什么事?"沈俊箫问。

原来,上海公共租界工部局要拆迁沪东一带的窝棚区,派出了五十名探捕过去,没想到竟然被钉子户给缴了械,不得不取消拆迁计划。王兆林准备写篇报道。

"这事,你应该去采访工部局,怎么找到我了?"沈俊箫边喝茶边笑着问。

"我听说你们也派员参加了,具体情况怎样?等我们得知消息赶过

去,已经错过了最精彩的一幕。"王兆林拿出本子,准备记录。

"你不要提了,那些人太厉害,个个不要命。"沈俊箫摇着头说。

"那还拆不拆?"

"听说不拆了,具体你去问工部局,我也不清楚。"

"工部局那边要去采访,看最后到底怎么处理的。"王兆林喝了一口茶,又随口问道,"对了,你跟郑李文续女士还有联系吗?"

"有啊,怎么了?"沈俊箫奇怪地问。

"我听说她最近新开辟了一条国际航线,可惜开通那天我刚好有事,她也没有跟我说,错过了。"王兆林遗憾地说,"对了,她有没有邀请你参加?"

"没有。"沈俊箫微笑着说,"开通仪式很低调,她没请几个人。"

"我还以为她肯定会请你参加,搞了半天,跟我一样的待遇。"王兆林一脸坏笑。

"噗——哈哈,你这家伙。"沈俊箫正把一口茶水喝到嘴里,听到这话,没忍住给喷了出来。其实郑李文续给他打过电话,邀请他参加,是他忙着办案没有去。

"好了好了,继续说正经事。"沈俊箫咳了几声,清清嗓子说,"我觉得你可以好好采访一下她,顺道也替她的新航线做做广告。不久前,我还听说她的公司中标了一项造船业务。"

"我也正有此意,她的电话号码给我一个,以前给的那个号被我搞丢了,我回去就联络她。"王兆林放下茶杯,兴致勃勃地说,"我觉得她完全可以成为这个时代新女性的代表。对,我就从这个角度去写。"

"是啊,搞航运的女人从来都没有听说过,她是第一个,巾帼不让须眉。"沈俊箫点头表示赞同。

聊了会儿闲话,两个人又交换了对当下时局的看法,忧心中日早晚要开战,现在也只能是走一步看一步。时候不早,王兆林直奔公共租界工部局去采访。沈俊箫心想,也有好些日子没见郑李文续,不如趁机过去看看她。不知从何时开始,他对她有了莫名的牵挂。他也说不清楚这是种什么样的感情,似乎不是那么单纯,而是多层次的。好像刚开始是同情,后来是敬佩,再后来就有了倾慕的成分。平时,他所处的环境给人非常大的压力,可只要想到她,他的心就会平静下来。和她在一起,即使沉默不语,也不会有尴尬和距离感,这让他很纳闷。他确信她对自己有吸引力,不是外表,而是内在的魅力。他渴望去了解她,走进她的世界,哪怕只做一个旁观者也好。

郑李文续听沈俊箫说王兆林要采访她,笑着说:"王记者是个热心人,之前我有请他来报道过公司的业务。后来太忙,也就没跟他联络。"

"他说你可以作为当代新女性的代表之一。"

"不敢当,我只是做了我该做的。"

"公司近况如何?"

"公司各项业务拓展顺利,只是人手不够,事情又太多,有时会忙不过来,我都很久没有跟孩子们一起吃晚饭了。"

"你一个人肩挑这么重的担子,太累了,有没有考虑找个人和你分担?"沈俊箫试探道。

郑李文续笑了笑。她想起父亲再三叮嘱,李家女儿郑家媳妇绝不可以改嫁,对她来说,这是一道不可逾越的禁令。自丈夫去世后,在一个个漫漫长夜里,她才渐渐懂得,其实内心深处她对丈夫更多的是敬爱,而不是爱情。爱情是什么样的? 如她阅读的书籍中所描绘的,那应该是两个人眼眸间的电光闪烁,是一日不见如隔三秋的思念,是甜蜜中夹杂的忧伤,是心与心的相印。她不肯信命,可在这个问题上,她不得不臣服于命运的安排。

"别无选择。"郑李文续平静心绪,淡淡地说道。

沈俊箫沉默了。他端起茶杯,喝一口茶,有点烫,看来心太急了。

"沈先生成家了吗?"郑李文续好像明白沈俊箫此刻在想什么,于是把球踢了过去。

"没有。"沈俊箫回答得很干脆,吹了吹茶水,现在喝刚刚好。

"现在年轻人喜欢自由恋爱。"郑李文续说这话的口气,似乎她已历经沧桑。

沈俊箫的心中突然有种从未有过的酸涩,他深深地看了她一眼,认真地说:"这个应该不分年龄吧!"

这次轮到郑李文续沉默了。两个人一小口一小口地喝着茶,掩饰各自的心事。

沈俊箫忽然想起什么,开口道:"以后你叫我名字吧,我们认识这么久,你还叫沈先生,太见外了。"

郑李文续的嘴角微微一扬,轻轻地说:"那,失礼了。"

"嗯,你试试,叫我一声。"沈俊箫鼓励道。

"俊箫。"郑李文续迟疑地叫了一声,她又看到他眼角边的那道伤疤,好端端的一张脸,被这伤疤给破坏了。她想问他,又怕失礼。

"那我也叫你名字,可好?文续?"沈俊箫大胆地看着郑李文续的眼睛。

"你喜欢就叫。"郑李文续把这个称呼理解成"礼尚往来",只是让她纳闷的是,为什么叫郑少伟的名字那么自然,叫沈俊箫却有一种形容不出来的生涩。

"也许是因为还不太熟。"郑李文续暗暗想。

晚上,郑李文续回到家里。女儿诗韵告诉她,她和郑程一起参加了学校的童子军。

"我也想参加。可他们说我年龄不够。"郑万不满地说。

"你不要参加,有我和程儿参加就可以了,你好好读书。"诗韵完全是一副小大人的样子,语气不容置疑。她说:"打仗了,童子军要上前线,又不是去玩。我们家要留一个人陪姆妈,你最小,这个任务就交给你。"

"快跟姆妈讲,为什么要去参加童子军?童子军要学些做些什么?"郑李文续严肃地问三个孩子。

"国家兴亡,匹夫有责!"郑程大声地回答。

"姆妈,我们现在课余时间要集中学习天文地理、抢救伤员的基本知识。还有很多技能要学会,像旗语、电码、海上救援。对了,还要进行野战生存训练等等,好多的!"诗韵一脸骄傲,语气里充满了自豪。

郑李文续看着女儿和儿子,心里忽生歉意。这两年,自己每天忙于工作,忽略了孩子们的成长。作为母亲,她不愿意孩子们去受那样的苦。特别是诗韵,小姑娘细皮嫩肉的,去学这些,难道打仗了还真要上前线?不过保家卫国人人有责,孩子们有热情也是好事。"你们年纪还小,学一点这方面的技能也可以,不过不要太投入,免得误了读书的正事。"

"我们知道,姆妈,你放心,"诗韵保证道,"不会耽误学习。"

"好,姆妈相信你们。"郑李文续上前理了一下女儿的刘海,眼睛里溢满了柔情,欣慰地说,"都成大姑娘了。"

"姆妈。"诗韵搂住母亲的腰,转眼又变成一个爱撒娇的小女孩。

郑李文续抚摸着女儿的背,抬头看墙上的全家福,在心里轻轻说:"文章,孩子们都长大了,你看到了吗?"

"看到了。"恍惚中,郑李文续看到丈夫朝她微微点了点头。

这个晚上,郑李文续失眠了。

白天,沈俊箫的话一直在她耳边盘旋。自从丈夫遭遇不幸后,她用工作来挤走内心的伤痛。记忆中的那些画面是她一生中最美的时光,丈夫对她的好,她不会忘记。只是人非草木,独自一人面对命运掀起的狂风暴雨,她本以为自己是孤单的,但事实上,她发现有一个人一直在她的背后,无怨无悔。可她还能爱吗?

她,可以吗?

郑李文续惊恐地发现,她不能确定。不,不可以,郑家少奶奶怎么可能还有再爱的权利?

黑暗中,郑李文续发现丈夫风尘仆仆地走进房间,他朝她笑着,从贴身的口袋里掏出一个精美的首饰盒递给她。她打开,发现里面是一块温润的美玉。丈夫把美玉挂在她脖子上,在她的额头深情一吻。

他说,你是我的美玉。

窗外,阳光透过窗棂照了进来,房间变得如此明亮而温馨。

又一个黎明来临,郑李文续收拾好自己细碎的情绪,开始了一天的工作。

电话铃响了。

是王兆林,问她什么时候有空,他要过来采访。郑李文续让他先去船厂,找郑少伟了解些情况。最近厂里刚接了一个大单,造一艘一千吨级的远洋渔船。

"王先生,你看是现在写,还是等船完工后再写?"

"就现在报道,以这艘远洋渔船为引子。"王兆林快人快语,"那我先去船厂。"

放下电话,王兆林就风风火火去了海通达船厂。郑李文续给郑少伟打了个电话,说了此事。"少伟,辛苦你了。"郑李文续在电话里叮咛道,"别太累,注意休息。"

"我会的,你自己也当心。"郑少伟说完,又觉得自己这语气似有不妥,不禁惴惴不安起来。

郑李文续对郑少伟的心思是明白的,只是她也没有勇气上前一步,只能在言语间给予一点温情。

郑少伟带着王兆林去各车间查看,又回答了王兆林提出的若干问题,介绍了厂里的业务状况、计划目标等等。王兆林听了后,决定好好给郑李文续和她的公司写一篇长报道。从船厂出来后,他去了码头和船队,分别找郑辉和陈森了解情况,接着又马不停蹄到公司,和郑李文续整整聊了半天,越深入了解,对她就越敬佩。

郑李文续自掌管家族产业后,为稳定和凝聚人心,推出一系列人性化的管理方法,虽然负着债,但对下属却很慷慨、公道。她又采取各种措施,减少损耗,弥补漏洞,与客户搞好关系,使公司很快走出阴影。近段时间,公司拓展新业务,开辟新航线,又确定了布局全国及海外业务的新思路。公司业务蒸蒸日上,竟然超越了她公公和丈夫掌管时期,规模仅次于董文武的甬安轮船公司。

"郑女士,我刚听郑辉经理介绍,现在兴盛航业拥有八艘大型轮船、十九条小轮船?"王兆林边问边记。

"是的。我们公司除了原来开辟的上海至广东、福建等多条航线外,还新增了到重庆、香港以及南洋群岛等航线。"

"你太了不起了,完全可冠以'女船王'的名号。"王兆林由衷地赞叹道。

郑李文续谦虚地说:"不敢当。"

王兆林回到报社,连夜洋洋洒洒写了一篇长文,还配发了一张郑李文续的照片,整整一个版面。当郑李文续看到《杰出新女性:上海滩女船王的崛起》这篇报道时,很是不安,这王先生,还真这么写,实在难为情。

一上午,电话不断,孙茂盛、林景生等人纷纷来电祝贺。

"孙叔,我是不是太高调了?"郑李文续不安地问孙茂盛。

"你是做实业的,某些方面在适当的时机下高调也是有必要的。再说,这是事实。"孙茂盛虽然自己的日子不好过,但他还是很为郑李文续所取得的成绩高兴,"这下你公公和丈夫也该放心了。"

"是。"郑李文续的声音低了下去。

沈俊箫的电话来了。

"我没想到这篇报道的篇幅会这么大,兆林真是大手笔!不过我有点担心,他把你和公司的情况这么一公开,我怕居心不良的人又要打主意。"出于职业的敏感,沈俊箫多了一重忧虑。

郑李文续冷静下来,报道的确是一把双刃剑,特别是眼下这种情形,太高调怕真不是好事。

"你说得有道理,都怪我考虑不周。"

"是我的责任。他问我的时候,我跟他说了你公司发展势头良好的情况,还以为是篇小文章,没想到会放整版,太引人注目了。有时候好心反

而办坏事。"

"俊箫,谢谢你,以后我会注意。"

沈俊箫的触觉是灵敏的。此刻,上海日本海军特务部,山本次郎坐在椅子上,面前摊着一张报纸,他的目光久久停留在标题上。"三木君,你和吉子小姐到我这里来一趟。"山本次郎拨通了电话。

没多久,三木吉利和吉子就站在了山本次郎的面前。山本次郎用手指敲了敲桌子,对两位说:"这个女人不简单,所做的事真让人刮目相看。"

这篇报道,吉子已看过,她没想到兴盛公司的少奶奶会这么能干。由于山本次郎说过暂时不要动郑李文绫,所以她也没有花太多精力在兴盛上,现在该到时候了。

"山本长官,属下以为兴盛就是我们养的一头猪,现在猪已养肥,是时候下手了。"吉子抢先发表自己的想法。

"我反对。"三木吉利开口道。

"说说你反对的理由。"山本次郎睁着他的鹰眼,打量着三木吉利。

"这位女士既然被冠以'女船王'的名头,说明她的身份是引人注目的。我们若动粗,强迫她答应合作,恐怕不妥,容易引来舆论上的压力。"三木吉利分析得头头是道。

"那依你之计……"山本次郎问。

"一个女人,不会对我们造成什么威胁。若真想动她,那也要先礼后兵。"三木吉利平静地说。

"有什么不可以动的?我们已经放她很久了。"吉子很不满地说。

"你为何要跟一个女人过不去?我们现在应该集中精力去对付那些顽固分子。"三木吉利一直在暗中关注着兴盛,对那位未曾谋面的郑李文绫早已心生敬意。

"倘若这位女船王能归顺我大日本帝国,这影响力倒是比其他人要大得多。"山本次郎若有所思地说。

"山本长官说得极是!"吉子高兴地附和道。

"可我们别忘了这位女船王的丈夫是怎么死的，"三木吉利泼了盆冷水过来，"这个女人既然能做男人做的事，想必心性也非寻常女子能比，不是你想收就能收，不如暂且不理会，等时机成熟再作定夺。"

山本次郎沉吟一会儿，终于放弃了找郑李文续麻烦的想法。吉子仍不甘心，对山本次郎说："山本长官，我们应该派个人去祝贺。对，以祝贺的名义，提醒一下这位女船王。"

"你真是多此一举。"三木吉利不满地瞪了吉子一眼，怪她多事。

"我看三木君倒是别有用心，"吉子又冷嘲热讽起来，"这女船王跟你有何关系？"

"你胡说什么！"三木吉利脸一黑，转身对山本次郎说："山本长官，若无其他事，属下先告辞了。"

"去吧。"山本次郎抬了抬下巴，对吉子说，"你留下，我有话要问你。"

吉子得意地瞟了三木吉利一眼，大声回答："是。"

三木吉利走了。他见山本次郎把吉子留下，不知道两个人要背着他说什么，心里不免胡乱猜想起来。

"说说怎么回事，三木君跟这位女船王私下有接触？"山本次郎疑惑地问。

"属下怀疑，只是还没有证据。"吉子故意挑拨道。

"那你以后多注意，有什么情况及时向我报告。"山本次郎皱了皱眉头说。

"是，三木长官。"吉子为得到山本次郎的信任而心花怒放。

"你刚才说去祝贺，这个点子不错，这事就交给你去办，别忘了放出风声，就说女船王很高兴地接受了大日本帝国海军特务部送去的贺礼。"山本次郎阴险地说。

"山本长官高明，属下保证完成任务。"

山本次郎走上前，意味深长地拍拍吉子的肩膀，难得温和地说："去吧。"

吉子的脸上露出罕见的娇羞，向山本次郎投去含情脉脉的一瞥，转身

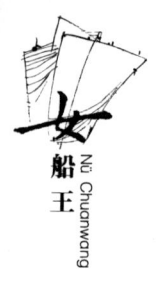
离开。

回到小白楼,吉子的心情很愉悦。她把蒋茨叫来,让他去鲜花店订一束鲜花,并亲自送到兴盛公司,指名送给郑李文续女士。

"是,吉老板,我马上去办,订什么花有要求吗?"蒋茨很纳闷,心想这女人今天咋这么高兴。

"十四枝白菊花。"吉子微微一笑,"菊花在我们日本可是富贵的象征。"

"要附卡片吗?"蒋茨问。

"写上大日本海军特务部贺。"吉子得意地笑着。

"是,吉老板,那我这就去。"

蒋茨心想,白菊花在我们中国人眼里可不是什么富贵的意思,郑家少奶奶收到这么一束花,还不气死?他刚走到大门口,正好碰到三木吉利。见蒋茨一副匆忙的样子,三木吉利问他做什么去。蒋茨随口说奉吉老板之命,要进城一趟。

"什么事?"三木吉利好奇地问。

"给兴盛公司女当家送束花。"蒋茨想也没想就脱口而出。

"送花?为什么?送什么花?"三木吉利心中的疑团更大了。

"我也不知道,说是祝贺,白菊花。"蒋茨搔了搔头皮说。

"祝贺?白菊花?好,你去办吧。"三木吉利明白了,刚走了两步,又叫住蒋茨,"不要跟吉老板说,你跟我提过此事。"

"是是是。"蒋茨像小鸡啄米似的点头,心想原来三木吉利不知情,看来是自己多嘴了。

蒋茨回到城里,在大世界旁边的花店挑好白菊花。花店的人找了一个细长的盒子装好,系上丝带,附上卡片,交给蒋茨。来到兴盛公司大门口,蒋茨思前想后觉得还是不要见这位少奶奶为好,就把花盒交给守门的人,说是有人送给郑女士的,烦请转交。

郑李文续看到这只精美的花盒很是喜欢,打开一看,里面竟然是十四枝白菊花,她非常意外。再看卡片,上面写着"大日本海军特务部贺",很是吃惊。她马上给沈俊箫打电话,说自己莫名其妙收到了日本海军特务部送来的花。

"十四枝白菊花?"沈俊箫脑中闪过"要死"两个字,心里一惊,脱口而出,"这是警告。"

"我也这么认为。"郑李文续盯着这一盒白菊花,脑中浮现了郑公馆里那飘动的白幡和哀乐,悲伤在胸腔里涌动。

"来者不善,不过你也不要太紧张,现在我们还可以掌控局面,我想他们也不敢乱来。"沈俊箫后悔极了,早知道就不让王兆林写那篇文章了。

"我不怕。"郑李文续说,"我只做我可以做的生意,其他的,免谈。"

"好,随时保持联络。"沈俊箫说。

放下电话,沈俊箫恨恨地在桌子上捶了一拳,这帮龟孙子真是贼心不死。沈俊箫给王兆林打电话,告诉他,这篇报道给"女船王"惹麻烦了。

"还有这样的事?"王兆林捏着话筒,有点不敢相信。

"不信你自己去看。"沈俊箫说。

"不好意思,真没想到,那我要当面向郑女士道歉。"

"你这家伙,文章写得太生动,我们还是赶紧帮她想想对策。"

"好好,日本人如果敢做不法之事,我就跟他们拼了。"

"就你那身板,算了吧。你还是用你的笔,比你去打架有劲。"

此事容不得一丝疏忽,两个人约定晚上到悦来茶楼,当面商议。

郑少伟听说郑李文续收到了日本人送来的花盒,急匆匆赶来,他提议多派几个人保护她的安全。郑李文续不同意,她说该来的总会来,躲是躲不过去的。

"那你可要千万当心,以后这种来路不明的东西不要接,更不要打开,太危险了。"郑少伟忧心忡忡地说。

"好,我会注意的。"郑李文续见郑少伟比她还紧张,忍不住笑着说。

"你还笑?我都快担心死了。"一不小心暴露了秘密,话刚出口,想收回已来不及,郑少伟只好低下头,不敢看郑李文续。

郑李文续的目光落在郑少伟的脸上,那里写满了不安。"你放心吧!"她轻轻地说。

郑少伟暗叹,这样子如何叫他放心得下?只是他不能再说什么,怕一旦说错,打破了他与她之间那份微妙的默契。

电话铃突然响了。

郑李文续拿起话筒,电话里传来一个陌生女人的声音:"郑女士,这束花还喜欢吗?"

"你是谁?"郑李文续脸色一变,声音急促。

"不要管我是谁,我想过不了多久,我们会见面的。"对方一说完,就挂断了电话,郑李文续听着传来的"嘟嘟"声发愣。

"谁的电话?"郑少伟紧张地站起来。

"哦,没什么。"郑李文续的目光再次落在白菊花上,她已看到隐藏在这束花背后那狰狞的脸。

11

夜幕降临,郑鹏又被一帮朋友拉到酒吧喝酒。喝得醉意朦胧,靠在沙发上休息,见茶几上放着几张报纸,随手拿了一张翻看。突然,他看到了一张熟悉的面孔。

"婶婶?"郑鹏揉了揉眼睛,没看错,是郑李文绫。把报道从头读到尾,他的内心受到了强烈的震动。婶婶不过比他大几岁,一介弱女子,把爷爷打下的江山打理得这么好,甚至还更胜一筹,被冠以"女船王"的美名,实在太了不起。

再想想自己过去的二十多年人生,身为郑家的长房长孙,又做了些什么?从小到大循规蹈矩,算是个很听话的孩子。父亲去世后,母亲和爷爷虽对他百般宠爱,他也没做什么出格的事,让家里人很放心。毕业后,按爷爷对他的人生设计,就是在时机成熟时,接管家族产业,后来希望破灭,他也就没了理想,只想活得轻松自在。这两年他也确实过得潇洒,上海滩有什么好玩的地方,朋友们都会带他去。今天去跑马厅,明天到回力球场,后天看电影泡舞厅之类,活动安排丰富多彩。当然,每次都是他买单,谁让他家有钱呢?朋友们都围着他转,不管是年纪比他小的,还是年长他几岁的,一律叫他"鹏哥",这种众星捧月的感觉实在令人陶醉。只是一

回到冷冰冰的郑公馆,他就一点劲都提不起来。

难道这一生就这样荒废过去?郑鹏问自己。他被这个问题给惊醒了。去了一趟卫生间,洗一把冷水脸,人,似乎清醒了许多。

"鹏哥,没事吧?再过来喝一杯。"高文基举起酒杯,朝郑鹏晃了晃。

"我先回去,你们慢慢喝。"郑鹏站起来说。

"侬介扫兴,这就要走啊!"高文基嘀咕道。

"对不起,我突然想起还有事要去办。"郑鹏拿起外套,匆匆走了。临走前,他顺手带走了那张报纸。

时近午夜,郑鹏在马路上飞快地开着车。

到家了。郑鹏夹着包,穿过园中小径。没有了专业的花匠打理,整个公馆的花草树木,看起来倒是茂盛,可长势无序,总给人一种"寂寞花无主"的凄凉感。很多房间的门紧锁着,没有了人气,这偌大的郑公馆显得如此的空荡。过去真热闹啊,爷爷奶奶爹爹还有叔叔一家都在,大家和睦相处,真好。他的妹妹和两个弟弟又那么可爱,可……唉,母亲为什么非让婶婶一家搬出去住?叔叔不在了,婶婶一个人带三个孩子,还要经营公司,太不容易了。对母亲的这个决定,他到现在仍没法理解。走进小楼,郑鹏惊讶地发现母亲居然还没有休息,一脸怒容地坐在那里,不免心虚,低声说道:"妈,这么晚还不去睡?"

"你看看几点了!你还知道回家?!"郑安氏盯着儿子,心里的火一下子就蹿了上来。

"对不起,和几个朋友出去玩了。"郑鹏的解释显得有点苍白,心中的秘密像一块大石头一样压着他。他很怕有一天母亲会发现他不但在外结交舞女,还花了那么多钱。

"你越来越不像话,每天深更半夜才回家,你眼里还有没有我这个妈?"郑安氏没好气地白了儿子一眼,"你这样子对得起你死去的爹吗?成家立业,成家立业,你的耳朵有没有听进去?"

"你别唠叨了,我知道。"郑鹏脱口而出,"明天就给你带一个回来。"

"什么？明天给我带一个回来？"郑安氏惊得瞪大眼睛打量儿子，一脸狐疑地追问，"你是不是外面有人了？"

"没有。"郑鹏又一口否认，怕在母亲的盘问下露出破绽，就借口累了，逃也似的回房间去了。

郑安氏盯着儿子的身影，满腹疑问。直觉告诉她，儿子有事瞒着她，他可不要给我找个不三不四的女人进门，郑安氏更加坐立不安了。

郑鹏关上门，把自己往沙发上一扔，闭上了眼睛，只觉得心烦意乱。他从包里抽出那张报纸，又认认真真看了一遍。作为男人，他很羞愧，不要说立业，连感情的事都处理不好，还谈什么雄心壮志。

自从认识悠悠后，刚开始他也以为只是逢场作戏，没想到悠悠认真了，他也认真起来，至于结婚，那确实没有想过。因为他知道，母亲绝不允许他娶个舞女回家。时间久了，他和悠悠之间少了新鲜感，更让他恼火的是悠悠的父亲，那个男人是个赌徒，不但把所有的家产都赌完了，还让女儿当舞女挣钱替他还债，这让郑鹏心里有说不出的愤慨。更麻烦的是，自从她父亲得知他喜欢悠悠后，三天两头跑来找他要钱，还警告他不许告诉悠悠，要不然绝对不会再让他见到自己的女儿。给了第一次，就有第二次，不知不觉，他竟成了悠悠父亲的钱庄。郑鹏意识到这样下去，再多的钱也会折腾完，更何况他每个月的薪资并不高，又有那么多应酬，早花完了。那些钱都是他偷偷从家里的账户里取出来的，万一被母亲发现，还不知道会气成什么样子。怎么办？之前他替悠悠另外找了一份工作，让她不要去百乐门上班。可没干多久，悠悠又在她父亲的逼迫下，重新当了舞女，说那份工作薪资太低。这让他很不满，想分开又舍不得，可长久下去也不是办法。悠悠父亲已经说了，要么把钱准备好，明媒正娶，要么永远不要再去找他女儿。看眼下的这个情形，恐怕再也不能优柔寡断下去，得及早做个了断。

还有一件事让郑鹏心里很慌，之前，他见同事炒股挣了不少钱，再加上高文基和其他朋友在他耳边不断鼓动，想到自己要花钱的地方越来越

多，若能赚些外快，手头也好宽裕些。于是就偷偷把存在银行里的钱取出一部分来炒股。就这样，什么也不懂的他一头扎了进去，买什么股票都是听别人讲的。听说房地产有前景，就买了天津一家房地产股份有限公司的股票，买进时，一股一百圆，谁知道买进后就一直跌。高文基又让他拿钱去补仓，结果越套越深，账面损失已超过二分之一，不知该如何收场。

郑鹏翻身坐起来，抽起了烟，一支接着一支。不过瘾，他又打开酒柜，倒了一杯洋酒往肚子里灌。这两年，他也渐渐明白过来，身边的那些所谓朋友，没一个是真心的，都把他当冤大头，出去吃喝玩乐都让他埋单。在悠悠身上也花了不少钱，给她买衣服，买首饰，买包包，都是赶潮流的名品。还有她那不争气的父亲三天两头问他要钱，日积月累，数目惊人。他越想越烦，恨自己怎么变成这样了！

"从明天开始，不要再去找她了。"郑鹏放下酒杯，自言自语。对悠悠的感情，他也有点困惑，这是爱吗？假如他没有钱，悠悠是否还会跟他？他也摸不透悠悠到底是真喜欢他这个人，还是看上了他口袋里的钱。但有一点可以确定，他喜欢悠悠的身体，那种肉体的快感，对年轻又精力旺盛的他来说，诱惑太大。懒得洗漱，他就一头栽倒在床上，胡思乱想了一晚上后，他决定跟悠悠分手，就借口家里给他订好亲事了。既然不能娶悠悠，那也不要误了她去找别的幸福。把感情的事处理好后，再想办法把股市中亏损的钱赚回来。

早上，郑安氏在饭桌上看到儿子一副萎靡不振的样子，忍不住又唠叨了起来，再次把郑鹏的心情搞得乱糟糟。他匆匆扒了几口饭，就走了，又让郑安氏生了半天闷气。

下了班，他就开车去悠悠家不远的路口等着。没多久，身穿红色旗袍、高跟鞋，拎着小包的悠悠就从家里出来，走到汽车旁，拉开车门，坐到副驾驶座上。

"你来了多久？"悠悠脸上擦着香粉，人一进车子，一股香味马上扑鼻而来，让郑鹏有种晕眩感。

"刚到不久。"郑鹏淡淡地回应。

悠悠很敏感地察觉到郑鹏的情绪低落,关心地问:"有什么事吗?"

"找个地方,我有事跟你说。"

看郑鹏神色凝重,悠悠不敢多问,点点头。郑鹏发动汽车,朝前开去。

汽车穿过热闹的街头,来到一家西餐厅。郑鹏停好车,两个人一前一后走了进去。

"欢迎光临!"门口眉目清秀的年轻侍者弯腰行礼,"先生,有预定吗?"

"没有,给我找个清静的位子。"

"好,请跟我来。"

侍者边说边在前面引路,在一个靠窗的角落停下:"先生,您看这里可好?"

郑鹏环顾四周,满意地点点头。

"吃什么,你自己点。"郑鹏把菜单推到悠悠面前。

悠悠见这一路郑鹏没什么话,表现有点反常,心里很不安,也没有了胃口,随便点了一份黑椒牛排。郑鹏也没心思,就同样要了一份,再加了一份水果沙拉。

"你是不是有什么心事?"悠悠盯着郑鹏的眼睛问。

郑鹏避开悠悠的目光,转移话题:"先吃吧,吃好了再说。"

牛排和水果沙拉端上来了,悠悠拿起刀叉,低头吃了起来。一时,气氛变得很沉闷。

"可以说了。"悠悠放下手中的刀叉,抬起了头。这牛排吃在嘴里,一点味道都没有。

"悠悠,有件事我必须告诉你,"郑鹏迟疑了一下,还是说道,"我妈给我订了门亲事。"

长久地沉默。

郑鹏见悠悠一脸平静,好像早已知道这样的结果,本以为她会哭会闹,现在见她没什么反应,不免有点失落,但他心里又似乎卸下了重担,轻松了许多。

"很好啊,哪家的千金小姐?"悠悠似笑非笑,先打破了沉默。

"我还没有见过。"郑鹏含糊地说道,他又为自己辩解,"我是爱你的,可你知道,我们家规矩多,再说现在家里只有我妈一个人,我不能违背她的心意。"

"郑少爷,你不用多说,我早知道你我之间是不可能的。多谢你经常来捧我的场,以后你就安心当你的大少爷,我就安心当我的舞女,各不相欠。"悠悠冷冷地说完,站起来,拎着包,头也不回地走了。

郑鹏赶紧去埋单,等他跑出餐厅,悠悠早已不见人影,他不禁又沮丧起来。难道悠悠刚才说的那番话是她内心真实的想法?不可能。肯定是自己的懦弱伤了她的心,昨天还如胶似漆地恩爱,今天却要分道扬镳。接下去怎么办?回家吗?郑鹏想了想,还是决定去百乐门,他要看看,如果悠悠真的一切如常,那他就不用内疚了。

等天色完全黑下来,郑鹏才走进百乐门,熟门熟路来到舞池,找个角落坐下。他的目光在搜索,很快,就看到了悠悠的身影,她被一个胖子搂在怀里跳舞。平常,悠悠是专属他的,可今夜,她不再是他的人了。看到这场景,郑鹏心里酸溜溜的,恨不得立马上前,把那胖子拉开,把她拉到自己身边。可他终究没有走过去。

坐了一会儿,郑鹏悄悄离开。他走到门口,又回头看了看这灯光迷离的世界,每个人脸上都露出醉生梦死的快感。

悠悠没有发现郑鹏,她跳得非常投入,一曲又一曲,一刻也不愿停下。没有人发现她眼中隐藏的泪水,她只能用这疯狂的舞步来掩饰内心的痛楚。一直到曲终人散,她才拖着疲惫的身躯回家。

躺在床上,悠悠泪流满面,却不敢哭出声,怕被父亲听到,那可要她的命了。她天真地以为自己找到了终身的依靠,没想到最后仍然是梦一场。

这接下去的日子该怎么过？她不知道。这个时候，她不想去责怪谁，要怪也只能怪自己太天真，这一杯自酿的苦酒只有硬着头皮喝下去。

傍晚，阿虎开车送郑李文续回家。

郑李文续靠在座椅背上，闭目养神。上次收到白菊花后不久，街坊间忽有谣言，说女船王跟日本海军特务部有关系，人家还送来贺礼。有的还说郑家少奶奶之所以能这么快重振家业，就是因为投靠了日本人。刚听到时，她是又气又急，给董文武和孙茂盛等人打电话解释。他们对她的人品表示了信任。可她心里还是很不舒服，感觉像被泼了一盆脏水。沈俊箫见她这么困扰，就婉转地提醒她，这是日本人的诡计，如果她在意，那就中计了。她才惊醒过来，笑自己庸人自扰。清者自清，只要问心无愧就好。王兆林登门向她道歉，说没想到这报道真给她带去了麻烦。后来王兆林与沈俊箫商量，索性再写一篇，让更多的人知道女船王，说这样反而对她是种保护。王兆林分别去采访董文武、秦师喻、孙茂盛等人，请他们谈谈对女性从事海运事业的看法，借他们的口，巧妙地点出了女船王的为人和胆识，作为前一文的后续报道推出，日本人散布的谣言不攻自破，这件事算过去了。郑李文续不清楚接下去还会有什么样的诡计在等着她，她也只有走一步看一步了。郑李文续从沉思中回过神来，睁开眼睛，无意间朝车窗外一看，发现河边有个年轻的女孩站着哭泣，忍不住多看了一眼，感到不对劲，忙叫阿虎停车。

"怎么了，少奶奶？"阿虎回过头奇怪地问。

"我下车去看看，那个女孩在河边哭，肯定有事。"郑李文续边打开车门，边说。

阿虎一个激灵，他怕少爷的悲剧会重演，刚想说，只见郑李文续已下车，他赶紧停好车，也跟着下来。

"这位小姐，发生什么事了？"郑李文续走过去问。

"不要管我，让我去死。"女孩蹲下身，捂住脸伤心痛哭。

郑李文续也蹲下身,抚着那女孩的背,轻声说:"有什么难处,能跟我说吗?"

阿虎紧张地跑过来:"少奶奶,没事吧?"

"没事,你回车上等我。"郑李文续说。

"我还是在边上等。"阿虎警觉地观察四周,见没什么异常,暗暗松了一口气。

女孩不说话,只是哭。过了许久,她才抬起头,红肿着眼睛看了一眼郑李文续,摇摇头说:"你帮不了我。"

"不一定,你说说看,说不定我能帮你的忙。"郑李文续看天色不早了,就把女孩拉起来说,"你家在哪里?我送你回去。"

"我没有家。"女孩摇摇头,她把头转向河面,喃喃地说,"还是让我去死吧!"

"你若相信我,我们找个地方谈谈,天大的事,坐下来商量。"郑李文续劝道。

女孩苦笑道:"相信?我就是相信别人,才没有活路可走。"

"姑娘,她是我们兴盛航业公司的总经理,是个大好人,不会骗你的。"阿虎在旁边忍不住插了一句嘴。

"兴盛航业公司?郑家?"女孩一个激灵,脱口而出,"那你认不认识郑家大少爷?"

"你说郑鹏?他是我侄子。"郑李文续一惊,难道这事跟郑鹏有关?

"救救我!"女孩突然跪倒在地,朝郑李文续磕起头来。

"快起来,怎么回事?"郑李文续忙把女孩拉了起来,心里的疑问更深了。

原来悠悠刚和郑鹏分手,就发现自己怀孕了。她不敢让父亲知道,自尊又让她不想去找郑鹏,眼看着小腹一天天鼓起来,被逼无奈,便想投河一百了,不想竟碰到了郑李文续。

郑李文续万儿没想到郑鹏会在外面做这样的事,她把悠悠带回家,先让她好好休息,再考虑处理方案。嫂子知道后,会不会被气得半死?再一想,这事起因在郑鹏,她还是先找他谈谈。

第二天,郑李文续去沪德洋行找郑鹏。郑鹏很意外。郑李文续把郑鹏叫到外面,很严肃地问他悠悠究竟是怎么一回事。郑鹏一听,慌了神,只好含糊地说认识。

"她怀孕了,说孩子是你的。"郑李文续目光冷峻地盯着郑鹏。

郑鹏如五雷轰顶,一时呆若木鸡。郑李文续让他说清楚。郑鹏只好从实招来,说了他和悠悠的交往过程。

"你看你,差点闹出两条人命来。"郑李文续没好气地说道。

"我,我不知道。"郑鹏束手无策,在婶婶面前又觉得很羞愧,头低得快碰到膝盖了。

"阿鹏,不是婶婶说你,这事你做得太荒唐了。这样吧,我还是先去探探你母亲的口风,看她愿不愿意接受那姑娘。"郑李文续无奈地说,"我再问你一句,你是真心喜欢那位悠悠姑娘吗?"

"喜欢是喜欢的。"郑鹏的声音轻得像蚊子叫。

"那万一你母亲不同意她进门,你有何打算?毕竟她怀了你的孩子。"

"我不知道,婶婶,你无论如何要帮帮我。"郑鹏慌了神,苦苦哀求道。

郑李文续让他回去继续上班,她去郑公馆。

郑安氏没想到郑李文续这个时候会上门来,有点惊讶:"妹妹,你怎么有空过来坐?"

"嫂子,对不起,这么久了都没过来看你。我今天是顺路,所以就进来了。"

"没事没事,我知道你忙,不像我,每天除了念经,啥事都没有。"

郑安氏已经很久没有和别人聊天了,一见郑李文续,倾诉的欲望立马被勾了起来,于是就滔滔不绝地说了起来。她托人给郑鹏找了个好人家的姑娘,准备最近安排时间见面。

"那姑娘家里也是做生意的,就一个独养女,如果能成,以后我就不用

再为他操心了。"郑安氏眉开眼笑地说。

郑李文续一听这事麻烦,怕更不容易说服嫂子了。可既然郑鹏做了对不起人家的事,总不能让一个姑娘家未婚生子,一辈子抬不起头来。更何况,也不能让郑家的骨肉流落在外。

"嫂子,现在年轻人都兴自由恋爱,这婚姻大事你还是征求一下阿鹏的意见,说不定他已经有了心上人。"郑李文续试探着。

"心上人?"郑安氏忽然品出郑李文续话中有话,她盯着郑李文续问,"妹妹,你今天是有事才来的吧?"

"嫂子,有件事你听了不要生气,不要激动,好吗?"郑李文续诚恳地说。

"你说,什么事?"郑安氏确定自己猜对了。

郑李文续就装作轻描淡写的样子,把悠悠的事简单说了一遍。郑安氏一听,气得发昏,手中的佛珠都掉到了地上。郑李文续赶紧安抚她的情绪:"嫂子,事已至此,也只能认了。若传出去,对阿鹏和郑家的名声都不好。"

"这是要我的命啊!"郑安氏泪眼婆娑,她整天吃素念佛就求个太平,没想到这不争气的儿子在外面惹下这么大的麻烦。

"郑家怎么可能让一个身份低贱的舞女进门?"郑安氏咬着牙,坚决不同意。

"她可是怀着郑家的孩子。"

"未婚先孕,不守妇道,她不配当郑家的媳妇。倘若她怀的真是郑家的孩子,等孩子生下,给她一笔钱,孩子我来养。"

"嫂子,年轻人难免会做错事,你还是成全阿鹏和悠悠吧!"

"不可能,除非我死了!"

郑李文续见郑安氏不肯松口,只好作罢。她理解嫂子,一下子要接受这样的事确实很难,需要时间。

"那好吧,我先回去了。你别生气,身体要紧。"郑李文续站起来说。

"你走吧,我不送了。"郑安氏坐在椅子上,有气无力地摆摆手。

郑李文续走出郑公馆,心想这件事既然让她碰上了,就没法甩手不管,眼下最要紧的还是把悠悠安顿好。等孩子生下来,说不定嫂子会看在孙子的面上,让悠悠进门。

郑鹏下班前,给郑李文续打了一个电话,探听情况。听说母亲气得半死,坚决不同意,他就更慌了,没有了回家的勇气。郑李文续就让他回去好好认错,求得母亲的原谅。至于悠悠,先在她家住着,她会替他照顾好。

"婶婶,太谢谢你了!"郑鹏发自内心地感激。

"你是男人,是男人就要敢作敢当,阿鹏,你不是三岁小孩了,要对自己的行为负责。"郑李文续在电话里语重心长地说。

"我记住了,婶婶。"

郑鹏回到家中,见母亲脸色发白坐在房间里,惴惴不安地走过去,讨好地叫了一声"妈"。

"跪下!"郑安氏站起来,厉声呵斥道。

郑鹏知道逃不过,只好硬着头皮跪在母亲面前。郑安氏拿起一把戒尺就打,郑鹏用手一挡,尺子打在手上,不由叫起痛来。

"说!你还在外面闯了什么祸?"郑安氏边问边又举起戒尺,狠狠打在儿子背上。要知道,这可是郑安氏第一次动手打儿子!

郑鹏心一横,想到这钱的问题瞒得了今天,也瞒不到明天,干脆就一起招认了吧:"妈,对不起,我把家里的钱拿去炒股亏掉了。"

"什么?你,你……"郑安氏举着戒尺,身子摇晃,朝地下倒去,郑鹏赶紧站起来扶住母亲,一边拼命道歉。

"我造了什么孽,生出你这么个不争气的儿子!"郑安氏手脚发软,声音颤抖,"你是存心想把我气死,好娶那个不要脸的舞女进门来是不是?除非我死,不然你休想!"

郑鹏一句话都不敢说,任凭母亲又骂又打,等她累了,再百般认错。可不管他说什么,郑安氏就是不理他。郑鹏没办法,只好低着头,跪在母亲面前。

　　郑安氏真累了,她步履踉跄地走到床边,和衣躺下。郑鹏怕影响母亲休息,只好站起来,拖着麻木的双腿走了出去,轻轻带上了房门。他不敢去睡,怕母亲万一想不开,那他就成千古罪人了。这一夜,他一直守在母亲的房门前,徘徊又徘徊。他在反省,从心底承认自己错了,现在他没有其他的奢望,只祈求母亲不要再生气。

　　天,渐渐亮了。

　　郑安氏打开房门,看到门口一夜未眠的儿子,若在往日,她早心疼得不行,可现在心中怒火未消,根本不想理他。

　　"妈,您别气坏了身子,是儿子的错。"郑鹏沙哑着声音说。一夜之间,他似乎成熟了许多。

　　郑安氏顾自朝楼下走去,她需要时间来接受和消化这个残酷的事实。郑鹏跟在后面,他想还是给婶婶打个电话,让她过来劝劝母亲,不然他去上班还真不放心。于是,他拐到客厅给郑李文续打了一个电话,郑李文续答应吃好早饭就过来。

　　来到餐厅,郑安氏已坐在餐桌边,开始喝她的小米粥。张妈见他进来,忙给他盛了一碗。郑鹏老老实实地接过就吃。母子俩在饭桌上各怀心事,谁也没有说话。

　　郑鹏吃完,刚想站起来,郑安氏突然开口问道:"还剩多少钱?"

　　"大概还有十来万吧!"郑鹏迟疑了一下回答。

　　郑安氏狠狠地瞪了儿子一眼,说:"马上给我拿回来!"

　　"我今天就去取出来。"郑鹏连忙答应。

　　见母亲情绪似乎稳定些了,郑鹏就去上班了。刚走出大门,就看到郑李文续匆匆过来,忙打招呼。

　　"婶婶,我错了,求你劝劝我妈,让她别生气了。"

　　"好,我知道,你去吧!"

　　郑安氏见郑李文续大清早地过来,心里像打翻了五味瓶,她真不想在这个时候见到郑李文续,毕竟不是什么光彩的事。可同时又有些感动,这事郑李文续本来可以不管。

"嫂子,身体要紧,阿鹏知道做错了,你就原谅他吧!"郑李文续劝慰道。

郑安氏长叹一声:"太荒唐了,家丑啊!"

"其实也可以让它逆转为一桩美事。"郑李文续轻声细语。

"这不可能。"郑安氏立马摇头,斩钉截铁,"除非我死了,不然休想。"

郑李文续见郑安氏态度依然如此坚决,就转移话题,说起眼下的时局。房价大跌,货币贬值,钱越来越不值钱,看这形势,一时半会儿还恢复不了元气。郑安氏马上想到家里的钱,都怪自己太相信儿子,现在搞成这样子,眼泪又下来了。

"嫂子,事已至此,你别太难过了。"郑李文续劝慰道。

"我连死的心都有了,这不长进的儿子,把钱拿去炒股,说都亏掉了。"郑安氏捶胸顿足地叫道,"老天啊,我上辈子造了什么孽,要受这样的罪!"

"什么?阿鹏去炒股?"郑李文续大吃一惊,忙说,"这事我倒是一点都不知情。"

"我也是刚刚知道,真要活活被他气死。"郑安氏恨恨地说,"没钱了,让他讨饭去!"

"这孩子!"郑李文续也被这个消息砸晕了。

郑鹏坐在写字间,根本没有心思工作,母亲让他把钱拿回来,他得把股票抛掉才行,就请假去了证券公司。这些天没心思关注股价,到了证券公司才知竟日日暴跌,不由头皮发麻,两眼发黑。

"五万!只有五万了,怎么办?"郑鹏眼睛一闭,把单子递进窗口,"全部抛掉。"

走出证券市场,郑鹏脸色灰暗,走路是飘的。走到一个僻静处,他蹲下身,号啕大哭。他不敢回家,来公司找郑李文续。郑李文续什么也没有说,只是让他在旁边坐会儿,等她处理好事情,一起去郑公馆。郑鹏第一次见婶婶工作的样子,见她处理事情果断,思路清晰,再想想自己至今一事无成,还惹出这么大的麻烦,不由低下头,盯着地面发呆。

郑安氏见郑李文续这么忙,还一天跑两趟,很过意不去。确认郑鹏手中还剩下这么点钱了,郑安氏对自己的宝贝儿子彻底心冷。这样下去,用不了多久,郑公馆就要坐吃山空。

"都是你干的好事!"郑安氏举起戒尺又要打郑鹏,被郑李文续拦住了,说打解决不了问题,还是商量下一步怎么办。

"我看那悠悠姑娘倒也是个明事理的人,如果不是家里遭变故,也不会被迫去当舞女,嫂子你还是考虑下。你不让悠悠进门,但孩子总是要认祖归宗,郑家骨肉不可能流落在外,更不可能从小被冠以'私生子'之名。"

"我绝不会同意这种人进我郑家的门。"郑安氏坚持不松口。

"嫂子,你是吃斋念佛之人,讲慈悲为怀,就当做好事成全这对年轻人,你若不同意,搞不好是两条人命。"郑李文续婉转地劝解。

郑安氏黑着脸,不说话。郑李文续朝郑鹏使眼色,让他赶紧去认错。郑鹏倒了一杯茶,走到郑安氏面前,捧着茶杯跪下,求母亲原谅。

"妈,以后我再也不跟那些朋友来往,我要向婶婶学习做生意。我会好好孝顺你,让自己有出息。"

"嫂子,阿鹏知道自己错了,你就饶过他这一次,我相信他以后再也不会做荒唐事了。"

在郑李文续的几番劝说下,郑安氏长叹一声,撂下一句"我不管了",就回房去了。

"好了,阿鹏,你以后要好好长点记性,不能再有下次。"郑李文续严厉地说。

"婶婶,我真知错了。"郑鹏羞得无地自容。

郑安氏表态不管,郑李文续就自作主张去找悠悠的父亲谈。刚开始,悠悠的父亲还以为逮住了好机会,狮子大开口,索要巨额聘礼,郑李文续一口回绝。她让他明白,倘若这样的话,他的女儿不但得不到幸福,而且还要背负未婚生子的不好名声,这对他来说没什么好处。这门亲事本来就门不当、户不对,不成对郑家没什么损失。如果他讲理,那么郑家该到的礼数自然也会到。

悠悠的父亲没想到郑李文续这么厉害,仔细想想这事搞不好就要成赔本的买卖,还不如乖乖接受郑家的条件,不管怎么说,他家能攀上这样的大户人家做亲家,也是丫头的福气,所以最终点头同意。

郑李文续又回过头来跟郑安氏商量郑鹏和悠悠结婚的事。

"办什么婚礼,我可丢不起这个人。"郑安氏一口回绝,她打心眼里认为悠悠根本不配做郑家媳妇,所以绝不会给她一个体面的婚礼。

"那要么让阿鹏报名去参加集体婚礼?"郑李文续想到一个主意。

"随便你,反正这事跟我无关。"郑安氏神情淡漠地说。

郑李文续理解嫂子的心情,心里的这道坎恐怕不是几天就能跨过去的,只有让时间慢慢解这个心结了。她既然管了这事,就要管到底。

举行集体婚礼那天,所有新郎统一穿蓝袍、黑褂、蓝裤,脚上穿黑缎鞋,配白袜子。双手套着白手套,胸前佩一朵礼花。新娘都穿长旗袍,脚穿肉色丝袜和缎鞋,头上罩着白纱,一样是白手套,捧着一束鲜花。简朴又隆重,结束后,还颁发结婚证书、纪念证章,合影留念。郑李文续就代表郑家人请小夫妻吃了一餐饭,嘱咐两个人以后好好过日子。

悠悠像做梦一样,走进了郑公馆。她惊讶地发现,郑公馆冷冷清清,没有一点办喜事的痕迹,心里就很不高兴。郑鹏只好劝她不要计较,这亲事母亲本来就不同意,若没有姊姊周旋,结果还不知如何呢。

"你跟我去见我妈,记住,不管她说什么,你都好好听着。"郑鹏说。

"规矩还真多。"悠悠嘀咕一句。

郑安氏阴沉着脸坐在椅子上,她把郑鹏的荒唐归结于认识了眼前的这个女人,是她毁了儿子大好的前程,想到这里,气就不打一处来。

"跪下。"郑安氏威严地命令。

悠悠吓了一跳,看婆婆脸色这么难看,有点怕。郑鹏连忙叫悠悠跪下,

自己也在旁边跪了下来。

"我可以不管你以前是做什么的,今天既然进了我郑家的门,你就给我老老实实,恪守妇道,在家相夫教子。如果还像过去一样,休怪我对你不客气。"郑安氏端着婆婆的架子,做起新媳妇的规矩。

悠悠刚想张口为自己分辩几句,就听郑鹏在旁边顺着母亲的话表态:"妈教训得是,我们知道了。"

郑安氏哼了一声,自顾自走了。郑鹏扶悠悠起来,见悠悠脸色很不好,问她是不是不舒服。悠悠一肚子憋屈,这算结哪门子婚?没挂一盏红灯笼,没办酒席,没宾客。再加上怀孕反应,回到房间,悠悠忍不住大发脾气,把一个瓷杯摔在地上,哭着说,早知道这样,不如投河死了算了。郑鹏理亏,只好赔不是,哄了半天,才算安静下来。

"难道我又错了?"新婚之夜,郑鹏站在窗前,暗暗问自己。

郑安氏坐在房间里生闷气,她现在就盼着悠悠早点把孩子生下来,她要打发这个女人走。本来她看到儿子结婚后不跟那些狐朋狗友来往,每天下班就回家,人也比过去稳重多了,心里好受些。没想到这媳妇太不懂事,仗着怀了郑家的孩子,摆出一副少奶奶的样子,使唤这个使唤那个,还不怎么把她这个婆婆放在眼里,好像她才是郑公馆正宗的女主人。

"我还没死,她就想蹬鼻子上脸了。"郑安氏没好气地对儿子说。

"妈,她快生了,你就让她几天,等她生完孩子,你想怎么做规矩都行。"郑鹏很无奈。

"等她生了孩子就让她走!"郑安氏命令道。

"妈,你别生气了,这事以后再说。"母亲的固执让郑鹏为难,他想找时间请婶婶来当说客,劝劝母亲。

母子俩正说着,郑李文续敲开了郑公馆的门。

"我刚从公司过来,嫂子,有什么好吃的吗?我还没有吃晚饭,正饿着。"郑李文续进门就笑着说。

"这么晚还没有吃饭?!"郑安氏转身叫了一声张妈,让她去厨房给少奶奶热饭菜。

"婶婶,你太辛苦了。"郑鹏看到郑李文续,像看到了救星。

"阿鹏在啊,正好,我有事找你。"郑李文续开门见山,直奔主题,对郑安氏说,"嫂子,我需要一个值得信任,有责任心又聪明能干、忠诚的助理,我想再也没有比阿鹏更合适的人选了,所以想请他到公司来上班,你同意吗?薪水方面你放心,我不会亏待他。"

"真的?那太好了!"郑安氏高兴地说。

"阿鹏,你呢?"郑李文续转过头问郑鹏。

"到公司去工作?"郑鹏一愣,这个他不是没有想过,只是觉得不太可能,没想到婶婶会主动提出来。

郑李文续点点头说:"是的。"

"阿鹏,这么好的机会,你可不要错过。你婶婶说过不会亏待你。"郑安氏怕儿子为了面子不答应,连忙说。

"婶婶,太谢谢你了,只要你不嫌弃侄儿愚笨,侄儿自然是求之不得。"郑鹏感激地说。

"那太好了。我给你几天时间,你去洋行把工作交接好,然后到公司来。"郑李文续看着郑鹏母子俩,又补充道,"阿鹏,你如果表现出色,我会考虑以后给你公司的股份。"

"妹妹……"郑安氏感动得说不出话来,紧紧拉着郑李义续的手,不肯松开。

张妈把饭菜热好端过来,郑李文续也不客气,端起饭碗就吃了起来。郑安氏坐在旁边看着她,说心里话,她早已被郑李文续的大度深深折服。

"我会努力,请婶婶放心。"郑鹏激动地说。

"好,婶婶相信你,这世上没有办不好的事,只有不想做好的人。"郑李文续微笑着说。

饭后,三个人又聊了一会儿闲话,郑李文续劝郑安氏不要跟媳妇一般见识,只要两个年轻人能好好过日子就行。郑安氏看了儿子一眼,不再说什么。

郑李文续回家了,郑安氏语重心长地对儿子说:"你婶婶是个不一般的女人,阿鹏,你要跟着她好好干,多用心,公司的事就是自家的事。"

"妈,我明白,我不会让你失望的。"

"好吧,那你就安心去工作,你媳妇的事妈以后也少管。"

"谢谢妈。"

郑鹏总算放心了,回到房间,又劝悠悠,让她以后也收收自己的小性子,与母亲和平共处。

"等生了孩子,你也是当娘的人了。"郑鹏把手放在妻子鼓起的肚皮上,第一次强烈意识到自己肩上的责任,喃喃道,"我也要当爹了。"

12

正当郑李文续准备按部就班推进自己的事业计划时,抗日战争爆发了。

七月七日夜,日军一部在卢沟桥附近借"军事演习"之名,向中国驻军寻衅,并借口一名士兵失踪,要求进入宛平县城搜查。此无理要求被中方严正拒绝。谁知交涉还没有结束,日军就以此为借口动手了。

"看报,看报!日军炮轰宛平县城,中国驻军第二十九军一部奋起抵抗!"

大街上,报童们拿着报纸,大声叫喊着。赶路的行人停下脚步,掏钱买一张报纸,急急地翻看着消息。

面馆里的男人们在讨论时局。

"打起来了?"

"你没听到炮声?日本人狼子野心啊!"

"轻点,小心隔墙有耳。"

"哦,不说了,不说了。"

"吃面,吃面。"

于是男人们就收了话头,低下头认真吃面。窗外,报童的声音由近及

远,又从远到近。

沈俊箫给郑李文续打来电话,告诉她,既然日军开了这第一枪,便不会就此轻易罢手。郑李文续意识到这枪声意味着什么,马上通知各经理到公司开会。

会议室里,大家坐在一起谈论,猜测这仗会打多久。郑李文续在会上提出暂停推行拓展计划,静观其变。

"我们先看看形势再说,万一恶化,所有的投资都将血本无归。眼下,还是'稳'字第一。"

"应该打不起来吧,我们中国军队也不是吃素的。"陈森比较乐观。

郑少伟摇摇头,他一向比较谨慎,打仗的事他不懂,但他知道打仗肯定会影响到老百姓的生活。郑辉也表示了忧虑,中日一开战,结果谁也无法预料。接着,郑李文续又跟大家商议万一这仗一时半会儿停不了,公司所要采取的对策。

"从现在开始,我们要全力应对可能出现的各种困境。"郑李文续的目光从每个人脸上扫过,在郑少伟脸上多停留了几秒,又轻轻移开,他们都是与她同舟共济的好伙伴。

刚开好会,郑李文续接到宁波同乡会的开会通知,又匆匆赶了过去。会上大家经讨论后一致同意,自即日起宁波同乡会建立特种委员会,招募一百余名救护人员,请专业的军事与医护教官训练,以做好战时救护准备。

"今日局势变化莫测,一旦战火弥漫,还请诸位同仁一如既往加入抗日行列,共同抵御外敌。"秦师喻慷慨激昂。

各同乡会成员纷纷表态,一旦有需要,定尽绵薄之力。郑李文续坐在那里,真切感受到中日之战与自己的密切关系。生活在这块土地上,谁也不可能置身事外。汪国栋的神情阴晴不定,若是以前,他早就粗着嗓门承诺了,但自从被戴上"紧箍咒"后,说话没了底气,就借口还有要事,提前离开了。

七月二十八日凌晨,天津。

睡梦中的人们被一声巨大的炮响震醒过来。

"日本人打过来了?!"人们惊慌失措地跑出去,抬头望向炮声传来的方向。

此刻,在北京和天津的重要门户白河口,一艘名为"海燕"的小船被日军的炮火击中,沉入白河底,成为抗战开始后第一个水上牺牲品。

郑李文续每天密切关注着报上有关战事的消息,神经绷得紧紧的,仗这样打下去,上海滩也成不了世外桃源。

电话铃刺耳地响了起来。

轮船公会紧急通知下午开会。放下电话,郑李文续估计这会十有八九是跟这仗有关。来到轮船公会,她又看到董文武、汪国栋等多张熟悉的面孔,参会的都是航运业的精英们。

主持会议的是招商局副总经理兼上海轮船同业公会执行委员会主席沈仲毅,他脸色阴郁,神情疲惫。

"今天请大家来,是有一件非常重要的事要宣布。"沈仲毅见大家都已落座,开口道。

众人面面相觑。

"我想不用多说,大家都很清楚,目前的形势越来越严峻。国民政府为防止敌舰侵入,现紧急征用全国各地轮船公司的轮船、趸船沉塞港口航道,以阻止日军进一步侵入长江和沿海各港。"沈仲毅语气沉重,"眼下最怕日军从水路进攻首都南京,所以得尽快在长江设置沉船阻塞线。第一条沉船阻塞线已经选定,在江阴口岸。诸位也清楚,那里地势险要、航道狭窄,适宜用沉船和布雷的方式构筑第一道阻塞线。"沈仲毅见在座诸位都沉默不语,又补充道,"这个征船封江的筹划,我是参与者之一,可以这么说,我们别无选择。"

"覆巢之下,安有完卵?我公司愿意把'瑞安'轮献出来。"沉默片刻后,顺泰昌李老板率先表态。

"好,李老板,国民政府承诺到时候给献船的企业一定的损失补

助。"

"国家兴亡，匹夫有责，甬安轮船公司愿意捐船。"已满头白发的董文武毫不犹豫地跟上。

"我公司也贡献一艘轮船。"

"我有两条趸船。"

……

会议室里，各轮船公司掌门人争先恐后地表态。汪国栋尴尬万分地坐在那里，这个时候人人都说捐船，他这个身份不可能一言不发，于是硬着头皮说也捐一条船出来。郑李文续坐在角落，内心十分矛盾，家业好不容易才恢复一点元气，还有一大笔贷款要还，她不能失信让孙茂盛为难，这债务一直像座大山压在肩上。可转念一想，在这大敌当前、国家民族存亡之际，个人的得失又算得了什么？再看在座的各位，个个都深明大义，慷慨应征。自己虽是一介女流，岂能落后于人？于是就站起来，平静地说："兴盛航业愿意献出两千吨的'新安'轮，作为沉船之用。"

"好！"沈仲毅带头鼓掌。他感动地说，"谢谢大家！我们航运业全民同仇敌忾共赴国难，必能阻止日军侵略的脚步。"

"今天的会议先到这里，各位回去等候通知。"沈仲毅说完，宣布散会。

郑李文续没有回家，而是直接去了船队，她想去看看"新安"轮。郑辉见郑李文续这个时候出现，猜她有事，就关心地上前询问。

"我刚参加轮船公会的会议，这仗可能还要打一段时间。眼下战火弥漫，船队出行千万要小心。"停顿片刻，郑李文续才缓缓地说，"我想去看看'新安'轮。"

郑辉的脸色也沉重起来。两个人来到"新安"轮停泊处，郑李文续停住脚步，打量着这艘巨轮，这船是她丈夫掌管家业时制造的，还很新。上了船，郑李文续走进驾驶室，用手握着方向盘，目光透过玻璃窗，想象驾着巨轮在大海上乘风破浪的样子。可不久后，它将永远沉入水底，她的心不由绞痛起来。

"过几日这船就要沉塞于江底了。"郑李文续站在船头,遥视着缥缈的江面,一脸忧伤。

"为何?"郑辉大吃一惊,不明白郑李文续的话是什么意思。郑李文续就把轮船同业公会上决定的事简单告知了郑辉。

"这么好的船,可惜了。"郑辉想说可以捐一条快报废的船,没必要把这么好的船献出去,多浪费。不过郑李文续这么做,肯定有她的道理,所以就忍住没说什么。

郑李文续淡淡地说:"国难当头,还有什么舍不得的?眼下我们公司的船都各有各的用场,暂时闲着又吨位重的,也就这'新安'轮。搞个小破船去沉,能起什么作用。"

"我只是觉得心疼。"郑辉解释道。

郑李文续长叹一声,她又何尝不心疼!可又有什么好办法?从船头到船舱、船尾,郑李文续用目光一遍遍抚摸轮船的每一个角落,似乎要把它的样子深深刻进脑海里,她久久不愿离开。

"我明天找人给'新安'轮拍几张照片,当作纪念吧!"郑辉见郑李文续如此难舍,想到了这个主意。其实他心里也很难过,只是不好表露罢了。

"好,这船随时都要交上去。"

从郑辉那儿出来,郑李文续又去船厂找郑少伟,告诉他捐出"新安"轮沉江的事。"我想,你当年也参与了此船的制造,有感情,所以特来知会一声。"

郑少伟很意外,忙问什么时候沉船,郑李文续说就这几日。

"我明天就去看看,这仗打起来,对我们的业务会有很大影响。"郑少伟抬头看着天边的落日余晖,那么美丽又短暂。黑夜即将来临。他感到从未有过的压抑。

"这些都是不可预测的损失,少伟,你多费心。"郑李文续望着郑少伟,感觉他又消瘦了些。

"现在最担心的还是物价,在技术上我们没有大问题,主要是货币贬

值太快,原材料涨得太厉害,接一单就亏一单,这样下去肯定不行,过去的价格表全部不能用,要重新制定,随时调整。"

"这块业务你熟悉,由你来定。"郑李文续对郑少伟是绝对的信任。

"怕只怕战火蔓延,到时候无处可逃。"郑少伟突然伤感地冒出这么一句话。

一时,两个人都陷入了沉默。

同年八月九日,日本海军中尉大山勇夫等二人驾车闯入上海虹桥机场寻衅滋事,被驻军保安队击毙。

第二天,国民政府发表了《自卫抗战声明书》,宣告"中国决不放弃领土之任何部分,遇有侵略,惟有实行天赋之自卫权以应之"。上海战事一触即发,中国空军也到上海协同作战,气氛变得异常紧张起来。

郑李文续接到通知,八月十二日中午准时沉船,所有船只必须提前集中到江阴,不得有误。郑李文续马上联系郑辉,让他做好安排,她要亲自送船过去。

"总经理,你还是不要去了,免得看了伤心,我送去就行,你放心好了,不会误事。"郑辉在电话里说。

"不,我要去。"郑李文续态度坚决。

郑辉见郑李文续坚持要去,也就不再说什么。郑少伟决定陪郑李文续同往。

这一天,终于来了。

八月十二日,天空阴沉沉的,一场狂风暴雨正在悄悄逼近。

中午时分,江阴口岸,二十三艘应征轮船一字排开,每艘船都装满了石块等重物,船上都站着一人。

岸上,警戒线外站满了围观的人群,有好奇的、看热闹的,也有感慨不已的。最难过的莫过于那些船主,纵然心里有万般不舍,也只能忍着,若让日本人阴谋得逞,这损失的可不只是一艘船了。

郑李文续站在警戒线外,望着江面上这一排即将下沉的船只,脸上平静如镜,内心却翻江倒海,兴盛的每一艘船,都是她的孩子啊,打断骨头连着筋,这痛楚何人能体会?无言的悲壮浓雾似的包裹着她,让她近乎窒息。她想伸出手去抓住什么,可又能抓住什么?站在她旁边的郑少伟悄声问她要不要紧。郑李文续摇摇头,目光紧盯着那些船,一刻也不愿移开。

指挥官吹起声音尖锐的哨子,喧闹的人群安静下来。指挥官又举起手中的令旗,上下一挥,拿着喇叭发出命令:"准备,开塞!"

随着指令,站在船上的人一个个动作敏捷地把船底的木塞拔掉,然后跳上接应的船只。等那船上的人平安上岸,口岸紧闭的闸门同时打开,水流奔腾而来。快速上升的水位,以不可抑制之势,席卷一切。那些故意在船底打了洞的船只随着越来越高的水位快速下沉,直至完全消失在水面。接着,大量满载石块的民船跟着沉于水底。

一切都归于平静,似乎什么也没有发生过。

岸边,再也没有嬉闹的声音,静寂得可怕。国破山河在,这会不会只是一个开头?泪珠,从郑李文续的脸上滚落下来,她终于抑制不住内心撕裂般的疼痛,捂住脸,无声地抽泣起来。郑少伟目睹郑李文续的痛苦,好想伸出双手,给她一个坚实的拥抱,让她靠在自己的肩头,好好哭一场。可他敢吗?她是总经理,他是她的下属。她是少奶奶,他是管家的儿子!他和她之间犹如隔着这滔滔的江水,无舟可渡。

江岸边,抽泣声越来越重,最终汇成哭声一片。郑李文续终于忍不住转过身,靠在郑少伟的肩膀上,泪水打湿了他的衣服。郑少伟一动也不敢动,就这样站着,整个身体僵硬无比。等平静下来,郑李文续才意识到自己的失态,忙羞涩地拿出手绢,擦干眼泪,又顺手擦了擦郑少伟的衣服,肩膀那一片全是她的泪。

"别难过了,我们赶紧回去吧,要变天了。"郑少伟话中有话。

郑李文续抬起头看天,越发地阴沉,天空乌云密布,江上刮起了阵阵狂风。

暴风雨就要来了。

八月十三日,中国军队奉令向日本驻沪海军特别陆战队虹口基地发起围攻,试图赶敌下海。当天,宁波同乡会派出十支救护队,每队配卡车一辆,救护员二十名,前往战区营救难民。八月十四日,数以十万计的难民自虹口、杨树浦(日军防区的国际租界)、闸北(华界)等交战区,纷纷涌入宣布中立的法租界和苏州河以南的半个公共租界。一时间,那里所有的街巷桥梁都挤满了难民。宁波同乡会和其他慈善组织成立了许多救济机构,连上海著名的娱乐场所大世界也设立了临时救济站。马路上人山人海,挤满了汽车、黄包车与难民。

下午,正在公司写字间的郑李文续突然听到两声惊天动地的爆炸声,她急忙叫人去打听哪里出事了。等了好一会儿,派去打听的人才气喘吁吁地跑来,说大世界那里发生了爆炸事件,死了很多人。郑李文续一听,再也没有心思工作,她匆匆赶到家里,发现两个儿子已回来,可女儿诗韵却不见踪影。

"程儿,你姐姐呢?"郑李文续急切地问。

"姆妈,姐姐参加童子军战地服务团了,她不让我告诉你。"郑程犹豫了一下,还是说了出来。

"什么?!战地服务团?你给我说清楚点!"郑李文续差点跳起来。

"就是去前线。"郑程很不高兴地说,"我说我去,她不肯,说子弹不长眼睛,太危险,非要自己去。"

郑李文续脑袋"嗡"了一声,她万儿没有想到女儿竟然会到战场上去,这实在出乎她的意料。

"她现在人在哪里?有没有说什么时候回家?"郑李文续的声音里不再有平时的冷静和果断,她心急如焚。

"我不知道。"郑程摇着头说。

"这孩子,也不跟我说一声。"郑李文续想到外面一片混乱,严厉地对两个儿子说,"你们没事不要乱跑,安全第一。"

郑伯听说诗韵去了战场,非常意外,很自责地说:"对不起,少奶奶,都是我不好,没有管住小姐。"

"郑伯,这事跟你没关系。她以前跟我说过,加入了学校的童子军,我还以为小孩子玩玩,没想到来真的。"郑李文续喃喃道,"我不是反对她去,只是她这样自作主张,我实在担心。"

"求老爷和少爷在天之灵保佑诗韵小姐平平安安回来。"郑伯祈祷着。

这一夜,郑李文续怎么也睡不着,炮声一直在耳边回荡,闭上眼,就是女儿穿行在战火中的身影。国难当头,女儿的行动让她这个做母亲的既骄傲又忧心,毕竟她还太小。可再一想,丈夫和公公皆直接或间接死于日本人之手,这深仇大恨她从未敢忘,现在女儿用自己的方式抗日,她又怎么可以落后?

早上一起来,郑李文续就去翻报纸,从报上得知大世界惨案死伤两千余人,急忙上街。看到大量难民睡在租界铁门外的马路上,黑压压一片,她心痛不已,马上去公司,组织人购买面包、饼干和水等食物,开车送过去。难民太多,带去的食物和水一会儿都分完了,看着一双双饥饿焦虑的眼睛,郑李文续深感一个人的力量太弱,又急匆匆赶到宁波同乡会。秦师喻见她过来,很高兴地告诉她,同乡会已在四明公所、定海会馆等处建了十四处难民收容所,急需人手。郑李文续二话没说,转身就去做接收难民的工作。枪声、炮声,还有时不时响起的爆炸声,让整个上海人心惶惶。

刚开始,中国军队占据有利形势。八月下旬,中国各部队继续围攻盘踞在海军陆战队司令部、杨树浦等据点的日军。同时,新抵达战场的中国军队精锐第36师迅速投入战斗,在战车掩护下攻入汇山码头,同时空军再次出动配合,轰炸地面及江上的日军目标。遗憾的是,中国军队由于装备太差,火力不够,偏那目标是用钢筋混凝土筑造,这缺少威力的火力对它起不了什么作用,这也给日军留出了准备反击的时间。

从八月二十日凌晨至八月二十二日,中国军队一次次进攻受阻,伤亡

惨重,还面临后方物资供应不上的困境,日军则龟缩在据点负隅顽抗,等待支援。

郑诗韵参加的这组战地服务团,共有十一个人,经过大家的努力,共募集到了三车物资,在一个叫刘星的小伙子的带领下,准备穿越枪林弹雨,分批送到中国战士手中。

虽是第一次上战场,诗韵却毫不胆怯,冷静又细心的她很快成为刘星的最佳搭档。这群人中年纪最大的是刘星,今年二十岁,其他人都跟诗韵差不多年纪,都是从众多童子军中精心挑选出来的。刘星少年老成,对怎样把这批物资送过去,提前做了充分准备,包括路线、时间、可能遇到的各种困难等等,他都考虑到了。

白天炮火太猛烈,只有等晚上。为了不让据点内的日军发现,人和物资都做了伪装。每个人背个竹筐,筐里装着食品和水。午夜,趁炮火声暂时停息,刘星把大家分成三组,每组由小组长带队,悄悄出发。

夜空中,明月时隐时现。

诗韵望着月亮,暗暗祈祷,请月亮婆婆躲到云层里去,要不然他们如何逃得过日军的眼睛?心诚则灵,明月似乎听到了诗韵内心的声音,悄悄隐入云中。大家加快脚步,分别从不同方向进入。

刘星在最前面,他猫着腰,警觉地看着四周,一旦月亮出来,大家赶紧趴在地上一动不动。突然,有人不小心被石头绊倒了,一下子跌了出去。声音惊动了据点里的日军,一阵机关枪扫射过来,吓得孩子们紧贴在地上,一动也不敢动。

中国军队这边听到枪声,猜测可能是送物资的队伍来了,因为白天已接到通知,于是进行还击,掩护。十一个身系绿领巾的童子军连滚带爬,终于进入了中国军营,坚守的官兵一看,送物资过来的居然是一群孩子。再看他们,个个乌嘴乌脸,脸上却并无惧色。

放下物资,刘星又带着大家,在两名部队官兵的护送下,安全返回。他们不知道,几个小时后,日军松井石根率领两个师团的援军先头部队在海空火力掩护下,在狮子林、川沙口、张华滨等方面登陆。

一场恶战,又要开始了。

诗韵匆匆回了一趟家。她没有碰到母亲,就告诉郑伯,自己一切都好,请家人放心。她和伙伴们仍在战地服务团,帮忙做些力所能及的事。郑伯只好提醒她千万小心,他会转告少奶奶。

晚上,郑李文续回到家,听郑伯说女儿回来过,松了一口气。这段时间,她基本上都在同乡会,街上难民越来越多,从战场上撤下来的伤病员也在日益增加,为此,她专门把公司的船调度出来,用来运送伤病员。

董公馆内,董文武在大客厅里来回踱着步,神情焦虑。秦师喻见他走个不停,只好说:"董兄,你快坐下来,歇歇。"

"完了完了,我看这仗一时半会儿是停不下来了。"

"我过来正是要跟董兄商量一件事。这段时间我们建的十四个难民收容所和临时医院,已接收了几万名难民。人越来越多,战况又一天天恶化,这样下去总不是办法。现在有很多难民想回家,可又没钱买船票,免费的船又不够,我整天被这些事搞得焦头烂额。"秦师喻也是愁容难展。

董文武马上说:"这样,我立即去征募善款和衣物、食品,发放给难民,另外再拿出一条船,免费送宁波的难民回家。"

"董兄,太感谢了!"秦师喻站起来,抱拳道谢。

"你我之间不必客气,老朽虽年迈,但这颗心还是热的。"董文武摆摆手说。

郑李文续也发现了船不够这个问题,因为想离开上海的,不只是难民,还有居住在上海的甬籍居民,他们想逃回乡下去。她主动去找秦师喻,说兴盛公司可以再拨一条船出来,免费运送家乡难民。

"太好了!"秦师喻激动地说,"谢谢你,文续。"

"这是我应该做的。秦叔,现在难民收容所里病人这么多,若不能及

时得到医治,怕后果不堪设想。"郑李文续满腹愁绪,眼前的现状让她的心一次次受到冲击。

"这正是我最担心的,万一时疫流行,那就麻烦了。"秦师喻苍老了许多,他见郑李文续忧思重重,又忙安慰道,"我们也不要太焦急,上海市救济委员会与上海难民救济协会,还有我们同乡会其他同仁,都在想办法。"

郑李文续点点头,她明白,大家都在努力,有的忙劝募,安排难民吃住;有的主持开办难民工场、难童学校、医院;还有的负责组织难民生产自救,进行难民疏散等工作。无论是谁,都在尽力而为。

"秦会长,秦会长!四明公所那边又停水了,没法做饭!"有人满头大汗地跑过来汇报。

"我去看看。"秦师喻转身就走。

"秦叔,我去叫几个码头工人拉水送过去。"郑李文续追上去说。

"好好,你去叫人,我先去看看。"

"我马上打电话。"

郑李文续给陈森打电话,让他迅速组织人送水到四明公所的难民收容所。

"没有国,哪来家。"郑李文续对这几个字有了越来越深的感触,"不知诗儿怎样了……"兵荒马乱的,这也是她心头最牵挂的,但愿这仗早点结束。

谁也没有想到,战势居然会越演越烈。

十月二十六日,日军突破大场防线,企图切断闸北、江湾中国军队的后路,形势十分危急。

这时,时任八十八师二六二旅五二四团团副,在团长负重伤后升为团长的谢晋元受命率第五二四团第一营数百官兵(史称"八百壮士"),向南推移,留守闸北,掩护大部队撤退。晚上十一时,谢晋元带领部队穿过日军猛烈的炮火,于二十七日深夜两点进驻苏州河北面的四行仓库。

闸北区的四行仓库原是盐业银行、金城银行、中南银行、大陆银行在上海设立的联合营业所的仓库,是一幢七层钢筋混凝土结构的建筑。谢晋元发誓要死守四行仓库,定与阵地共存亡。

日军开始以为这么个小据点,不用费多大的力气就能拔除,于是从二十七日下午开始发动进攻。但一次又一次,这个小据点就是攻不下来。

王兆林用最快的速度,在报上发布了谢晋元和他的部队坚守四行仓库的新闻。消息传开后,上海各界民众不顾北岸日军纷飞的流弹,纷纷涌到苏州河南岸,向坚守四行仓库、孤军奋战的壮士们表示由衷的敬意。

更让人热血沸腾的是,一位名叫杨惠敏的童子军,在战争最激烈的二十八日午夜,身裹国旗,冒着生命危险把国旗献给坚守阵地的壮士,这一壮举令所有的官兵热泪盈眶。

十月二十九日凌晨,在军号声中,当上海市民发现四行仓库的楼顶升起了一面青天白日满地红国旗时,整个租界沸腾了。人们潮水般涌向苏州河边,仰望那面飘扬的国旗。

"抗战必胜!建国必成!"人群里传来激昂的口号声,让四行仓库内已经苦战了三天三夜的勇士们倍感振奋。

从二十七日下午日军发动进攻开始,这些勇士们与日军对峙了四天四夜,击退了敌军一万人多次进攻,击毙日军二百多人,我方牺牲五人。战斗坚持到十月三十日,谢晋元接到撤退命令为止。

将士们的英勇行径,大大激发了民众抗日的热情和决心,诗韵更是对他们崇拜有加。她和刘星在包扎伤员伤口时,问他有没有崇拜的人。

"有,我崇拜坚守四行仓库的将士们。"

"真的?你怎么跟我一样?"诗韵说完,吐了吐舌头。

"你也是?"刘星笑着问。

"嗯。"诗韵点点头,一双大眼睛看着刘星,不知不觉,她对眼前这位英俊的少年滋生了一种朦胧的情愫。

"我一直想问你,你怎么会来参加战地服务团?不怕危险吗?"刘星好奇地问,他并不清楚诗韵的身份。

"从参加童子军那天开始,我就想好了。"诗韵平静地说,"我很喜欢古代的花木兰,觉得她非常了不起。我想我可以当一名现代的花木兰。"

"难不成你还想去前线打仗?"刘星笑着问。

"有什么不可以的吗?"诗韵调皮地朝他眨了眨眼睛。

刘星被问住了,他不好意思地说:"好像也行哦!"

"你会去吗?"诗韵问。

"我会去。"刘星毫不犹豫地回答。

"那我们一起去。"诗韵干脆地说。

"这……你爸妈会同意?"刘星不相信似的看着诗韵,他发觉这女孩有点倔。

"我爸已经不在了,我姆妈会同意的。"诗韵低下了头,轻声地说。

"对不起。"刘星抱歉地说。

"没关系。那就这么说定了。"诗韵伸出手指,"拉钩,上吊,一百年不许变。"

面对这个勇敢又可爱的少女,刘星的心忽有了异样的感觉。

"好,一百年不变。"

两个年轻人的手指勾在了一起。

十一月十二日,上海失守,淞沪会战结束。

第二天,国民政府发表了自上海撤退之声明。

早上,刚吃好早餐的郑李文续翻开吴妈拿过来的报纸,目光久久停留在那则声明上:"各地战士,闻义赴难,朝命夕至,其在前线以血肉之躯,筑成壕堑,有死无退,阵地化为灰烬,军心仍坚如铁石,陷阵之勇,死事之烈,实足以昭示民族独立之精神,奠定中华复兴之基础。"

上海沦陷!

门外,传来报童清脆的声音:"看报看报!国民政府发表自上海撤退之声明!"

郑李文续的心一点点沉入谷底,她再也没有心情坐在餐桌前。她把报纸一放,匆匆回到房间,拨通了沈俊箫的电话。

"法租界暂时还是安全的,但能维持多久是个问题。日军的野心已经世人皆知,他们想吞下整个中国。"沈俊箫的语气非常沉重。

"吞下整个中国?那是不可能的事!"郑李文续语气坚定。

"接下去,日军肯定会采用各式卑劣的手段掠夺船厂、码头和船队等有用资源,文续,到时候切记不可硬拼,要用智慧。千万不要上了日本人的当。留得青山在,不怕没柴烧。"沈俊箫忧心还有灾难会降临在郑李文续身上。

"我是抱定信念,即使死,也绝不会跟他们合作。"郑李文续已看到山雨欲来时沉沉乌云的浓重阴影。

"保护好自己。"沈俊箫叮咛道。

两个人互道珍重。

13

民国二十七年秋天,武汉告急。

国民政府再次大量征船在宜昌江面充作封锁线,兴盛航业又被征用了一艘轮船。另外,政府还要求所有船只承担军工运输任务,运送内迁的机器设备以及各种战略物资等。

上海四周都被日军侵占,只有公共租界和法租界两个地方幸获独存,成为名副其实的"孤岛"。汪国栋的身份被公开了,他在同业的声誉一落千丈。对于汪国栋选择与日本人合作,董文武、孙茂盛等人都感到很吃惊。可人各有志,他们除了惋惜他的晚节不保,也奈何不了。

汪国栋清楚,身份公开后大家会用什么样的眼光看他。不过到了这一步,他也无所谓了,人是为自己而活的。只是让他心头不爽的是,公司里日本人事事插手,他这个正宗的主人已变成了傀儡。本来眼下是最好的赚钱机会,因为想离开上海的人太多了,但他的船全都被日本海军特务部控制了。山本次郎交给他的任务,是让他出面游说上海各航运家加入东海轮船联合公司。汪国栋没办法,只好硬着头皮去试试。

日本海军特务部。山本次郎在对吉子和三木吉利下达命令,要求加快掠夺速度。

"是,山本长官。"吉子念念不忘郑李文续,趁机提出,"那位女船王……"

"对,现在是时候了,收服一个女船王比收服几个软骨头的男人有用。"山本次郎得意地大笑起来。

"你们两个,谁去收服她?"

"山本长官,交给我,我跟这位郑家少奶奶神交已久,无论如何也要去会会。"吉子迫不及待地主动要求。

"好,这次看你本事。"山本次郎点点头,答应了吉子的请求。

"我有个建议。"三木吉利突然说道。

"你有什么好建议?说说看。"山本次郎盯着三木吉利,饶有兴味地问。

"她是个女人,我们不能用对付其他人的办法去对付她,可以给她先写封信,探探她的意思。"

山本次郎和吉子显然没有想到三木吉利提的是这种建议。按吉子的性格,哪用这么麻烦,直接过去面对面谈,费这么大劲绕圈子有什么意思。三木吉利又说了自己的理由,让女船王心甘情愿臣服比用武力征服效果更好。山本次郎想了想,同意以日本海军特务部的名义给郑李文续发函。

兴盛公司内,郑李文续正坐在写字间看郑辉报上来的下月航运计划表。战争爆发后,从租界到国军的控制地区,最繁忙的一条通道是从上海到杭州,凡是没有钱又怕战争炮火的,都往浙江方向逃去。郑辉与郑李文续商量后,增加了驶甬班轮的船只和班次。至于有钱人,则都往香港跑,这条线路公司原本就开通了,现在也增加了一艘船。船票根本不愁没人要,而是提前一个月就已被预订出去。谁也没有料到,在这战争的特殊时期反给航运业带来畸形的繁荣,兴盛公司的业务比过去更繁忙了。

"总经理,您的信。"阿香拿着一封信进来。

郑李文续接过一看——日本海军特务部的公函?她倍感意外,心中警铃大作。打开一看,上面很客气地写道:

郑李文续女士：

久闻女船王大名，希望兴盛航业公司能与东海轮船联合公司，进行中日航运业合作。随函附上合作契约一份。一旦签约，我方必在所不惜地给予保护支援……最后，期待你接受，并且希望为将来中日提携，日益精进。

大日本海军特务部山本次郎

该来的还是来了！郑李文续看着信，想既然对方用这种方式，那她也可礼节性地回复一封。在写信之前，她打电话征求沈俊箫的意见。沈俊箫没想到山本次郎会用书信的方式，他提醒郑李文续，估计这是日本人先礼后兵之法，既然又一次被盯上，说明他们不会轻易放过她。

"兵来将挡，水来土掩。"郑李文续冷静地说，"对他们的合作要求，我自然不会答应。"

"你不答应就得提防郑先生那样的事再次发生，以后出门还是多带几个人。"沈俊箫建议道。

"我会小心。"郑李文续说，"合作之事，关乎民族气节，文续虽是女子，但在这个问题上决不会退让。"

"文续，我会一直支持你。"沈俊箫真诚地说。

"谢谢你！"郑李文续的感激绝非客套，而是出于感动。沈俊箫对她从未有过任何要求，可只要是跟她有关的事，他总是放在心上。

"你我之间不必言谢，只要你平安就好。"

郑李文续仿佛看到电话另一边沈俊箫的眼神，奇怪，他明明比她还要小，可时时扮演着兄长的角色。跟他聊过后，似乎再严重的事都变得轻松起来。拿过信纸，郑李文续写起回信来。

五天后，郑李文续的复函躺在了山本次郎的桌上。

敬复者，贵部日前赐函，敬已领悉。

善意，至为感谢。但关于兴盛航业公司与东海联合轮船公司合作契约之事，恕不能从命。盖在此中日不幸事件存续中，按环境事实，殊难共同经营海运事业。况兴盛航业公司尚余巨额债务需偿还，举步维艰，实觉歉然。此复

大日本海军特务部

郑李文续　拜启

"好一个举步维艰的女船王！"山本次郎决定亲自去会会郑李文续，这个女人很吊他的胃口。

"通知汪国栋随行陪同。"山本次郎吩咐吉子。

当汪国栋陪着山本次郎走进郑李文续的写字间时，她并没想到他们会来得这么快。郑李文续虽然已知汪国栋任东海联合轮船公司上海总经理一职，与日本人合作，但看到他这个时候出现，还是惊讶地睁大了眼睛说："汪叔，你？"

汪国栋尴尬地笑了笑，指着山本次郎说："这位是日本海军特务部的山本次郎长官，他对你很敬佩，今日特登门来拜访。"

"郑女士，你，了不起！"山本次郎一边打量郑李文续，一边朝她竖起了大拇指。

郑李文续很有礼貌地回答："谢谢！"

山本次郎径自走到椅子边坐下，汪国栋站在他旁边，在郑李文续眼里，他已像个跳梁小丑。

"汪叔，你也坐，这么高的个子站在山本长官旁边，跟保镖似的。"郑李文续故意客气地说。

汪国栋的马脸更长了，见山本次郎没说啥，就小心地在另一把椅子上坐下，也不敢坐得太舒服，屁股只坐一半。

"阿香，上好茶。"郑李文续朝门外叫了一声。

阿香连忙倒好茶端进来，一一奉上。

"郑女士,你只要与东海轮船联合公司合作,就可以把生意做到大日本帝国去。"山本次郎见郑李文续态度友好,以为有戏。

"山本先生,承蒙你的美意,兴盛公司这几年一直是负债经营,不适宜合作。"郑李文续不卑不亢地回答。

"你们中国人不是有句话,识时务者为俊杰,我相信我们之间的合作会很愉快。"山本次郎笑眯眯地一摊手说,"现在的形势你也看到了,若能得到大日本帝国海军的保护,又何愁生意做不大?"

"实在不好意思,要辜负山本先生的美意了。"郑李文续一脸的抱歉。

"山本长官诚意十足,你不忙拒绝,回头想想。"汪国栋忍不住插话。

"对嘛,你看看汪先生,我们现在合作非常愉快。"

"山本长官抬举了,我哪能跟汪先生比,他是前辈。"郑李文续的话在汪国栋听来,带点讽刺的味道。

"郑女士真的不考虑?"山本次郎耐着性子问。

"茶凉了,阿香,去换一杯。"郑李文续又朝门外喊道。

阿香跑进来,又把两杯茶给撤了。

山本次郎打量着郑李文续,这个看起来娇弱的中国女人似乎不怎么听话。他站起来,说了一句"打扰了",就和汪国栋一起离开了。

"这个女人,有意思。"山本次郎边走边自言自语。他有的是时间,那就陪她慢慢玩。

郑李文续站在窗前,看他们开车离开,一脸凝重。

"婶婶,日本人跑来干什么?对了,汪爷爷怎么跟他们在一起?"郑鹏走了进来,他刚从外面办事回来,在门口碰到这群人,吓了一跳。

"无事不登三宝殿,想要我和他们合作。"郑李文续淡淡地说,"以后不用叫他汪爷爷了。"

"合作?"郑鹏一愣,疑惑地问,"难道汪爷爷已经和他们合作了?"

"想跟我合作,那是不可能的事,做梦!"郑李文续的话掷地有声。

"他们会不会来找我们麻烦?"郑鹏毕竟少不更事,遇到这么大的事不免心慌。

"你去通知各部门负责人,下午到总公司来开会。"

"好,我马上去通知。"

下午,各部门负责人齐集总公司会议室。郑李文续严肃地跟大家讲了日本海军特务部山本次郎找上门来要求合作的事。

"这是不可能的事,但我们要清醒,他们不会就这样善罢甘休。"郑李文续稍作停顿,又继续说,"从今天开始,大家一定要提高警惕,不管是安全问题还是生意,要多长一个心眼,谨慎为上。对方诡计多端,我们要特别小心他们设圈套。要记住,贪小便宜,最容易吃大亏。各位有什么好主意,请畅所欲言。"

"我认为以后在保卫工作方面要进一步加强,严把业务合同审核关。"郑少伟先发言。

郑李文续点点头,说:"继续。"

"这几年公司发展迅速,引得行内外注目,是要小心点,免得惹祸上身。"陈森接着说。

郑辉发表了自己的不同看法,他觉得日本海军特务部又咋了,正经生意人跟他们没有关系,不怕。

"非常时期,还是小心为上。"陈森说。

"是的,非常时期,我们也不知这场战争何时结束,不能指望谁来保护我们,须得靠自身的力量。"郑李文续冷静分析时局,告诫大家不要抱有幻想。

经过讨论,最后决定由郑少伟先把船厂工人都组织起来,聘请军事教官,规定工人每天下班后训练一个小时,以达到既能自保,又可在需要时变成一支队伍。码头和船队轮流派员参加训练。

"辛苦大家了。"郑李文续站起来,宣布会议结束。大家都各自回去准备。

"路上小心。"

郑少伟最后一个离开,经过郑李文续身边时,悄声说了一句什么。等郑李文续反应过来,他已不见人影了,她心里有丝丝的甜,但很快又清醒过来,现在不是做梦的时候。

回到家里,晚餐已端上了桌。

"在这乱世,一家人能这样平平安安在一起比什么都好。"郑李文续看着儿女们,感叹道。

"姆妈,我有一个很重要的决定要宣布。"诗韵现在吃饭非常快,言行举止一点也不像个大家闺秀,倒像个野小子。

"什么决定?"郑李文续一愣,盯着女儿问。

"我明天要随战地服务团离开上海,去前线战场。"诗韵放下碗筷,大声宣布。

郑李文续一惊,婉转地说:"你要去,姆妈也同意,只是子弹不长眼睛,万一有个三长两短怎么办,你想过没有?"

"姆妈,我想过了,万一我有什么事,还有两个弟弟,没事。"诗韵一脸天真。

"你这孩子,哪有你说得那么轻巧!"郑李文续哭笑不得,"你以为打仗是南京路上逛百货商店?"

"我不管,反正我要去。"诗韵噘着嘴巴说。

"姐,我跟你一起去。"郑程插话道。

"我也去。"郑万也凑热闹。

"不许胡闹!"郑李文续把筷子重重放在桌上,沉下脸说。

"你们不准去。"别看诗韵自己那么坚决,可听到两个弟弟也要去,她又跟母亲同一阵营了。

"我已经长大了,凭什么你可以去,我不能去?"郑程很不服。

"程儿、万儿,姐姐比你们大,理应去。你们还是去学点其他的本领,早日帮姆妈,她太辛苦了。"诗韵说,"万一我真有什么事,姆妈有你们,她也会好过些。"

诗韵超出年龄的这份成熟,让郑李文续对女儿有了新的认识。她坐在那里沉默。过了许久,郑李文续抬起头对女儿说:"诗儿,你要去,姆妈支持你,但你一定要保证,给姆妈毫发无损地回来。"

"姆妈,我不会有事的,你放心。"诗韵上前,搂住母亲撒娇道。这会儿,她不再是那个梦想成为现代花木兰的女孩,而是一个承欢于母亲膝下的孩子。郑李文续拍拍女儿的手,思绪万千。

"晚上跟姆妈一起睡,姆妈怕以后再也没有这样的机会了。"郑李文续满腹伤感。

"姆妈。"诗韵举起手,调皮地说,"我保证有很多这样的机会。"

"别哄姆妈开心了。"郑李文续叹道,"儿大不由娘,诗儿,你长大了,以后的路自己好好走。"

"我会的。"听母亲这么说,原本"少年不知愁滋味"的诗韵也不禁认真起来。

"姐,那你什么时候可以回来?"郑程和郑万对姐姐的举动无限崇拜,异口同声地问。

诗韵想说她也不知道,但又怕姆妈听了不让她走,就故作轻松地回答:"最多半年,一定可以回来了。"

"那你要说话算数哦,半年后一定要回来。"郑程说。

诗韵点点头,说:"放心吧,我会准时回来。"

吃好饭,郑李文续又急急给女儿去准备行李,结果诗韵说她已经整理好,就带几件换洗的内衣裤,服装和鞋子都会统一发放。郑李文续不得不承认,女儿真的长大了,不能再把她当小孩子看待。

夜深了,诗韵已沉沉睡去,而郑李文续却睡意全无。听着女儿均匀的呼吸声,她惊讶于生命的奇妙,从一个粉嘟嘟的肉团转眼变成了亭亭玉立的少女。现在,女儿渴望成为一只翱翔天空的鹰,她纵然难以割舍,也只能尊重女儿的选择。

"文章,诗儿想去前线,你和爹在天上一定要保佑她平平安安回来。"

郑李文续在心里对丈夫说。

天,亮了。

郑李文续亲自下厨,给孩子们做了丰盛的早餐,她自己吃得很少,离愁别绪让她没有了胃口。吃好早饭,诗韵坚持不要母亲送,郑李文续拗不过女儿,只好千叮咛万嘱咐,让她自己当心,随时与家里保持联系。

"我会的,姆妈,你放心。"诗韵给母亲一个大大的拥抱,又分别拥抱了两个弟弟,像个大人一样嘱咐他们要懂事,学好本领,替母亲分忧。郑程和郑万向姐姐保证,一定不会让她失望。

"诗韵小姐,你在外面,可千万要注意身体啊!"郑伯实在理解不了,这小姑娘胆子咋会这么大,人家躲还来不及,她倒好,还主动去。

"我会的,郑爷爷,您老人家多保重!"诗韵点点头说,"那我走了,我会写信回来。"

家人把诗韵送到大门口,郑李文续再次问女儿,要不要送她去集合的地方?诗韵拒绝了,她提着小小的行李箱,故作轻松地朝大家摆摆手,然后义无反顾地朝外走去。看着女儿的背影,郑李文续忽有一种抓不住的虚无感,不由自主地搂住了小儿子的肩膀,似乎这就是她全部的依靠。

上海虽然沦陷了,但好歹还有一个法租界,一个英租界,郑李文续就利用这两个公共租界继续自己的航运业。为了早日还清债务,她自己每天都把工作安排得满满的,根本没有时间照顾家里,郑安氏就三天两头过来帮忙,两个人的感情逐渐变得比亲姐妹还好。

面对上海滩层出不穷的暗杀,郑李文续明白日本人对她亦绝不会就此善罢甘休,她和郑伯商量,万一她有什么意外,请郑伯无论如何把孩子们平安带回宁波老家去。

"郑伯,我现在手上能拿得出的值钱东西就这点了,你替我保管着,如有不测,你就拿去变卖,也好补贴家用。"郑李文续拿出一只精美小巧的首饰盒,里面是丈夫送给她的最有意义的几件首饰,她一直舍不得捐出去。

"少奶奶,你千万不要这么说,你不会有事的。"郑伯哽咽着,"我老了,也帮不了你什么忙。不过你放心,我就是拼了这条老命,也不会让孩子们受到伤害。就算我死了,也还有少伟在。"

"我知道,郑伯,有你们在,我很放心。"郑李文续把首饰盒递给郑伯。

郑伯拒绝道:"少奶奶,这个你自己留着,你放心,不管多艰难,我也不会饿着两个孩子。"

郑李文续见他坚持不要,只好暂时放在一边。

晚上,郑少伟来看父母。郑伯让他当着郑李文续的面,保证一定要保护好少奶奶和小姐、少爷的安全。

郑少伟深情地看着郑李文续,毫不犹豫地说:"我愿以命相护。"

"谢谢!"郑李文续含着热泪吐出两个字。

"诗韵小姐有消息了吗?"郑少伟关心地问。

"我去学校问过,暂时没有确切消息。现在这么乱,这孩子真让人不放心。"说到女儿,郑李文续不由焦虑起来。

"不如托王先生打听打听,他在报社,消息总归比我们灵。"郑少伟提议道。

郑李文续点点头,儿行千里母担忧,但愿女儿在外一切安好,早日平安归来。

"对了,少伟,上次说的请教官的事宜都办妥了吗?"这段时间太忙,郑李文续忽略了此事的进展。

"忘了向你汇报,教官请好了,工人们下班后分批训练一到两个小时。"郑少伟有些抱歉地说。

"哪里请来的?"郑李文续关心地问。

"请沈先生介绍的。"郑少伟解释道,"我想他在巡捕房,认识比较多专业的教官,所以麻烦了他。"

"还是你考虑细致。"郑李文续朝郑少伟投去赞赏的目光,他办事,真不用她费什么神。

　　郑少伟笑了笑,在她面前,他总是冲不破内心那道自卑的篱笆,这让他非常痛苦。"我想你还是配两个保镖吧!这样放心些。"

　　"一时半会儿去哪找合适的人?我小心点就是。"郑李文续知道郑少伟担心她。

　　"我去问问沈先生,看有没有推荐的人。"

　　"过段时间再说。"

　　悦来茶楼,沈俊箫和王兆林坐在最隐蔽的一个小包间,悄声讨论刚得到的一个重要消息。日本人联合汪伪政府,成立了特工总部76号。

　　"上海滩怕再无宁日。"沈俊箫眉头紧锁,一脸忧思。

　　"人人自危。"王兆林瘦弱的胸腔里似有一把火要喷出来,"这样下去日子没法过了。"

　　"现在晚上睡不着觉的恐怕还是那些有钱人,你没发现有好多人都在想办法离开上海?"

　　"你这么一说倒提醒我了,我们的女船王怎样了?"

　　"像她这般弱女子当家的航运公司,日本人想要掠夺易如反掌。不只是她,其他人也一样。乱世之下,要么选择坐以待毙,要么远远逃离。"沈俊箫眉头紧锁,"绝大多数的人选择听天由命。"

　　"一群强盗!"王兆林义愤填膺,"现在要加大在舆论上造势,引起民众的关注,让日本人有所顾忌,不敢太明目张胆。"

　　"太乱了,租界也非安全之地,几乎每天都会有大大小小的刑事案件发生,民众没有安全感。"沈俊箫倦容更深了,"政府太无能、太腐败,指望不上了,谁不想坐以待毙就得起来抗争。"

　　王兆林郑重地点头,表示同意。

　　"现在最难熬的恐怕是那些有资产的企业家,走也不是,不走也不是。为了保存实力,很多企业准备搬到大后方去。我们的女船王有什么打算?你知道吗?"

"我不清楚,不过估计她不会走。"沈俊箫放下茶杯,对王兆林说,"要不去问问她,看她是否打算离开？或许,我们可以帮她出出主意。"

"好,作为朋友,希望她和兴盛一切都好。"

两个人说走就走,叫了一辆黄包车,直奔兴盛公司。郑李文续见到他们突然光临,很高兴,她也正想找他们了解一些情况。坐下后,王兆林直截了当地问郑李文续有没有把公司搬迁到内地的计划。

"没有这个打算。"郑李文续很干脆地说。接着,她又解释道:"兴盛有几百个工人,在上海这么多年,不是想搬就能搬的。再说,内地也不一定安全。"

"后来特务部的人来过没有？"沈俊箫关心地问。

"没有来过,也许他们在等机会。"郑李文续故作轻松地调侃。

沈俊箫知道郑李文续的轻松是表面上的,就让她把他们的联系方式交给身边的人,若遇意外,也可及时通知。

"好,我会做好安排。"

"你既然不打算离开,就只能走一步看一步。"王兆林说。

"都一样,今天不知明天事。但我想,终有一天,战争会结束,生活又会恢复平静。"郑李文续自信地说。

"这需要所有中国人的努力。"王兆林挥动着瘦弱的胳膊说。

"王先生,你在报社世面广,你说这仗还要打多久？"

"看样子要打持久战了。"王兆林的脸色又暗淡下来。

"我女儿参加战地服务团去了前线,好久都没有消息,不知道她现在人在哪里,我很担心。你若方便,帮我打听打听。"想起女儿,郑李文续的心里又充斥着不安。

"什么？诗韵去前线了？"沈俊箫惊讶地问。

"孩子也是一腔爱国热情,我这个当妈的心里再舍不得也不能拦她。"郑李文续平静地说,但她的内心是矛盾的,毕竟是自己的孩子,不愿她小小年纪出去冒险。

"好,我帮你去打听打听。诗韵好了不起,也许哪天我也会去前线当战地记者。"王兆林敬佩地说。

"一个小姑娘不适合,太危险。"沈俊箫持不同观点,"战争应该是男人的事。我这不是歧视女性,而且孩子还太小,不应该让她去。"

"这是她的志向,说起来我还要向她学习。"郑李文续不好意思地说,"只是当娘的,不见孩子,心里总牵挂。"

"你别太担心,吉人自有天相。"沈俊箫安慰道。

"诗韵都上前线了,我这心里竟也热血沸腾起来,恨不得明天就去。"王兆林见郑李文续一脸惆怅,故意开起玩笑来。

"就你这眼神,算了吧。"沈俊箫故意打趣道。

被两个人这么一搞,屋里的气氛轻松了些,郑李文续也忍不住笑了起来。

"其实抗日有很多种方式,不一定非要上前线,我们可以用自己的方式参与。"王兆林的神情严肃起来。

沈俊箫和郑李文续都点点头。郑李文续发现王兆林说这话的时候,眼睛特别的亮。

14

时间不会因为战争或其他而停止,它按照自己的规律,不急不慢地走着,一天又一天。

郑李文续没想到汪国栋会再次登门,她还是很有礼貌地称他为汪叔,请他坐,叫阿香上茶。

"这个……我今天来,是有生意介绍给你。"汪国栋面露尴尬,吞吞吐吐地说,"三井洋行想长期租贵公司四艘船,租金每年三万日元,你看如何?"

"对不起,汪叔,按理说现在生意难做,每年若能赚点租金也好。只是很抱歉,现在公司的船只都各有各的用途,再造新船也不现实,只能辜负您老一片好意了。"郑李文续有礼有节。

汪国栋明白这不过是郑李文续的说辞罢了,可他今天是带着任务而来,不完成就不好回去交差。那个姑奶奶现在整天使唤他,让他郁闷异常,于是就亮出底牌,摆出一副长辈的架势说:"文续啊,实话跟你讲,这船是山本长官指定要的,还有你家码头他也要借用一下,愿意付租金,这说明他把你当朋友。再说,你跟谁不是做生意,又何必有钱不赚,还得罪人?"

"汪叔,您也知道文章死于谁人之手,让我跟他们合作,实在为难。这船他们要用就用,租,我是万儿不答应的。"郑李文续冷静地说。

"既然你说兴盛的船山本长官想用就可以用,你又何苦不接受租金?这世上没有谁愿意跟钱过不去。"汪国栋一时没有想明白。

郑李文续沉默,不再说话。

汪国栋仔细一想,恍然大悟,看来真不能轻视眼前的这个小女子。"鸡蛋碰不过石头,有时候退一步也是策略。"

"汪叔的意思是跟他们合作?"郑李文续冷笑道。

汪国栋的马脸又拉长了:"我们只是生意人,跟谁做不是一样做。"

"汪叔,请恕文续无礼。君子爱财,取之有道。至于日本人,我是绝不会跟他们合作的。"郑李文续毫不犹豫地回绝。

"唉,我理解,其实我又何尝想跟他们做生意?可你知道,他们什么样的卑鄙手段都使得出来,不达目的誓不罢休,到时候你不答应也得答应。"汪国栋哭丧着脸说。

"这么说汪叔的合作也是迫不得已?"郑李文续追问道。

"人在江湖,身不由己,你到了我那一步也会做出一样的选择。"汪国栋一副苦口婆心的样子,劝说道:"你一个女人家挑这么重的担子不容易,这日军能不得罪就不要得罪了,不为你自己想,也要为你的孩子们想想。"

"对不起,汪叔,这件事我是万儿不会答应的。我与他们有不共戴天之仇,哪怕死,也绝不与他们合作。"郑李文续咬着牙,坚定地说。

汪国栋见说服不了郑李文续,只好沮丧地走了。临走前,他似良心发现,很真诚地说:"文续,我已经没有回头路了,但愿你能逃过。还有,76号很可怕,什么事都做得出来。"

郑李文续没想到汪国栋会跟自己说这样的话,如此看来,他也有他的无奈,于是道了一声谢谢,送他出去。以防万一,郑李文续把郑鹏和阿香叫来,把一些重要联系人的电话号码留了出来。

随即,她又让阿香召集各部门负责人开会,说有重要的事宣布。接到电话,郑少伟等人匆匆赶来。

会议室的气氛异常凝重,郑李文续简要地把汪国栋来过的事说了一遍,又说:"今天,我找大家过来,是想和各位商量一下。兴盛公司上下有这么多工人,我们得为他们考虑。万一我遇到什么不测,我希望在座的各位能以集体的形式,继续管理运营这个公司,保持公司的稳定。"

众人听闻,很是惊讶,这可是前所未有的事。再看郑李文续的神情,一点也不像是在开玩笑。

郑辉马上说:"总经理,你不必多虑,我想日本人也不敢怎样,毕竟兴盛公司和你在上海滩有这么高的知名度,他们总得考虑社会舆论。"

"是啊,不要太紧张。当然,以后我们各方面多注意,小心点。"陈森说。

"总经理的顾虑可以理解,她考虑问题非常周到。我同意这个建议,不过要补充一点,这是郑家的产业,即使我们集体代总经理管理公司,也是暂时的,到时候要交给小姐和两位少爷。"郑少伟很认真地说。

"那是自然。"郑辉说。

郑李文续怕大家跟着难受,故作轻松地说:"大家也别多想,我只是说万一。群龙不能无首,这样即使我不在公司,也不用担心运营上出什么乱子。我拟了一个名单,现报给大家,若真遇上非常时期,大家各就各位。"

"郑辉、郑少伟、陈森、郑鹏,四人集体代为行使总经理之职。其他各部门负责人协助。大家有没有什么想法和意见?"

众人都表示没有意见。

会后,郑鹏担心地说:"婶婶,要不你去乡下避一阵子?"

"就是啊,总经理,你去躲躲吧!"阿香说。

"避得了一时,避不了一世。有事只能去面对,逃避没什么用。"郑李文续说,"阿鹏,你要牢记你是郑家的子孙,婶婶若真的难逃一劫,你便要想方设法撑起这份家业。"

"婶婶,你不会的。"郑鹏急了,对婶婶,他是发自内心地敬重和崇拜。

"好了,你们也不要太担心,现在国人抗日情绪高涨,我想日本人也不敢太明目张胆,小心就是。"郑李文续还是抱着积极的心态。

郑鹏和阿香点点头,又各自去忙了。

晚上回到家里,两个孩子已经睡了,郑李文续走进他们的房间,在床边静静地坐着。作为母亲,她只希望孩子们能健康平安快乐地长大,可现在女儿杳无音信,日本人又步步紧逼,她都不知道接下去会发生什么。轻轻地给孩子们掖了掖被角,郑李文续又悄悄回到自己的房间,抬头凝视墙上的全家福。对丈夫的思念随着时间推移,已沉淀在心之深处。她知道对丈夫的爱的最好回报,就是保住这份家业。只是她不知道漫漫长路,自己能否坚持到底。

"文章,其实我也很累,可我不想放弃,你要保佑我们都平平安安,特别是孩子们,不要让他们受到伤害。"郑李文续对着全家福,喃喃自语。

泪,从脸颊滑落。

"啪"一声,灯关了。

黑暗中,没有人看到她眼中的忧伤。

山本次郎听了汪国栋的汇报,在写字间里来回踱步,思考着郑李文续拒绝的理由。汪国栋说是因为她的丈夫死在他们手上,所以她心理上过不了这道坎,这话倒也有几分道理。

"山本长官,她一个女人也不可能有多大的本事,要不我去找别家谈?"汪国栋试探着问。

"不行,那岂不是太便宜了她?"吉子抢着回答,阴险地说,"干脆让76号的人把她做了。"

"此法不妥,汪先生说得没错,她的丈夫怎么回事,你心里最清楚。你现在让人家服服帖帖听你的,不听就做掉,此事若传扬出去,你不怕有更多的人来暗杀我们大日本帝国的战士?"三木吉利冷冷地对吉子说。

山本次郎摆摆手,让吉子不要干扰他的思路,他还没有想好。三木吉利的话让山本次郎想起这两年国民党的中统和军统潜伏在上海的大量特工,不断刺杀他们认定的汉奸和日本人,确实让海军特务部很被动,这也是为什么要新成立一个76号的主要原因。

"三木君的话有道理,吉子,这事你就不要管了,交给汪先生和三木君共同处理。"山本次郎吩咐吉子。

"好吧,山本长官,"吉子一百个不爽,勉强答应,心里越想越气,凭什么要放过郑李文续?不行,山本长官如此优柔寡断,成不了大事,瞅准机会,干脆把这位女船王当"私货"处理。

还没有等吉子动手,上海滩就发生了一件大事,中国职业妇女俱乐部主席茅丽瑛被76号特务枪杀。

那是民国二十八年十二月的一天,76号派杀手埋伏在职业妇女俱乐部附近的南京路和四川路上,等茅丽瑛走出俱乐部大门,就直接开枪射击。茅丽瑛身中数弹,被紧急送到医院抢救,可惜因为子弹头事先涂过毒,三天后,她还是不幸离开了人世。茅丽瑛是上海有名的抗日志士,曾多次组织为抗日部队募捐的大型活动,她的死轰动了上海滩。

郑李文续从报上看到此消息,又吃惊又愤怒,饭都吃不下。早在几个月前,茅丽瑛曾想到宁波同乡会搞一次为抗日部队筹款的义卖会,双方已谈好相关事宜。结果因为日本人捣鬼使坏,考虑到众人的安全,宁波同乡会被迫取消为义卖提供场地的约定。没想到这么一位年轻美丽的女子竟会遭此毒手,真是天理难容!

电话铃响了,郑李文续接起,传来一个陌生女人的声音,阴阳怪气地威胁她,如果不想成为第二个茅丽瑛,最好乖乖选择与大日本帝国合作。说完,电话"啪"地挂断了。

郑李文续心一沉,这是赤裸裸的威胁,她又该如何应对?坐在椅子上,她不由陷入了沉思。

"阿香,请田经理过来一趟。"

"是,总经理。"

这个电话让郑李文续想到了一件非常重要的事，她觉得当务之急，得先把这件事给办好。

"总经理，你找我？"田旺财走了进来。

"田经理，请坐。现在的局势你也看到了，接下去会发生什么事谁也无法预料，我想提前把欠甬明银行的钱还清，你帮我想想办法，尽快了结此事。"

"一次性还清余款？"田经理沉吟道，"眼下虽说业务繁忙，但各类损耗加物价波动，实际盈利并不可观。这一还钱，公司的流动资金会变得非常紧张，倘若要开拓新业务，恐怕会有心无力。银行那边没有来催，是不是不用这么急？"

"甬明银行在兴盛最困难之际，施以援手，我可不能借口战争或其他原因逃避还款，失信于人。实话跟你说，我刚接到威胁电话……"停顿片刻，郑李文续认真地说，"我是怕发生万一，所以你无论如何要想想办法，尽快拟一个还款的计划出来。这几年货币贬值太厉害，可甬明银行并没有同步上浮，已经仁至义尽。再说每月我们也有在还，剩下部分一次性还清应该可行。这样不管以后发生什么事，我也就安心了。"

"总经理，不要紧吧，我看应该多派几个人手保护你，"田旺财紧张地说。

"我会小心。"郑李文续感激地对田旺财说，"你在兴盛多年，也是功臣之一，谢谢你，田经理。"

"我拿着兴盛的薪资，自然要做好分内之事。总经理，还款的事我会办妥。现在外面还有几笔款子没有收进来，我马上派人去催讨，能节省的开支尽量省，办法总归是有的。"

"好，那你去办吧！"

安排好还款事宜后，郑李文续给郑少伟打了个电话，问厂里的情况，她很担心日本人会同时下手。

"我们工人现在都可以拉出去打仗了。"郑少伟没注意到郑李文续的情绪，半开玩笑地说。

"晚上多派些人巡逻。"郑李文续在犹豫要不要把威胁电话的事告诉郑少伟,想了想,还是不说,免得他担心。

"你放心,我有数。"郑少伟握着话筒,恨不得跟她多聊几句。

"行,那你去忙。"郑李文续怕多说,让郑少伟听出什么,就道了再见。

晚上提早回家和孩子们一起吃饭,这个时候,郑李文续最牵挂的是女儿诗韵,她如今在哪里呢?托了王兆林打听,可一直没有消息传来。

郑李文续不知道,此刻,诗韵和刘星两个人正沿着铁路,风餐露宿,想走回上海。

原来,在一场激烈的战役中,诗韵参加的战地服务团的几位成员与部队失散,成员中有的伤亡,有的失踪。她和刘星一组,因不清楚部队开拔去了哪里,商量着还是先回上海再作打算。两个人身上没什么钱,只好边乞讨边走,吃尽了苦头。

这一路,毫不娇气的诗韵深深吸引了刘星,他对她的好感一天比一天增多。而诗韵那颗少女的芳心也在悄悄萌动,她喜欢他的勇敢、机智,和他在一起,她就觉得天底下没什么可怕的东西。为防止路上遇到日军盘问,两个人约定,以兄妹相称,分别化名为蒋一、蒋珊,因为老家遭了变故,所以去上海投奔亲戚。

"是不是还应该有个叫蒋妮的?"诗韵歪着头问刘星。

"对啊,我们是兄妹三个,蒋妮在老家。"刘星装作非常严肃的样子说。

生性乐观的郑诗韵忍不住咯咯笑了起来,这名字取得太欢乐了。

更多时候,两个人都很谨慎,路上到处都是逃难的人群,怕再次走散,刘星紧紧拉着诗韵的手,不敢松开。

就这样走走停停,眼看着就要到上海了,马上就可以见到家人,两个人虽然脚底早起了老茧,蓬头垢面,浑身疲惫不堪,但内心是抑制不住的兴奋。

"你回家第一件事做什么?"刘星侧过头问诗韵,细皮嫩肉的小女孩已变成皮肤黝黑的大姑娘,"你这样子怕是你姆妈都认不出来了。"

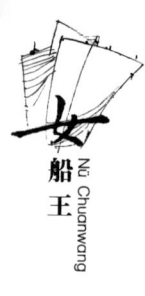

"她会吓坏的。"诗韵吐了吐舌头,调皮地说,低下头打量自己,分明就是一个要饭的,"回家第一件事我要好好洗澡,你呢?"

"我也是。"刘星笑着说,"然后好好睡一觉。"

"我还要大吃一顿。"说到吃,郑诗韵的肚子又咕咕叫了起来。

正说着,前方突然响起了枪声。有人在大喊:"快跑!日本鬼子来了!"路上的行人听到后,吓得四处乱跑。刘星拉着诗韵的手也赶紧转身朝旁边奔去。脚实在太痛了,诗韵跑不动,气喘吁吁地对刘星说:"你走吧,我不行了,走不动。"

刘星迅速观察四周的环境,前面有个小土丘,就扶着诗韵过去,让她在土丘边坐下来。他蹲下身,想看看诗韵的脚。诗韵不肯。这时,枪声再次响起,刘星忍不住伸出头去看,结果被发现了,几个举着枪的日军"哗"地围了上来。刘星紧张地护住了诗韵。

"干什么的?"正在抓捕抗日分子的吉子走过来问道。

刘星没想到这日本人中国话讲得这么好,他镇定自若地回答:"我们是去上海投奔亲戚的,她是我妹妹。"

吉子上下打量,目光落在郑诗韵脸上,走上前托起她的脸问:"你叫什么名字?"

"蒋姗。"郑诗韵装出一脸害怕的样子说。

"带走,还有那边几个,统统带走。"吉子一挥手,上来两个日本兵,把刘星和诗韵给抓了起来。

"为什么抓我们?我们又没犯法!"刘星大声地叫了起来。

日本兵伸出手,一记重重的巴掌就甩了过来:"再嚷嚷就要了你的小命!"

刘星与诗韵相互看了一眼,和其他被抓住的人一起,被押上了卡车。

"完了,没想到快到家门口了还出事。"刘星低声对身边的诗韵说。

"我们要一口咬定是来找亲戚的。"诗韵想起被绑架的父亲,她可不能让别人知道自己是谁家的闺女,以免给家人带去不幸。

"我知道。"

"不许说话。"看管的日本兵又大声地呵斥起来。

刘星和诗韵赶紧闭上了嘴。

上海到了,这一车人被送进宪兵队监狱关了起来,他们要一个个排查,看看其中有没有抗日分子。

天快黑了,这些天忙着抓抗日分子的吉子回到小白楼。刚下车,她就看到三木吉利穿着便服准备出去。

"三木君去哪儿啊?"吉子走上前,笑眯眯地问。

"今天又抓了几个?"三木吉利停住脚步问。

"哈哈,一卡车。"吉子得意地大笑,扬长而去。

"真有这么多抗日分子,你还笑得出来?"三木吉利在她背后扔下一句话。

"三木君,晚上最好不要出这小白楼,万一你出点什么事,我可不好向山本长官交代。"吉子回过头,阴森森地说。

三木吉利没有理她,自顾自开车,驶出了小白楼。晚上,他约了林景生去酒吧喝酒。

来到约翰酒吧,林景生还没有来,三木吉利就自个儿先要了一瓶红酒,找个僻静的位子坐下,慢慢喝了起来。酒吧的灯光昏暗,三木吉利机警地环顾四周,发现不远处的沙发上坐着一位小姐,她的侧影很像他的香子,他立马产生了走过去看的冲动。刚想站起来,头戴礼帽的林景生到了。他在三木吉利对面的沙发上坐下,拿过酒瓶,给自己倒了半杯红酒,抱歉地说:"三木君,我迟到了。"

"晚上叫你出来,你太太没有意见吧?"三木吉利的眼睛还在看那位小姐。

"没有没有,哪个男人没应酬,她从不管我。"林景生举起酒杯,"我先干为敬。"

两个人就这样喝了起来。林景生边喝边用目光观察四周,没有熟人,

光线又不好,他就放心了。自从他被三木吉利"收编"后,两个人时不时私下有接触、交流,竟然也找到了不少共同话题,成了朋友。

"是不是又在想你的香子了?"林景生说。每次三木吉利想喝酒,就会叫上他,喝多了就会叫香子的名字。

"战争,战争,说好的速战速决在哪里?!"三木吉利一仰脖子,把酒全倒进肚子。

"唉,都巴不得早点结束,这样你也好早点回国,我也不用整天这么提心吊胆。"林景生感叹道。为了不让人发现他暗中和日本人有来往,他平时特别谨慎。汪国栋的身份被公开后,他担心有一天自己做的这些事也会暴露出来,被当作汉奸给人暗杀。

"香子,我的香子。"三木吉利把身子靠在沙发上,又转过头去看。

那位小姐已不在,只剩下空荡荡的座位,这让他有了莫名的忧伤。

"三木君,中国有句话叫"大丈夫何患无妻"。没有香子,你可以去找荷子、李子,没必要在一棵树上吊着。"林景生劝慰道。

"你,懂个屁。"三木吉利生气地把酒杯往桌上一放,沉下脸说,"没有人可以替代香子,你再说一句,小心我毙了你!"

林景生握着酒杯的手一抖,连忙赔罪,解释自己不是那个意思。三木吉利不再理他,自顾自喝起酒来。林景生心里暗暗骂娘,可表面还得装出一副孙子样。他真的有点后悔自己当初上了这贼船,搞得一点尊严都没有。可上船容易下船难,得罪了日本人等于死路一条,以后只有夹着尾巴小心过日子。

"你跟郑家少奶奶关系如何?"三木吉利突然开口问道,他盯着林景生的眼睛说,"说实话。"

"以前,我跟她丈夫是朋友。她丈夫去世后,我们交往并不多,毕竟她是个女人。"林景生琢磨着三木吉利这话的意思,小心翼翼地回答。

"我倒是很有兴趣和这位女船王交朋友,比起你们这些男人,我更佩服她。"三木吉利拿起酒杯,又喝了一大口说,"可惜没这样的机会。"

林景生的脸一阵红一阵白,很是尴尬,咧开嘴巴,挤出一个比哭还难看的笑容。

"吉老板最近到处在抓抗日分子,谁让她安上这么个名头,那就无处可逃了。"三木吉利的话似有深意。

林景生正想问仔细点,忽见一个年轻人拿着酒杯从他们面前经过,目光不经意落在三木吉利脸上,停住了脚步,试探地问道:"是三木君吗?"

三木吉利抬起头,虽喝得有点晕眩,但眼前的这个人他还认得出来,他站起来惊喜地叫道:"田野君,真是你?"

两个男人来了一个热烈的拥抱。林景生放下酒杯,看着这个不知从哪冒出来的年轻人:跟三木吉利差不多的年纪,穿着西服,戴着礼帽,一副生意人的模样。

三木吉利显然很高兴,他请田野坐下,又让侍者送来一瓶酒,给他倒上。还给林景生介绍,说田野是他在东京读书时的同学、好朋友。两个人用日语交流,林景生略懂一点,只能连蒙带猜这两人的谈话内容。当他听到三木吉利说到"香子"时,心想这日本人还真多情,女朋友都结婚了还念念不忘。

不过,很快,林景生的脸僵住了。因为他看到三木吉利像变了一个人似的,暴跳如雷,一把抓住田野的衣服领子,挥拳就要打过去。林景生慌忙去拉,三木吉利又反手把他推了出去。田野平白无故挨了一拳,很不高兴地质问三木吉利怎么回事。三木吉利还想再打,被林景生紧紧拖住。

"三木君,两位有话好好说,有话好好说。"林景生做起和事佬,劝解道。

三木吉利抓起酒瓶,直接就往嘴里灌。林景生悄悄问这位叫田野的年轻人:"是不是香子出什么事了?"田野嘀咕着,说香子在上海,前些日子他在商场碰到过,一身的珠光宝气,听说是某位长官的情人。林景生就明白田野挨打的原因了,跺了跺脚,不知说什么才好。酒喝完了,三木吉利把酒瓶狠狠摔在地上,摇摇晃晃地走出去。田野怕他出事,跟着。林景生赶紧去买单。

"三木君就交给你了。"林景生朝田野作了个揖,他可不想掺和,还是回家安全。

田野顾不上林景生,他见三木吉利去开车,怕出事,急急跟了过去。林景生盯着两个人的背影,若有所思。

三木吉利从沉沉的睡梦中醒来,天已大亮。他翻身起床,发现自己在一个陌生的房间里,大惊失色。

门开了,田野走了进来:"醒了?"

"我怎么会在这里?"三木吉利疑惑地问,宿醉让他的头很痛。

"你昨晚醉得不省人事,我没办法,只好把你带到这里开了个房间。"田野在沙发上坐下,目光复杂地看着老同学。

"抱歉。"三木吉利走到卫生间,洗了一把冷水脸,清醒了。昨晚,对,昨晚田野说香子现在上海。他强迫自己冷静,回到房间,倒了一杯水喝,问道:"香子的事是真的吗?"

"可能是我看错了,如果是她,看到我应该会打声招呼。"田野含糊地回答。

"她在信中说家里逼她结婚,那是她最后一封信,从那以后,我再也不知道她的任何消息。"三木吉利痛苦地垂下了头。

"原来是这样,我还以为你们两个早分手了。"田野恨自己多嘴,早知道什么都不说了。

"在我心里,从来都没有分过手。"三木吉利的眼里全是绝望,"如果她在上海,为什么不来找我?"

"肯定是我看错了,对不起,三木君,是我不好。"田野连忙解释,他很怕这位老同学一冲动去干傻事。

三木吉利摇摇头,喃喃自语道:"都怪我。"边说边站起来,朝门外走去,整个人看起来没一点精神,连脚步都是软的。

"三木君,你别多想。"田野追上去,在他手里塞了一张名片,"有事你就找我,我最近都会在上海。"

"谢谢你,田野君,我走了。"三木吉利把名片放进口袋,又恢复了面无表情的样子。

田野决定去打听香子的事,看到老同学陷在这份感情里这么痛苦,他想帮帮他。

15

郑诗韵和刘星等人被关进了宪兵队大牢,特务们对他们一一进行了查问。别看诗韵年纪不大,人却成熟又冷静。她以前在培训的时候,有位教官曾跟大家说过万一被敌人抓住了怎么办,其中有一条就是装傻,这也是一种自我保护。所以她一口咬定是和哥哥一起到上海来投奔亲戚的,除此之外,一问三不知,装出一副乡下姑娘胆小怕事的样子。特务见她年纪不大,以为是难民,也懒得理了,把她和一群女人关在一起。

"不知道姆妈久无我的音信,会急成什么样。"诗韵不清楚何时才能重获自由,她太想妈妈和两个弟弟了,但对自己的选择,她并不后悔,因为她觉得那样的人生很有意义。让她稍感安慰的是,还有一个人陪着她,就在她的隔壁。只要她轻轻敲击墙壁,很快就会有回应声。那声音是无声的语言,诉说着彼此的思念。

刘星和一位中年男子关在一起。他本身只是一个学生,经历单纯,日军见没什么利用价值,也就不管他了。刘星不知道同屋的这个男人是什么身份,只觉得对方挺和气的,两个人关在一起没事就聊聊天。那男人自称王通,问刘星是怎么被抓进来的。刘星开始说是来上海投奔亲戚,是被误抓的。王通说,他是个商人,也是被误抓的。时间久了,彼此有了信任,刘星就悄悄告知王通,自己是参加战地救援活动的学生,想回上海,结果快进城了,却不幸被抓了过来。出于保护诗韵的考虑,刘星还是一口咬定她是自己的妹妹。王通有意无意间向刘星传播一些进步思想,他让刘星要有信心,争取早日逃离这牢笼。刘星点点头,这也正是他的愿望。现在唯一担心的是诗韵,刘星真怕她会受不了。每天,趁看守不注意,刘星就会轻轻敲墙壁,以示问候。两个年轻人就这样相互鼓励着,等待逃出去的机会。

郑李文续终于还清了银行贷款,她备了一份厚礼去孙府。孙茂盛更苍老了,他早已不再担任甬明银行总经理一职,在家颐养天年,见到郑李文续很高兴。"兴盛能坚持到今天,有这样的成绩,你功不可没。"孙茂盛赞叹道。

"当年若没有孙叔的帮助,就不可能有今日的兴盛。"郑李文续发自内心地感激。

"光有钱,没有经营能力有什么用?关键还是在人。"孙茂盛摇着头说。

"这几年货币贬值厉害,终归是我占了甬明银行的好处。"郑李文续很不好意思。

"这事不是你的责任,再说按原来的借款数额还,也是所有股东们一致同意的,他们也敬佩你。"孙茂盛笑着说。

"这是义续的幸运。"郑李文续再次向孙茂盛致谢。

欠银行的贷款虽然已全部还清,但郑李义续并没有感到轻松,一来公司流动资金忽然变得紧张,另外日本人在吴淞口外设置了封锁线,有兵舰日夜巡逻,想做生意,不动点脑筋是不行的。

刚回到公司,就见郑辉来找。

原来,汪精卫政府针对航运业出台了一项政策:只要航运公司去政府注册登记,在船头挂上汪政府的旗帜——那旗帜比青天白日旗多一个黄色的三角旗,上印"和平反共救国"几个字,那么就保你家的船出入平

安。即使船只被日本人强掳了去,汪伪政府也可以通过关系把船要回来。

"总经理,这件事你看怎么处理?我听说很多家航运公司都去注册了,我们要不要也去注册登记一下?"

"他是伪政府,去注册登记了,我们不也成为汉奸了吗?我宁可失去所有的船只,也绝不背负汉奸之名,"郑李文续一口拒绝。

"那要不转籍?挂外国人的船旗,路上也可保平安。"郑辉又提议道。

郑辉所说的挂外国船旗,缘于道光二十二年鸦片战争以后,清政府签订了中国近代史上第一个屈辱的不平等条约《南京条约》,从此中国航权丧失,那些外轮可以享受种种特权,而本国的船只反而要挂上外国的船旗才能"承揽洋货运输业务和避免清政府的禁限及繁重课税"。被迫改挂外国船旗,对当时的中国民族航运商来说也是常见之事,甚至还有一家航运公司的船分别挂多个国家船旗的现象。不过,转籍的风险也很大,有的甚至还打起了官司,所以郑李文续是有顾虑的。可生意总是要做下去,毕竟有这么多工人等着吃饭。

"实在不行,就只好在船上挂外旗,不过此事我们一定要慎重。不到万不得已,不走那一步。"郑李文续想了想说。

"好,我知道。"郑辉点点头。

"目前上海物资紧张,特别是粮食,而自由区小长江那边缺少日用品和医疗用品等物,我们需要设计一条新线路,把这里有的运过去,换那边的粮食再运回来,既满足两地民众生活需求,公司也能从中赚点微薄的差价,一举数得。不过风险很大。"郑李文续又说到经营上的事。

"我也在考虑这个问题。还有,我们也可以跑南线,到温州、福州那边去。福州海域外有几个岛,可以在那里卸货。卸了货后,再转到内地。"郑辉跑了多年的航运,非常内行。

"这个办法可行。只是现在公司流动资金紧张,你看看能不能先从老客户那里拿货,货款我们晚一步付?"

"应该没多大问题,都合作那么多年了。需要粮食的客户我也先去联系好,让他们提前支付三分之一定金,这样我们就主动些。"

"对,可以这样操作。若提前支付定金的,价格可略优惠;不支付的,到时候按市价卖。这市面上紧缺的物资都是一天一个价,早付等于赚。风险就在我们收购的价,你做个预算。"

"好。"郑辉在心里暗暗赞叹郑李文续的高见。

接着两个人又商量具体细节问题,拟计划,等忙好,郑辉就回去了。刚喝了一口茶,王兆林的电话来了,他说打听到了有关郑诗韵所在的战地服务团,从目前的消息看,诗韵和她的同伴与大部队失联,下落不明。

"下落不明?"郑李文续的头像被木棍击打了一下,"嗡"地响了起来。

"暂时是这样,不过兵荒马乱,很多时候消息会误传。"王兆林安慰道。

"你说的是,诗韵又不是三岁的小孩子,她那么聪明,一定能平安回来。"郑李文续也拼命自我安慰。

"是的,一定会回来。"王兆林用肯定的语气说。

放下电话,郑李文续呆呆地坐在椅子上,女儿生死不明,她这个当母亲的却无能为力。在那一刻,她突然后悔当初让女儿离开,她真不是个好母亲。郑鹏进来,看到婶婶一副失魂落魄的样子,紧张地问出了什么事。

"阿鹏,刚才王记者给我打来电话,说你妹妹与大部队走散,下落不明。"郑李文续的泪忽地涌了出来,她想起了丈夫,那种面对失去的恐惧感,让她紧紧抓住了椅子的扶手,神情凝重。

郑鹏连忙给婶婶倒了一杯开水,让她先喝几口水缓缓,安慰道:"这消息不一定准确,婶婶,您别太焦急了,身体要紧。"

郑李文续忍不住抽泣起来,她已经很久没有流眼泪了,可此时此刻,她真的好想大哭一场。晚上回到家里,郑伯等人知道了诗韵的事,个个唉声叹气,为诗韵的安危担忧。郑李文续走到全家福前,低声祈祷,愿丈夫在天之灵保佑女儿平安归来。"我不想再失去任何一个亲人,文章,这是我对你唯一的请求。"

又是一个不眠之夜。

　　自从听说香子在上海,三木吉利像疯了似的到处打探,可始终没有结果。田野也帮他打听了,原来那天遇到的女人叫慧子,不是香子。渐渐地,三木吉利相信了田野的话,看错了人,香子不可能在上海。只是此事对他的情绪影响很大,他就夜夜拉着林景生出去喝酒,喝醉了就诅咒这场战争。林景生在旁边陪着,心惊胆战,生怕三木吉利火一上来就拔出手枪把自己给结果了。只是看到他为情所困的颓废样,林景生心里还是有点同情,觉得并不是所有的日本人都冷酷无情,于是就大着胆子劝他不要太难过,等战争结束,还是可以见面的。

　　"你不懂这种分离的感觉,因为你太太一直在你身边。"三木吉利苦笑着说。

　　"我老家也有妻女。"林景生喝一口酒说。

　　"为什么不把她们接来?你上海的太太不同意?"三木吉利奇怪地问。

　　"不是,家里还有老父亲,她要照顾他。"林景生语气轻松。

　　"我也很久没有见到父母亲了。"三木吉利把酒倒进嘴里,伤感地说。

　　林景生忽生出一份愧疚,他想起自己已经有好几年没有回老家了,该找个时间去看看妻女,还有年迈的老父亲。

　　"林,周末晚上海军俱乐部有舞会,带上你的太太一起来参加。"三木吉利站起来,拍拍林景生的肩膀说,"好了,以后我不喝了。"

　　"太好了!"林景生由衷地说。

　　回到家里,林景生对李淑慧说,周末去参加一个舞会。李淑慧随口问他哪里的舞会,林景生见隐瞒不过去,只好告诉她,是日本海军俱乐部的舞会。李淑慧吓了一跳,丈夫竟然跟日本人有关系,这是她万儿没有想到的。虽然她什么都不懂,可跟日本人搭界,只怕以后麻烦多多。

　　"不去不去,那种地方,太吓人了。"

　　"他叫你去你不去,这不是不给他面子吗?"林景生没好气地说。

　　"你不会找个借口啊,就说我身体不舒服。反正我不去,要去你去。"李淑慧不高兴地说。

"行行,随便你,不想去就不去。"林景生只好让步。

周末到了,林景生跟着三木吉利来到日本海军俱乐部参加舞会。到了那里,林景生找了个角落坐下,忽看到汪国栋和田野都在,忙过去打招呼。汪国栋是带着可心一起来的。林景生瞄了一眼,心想这老头子艳福真不浅。两个人闲聊了几句。田野走过来,说有几句话跟林景生说。汪国栋就笑着说二位随意。

田野把林景生拉到一个角落,悄悄说:"林先生,你是三木君的朋友,你去跟他说,晚上不跳舞了,你请我们两个喝酒去。"

"怎么回事?"林景生纳闷地问。

"原因我不好说,总之晚上最好不要让他出现在这里。"田野一脸为难。

"那行,我去试试。"林景生见田野不肯说什么,也不好多问。

话音刚落,林景生和田野就看到三木吉利冲到一个身穿和服的女子面前,一把抓住她的手,大声叫道:"香子,真的是你?!"

这是一张涂着厚厚脂粉和鲜艳口红的脸,谁也看不到她脸上真实的表情。当她看到三木吉利时,那双眼睛里有太多的内容,可转瞬又不见了。她用日语说:"先生,你认错人了,我不是香子。"

"不可能,你就是香子,别骗我。"三木吉利用力把那女子拉到自己的怀里,紧紧搂住。

林景生忽地明白了,和田野两个人急急走了过去。

"浑蛋,放开她!"

随着一声怒吼,三木吉利的脸上被重重打了一个巴掌,他不由松开了手,抬头一看,竟是一脸怒容的山本次郎。

"我的女人你也敢动?胆大包天,老子毙了你!"山本次郎拔出手枪,抵在三木吉利的脑袋上。

"误会,误会,山本长官,是三木君认错人了,我是他同学,这位夫人是长得有点像他在国内的恋人,对不起,对不起。"田野连忙上前,对山本次

郎和周围的人解释。

"没长眼睛。"山本次郎听田野这么一说,又见这么多人围观,就收了手枪,带着人怒气冲冲地走了。

站在旁边的吉子目睹这一切,脸色铁青。她万儿没有想到,自己爱的男人居然有女人。这女人什么身份,何时出现的,她竟一无所知,实在可恶。再看三木吉利一副失魂落魄的样子,吉子认定其中必有隐情,事情不会这么简单。

"三木君,我们找个地方喝酒去。"田野朝林景生使了个眼色,两个人一左一右,几乎是硬拉着三木吉利走出了俱乐部。

怎么回事?明明就是香子,为什么说不是?三木吉利转过身,一把抓住田野的双臂,急促地问:"你跟我说实话,是不是香子?她怎么就成了山本长官的人?"

"三木君,别冲动,你听我说,这位真不是香子,她叫慧子,我问清楚了,不是同一个人,真的。"田野朝林景生使了个眼色,让他帮着劝。

"是啊,三木君,这世上长得像的人很多,你太想念香子了,认错人也正常。"林景生劝慰道。

"啊!"三木吉利疯一样地朝外面跑去,黑暗中,传来了他狼一样的号叫声。

"到底怎么回事?"林景生转过头,疑惑地问田野。

"天知道。"田野长叹一声,不再言语。

第二天,山本次郎把三木吉利叫过去,让他解释昨晚的反常行为。三木吉利低下头,在长官面前他能说什么?既然田野和那个女人都一口咬定自己认错了人,那就认错吧。就算真是香子,难不成他还能从山本长官那里把她给抢回来?一想到这点,他的心就莫名地痛起来。

"究竟是怎么回事?"山本次郎威严地问。昨晚他回去就盘问了慧子,结果慧子坚持说不认识三木吉利。山本次郎见她不像撒谎的样子,也就没有追问下去。这个女人是半年前上司当礼物送给他的,至于她的背景,他并不清楚,也不多问。他怕女人到他身边另有目的,所以平时只把她当作泄欲工具,即使她要出去逛商场,也派人跟着。

"对不起,山本长官,是我认错人了。"三木吉利耷拉着脑袋,毫无底气地说。

"年轻人,我一向赏识你的冷静,没想到你做事如此冲动,闹这么大笑话,真丢我们大日本帝国军人的脸。"山本次郎的眼睛里闪过一道阴冷的光,命令道,"关三天禁闭,好好反省。"

"是,山本长官。"三木吉利抬起头,挺起胸膛,大声回答。

三木吉利一关禁闭,吉子感觉对郑李文续下手的机会来了。之前她没有动手,就是怕三木吉利在她面前碍手碍脚。为了避免山本次郎知道后怪罪她自作主张,她决定让76号也参与进来,到时候可以把责任推给他们。眼下她得找个人配合,设一个局。

窗外,树上鸟语啁啾,新的一天开始了。

郑李文续来到公司,在写字间审核账房交上来的各类报表,电话铃响了,是林景生打来的。"林大哥,好久不见,今天怎么有空打电话?"

"文续,我有位南洋来的朋友想跟你谈笔生意,不知道你有没有空过来一下?我们现在国际饭店。"林景生在电话里说,声音听起来有点异常,似乎很急的样子。

"什么生意?"郑李文续一听有业务,来了兴致。

"他是个很有实力的大商人,想跟你当面谈谈,长期合作。"林景生接着又解释道,"因为我这位朋友的时间比较紧张,所以想请你马上过来一趟。"

"好,林大哥,那我安排一下工作就过去。"

"好的,那我们等你,在1514房间。"

郑李文续把郑鹏叫过来,说自己要去一趟国际饭店,林景生要给她介

绍南洋来的客商。若有人找她或给她打电话,就由他接待处理。

"婶婶,要不要我陪你去?"

"不用,让阿虎送我过去就行,有林大哥在,不会有事。"郑李文续笑着说。

"那好,您小心。"

郑李文续锁好抽屉,拿起手提包,让阿虎开车,前往位于南京西路的国际饭店。

"对不起,先生,把车子开到地下车库去,那里有电梯可以直接去客房。"在饭店门口,一位身穿蓝色制服的男人拦住了郑李文续的车,对司机阿虎说,并用手指了指入口。

阿虎缓缓地把车开到地下一层,找了个空位停好。郑李文续下了车,这里她还是第一次来,不熟悉。一个穿黑衣的男人经过,问她是不是在找电梯。郑李文续说是。那男人指了指前方拐弯处,说在那里。郑李文续道了谢,朝前走去,阿虎跟在后面。突然,郑李文续被人紧紧地捂住了嘴,还没有等她反应过来,就被塞进了旁边的一辆汽车。随后,这辆车从另一个出口开出,急驰而去。

"放开我!你们是什么人?!"喘着粗气的郑李文续被两个黑衣男人夹在中间,动也不能动。她发现其中一个就是指路的那个,再看汽车,车窗全被黑布遮得严严实实,根本看不清外面。

"有人想见你。"左边的男人威胁道,"别喊,一喊你的小命就没有了。"

郑李文续也曾想过自己可能会遇不测,却没想到真跟丈夫一样遭遇绑架,看来是自己太大意了。郑少伟说了很多次要给她派保镖,她嫌麻烦,没同意。只是让她想不通的是,林景生怎会打这个电话,莫非他也在为日本人服务?也不知阿虎怎样了,但愿这帮人没有杀人灭口。公司那边郑鹏见自己半天不回,肯定会去找。还有孩子们,他们已失去了父亲,难道还要再次面对失去母亲的残酷现实?郑李文续的心被生生地撕裂着。

随着沉重的铁门声响起,郑李文续被拉下了车。她抬头看四周,一幢白色小楼,四周是高高的围墙,真像一个监狱,有黑衣汉子和日本兵来回走着。又是他们。郑李文续咬住嘴唇,事已至此,那就冷静面对。

蒋茨走过来,悄悄打量郑李文续,心想真可怜,到了这里,恐怕结果又会跟她丈夫一样,丢了性命。黑衣男人把郑李文续交给蒋茨,转身上车离去。蒋茨带郑李文续穿过走廊,来到一个房间前,轻轻敲了敲。

"进来。"

蒋茨推开门,对着里面说:"吉老板,郑太太来了。"又转身对郑李文续做了一个请进的姿势。

"郑太太,久闻大名,来,请坐。"吉子站起来,笑眯眯地说。她打量郑李文续的目光里全是得意和嘲笑:任你是郑家少奶奶还是女船王,照样逃不出我的手掌心。

郑李文续一听这声音,觉得很耳熟,一道光从脑海闪过,她已明白之前那些把戏就是这个女人搞的,于是沉默不语。

吉子朝外吼了一声:"带进来。"

一个日本兵把五花大绑的林景生带了进来,郑李文续惊叫一声"林大哥",原来林景生是被逼的,她马上就原谅了他的那个电话。

"文续,对不起。"林景生一脸自责。

林景生的自责是真的。三木吉利刚关了禁闭,吉子就找上门来,说既然你是大日本帝国的朋友,那就乖乖听话,给郑李文续打申话。林景生虽然平时只跟三木吉利交往,但从侧面了解到这个女人心狠手辣,让他打这个电话肯定没好事。刚想找借口推脱,吉子的枪就顶在他的脑袋上了,没办法,只好按她的吩咐做。从内心深处讲,林景生并不希望郑李文续出事,不管怎样,他与郑文章也有多年的交情。

"林大哥,连累你了。"郑李文续抱歉地说。

"郑太太,今天请你来是想谈谈我们之间的合作。我和山本长官一样,对你非常敬佩。只要你愿意成为我们的朋友,以后保你赚大钱。有皇军保护,你大可以高枕无忧。"吉子盯着郑李文续,慢悠悠地说。

郑李文续一声不吭,她在思考对策。

吉子拿起桌上的一份文件递给郑李文续,告诉她只要在上面签个名字,她就可以马上回家了。郑李文续接过瞟了一眼,原来是一份声明,同意将兴盛公司所有跟海运有关的产业移交给东海联合轮船公司代为经管并与之成为盟友。

"谢谢,文续生来劳碌,恐怕享受不了这现成的好事。"郑李文续平静地说。

"郑太太是个聪明人,难道你没看到现在的上海,谁说了算?"吉子冷冷地说。

"我不管谁说了算,我只记得我丈夫和公公死于何人之手!"郑李文续挺直脊背,盯着吉子的眼睛定定地说,"兴盛你们要拿去,我也拦不住,但让我签字,那是万儿不可能的事。"

吉子一听郑李文续提起郑文章,恼羞成怒,就让人把林景生和郑李文续带下去,阴森森地说:"别敬酒不吃,吃罚酒。"

门,重重地关上了。

郑李文续环顾四周,这房间没有窗户,上面只有一个透气孔,里面只有一张桌子和一把椅子,空间逼仄。难道他们想软禁自己?她的心沉了下去,不知道外面的情形如何。想到林景生被关在隔壁,郑李文续心里是满满的歉意,总觉得是自己连累了他。既来之则安之,郑李文续明白,越是这种时候就越要冷静。她拿过椅子,干脆坐下来,想想该怎么办。

国际饭店,有人发现了在地下车库角落昏迷不醒的阿虎,赶紧报了警。沈俊箫带着巡捕房的人快速赶来,一看是阿虎,大吃一惊,马上意识到郑李文续出事了。电话打到兴盛公司,郑鹏告诉他,婶婶接到林景生的电话,去国际饭店谈业务,还没有回来。沈俊箫紧张地脱口而出,出事了。来不及跟郑鹏多说,他就放下电话,找饭店的经理,查看房客的信息,一时也没发现异常。搜查了地下车库,还是一无所获。送到医院的阿虎醒了,医生说他被人打了麻醉针。沈俊箫问他情况,他就说好好地跟在总经理后面走,突然就啥也不知道了。沈俊箫确定,绑匪就是在地下车库动的手,目标明确。几乎可以肯定,不是76号就是日本人,或者是双方共同参与。只有找到林景生,才能知道事情的真相。沈俊箫皱紧了眉头。

郑鹏听说婶婶出事,急得打电话通知郑辉和郑少伟、陈森来公司商量,由于太紧张,几次拨错号码。三个大男人闻讯火急火燎地跑来,个个都满头大汗,听说是被林景生电话约去后出事的,非常意外。经过商议,大家分头行动,郑少伟去报社找王兆林,郑鹏去宁波旅沪同乡会找秦师喻,陈森负责联络巡捕房那边。郑辉坐镇公司,处理有可能出现的突发事件。

沈俊箫带着人去林景生的公司,没有人。又马上调头去了林公馆,李淑慧见巡捕上门,吓得腿都软了,忙问什么事。

"请问林先生在吗?我有非常紧急的事找他。"沈俊箫打量着李淑慧,猜测她和郑李文续的关系。

"他早上就出去了,公司没有人吗?"自从上次知道丈夫和日本人在交往,李淑慧就担心有一天会出事。

"公司没有人。你认识郑李文续吧,实话跟你说,你丈夫跟郑李文续的绑架案有关,你若知道情况,还请告知我们。"沈俊箫严肃地说。

"什么?这怎么可能?我们是朋友,一定是你们搞错了。"李淑慧急得脸都白了,连忙辩解道。

"没有搞错,是林先生打电话约郑李文续,说要给她介绍客户。"沈俊箫索性明说。

"这个,怎么会这样?"李淑慧六神无主,她忽然想起三木吉利,会不会是日本人逼他这么做的?于是就对沈俊箫说:"我丈夫不会这么做,如果真是他打的电话,那肯定是被逼的。"

"谁逼他?"沈俊箫追问道。

李淑慧犹豫了一下说:"他好像有个日本朋友,是海军特务部的。"

"谢谢你,林太太,如果林先生回来,麻烦你请他到巡捕房来一趟。"

沈俊箫很有礼貌地向李淑慧道了谢,带人离开。

李淑慧捂着狂跳的心,发呆。她不敢相信丈夫真的会做这种事,可巡捕也不可能无缘无故就上门来,怎么办？现在人也不知道在哪里,真是急死人了。

郑李文续坐在小房间里沉思,忽听隔壁传来男人的惨叫声。再细听,分明就是林景生的声音。他们莫非在打他？郑李文续坐不住了,她站起来奔到门边,拼命敲打,大声叫道:"开门,开门!"

过了好一阵子,郑李文续听到开锁的声音,门开了,蒋茨站在门口,神情复杂地看着她。关她的这个房间,正是当年关过郑文章的那间。想到郑文章的意外死亡,他到现在还觉得可惜。没想到现在轮到他太太了,真是世事难料。

"你们凭什么打林先生？我要回家,你们没有权力把我关在这里。"郑李文续愤怒地叫喊着,她豁出去了。

"郑太太,吉老板说了,只要你签了字,马上就送你回去。至于林先生嘛,他是替你受过。"蒋茨说。

"我已经说得很清楚,他们要就拿去,让我签字绝无可能。"郑李文续愤怒地说。

"你既然同意他们拿去,又为啥不肯签字？"蒋茨搞不懂了,心想这对夫妻真是一样的倔脾气,但愿有不一样的结果。

隔壁的门打开了,两个日本兵把林景生架了出来,郑李文续一见林景生的衬衣上有血迹,急得掉下了眼泪:"林大哥,他们把你怎么样了？"

林景生抬起头,有气无力地朝郑李文续点点头,便被关到另一个房间去了。蒋茨见四周无人注意,轻声说:"郑太太,你不要太固执,你斗不过他们的。到了这里,你若不答应,他们是不会放过你的,到时候不仅仅是你受罪,你身边的人都要跟着遭殃。"

"卑鄙。"郑李文续恨恨地吐出两个字。

蒋茨摇摇头,关门上锁。

林景生被带到另一个房间,他在心里大骂吉子,奶奶的,下手这么狠,肯定是见他与三木吉利关系好,借机出气。

吉子进来了,走到林景生面前,伸出手去摸他的脸,把嘴附在他的耳边说:"林先生,味道怎么样?交给你一个任务,你现在就去跟郑李文续说,让她乖乖把字签了。她若不签,到时候你和她都得死。"

"她的事跟我有啥关系?"林景生愤愤不平地说,"凭什么让我做牺牲品?"

"如果你们两个都光溜溜地抱在一起死在外面,你说这上海滩的小报会取个什么样的新闻标题?"吉子的目光里藏着无法穿透的阴暗。林景生听了,整个人僵在那里,这手段太阴险了,从未有过的恐惧让他冷汗直流。看到林景生这副样子,吉子得意地朝外面一挥手,说带过去。完了,这次搞不好要赔上性命,林景生心里直打鼓,追悔莫及。

门又打开了,林景生被推了进来,郑李文续惊得从椅子上坐起来,连忙扶他坐下。"林大哥,对不起,让你受累了。"

林景生哭丧着脸说:"文续,求你了,答应他们吧,要不然我们两个都得死。"

"林大哥,你……"郑李文续倒退两步,不相信地睁大眼睛说,"他们威胁你了?林大哥,你希望我戴上一顶汉奸的帽子,任世人唾骂?你忘了文章是怎么死的?我公公又是怎么死的?"

"谁想当汉奸?这不是逼得人没法了吗?你不知道他们有多阴险,说要让我们脱光衣服抱着死在一起,到时候全上海的小报都会出现有关你我的特大桃色新闻。你想想,到底是顶着汉奸的名活着好,还是丢了性命不够再加一个污名好?"林景生语无伦次地说。

"无耻!"郑李文续气得浑身发抖,"如若没有其他选择,我会一头撞死……"

"你就别固执了,想想你的孩子,活着比什么都重要。"林景生叹着

气说。

"林大哥,我已经退让了,兴盛公司他们要拿就拿去,我阻拦不了,但签字做不到,这是做人最起码的底线,我不能丢了郑家和李家的脸。如果我签了字,等于承认自己是汉奸,孩子们长大了也会瞧不起我这个母亲。"郑李文续咬紧牙关说。

"行行,那我再去求求那个女魔头,看她能不能放我们一条生路。"林景生摇摇头说。没办法,林景生只好去找吉子,求她高抬贵手。"你不就是要她的产业吗?她说了,你要就拿去。你又何必苦苦相逼,非要她签字?"

"我要她签字,自然有我的道理,我要大名鼎鼎的女船王跪在我的脚下,乖乖成为顺民。既然她这么不听话,那就遂了她的愿,让她死还不是一件容易的事。"吉子的脸因为恼怒而扭曲。

"吉老板,这样吧,你先关她两天,挫挫她的锐气,我呢再好好劝劝她,尽量不要伤和气。"林景生怕吉子让他陪葬,急忙出主意。

吉子斜着眼睛盯了林景生半天,总算答应了第二天再说。

也不知道过了多久,屋里漆黑一片,郑李文续从透气孔的光线明白这会儿已是晚上了,她忽然想起丈夫失踪的那个晚上,寿宴上的欢声笑语顷刻之间就消失殆尽,只留下无尽的哀伤。

坐在黑屋子里的郑李文续,在想丈夫是不是也这样被绑架到这种地方而惨遭毒手?如果自己死了,三个孩子就再也没有父母疼了。郑伯父子虽值得信任,但不管怎样,有些爱是无法代替的。最关键的是,她不能就这样不明不白死去,那太憋屈。一定要想办法活着离开这里!现在就养好精神!郑李文续靠在椅子上,闭上了眼睛。

她梦见丈夫了。

他站在不远处,一脸的焦急,可嘴巴却说不出话来。她跑过去,却被地上的大石头绊倒,浑身疼痛。睁开眼,依然是伸手不见五指的黑。又累又饿又渴的她站起来,活动筋骨,她要保存体力,不能还没有开始就倒下。她已下定决心,不管遇到什么样的折磨,也绝不与日军合作,大不了丢了这条性命。同时,她又很担心林景生,不清楚他的情况,心里实在过意不去。她想,如果有一天自己能平安离开这里,一定要好好谢谢林大哥。

可怕的寂静。

郑李文续侧耳细听门外的动静,可外面什么声音都没有。抬头看透气孔,还是那么黑。

天会亮的。郑李文续对自己说。

16

郑李文续一夜未回,急坏了所有关心她的人。

郑安氏从儿子嘴里得知郑李文续被绑架,急得团团转,她让儿子马上送她到郑李文续家,和郑伯商量,想把两个孩子接到郑公馆住,她来照顾。郑伯征求郑程和郑万的意见。兄弟俩不走,说要等妈妈回来。郑安氏实在不放心,就留下来陪兄弟俩,有事也可以照应。

王兆林根据沈俊箫调查的结果写了一篇报道,怕夜长梦多,第二天早上就见了报。由于郑李文续和兴盛在上海航运界的情况比较特殊,报道一出来,立刻引起了社会的高度关注。

大清早,郑伯和郑鹏一起再次去找宁波旅沪同乡会和轮船公会的负责人,求他们伸出援助之手。相关负责人承诺,这事绝不会甩手不管。沈俊箫派去的人汇报说,林景生也是一天一夜不见踪影。郑少伟因惦记着郑李文续的安危,整夜失眠,又怕船厂出事,抽了部分年轻力壮的工人,分两个组,二十四小时巡逻。

小黑屋里,正在闭目养神的郑李文续听到了脚步声。她立马站起来,紧盯着这道紧闭的门。蒋茨进来,说吉老板让他来问问,想好没有,如果想好了,就跟他去。他劝郑李文续把字签了,可千万不要像郑先生一样,白白送了性命。

"你说什么?"郑李文续怒目圆睁,声音急促地问,"我先生是不是你们抓起来的?"

蒋茨知道自己说漏了嘴,吓得连忙摆手,暗示郑李文续小点声。他走到郑李文续边上,轻声说:"郑太太,郑先生是个好人,他想逃走,结果被打死了,你可要保护好自己。还有,千万要装作不知情啊,求你了,不然我就没命了。"

郑李文续身子晃了晃,她扶住桌沿,抬起头,对眼前这个满脸胡子的男人她不知道该不该信任。"如果我不答应,是不是也会跟我先生一样结果?"

"郑太太,我再透露一个消息给你,你可要听好!"蒋茨走到门边,朝四周看了看,又返回屋内,悄悄告诉郑李文续:"我刚听说,他们抓了郑家大小姐,你女儿是不是去当童子军了?"

郑李文续的脸色刷地白了,但很快就回过神来,一口否认:"不可能,我女儿没有去当童子军。"

"那我就不知道了。"蒋茨摇着头说,"郑太太,我去回话了。"

郑李文续咬着牙,强忍着泪水,她的双手紧紧捏着桌沿,仇恨之火在她心里熊熊燃烧。她发誓,与日本人势不两立。

外面,宁波旅沪同乡会和轮船公会组织了游行队伍,集体抗议日本海军特务部的卑劣行径。山本次郎得知吉子没经过他同意抓了郑李文续,打来电话一通臭骂,说她成事不足,败事有余,每次都搞得这么被动,这事看她怎么收场。吉子说再给她一天时间,她有办法让郑李文续答应。山本次郎同意了,但表示这个时候可别把这个女人给搞死了,这件事关注的人太多。吉子连忙保证不会。

当蒋茨再次打开房门,郑李文续看到站在他背后的吉子,愤怒让她用目光直逼这个日本女特务,恨不得扑上去就跟对方拼个你死我活。吉子很烦躁,她急需用事实证明自己的能力。不管了,她现在只能用这招试

试。"郑太太,想好没有?如果还没有想好的话,我让你听听一个美妙的声音。"

郑李文续冷冷地说:"没什么好想的。"

吉子突然大笑起来:"好,你不要后悔。"她朝身边的一个日本兵低语几句,那日本兵马上跑出去,没几分钟,郑李文续就听到几个女孩凄惨的叫声,有一个还在不停地大叫着"姆妈救我,姆妈救我",听声音很像诗韵。

郑李文续心如刀绞,但她拼命忍着内心的愤怒,不动声色地问:"这是什么意思?"

"什么意思?郑太太,你耳朵没问题吧,怎么连宝贝女儿的声音都听不出来?实话告诉你,我请来了你的宝贝和她的同伴,就想把这份厚礼送给你。"吉子在郑李文续面前踱步,眼睛死死盯着郑李文续的脸。

"我女儿好好地在外面读书,怎么可能会在你这里?"郑李文续努力装出一脸平静,坚决不承认。

"真没想到郑太太如此铁石心肠。这样,我再给你一小时的考虑时间,倘若你还这么执迷不悟,休怪我无情。记住了,你女儿的命就在你的手上,是死是活,你定!还有,你若不签字,我也可以帮你代签一个,送到报社去。或者,送你一顶抗日分子的帽子,反正办法多得是。"吉子的脸因为怒意而扭曲变形。

郑李文续气得浑身发抖。门,再次关上。

女孩的惨叫声仍隐约传来,郑李文续无力地坐在椅子上,浑身禁不住颤抖起来,双拳紧握。"诗儿,诗儿,姆妈对不起你。"泪珠从郑李文续的眼睛里滚了出来,滴落在地上。

"怎么办?文章,你告诉我,该怎么做?"郑李文续陷入绝望之中,她问自己这样坚持究竟值不值得,有没有意义,如果因为自己的坚持害得女儿丢了性命,将来她又如何去面对九泉之下的公婆和丈夫?可倘若她选择了屈服,那丈夫不是白死了吗?自己之前的抗争也就变成了一场笑话。进也难,退也难,郑李文续感觉自己快疯了。她明白,无论哪个选择,都是剜肉般的疼痛。不行,不行,这个时候她不能让对方看出心底的软弱,既然不承认是女儿,就要一口咬到底,说不定女儿还有一线生机。这个时候的不妥协绝不是为了保全家业,而是大是大非。她虽身为女子,但民族大义又岂敢忘记?横竖不过一死。诗儿,对不起,委屈你了,请原谅姆妈的选择。冷静下来,郑李文续忽然意识到这可能是个骗局,不可能这么巧女儿刚好会落在日本人手里。再说,若真是女儿,这个女特务肯定会当着她的面鞭打,不会只让她听声音。对,自己绝不能上当。

门,又打开了。

"郑太太,想好没有?签字吧。签了字,你和你的宝贝女儿就可以一起回家。这样多好,我们大家都有好日子过。到底是钱财重要,还是性命要紧,你心里最清楚。命都没有了,要那么多钱有什么用?"吉子步步紧逼。

郑李文续咬紧牙关,一言不发。这次恐怕是凶多吉少,那就宁为玉碎不为瓦全,以死抗争到底。

"你个臭娘们,真是不可理喻,既然给你脸不要脸,那你就等着给你女儿收尸!"吉子没想到郑李文续会如此强硬,她不甘心地做了一个手势,接着,郑李文续又听到了女孩子们的惨叫声,一声比一声凄惨,听得她浑身像掉进冰窟那样寒冷。

"不能倒下,不能倒下!"郑李文续又在心里不断地给自己鼓劲,既然连死都不怕,又何惧这威胁?

惨叫声突然停止了,一个日本兵跑过来报告,说有一个小姑娘断气死了。吉子面无表情地吩咐,拉出去扔了。郑李文续的心被撕成了碎片,每一片都滴着血,怒火从她的眼睛冒出来,她想跟眼前这个日本女特务同归于尽。

"你会为今天的固执付出惨痛的代价,郑太太,你后悔也来不及了。"吉子把头一偏,对身边的两个日本兵说,"好生侍候郑太太。"说完,拍拍手走了。

两个日本兵淫笑着进来,他们嬉笑着伸出双手去撕郑李文续的衣服。

"不许过来,再走一步,我就死给你们看。"郑李文续捂住胸,退到墙角,厉声呵斥。

"哈哈哈!"两个日本兵狂笑着,玩起了猫和老鼠的游戏,郑李文续的一只衣袖被撕裂了,她做好了撞墙拼死的思想准备。两个日本兵抽出腰间的鞭子劈头盖脸地朝郑李文续打了下来。很快,衣着单薄的她浑身火辣辣的痛,手臂上全是道道血痕,她紧紧咬住嘴唇,把嘴唇咬出了血,一步步退到墙角,准备以死保清白。可那两个日本兵似乎知道她的心思,不让她走过去,围住她狠狠鞭打。就在她快被打昏过去之际,门外突然传来一声"住手"。

两个日本兵转身一看,原来是三木吉利,忙停止了鞭打。原来,山本次郎想来想去不放心吉子,所以把三木吉利从禁闭室放了出来,让他过来处理此事。三木吉利瞪着眼睛让他们滚,那两个日本兵只好收起鞭子灰溜溜地出去了。浑身血迹斑斑的郑李文续强撑着不让自己倒下。

"对不起。"三木吉利走到郑李文续面前,深深地鞠了一躬,一脸的歉意。

这位年轻日本军人的举止让郑李文续很惊讶,她盯了对方一眼,很清秀的一张脸,莫非又要耍什么阴谋?一直靠精神支撑,又遭受了如此毒打的郑李文续,已虚弱到极点,一阵头晕目眩,眼看着要倒下去,旁边的蒋茨连忙把她扶到椅子上坐下。三木吉利跑出去,拿了一杯水进来,递给郑李文续。

"放心,没有毒。我,敬你。"三木吉利诚恳地说。

郑李文续喘着粗气不说话,三木吉利也不勉强,他让蒋茨把门锁好,没有他的命令,任何人都不许接近。

"郑太太,你不用担心,刚才那样的事不会再发生。你暂且忍耐,我保证会平安送你回家。"三木吉利说完,匆匆去找吉子。

吉子见三木吉利突然回来插手她的事,明白是山本次郎的意思,很不高兴,让他少管闲事。三木吉利讽刺她,把事情搞得一团糟,还振振有词。

吉子不甘心,说一天的时间还没有到,她还有办法。

"你还是想着怎么收场吧,我劝你现在去上海滩看看。"三木吉利说。

"与你无关。"吉子的脸色越来越难看。

"动动你的脑子,事情都捅出去了,你还想怎样?!"三木吉利越来越觉得吉子这个女人心胸狭隘,做事只图一时之快。

"哼,她越不肯签,我越不放过她。想怎样?关着,我不信她不低头。实在不行,就给她安个抗日分子的名头,照样可以把她给结果了。"吉子杀气腾腾地说。

"我劝你别乱来,山本长官已经说了,此事从现在开始,交由我负责。"三木吉利说,

"凭什么由你负责?!"吉子振振有词,"山本长官答应再给我一天时间。"

三木吉利拨好电话,把话筒递给吉子,让她自己去问。吉子不接,气冲冲走出房间。三木吉利无奈地摇摇头,又把林景生叫到自己那里,问了详细情况。"你现在可以回家了。"

"那她呢?"林景生一听可以离开这个可怕的地方,恨不得马上就走,可又想到郑李文续,心里想着最好能一起离开。

"这事我会处理好,尽快送郑太太回去。"三木吉利说。

"那行,我先走了。"林景生站起来,急忙想离开。谁知刚转身,就看到古子站在门口,吓得腿一软,腰立马弯成了煮熟的虾状。

"如果不想死,就给我乖乖待在这里。"古子把下巴一抬,半眯着眼睛对三木吉利说,"你如果不想让那位郑太太横着出去,最好别乱做主。林先生,没有我的命令,你是走不出这个院子的。"

林景生两腿一软,差点跌倒在地。三木吉利怕激怒吉子,真的做出不计后果之事,就让林景生先忍耐,有他在,不会有事。吉子哼了一声,就回自己的写字间去了。三木吉利给山本次郎打电话,询问他的意思。山本次郎既恼怒于郑李文续不配合,又顾忌此事会越闹越大。不过现在马上

放她回去,也觉得太便宜了她,就说先关着,过一两天看看情况再定。三木吉利没法,暂时也只能如此。

又一天过去了。

关在黑屋子里的郑李文续已没有了饥饿的感觉,她的精神变得特别好,这是极度疲劳后的亢奋。没有人来找她,也没有人送来食物和水。除了等待,郑李文续别无选择。她不知道,外面早已经炸开了锅。

见郑李文续还没有回来,大家更紧张了。王兆林又作了跟进报道,沈俊箫已查清林景生与日本海军特务部的关系。郑少伟带着一队训练有素的工人,和街头的抗议队伍汇合,呼吁更多的人加入,强烈要求日本海军特务部马上释放女船王郑李文续。为了郑程和郑万的安全,郑安氏留在郑李文续家,大门紧闭,与郑伯等人一起二十四小时轮流陪护。

山本次郎通知三木吉利和吉子速到他那里去。两个人接到电话,匆匆前往。汽车还未到目的地,就看到了长长的游行队伍,这让吉子和三木吉利都感觉非常意外。

到了海军特务部,山本次郎指了指窗外抗议的队伍,问两个人有什么想法。

"山本长官,我建议还是放郑太太回去,这样闹下去,恐怕对我们下一步的行动非常不利。上海是个特殊的地方,仅靠武力占领是不够的。大日本帝国需要的是一个繁荣的上海,而不是人人与我们为敌的上海。"三木吉利发表自己的看法。

山本次郎说:"你的话有道理,不过这位郑太太也实在太不给大日本帝国面子,就这样轻易放她回去,怕以后更难驯服。"

"中国有句话,好男不与女斗,我们下一个目标是甬安轮船公司的董文武,他的名望比汪更大。倘若他能同意与我们合作,那接下去的事情就好办多了。"三木吉利说得头头是道。

"我早警告过你,不要擅自行动,你就是不听,现在看看满大街的抗议声,你这是在找死!"山本次郎转过身,指着吉子的鼻子骂。

吉子低着头,一声不吭,任由山本次郎责骂。骂累了,山本次郎就坐在椅子上喘着粗气问:"没辙了吧,那个女人还是不同意签字?"

"是,长官,属下无能。那女人太顽固,我想现在就把她的几个孩子都抓来,如果不肯归顺大日本帝国,就当面杀了她的孩子。"吉子的声音像冰块一样冷。

"我反对。"三木吉利大声地说,"这事已闹得人人皆知,倘若用这种方式逼她就范,恐怕会进一步激怒中国人,到时候他们什么事都干得出来。我大日本帝国要占领的不只是中国的领土,还有人心!"

山本次郎微微点了点头,说:"三木君说得对,我们要用怀柔政策,让中国人心甘情愿为大日本帝国服务。"

"可对那种顽固分子,应该杀一儆百。"吉子恼恨三木吉利占了上风,还是坚持自己的观点。

"你已错过了好时机。"山本次郎声音冰冷,转过头又吩咐道,"三木君,晚上放郑太太回家。"

"是,长官!"三木吉利朝山本次郎敬了一个礼,转身离开。

吉子见事已至此,实在无趣,也只好悻悻地走了。现在放郑李文续回去,她实在心有不甘,可上司的命令不得不执行。再等等,等大日本帝国的战火再烧得猛烈点,还怕想要的东西得不到?她这样安慰自己。

午夜,紧锁的门开了。

浑身疼痛的郑李文续听到开门声,忙站起来朝外看,蒋茨站在门口说:"郑太太,你可以走了。"

郑李文续怕其中有诈,迟疑半刻,走到门口,见外面站着三木吉利和林景生。

"郑太太,林先生,你们可以回家了。"三木吉利微笑着说。

"你们是想杀人灭口吗?"郑李文续冷笑着问道。

"郑太太,你误会了,是真的放你们回去。"三木吉利解释道。

吉子气冲冲走过来,盯着郑李文续的眼睛,恨不得一口吃了她。突

然,吉子伸出手,几个巴掌重重地打在郑李文续脸上。"今天让你回去,你听好了,我绝不会放过你。"

郑李文续的脸马上肿了起来,她嘴角流血,脚步踉跄,差点摔倒在地。三木吉利赶紧阻止吉子。吉子哼了一声,扭过头不予理睬。

"两位上车吧!"三木吉利又转过头吩咐两个日本兵,"把郑太太和林先生安全送到家,不得有误。"

"是。"

林景生伸出手,扶郑李文续上了车,还是先回去再说。

车子进城,那两个日本兵就让林景生下车自己回去。林景生没办法,只好跟郑李文续说:"路上小心,回头我再联络你。"

郑李文续点点头,她整个人已处于恍惚状态,怕自己中途昏过去,便一直用手指狠狠地掐自己的腿。车子开到霞飞路路口,强撑着保持清醒的郑李文续被日本兵拉下了车,有一个临上车前还从后面狠狠地踢了她几脚,车子扬长而去。精神和身体极度紧张与疲惫的郑李文续,昏倒在地。

天降大雨,午夜的街头陷入一片迷蒙当中。

冰冷的雨水浇醒了郑李文续,她挣扎着想站起来,两条腿却不听使唤,伤口碰到雨水,痛得她直想在地上打滚。"不行,我不能死在路上,我要回家。"郑李文续强忍着痛,用尽全力往前爬着,留下一路血水。

雨越下越大,郑李文续昏迷过去,又被浇醒过来。想着家里的两个孩子,她咬紧牙关,硬撑着连滚带爬,借着昏黄的灯光,一点点往家里挪去……

这一晚,郑少伟来接替父亲保护两个孩子。连续几天几夜下来,郑伯和郑安氏都累坏了,毕竟是上了年纪的人,吃不消。这天,郑少伟安排好厂里值班人员就赶了过来,让郑安氏回家去好好睡觉。郑伯见儿子在,也放心去休息了。下半夜正是人最犯困的时候,郑少伟手里拿着一根粗木棍来到院子里,警觉地观察四周的动静。

突然,门外似有声响,郑少伟不由紧张起来,悄悄走到门边。侧耳细听,真有声音,但又听不真切,雨声掩盖了一切。可能是自己听错了,郑少伟疑惑地想,转身正要离开,又听到了奇怪的声音。他忍不住走到门边,低声问:"谁?"

"是、是我。"

听到这熟悉的声音,郑少伟大惊,慌忙打开院门,就见一个人直直地倒了进来,他慌忙扔掉木棍,伸手去接。再看怀中这个披头散发、浑身湿透的女人,果然就是郑李文续,他连忙一把抱起已昏迷过去的郑李文续,边跑边朝里喊:"爹,少奶奶回来了!"

郑伯夫妇和吴妈闻声全都起来跑到客厅,郑少伟已把郑李文续轻轻放在沙发上,用手指撩开她脸上的头发,那张没有任何血色的惨白的脸让他忍不住伤心落泪。

"小姐,小姐,你这是怎么了?!"吴妈看到郑李文续像只落汤鸡,又神志不清的样子,吓得惊叫起来,"造孽的日本人啊,不得好死啊!"

"你马上去烧点热水。"郑伯吩咐老伴。

吴妈急忙去房间拿来干毛巾擦郑李文续的头发,等热水送来,两个老妈子又让男人们出去,她们得帮她好好地擦洗一番。看到她身上的伤口,都忍不住哭了起来,又找来药膏涂抹,疼得郑李文续直咧嘴,发出"咝咝"的声音。

等换了一身干净的衣服,喂了一杯热开水,郑李文续稍微缓了一口气,人也渐渐清醒了些。她想去床上躺着,可双腿一点力气都没有。看她虚弱成那个样子,特别是手臂上触目惊心的伤痕,郑少伟的心在滴血,他走上前,一声不吭地抱起她,送到卧室。

郑伯刚想张口批评儿子失礼,又一想这个时候还讲什么礼,就把话咽了下去。郑李文续躺在床上,用微弱的声音吐出一个字:"饿。"

"好,好,我马上熬粥去。"吴妈心疼地说。

"吴妈,你留下来照顾,我去熬。"郑少伟说完,直奔厨房。罗妈心想

儿子又干不了这厨房活,就前后脚跟着去。郑程和郑万也醒了,兄弟俩穿着睡服跑过来,看到母亲回来了,高兴地叫着姆妈。

"乖乖,姆妈刚回来,她很累,先让她休息。"吴妈拉住两个孩子说。

郑李文续抬起头,朝孩子们笑了笑,又瘫在床上,她实在没有力气,整个人似乎就剩一口气吊着。

郑伯带两个孩子回房间,让他们再睡会儿。

粥熬好了,郑少伟亲自端了上来,托盘里还放了一小碟清口的小菜。吴妈扶郑李文续起来,让她靠在自己怀里,一小口一小口地喂她吃。

"慢慢吃,一下子不要吃太多,免得胃不舒服。"郑少伟忍不住小心提醒。

吴妈点头说:"对对,吃太多要不舒服的。"

一小碗粥吃下去,郑李文续感到好受了些,这时浓重的睡意席卷而来,她支撑不住,就倒在床上沉沉睡去了。

"你去睡会儿,小姐这里我来守着。"吴妈替郑李文续盖好毯子,对郑少伟说。

郑少伟看了看天色,快亮了,他等会儿就要去厂里,这不上不下的时间,就去客厅闭目养神一会儿吧。郑伯也不想睡,他要出去买点菜,少奶奶平安回来,一家人该好好庆祝。

天亮了。

郑少伟虽然很想留下来等郑李文续醒来,问问她这几天的遭遇。可船厂那边是他的职责所在,不敢有半点的松懈。这次事件也让他更看清楚了自己的感情,他对她深入骨髓的爱。看着她受苦受难,他心里的痛无人知晓,如果可以,他愿意替她承受所有的痛苦。

郑李文续平安回来的消息在公司传开后,大家都松了一口气。郑安氏大清早过来,听郑伯说郑李文续已回来,连声说:"感谢菩萨,菩萨保佑。"

见郑李文续还在沉睡,郑安氏就到厨房帮忙,她又给郑鹏打电话,让他下班过来,晚上在姊姊家吃饭,给她压压惊。

"妈,你干脆再去买点菜,我把公司其他几位主要负责人也叫上,顺便也给婶婶汇报工作。"郑鹏建议道。

"行,那我再去买点菜。"郑安氏说。

罗妈听到了,连忙说她去买。郑安氏要拿钱给她,罗妈不要,提着菜篮子去了菜场。

这一觉,好长。

等郑李文续醒过来,已是下午。沉睡一场,她的精神好了些,只是浑身火烧火燎地疼。睁开眼睛,看到郑安氏在身边坐着,她轻声叫了一声"嫂子"。

"你受苦了,妹妹。"郑安氏握住她的手,垂下泪来。

"能活着回来已属万幸,我现在最揪心的是诗儿。"郑李文续刚开口,泪就掉下来了,这锥心的痛楚这辈子恐怕不会消了。

"诗儿怎么样了?"郑安氏焦急地问。

"他们威胁我抓了诗儿,还让我听孩子的惨叫声,活活打死了她。"郑李文续抱住郑安氏,号啕大哭起来,她怕万一真是自己的女儿,那可怎么办?

"不会的,不会的。"郑安氏吓得不停地否认。

吴妈端着银耳羹进来,听到此话,碗都掉到了地上,发出清脆的声响,忙一边蹲下身去收拾,一边流着眼泪说:"会遭报应的,会遭报应的。"

郑李文续哭得声音沙哑,在郑安氏的劝慰下,渐渐平静下来,起来梳洗。郑安氏把自作主张晚上请大家过来吃饭的事说了。吴妈在旁边告诉郑李文续,这几天大少奶奶一直在家里帮着照顾两位小少爷。郑李文续很感动,向郑安氏表达了谢意。

"都是一家人,别跟我客气,这是我应该做的。"郑安氏笑着说。

"嫂子,有你真好。"郑李文续的泪水又出来了。有过那样的经历后,她对亲情又有了不一样的理解。

郑安氏拍了拍郑李文续的背,眼眶湿润了,多好的妹子,但愿今后一家人都平平安安,不要再出什么事。

晚上,郑辉、郑少伟、郑鹏和陈森结伴而来,郑李文续把这几天的经历简单跟大家说了一遍。几个大男人听得心惊肉跳,为郑李文续捏了一把汗的同时,他们深深敬重她的胆识和民族气节。

"文章真的是死在他们手中,诗儿,不知生死。"郑李文续捂着脸,眼泪从她的指缝间流了出来,她哽咽着说,"若真是她,我这个当母亲的在旁边却见死不救,我……"深深的内疚让她再也说不下去了。

"这帮龟孙子。"郑少伟紧握拳头,牙齿咬得咯咯响,一脸的愤怒,恨不得马上带人跑去跟日军火拼一场。

"婶婶,你这次元气大伤,还是先养好身体要紧,此仇我们早晚要报。"郑鹏劝慰道,"妹妹一定会没事的。"

待大家情绪都平静了些,几位负责人就分别向郑李文续做了工作汇报,公司一切运营如常。郑李文续听后倍感欣慰。

"你们别聊了,饭菜都好了。"郑安氏进来招呼大家。

众人找座位坐下,这几天大伙儿都吃不好,睡不安稳,今天晚上总算可以吃个安心饭了。

"让大家担心了。"郑李文续抱歉地说。

"只要平安就好。"大家异口同声地回答。

郑程和郑万坐在妈妈身边,几天不见,两个孩子懂事了许多,不停地给母亲夹菜。

郑少伟看到了,关心地说:"总经理,你还是吃清淡些,饿了这么久,肠胃要慢慢恢复。"

"你瞧我这记性。对了,妹妹,你等下,我去拿。"郑安氏站起来去厨房,一会儿就端来一碗汤,放到郑李文续面前,"你喝点鸡汤补补,炖了大半天。不油腻,我放了竹荪和咸笋,很清口。"

"谢谢嫂子!"郑李文续拿起调羹,认真品尝,赞叹道,"味道真好。"

"多喝点,这个没关系。"郑安氏见郑李文续喜欢喝,非常高兴。

等大家吃好饭,郑伯又把同乡会和轮船公会,还有王兆林和沈俊箫等人出的力,一一道来。

郑李文续含着泪说:"没有大家的努力,我恐怕就不明不白死在里面了。多谢在座的各位,让你们费心了。"

"这是我们应该做的,只是以后一定要千万小心才是。"郑少伟说。

"还有一事,沈先生说林景生跟日本海军特务部的人关系密切,所以可以肯定,他是帮凶之一。"郑辉心情沉重地说。

"确定?"郑李文续还一直把林景生往好的方面想,听到这样的结果,心里是说不出的难过。

郑辉点点头说:"不信你可以问沈先生。"

郑李文续失望地说:"人心难测。"

"你太善良了。"郑安氏看郑李文续的眼神里,全是心疼。

17

林景生还没有走进家门，就被沈俊箫安排的人给拦住了，当夜就直接被带到巡捕房，问清楚相关情况。林景生发誓说自己是被逼的，还让他们看身上被打过的伤痕。考虑到郑李文续已安全回来，沈俊箫警告林景生以后少跟日本人来往，免得惹祸上身。林景生连连点头，表示自己已经后悔得吐血，以后再也不敢了。回到家里，林景生吓得都不敢出门，整天心惊胆战，生怕哪天就丢了小命。

郑李文续脱险后，在郑鹏陪同下，专程去同乡会和轮船公会道谢，大家互道珍重。她又给沈俊箫和王兆林打电话，感激他们及时伸出援手。

"只要你平安就好。"沈俊箫在电话里说，"林景生身份复杂，与日本人交往密切，以后你要多加提防。"

"好，我知道了。"郑李文续情绪低落，她想找时间还是约李淑慧聊聊。

还没等郑李文续给林公馆打电话，李淑慧的电话打来了，约她去兴盛公司附近的沙利文店一聚。郑李文续答应，两个人分头出发。郑鹏怕又是一个圈套，非要跟去。郑李文续让他坐在靠门的位置，自己挑了个靠窗的位子坐下，观察四周，并未见异常情况。

李淑慧匆匆来了，一见郑李文续就马上打量她，见她一切如常，终于松了一口气,拍拍胸口说,前几天自己都担心死了。

"妹妹找我有事?"郑李文续试探着问。

李淑慧欲言又止,她看了看四周,小心地说:"姐,我跟你说个事,你可千万不要告诉别人,不然我要没命的。"

郑李文续心一凛,急忙问:"什么事?"

"我发现景生,他好像在跟日本人做生意。"李淑慧悄悄说,"我不敢问他,多说他要烦的。"

"好妹妹,"郑李文续握住了李淑慧的手,"这事你确定?"

李淑慧点点头说:"有个日本军官经常叫他出去喝酒,我看到过几次。这次听说是他打电话叫你去国际饭店?"

"是。"郑李文续点点头说,"我也没有想到。"

"姐,你说景生这样做,是不是以后连祖坟都进不了?"李淑慧为自己无法阻止丈夫的行为而难过。

"我们得想办法把他拉回来,一起努力试试。"郑李文续说。

"好,姐,我听你的。"李淑慧看到郑李文续的态度,好像一下子有了主心骨,神情轻松了许多。

"好了,你也别太担心,会有办法的。来,咖啡冷了。"

李淑慧是趁林景生今天去公司不在家,特意过来跟郑李文续说这些的。

"谢谢妹妹!"郑李文续为这份信任而感动。

"我也是为自己着想,在这里,除了景生,也就只能跟你说说了。"李淑慧感叹道。

"有事尽管找我。"郑李文续微笑着说。

"好。"李淑慧点点头,脸上满是感激。

李淑慧坐上黄包车走了,郑李文续看了看天气,阴沉沉的,恐怕又要下雨了,她的心情也跟这天气一样烦闷。

"婶婶,没事吧?"郑鹏走过来问。

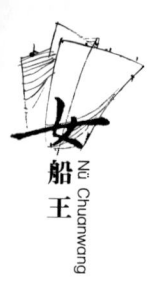

"没事,我们回去吧。"郑李文续站起来,平复心绪。

两个人刚回到公司,阿香捧着泡好的茶过来。"总经理,你有没有听到昨晚的爆炸声?"

"听到了,我现在对这声音已经习惯了。"郑李文续苦笑道。

"我听说是抗日人士扔的炸弹,炸日本人的电影院。"阿香小心地说。

"日本人阴险毒辣,不达目的誓不罢休,我相信今后会有越来越多的人加入到反抗的队伍中去。"眼下上海企业家中没有选择离开的,其产业有很多已被日军强行接管。经此磨难,郑李文续更是做好了失去兴盛的心理准备。

"恐怕早晚难逃此劫。"郑李文续的心头满是深深的忧伤。虽然她对吉子说的女儿已被打死的话心存怀疑,但不管是不是女儿,那天确实有女孩被活活打死,这又是一笔血债。她真希望有一天能亲自为那些无辜的生命讨回公道。

吉子迫于形势放了郑李文续,她想等风头过了再下手,这会儿她迫不及待想立功,想劝服董文武。于是让汪国栋陪同,前往董公馆,拜访董文武。她很清楚,对董文武这种身份的人,不能采取与汪国栋同样的手段,得充满诚意地请才行。汪国栋现在是被日本人牵着鼻子走,心不甘情不愿都没有用,只能配合。

董文武正在卧室睡午觉,听下人来通报,说汪国栋先生和吉老板前来拜访,马上就猜到对方来意。他转了转眼珠子,叫来管家轻声吩咐,然后穿好衣服,故意不洗脸,又装作走路都很艰难的样子,让下人扶着他到客厅。

吉子一看董文武原来是个行将就木的糟老头,眼角还留着眼屎,不由心生厌恶。

"两位贵客光临寒舍,有失远迎,恕罪恕罪。"董文武边说边咳嗽,还吐出一口浓痰来。

"董兄,近日贵体欠安?"汪国栋关心地问。

董文武气喘得越发厉害,半天才回答:"老了,不中用了。"

吉子见他这副模样,兴趣大减,不过既然来了,那就开口问一问:"董老先生,你威名远扬,山本长官想请您出山主持上海航业大局。"

"汪老弟不是做得很好吗?你看看我这把老骨头还能折腾几日?吉老板抬爱,谢了。"董文武哆哆嗦嗦地从口袋里掏出一块手绢,擦了擦嘴角。

这时,管家端了一碗中药进来。"老爷,该吃药了。"

董文武点了点头,接过药碗喝了几口,又一阵剧烈的咳嗽,药汤都给喷了出来。

"董老先生,你要不还是考虑考虑?你不用做什么,只要答应挂个名就可以了。"吉子说。

董文武又是一阵惊天动地的干咳,咳得眼珠都要暴出来了,好不容易不咳了,就坐在那里喘半天气,嘴角还不时有口水流下来。对吉子的话,他装作没听到。

吉子见董文武这副马上就要断气的样子,眉头紧皱,给汪国栋使了个眼色,两个人站起来说声打扰了,就告辞而去。

"慢走,管家代我送客。"董文武有气无力地说。

等吉子和汪国栋出了董公馆,管家回到大厅,下人正在给董文武揉胸口。

"老爷高计,把他们打发走了。"

"哼,想打我的主意,嫩了点。"董文武喝了几口参汤,润了润嗓子说,"怕下次他们还会再来,给我盯紧点,还有,外面的人若打听我的身体状况,就说我病着。"

"是,老爷。"

吉子见过董文武后,就想把他排除在外,一个快死的老头有什么用?汪国栋心里还是有疑惑,怕董文武是装病,可他又怕万一自己猜错,反而惹来麻烦。再说,董文武不来更好,免得他尴尬。山本次郎听了吉子的汇报后,对她的能力再次表示怀疑。吉子一肚子的委屈,她转动着眼珠,又

想到了一个鬼主意。不管是三木吉利还是郑李文续,谁让她不痛快,她也不会让对方好过。

早上,郑李文续刚到公司,电话就响了。谁这么早打电话来?郑李文续边想边拿起了话筒。电话里传来郑少伟焦急的声音:"总经理,不好了,船厂的机器设备昨夜被人破坏,值班的工人被打伤,现已送医院。"

放下电话,郑李文续连忙叫来司机,开车直奔医院。看到郑少伟一脸倦容守在病房里,床上还躺着三个头部缠着纱布的员工,她的眼泪都快出来了。

前两天,郑少伟出差,早上刚到上海就直接去了船厂,却发现厂里被搞得乱七八糟的,好几台机器设备被人为砸坏,几名值班工人东倒西歪躺在地上,不同程度地受了伤。

郑李文续几乎立即确定了这事是谁干的。她虽死里逃生,但他们仍然不会放过她。太可恶了!郑李文续按捺住心中的怒火,问工人昨晚的情况。

"没看清有多少人,就被打晕了。"一个工人说。

"我迷迷糊糊听到好像各种口音都有。"另一个工人回忆道。

郑李文续想着还是得报案,她叫司机在医院守着,等这几个工人感觉好些了,再送他们回家。她和郑少伟急忙去船厂,又给沈俊箫打电话,告知他情况。沈俊箫接到电话马上赶了过来,他察看了现场,也基本确定是日本人所为。因为阴谋没有得逞,他们很不甘心。

"你千万不要去招惹76号特务,那帮家伙杀人不眨眼,不知道有多少人死在他们手中。倘若只是来要点钱的,给他们就是。"乱世之下,沈俊箫只觉得有心无力。

郑李文续心情沉重,这步步惊心的日子何时才能到头?郑少伟见沈俊箫比过去憔悴许多,关心地问他是不是遇到了什么为难的事。沈俊箫苦笑,他的职业注定要比平常人见到更多的暴力和阴暗。身为一名中国人,他想为这个国家做点有意义的事。

战火依然在弥漫,人间早已无桃源。

身在上海的郑李文续,得知家乡宁波防守司令部在征集轮船,再一次毫不犹豫地献上了自家的船。这已是她第四次捐船了。第二次贡献的是一艘千余吨级的"利来"轮。那是抗日战争爆发不久,迫于日军从上海登陆并沿长江一路杀来,南京国民政府决定将政府机关及其他战略目标迁往内地。南京失守后,国民政府在武汉设立行营。为阻止日本海军舰队溯江西进,继续沿长江进攻武汉,决定在江西的马当再次沉船。那马当河段地势险要,是通往四川、湖北两省的咽喉之地。那日的场面和江阴沉船一样悲壮,郑李文续至今难忘。成千上万的人用碗口粗的麻绳将各种船只编织在一起,然后将船底凿穿,依次沉下。先行沉塞的是满载青石、水泥墩的近百艘木帆船,然后是国民政府征用来的十八艘轮船。船沉入江中后,还要再加抛卵石和石笼,布设水雷。那一刻,郑李文续的心中不再有小我,而是大我,是国家。国难当前,个人利益根本算不了什么。第三次是宜昌。每次接到通知,她都毫无怨言地把船贡献出去。

宁波与上海相距不远,上海被日军占领后,宁波也三天两头遭受日军飞机和军舰的骚扰。为给日军进攻设置障碍,宁波城防司令部几次在甬江口实施沉船计划,行驶在沪甬这条航线上最大的客轮"新江天"也沉于此。不过这一次,由于行动太仓促,没有很好地按计划实施,结果造成下沉的船只东倒西歪,并未连成一线,没起到什么作用。无奈之下,想了个补救的办法,用大树做树桩打入江底,形成一排梅花桩,缠上铁链来阻止日舰驶入。这个古老的法子,还是五十多年前中法战争镇海战役中,抗击法国海军侵略时用过的。郑李文续听说后,很为家乡的安危忧心。她想起小时候奶奶跟她说的,发生在镇海口的那些故事:明朝时抗倭,鸦片战争中钦差大臣裕谦监防督战,林则徐协助海防;到了中法战争,浙江提督欧阳利见、宁绍道台薛福成等在那筑防御敌。现在,历史又要重演,而胜负却尚不知。

什么时候才能还我们一个清明的世界？郑李文续仰起头，无语问苍天。

风雨飘摇的中国迈进了民国三十年的大门，进入抗日战争中期，国民党正式对日宣战。

一月六日，发生了震惊中外的皖南事变。

此时，上海另一场没有硝烟的货币战火已经点燃。

自民国二十九年底，汪伪政府在日方的指使下，开始在上海发行"中央储备银行券"，简称"中储券"，也就是老百姓说的"储备券"，企图扰乱我后方金融经济。此券一推行，就遭到各方抵制，市面上没人愿意用。汪伪政府就以《妨害新法币治罪暂行条例》强制推行，强令规定关、盐、统税等一律只收中储券。哪家商店铺号敢不收不用，马上就有人上门来威胁。对此，重庆的国民政府非常焦急，就命令隐藏在上海的地下工作人员采取措施，阻止汪伪发行和推行伪中储券。一场货币战拉开帷幕，并引发了数起震惊上海的银行血案。

一月三十日上午，在法租界八仙桥芝兰坊弄口，时任中央储备银行上海分行专员季翔卿，在设于公共租界宁波路九十四号的汇丰银号，被人枪杀。

巡捕房接到报案后，调动警力，去了大批探捕，沈俊箫和他的同事也在其中。季翔卿身中两枪，一枪打在右太阳穴，另一枪在后脑，被送到广慈医院抢救，但因伤在要害，回天乏术，没有活过来。探捕们在附近搜查了一遍，没什么结果。不过有些人心里很明白，这起枪杀案应该跟重庆方面有关。

"孤岛"物价飞涨，民不聊生，身陷其中的人们惶惶不可终日。曾经顾客盈门的高档商店很多经营不下去，只好关门大吉。企业和公司出现了倒闭潮，大批工人失业，偷盗抢等事件频频发生。生意做得越大的人，就越容易成为被捕猎的目标。沈俊箫来找郑李文续，最近又发生了好几起企业家被绑架案，他怕她再次被绑架。

"前段时间发生的周先生太太被绑案你知道吧？"沈俊箫接过郑李文续递过来的茶，开口问道。

沈俊箫口中所说的周先生也是宁波人，由于资产众多，被76号的行动队队长吴世宝给盯上了。吴世宝垂涎周家的财产，动起了歪脑筋，借口周先生与重庆银行界有来往，要绑架他。周先生得知吴世宝在打他的主意，平时非常小心，请了几个保镖日夜保护。每天早上出门之前，必要派人去门口观察动静，看看四周有没有可疑的情况。绑匪见在门外找不到机会，有一天居然胆大包天，直接冲进了周府的前院。正要走出房门的周宁良一看情形不对，急忙关上房门，自己从另一道后门逃走。幸好周府不远处是法租界巡捕房，周先生就喊着"救命"跑进去。等他带着探捕回到家里，发现太太不见了。下人说，绑匪找不到他，就把太太给绑走了。最后，周宁良只好花一大笔钱把妻子给赎回来。

"这事我听说了。"郑李文续说。

沈俊箫忧虑地说："76号手段非常毒辣，他们跟日本人一样，什么事都做得出来，你是名声在外，真怕他们打你的主意。"

郑李文续沉默了。说实话，这些年她的心没一天踏实过，一直有巨大的阴影笼罩着她。"你说眼下的这种局面什么时候才能真正结束？"

"日本人的目标是整个中国，所以战争还会继续。"沈俊箫的口气很像兄长。

"战争一天不结束，我们就过不了一天太平日子。"郑李文续想起这场战争带给自己的痛苦，一股怒火涌上心头，声音也变得激动起来。

"我相信越来越多的中国人正在努力，为了那一天早日到来，他们愿意付出一切，包括生命。"沈俊箫的回答意味深长。

"我也愿意。"郑李文续目光坚定地说。

半夜，兴盛公司的码头仓库着火了。

这火是怎么烧起来的，没有人知道。偏那夜风大，等值班的人发现，

已火光冲天。

接到电话的郑李文续疯一样地从家里赶过去,等她赶到,火已被工人及消防救护人员扑灭,但仓库里的货物已被烧得差不多,一地狼藉。

陈森脸上全是被烟火熏过的痕迹,一脸疲惫,他沙哑着声音对郑李文续说:"对不起,总经理,这事我有责任,没有管好。"

看着眼前的一切,郑李文续想到内外交困的现状,情绪崩溃,不由捂住脸,号啕大哭起来。这些年,她真的感觉好累,她是强撑着才没让自己倒下,可灾难总是一波未平一波又起,究竟何时才是个头?闻讯而来的郑辉和郑少伟站在郑李文续身边,两个大男人面对一个伤心欲绝的女人,不知该如何安慰。郑少伟很想走上去,让她靠在自己身上,给她一点力量。可他又实在没有勇气冲破那道无形的障碍,他恨极了自己的懦弱。

郑李文续知道哭没有用,她只是心里太难受,哭出来就好了。擦干眼泪,一边让人去报案,一边和这几位得力的助手商议下一步该怎么走。郑家码头仓库里的货物有一部分是商家委托要运走的,还有一部分是商家暂时寄存在这里的,这一把火,烧的可是真金白银,单赔款就不是一个小数目。

"肯定是有人故意纵火。"陈森紧皱着眉头说。在安全这个问题上,他一向十分谨慎,特别是仓库堆放着这么多的物品,更不敢大意。可没想到,还是防不胜防。陈森很内疚,觉得是自己的失职,所以一直在自责。

"这不是你的错。"郑李文续红肿着眼睛说。虽然她的内心也很沮丧,可在一直以来兢兢业业的左膀右臂面前,她不能表现得太情绪化,毕竟现在不是抱怨的时候。

沈俊箫带着人过来调查,确定这是一起故意纵火案。

码头仓库失火的事,宁波旅沪同乡会的同仁们很快得知了,大家或打电话或亲自登门前来慰问,纷纷表示,虽然眼下每个人的日子都不好过,但一方有难,八方支援,有什么需要帮助的,尽管开口,令郑李文续感动不已。

王兆林写了一篇报道,以此事为新闻由头,指出近期发生的类似案件,给上海企业家们造成巨大的损失,已严重影响上海经济的发展,最后对这种卑劣的行径进行强烈谴责。

在长时间的接触中,王兆林对郑李文续发自内心地尊敬,他有意识地向郑李文续讲述一些进步的思想言论,讲这世上还有一种人不是为自己活着,他们为了这个国家和民族,愿意奉献一切。

"姐,那样的人生才有意义。"认识多年,王兆林已把郑李文续当成了自己的姐姐,郑李文续也很乐意有他这样一个弟弟。

郑李文续看着眼前这个瘦弱的男人,他眼中的光芒让她对他有了新的认识。郑李文续明白,必须联合一切可以团结的力量,才能与残酷的现实抗衡,才能在这飘摇的乱世生存下去。

大势所趋,更多的企业家选择了转移或逃离上海。可郑李文续还不想走,她仍想坚守在这块多灾多难的土地上。不想离开,那就只有提高警惕。可无论郑李文续怎么小心应付,兴盛轮船公司的船还是难逃日本人的魔掌。

火烧码头仓库的阴影还没有消除,在一次运输过程中,兴盛的"平安"轮等三艘轮船又被日军强行掳扣,不见踪影。

郑辉得到消息后,第一时间赶到公司告知郑李文续。

"狗日的强盗。"郑辉双眼通红,紧握着拳头,愤怒地骂道,"老子想找把枪跟他们拼了。"

郑李文续欲哭无泪。这一条条船都是她的孩子啊,这些年,她却眼睁睁地看着这些孩子一个个离她而去。心,慢慢地渗出血来。看到郑辉那么难过,她只好强忍着痛楚安慰他:"只要人没事就好,船没有了,以后还会有。"

"怕只怕这只是一个开头。"郑辉忧虑地说。

"是,现在能躲就躲吧,实在躲不过,也只能去面对。"郑李文续缓缓地说。

"那我先回去了,"郑辉说,"还有很多善后工作要做。"

"辛苦你了。"郑李文续点点头说。

"只要太平,再辛苦也值得。"

"太平?"郑李文续轻轻念叨这两个字,百感交集,"太平"两字,看似平常,可要实现为什么会这么难?

正想着,王兆林又风一样地过来。

"兆林,今天怎么有空?"郑李文续问。

王兆林看到郑辉在,迟疑了一下说:"我采访路过,来看看姐。"

郑李文续知道他肯定有事,就说郑经理是自己人,有什么事你说。

王兆林抱歉地朝郑辉笑笑,低声说:"姐,我有一批货要运到江苏那边去,你帮我想想办法。"

郑李文续信任王兆林,所以她不问这货的来路和去处。因为王兆林跟她说过,在这场战争中,任何一个中国人都应该站出来,为这个国家和民族做点力所能及的事。她很欣慰自己也是其中的一员。

"有多少?什么时候送过来?"

"不多,货不好弄,这边安排好我就送过来。"

"你运气好,后天我们就有船去天津。"郑辉插话道。

"太好了,姐,郑经理,谢谢你们!"王兆林紧紧握住郑辉的手,感激地说。

"那你马上把货送来。"

"我这就去。"

"你直接找郑经理,他会安排妥当。"

王兆林点点头,又风一样地走了。郑辉正准备赶回去,郑李文续叫住他:"王先生的货千万不能出半点差错。"

"我有数。"

郑辉知道王兆林是郑李文续的朋友,再加上也看过王兆林写的不少文章,故而对他很信任。这货要带到江苏去,恐怕都是违禁品,得想个好办法来逃过这一路的检查。

郑辉没有猜错,王兆林的货物是一箱稀缺的药品。在路上这东西无论被国民党还是日本人查获,那罪就大了。考虑到这次运到天津去的货物是棉纱团与布匹,郑辉和郑李文续商量后,把药品分拆包装,外面缠上棉纱,变成一模一样的棉纱团。为了保密,两个人亲自动手,郑辉又分别暗中做好标记。这次本来不是他押船,现在为了这些药品的安全,他决定亲自运送。王兆林交给他一张单子,上面是送货地点和联系人姓名、交接时的暗号,到时候会有人前来取货。

船,按时起程,缓缓离开上海。郑辉站在船头,心里祈祷一路平安。

越怕什么,就越会来什么。船开到半道,遇上日本海军的巡逻艇,他们对所有去江苏方向的船只都查得特别严,因为苏北是共产党的地盘。

"停下,皇军例行检查。"巡逻艇上的翻译官拿起喇叭大声叫着。

郑辉眼看躲不过,就镇定下来,让船长把船停好,放下梯子。三个日军加上一个翻译上了船。郑辉想万一被查到,干脆拼一下。他朝几个船员使了个眼色,大家各就各位。表面上,郑辉态度很谦恭,他拿出货物的清单请对方看,一边从口袋里掏出一沓钱,悄悄塞到那名翻译官的手中,低声说:"请多关照。"

翻译官见郑辉这么懂行情,很高兴,就朝那三个日军叽里呱啦地说了一通,又装模作样地指了指货物和手中的清单,意思这是良民,没什么问题。那三个日军围着货物,东翻西看。有一个拿来棉纱团捏来捏去,郑辉看得心惊肉跳。

检查一番,没发现异常,三个日军朝翻译嘀咕几句。那翻译就对郑辉说:"皇军辛苦,你们应该表示一下。"

郑辉知道不破点财是过不了关的,忙笑着说:"应该的。"他又从另一个口袋里掏出一沓钱,双手奉上。三个日军拿到钱,露出满意的笑容,一挥手,就离船回到巡逻艇上。郑辉故意慢吞吞的,等他们的船开远了,才叫船长马上加速离开。身上,早已出了一身的冷汗。

　　幸好接下去的航程还比较顺利,到达江苏境内,天色已晚。郑辉就让船长把船停在江心,宣布休息,等第二天早上再出发。他让大家先睡觉,上半夜自己值班,下半夜换人。

　　快半夜了,有小船悄悄靠了过来,以灯光作信号。郑辉知道取货的人来了,他忙走到船边,轻声问:"船家,有新鲜鱼卖吗?"

　　"有。"小船上的人说。

　　"那麻烦你给我送送上来。"郑辉说。

　　"好嘞!"

　　放下梯子,一身渔夫打扮的汉子背起一只大背篓爬上了船。郑辉就把他带到厨房,对方把背篓里的鱼倒在地上的空盆里。

　　"王先生让我带的货在那里。"郑辉指了指堆在门背后的一堆棉纱团,刚才他已将它们提前集中在一起。

　　"谢谢你!"那汉子说完,迅速把藏有药品的棉纱团塞进他的大背篓里,跳上小船离开。

　　见王兆林的货顺利转交,郑辉总算松了一口气,这事太冒险了。但他想起郑李文续说过的话,作为一名中国人,有些事再难也要去做。一个女子尚有这样的思想境界,他这个大男人岂能太胆小怕事?

18

白色恐怖笼罩下的上海滩,人人自危。

罗妈去买菜,回到家里长吁短叹起来。她跟郑伯和吴妈说,钱越来越不值钱了,东西上午一个价,下午一个价,买个菜都要装一大袋钞票去,这日子咋过?为了减轻郑李文续的负担,罗妈提出要回老家去,家里少一张嘴,也能省点开支。

晚上,等郑李文续回到家,郑伯就把罗妈的这个意思告诉了她。郑李文续正在为贬得一塌糊涂的货币发愁,见郑伯和罗妈这样为她着想,非常感动。

"郑伯,按理你也该回老家去颐养天年。"郑李文续为难地说,"只是家里实在还少不了你。"

"我知道,少奶奶,所以我不走,什么时候你这里不需要我了,我再回去。"郑伯说。

"郑伯、罗妈,谢谢你们!"

"少奶奶,你多保重身体,幸好孩子们也大了,你再熬熬就出头了。"罗妈说。

郑李文续点点头说:"是,再苦再难,熬熬就过去了。"

郑少伟听说母亲要回老家,过来送行。郑李文续就留他吃晚饭,让他好好陪陪父母。

"少伟,晚上你就不要回船厂了,明天早上送罗妈上船。"

"好,我知道了。"郑少伟现在与郑李文续越来越默契,一个眼神就能明白彼此的意思。他发现她消瘦了许多,忍不住说:"你也别太操心,最近又瘦了。"

郑李文续下意识地摸了一下脸,笑着说:"还好。"

"瘦了。"郑少伟低下头重复了一遍,又马上转移话题,"那我过去陪我爹娘了。"

"去吧。"郑李文续温柔地看着他。

郑少伟深情地回望了郑李文续一眼,走出餐厅。郑李文续被郑少伟这一眼看得分了神,脸又悄悄红了。

这一夜,郑李文续和郑少伟又失眠了。两个人怀着同样的心事,却又不能再向前一步,只能彼此压抑着内心的情感。好不容易等到天亮,郑李文续去了公司,郑少伟送完母亲到码头,后脚也到了公司,因为上午郑李文续要和各负责人一起商量下一步的计划。

郑李文续在会议室主持会议。

"现在的局势各位都看到了,物价这么高,货币贬值如此厉害,船厂因原材料价格飞涨,周期又长,亏损严重,长期下去,恐怕无法承受。"郑李文续哑着嗓子说。最近她因焦虑上火,人很疲惫。

"是的,船厂的造船单子不是没有,只是成本太高,合同上写的是这个价,等交船时,那价早已贬了无数倍,搞得现在都不敢接单,越接亏得越多。"郑少伟深感压力沉重,整夜都睡不好。

郑辉也大倒苦水,他说:"船运业务现在处于饱和状态。一来是我们的船只少了许多,这次又有三艘内河客轮先后在沙市、丹阳沉没,损失惨重。二则风险越来越大,每一趟船出去,都不能保证能平安回来。"

陈森管理的码头及仓库,自从那次火灾以后,伤了不少元气。特别是仓库那一块,对一些易燃品的存放做了严格的规定,并加强了巡逻,以防万一。

"船厂目前这种情况,我想来想去唯有精减工人。少伟,这事你要处理好,哪些人留下来,哪些人让他们走,也可以双向选择。对解雇的工人,要安抚好情绪,每个人发一笔补助,以便他们有个过渡,免得太影响生活。"郑李文续语气沉重。

"眼下也只能如此了。"郑少伟点点头说。

"船队人员也要减,现在是船少人多。不过总经理,这么多解雇人员,每人发一笔补助,不是个小数目。"郑辉了解郑李文续心善,只是眼下困难重重,能省则省。

"是啊,不是几个人,仅船厂那一块,恐怕不会少于百人。"陈森也觉得这笔钱可以省。

"公司目前的现金流也不是很畅通。"郑鹏现在协助田旺财管理公司财务,有没有钱,他心里最清楚。

"少伟,你的意见呢?"郑李文续见郑少伟没有回答,就点名问他。

正低着头想事情的郑少伟抬起头说:"这笔费用可省可不省。说省,是因为没有这样的规定,你不给也很正常。说不省,那是总经理看得远,这么多工人一下子失去工作,若谁心中有了怨气,挑起事端,恐要酿成大祸。与其事后去补,不如提前消除可能发生的隐患。"

郑辉和陈森听了郑少伟的话,仔细琢磨后觉得也有道理,就不再反对。这些年,郑鹏在郑李文续身边工作,对她的为人处事已有了充分的了解,她总是为别人着想,心地非常善良,宁可自己苦一点,也不愿让跟着她的人吃亏。对这个提议,他只是担心这笔款到时候该怎么筹集。

郑李文续对郑少伟的回答很满意,他是懂她的,也不辜负她对他的欣赏。当她的目光与郑少伟的目光碰在一起,心跳莫名地加快了速度。郑李文续连忙凝神,和大家继续商量具体的细节,比如这补助的钱该是多少,多了公司也承担不了,太少又不能起到安抚的作用,需掌握好分

寸。还有,眼下上海粮食和煤炭等生活必需品特别紧张,这生意还得想办法做。

忙碌的一天结束后,郑李文绮回到家里,靠在沙发上,都懒得动一下。太累了,郑李文绮闭目养神,脑海里,又出现了郑少伟的那双眼睛,记忆里诸多模糊的影像瞬间清晰起来。郑李文绮猛地坐了起来,她被自己发现的这个答案给惊住了。

"不可能,这怎么可能?!"郑李文绮马上否定,一定是丈夫离开太久,自己的感觉出了偏差,她的身份注定不能再爱。郑程和郑万进来了,兄弟俩来征求母亲的意见,学校要准备迁往内地,他们想跟着去。郑李文绮让两个孩子坐在自己身边,一手拉一个,很郑重地说:"不是姆妈不同意你们去内地读书,可你们爸爸和姐姐一去就再也回不来了,姆妈已经承受不了这样的分离。眼下到处都在打仗,内地一样不安全。姆妈不希望你们离开,没有什么比一家人平平安安在一起更重要。"

郑程已是十八岁的小伙子,人又长得高,声音开始变粗,说话瓮声瓮气:"姆妈,那要么我们就不去了,弟弟在家自学,我到公司去帮忙。"

"你也可以在家看书自学,特别是英语,以后可以用得上。"

"你太辛苦,我已经长大了,该为你分担了。学习的事我也不会耽搁,你放心。"郑程懂事地说。

"在家自学啊,多无聊。"郑万还是像小时候一样,胖乎乎的,一张圆脸很可爱。

"把学习和生活安排好就不会无聊了。"郑李文绮松开手,站起来说。

"好吧,那我也表示没意见。"郑万说。

"乖孩子。"郑李文绮表扬道,"这也是没有办法的办法,等局势稳定了,你们再去学校。"

"姆妈,那就说定了,到时候我去公司实习。"郑程说。

"可以。"郑李文绮又想起安全问题,就叮咛两个儿子,出门千万小心,别去惹是生非,保护好自己。

"你说过很多次了。"郑万没有了耐心,他对母亲说,"好饿,可以开饭了吗?"

郑李文续这才想起自己还没有吃晚饭,孩子们为了等她也都饿着肚子,赶紧说:"快去看看饭菜做好没有。"

"早好了,就等你来。"郑万略带不满地说,母亲忙于工作,经常很晚回来。

郑李文续听出来了,她拍了拍小儿子的肩,说:"好了,快去吃。"

民国三十年十二月七日清晨,日本海军的航空母舰舰载飞机和微型潜艇突然袭击美国海军太平洋舰队在夏威夷的基地珍珠港以及美国陆军和海军在欧胡岛上的飞机场。

太平洋战争由此爆发。

十二月八日,黑色星期一。

日军占领了上海的两个租界,开始了无所顾忌的掠夺和抢劫,上海商界迎来了灭顶之灾。

郑李文续刚走进写字间,电话铃就刺耳地响了起来。

"总经理,不好了,我们停在码头上的两艘轮船被日军抢走了,他们用枪逼着船长开船,还打死了一名工人,打伤了好几个。"陈森在电话那头火急火燎,这个大男人几乎要哭了。

郑李文续欲哭无泪,一阵头晕,人都差点站不住。刚好郑鹏进来,连忙扶住她。

郑辉冲了进来,他的脸因为激愤而通红,看到郑李文续,颤抖着声音说:"船,船没了。"

"我知道了。"话音未落,郑李文续已泪流满面。

小白楼里,听到又抢了兴盛公司两艘船的吉子在得意地大叫。她终于赢了,女船王,哼,现在尝到不跟皇军合作的苦头了吧。现在她真的不急了,把属于郑李文续的东西一点点夺过来,慢慢折磨她,那才有意思。

上海完全沦陷。

汪伪政府乘机大量印发中储券,仅这一年的十二月一个月的时间就发行了八千万元,占该年全年发行额的三分之一。

上海滩冒出越来越多只为日本人服务的娱乐场所,他们夜夜笙歌,已成为这座城市的主人,走在大街上耀武扬威,不可一世。老百姓看到他们只会躲得远远的,谁也不敢去惹这些混世魔王。

山本次郎把吉子和三木吉利叫来,开酒庆祝上海终于成为大日本帝国的天下。

"我要让他们一个个后悔得吐血,特别是那个女人。"吉子手舞足蹈地说。

三木吉利的心一沉,他没有想到吉子到现在仍不愿放过郑李文续,可见她是个多么可怕的女人。

"怎么?三木君是不是又怜香惜玉起来了?"吉子端着酒杯,走到三木吉利面前,盯着他的眼睛问。

三木吉利不理她,拿起酒杯喝酒,过了好一阵对吉子说:"你不是一直在跟她玩吗?今天偷机器,明天放火,后天抢船,还没有折腾够?还不满意?"

"原来三木君一直关注着,我还以为那些事你根本不知情。"吉子仰起脖子,喝了一杯酒,冷冷地说。

"哼,你做的所有事情,我都看得清清楚楚。"三木吉利淡淡地说。

"山本长官,你看看他哪像帝国的军人?"吉子很不满地对山本次郎说。

"你有能力,就是好胜心太强。"山本次郎握着酒杯说。

"又是我的错。"吉子恃"功"而骄,她转动着眼珠,想到了一个一箭双雕的好计策。

"好了,今天我们好好庆祝一下,这天下是我们的,还怕有人不听话?我们有的是时间陪他们玩。"山本次郎得意地说。

"山本长官说得是。"吉子朝山本次郎抛了一个媚眼过去。山本次郎哈哈大笑起来,捏了一把她的脸。三木吉利装作没看见。

三木吉利收到一封信,是香子写来的,说她来上海了,约他明天晚上六点去南京西路的金门大酒店309包厢,她在那里等他。三木吉利捧着信,激动地反复看了好几遍。他给林景生打电话,告诉他自己收到香子的信了:"林,香子来上海了,约我明天晚上去金门大酒店,我真的太高兴了。"

"真的?太好了。"林景生也为三木吉利高兴。

"可惜田野君不在上海,不能告诉他这个好消息。"三木吉利沉醉在兴奋当中。

"那祝你明晚约会顺利。"林景生说。

三木吉利心情愉悦地笑了起来,和林景生通好电话,他又匆匆进城去理发、刮面,到澡堂泡澡。水温刚刚好,三木吉利闭上眼,有关香子的一切在他脑海里一幕幕浮现。他不知道这几年香子过得怎样,又怎会来上海,有太多的疑问在心里,他要当面好好问问。泡好澡,三木吉利回到住处,他把香子的信拿出来,再看一遍,又打开箱子,抽出一封香子以前写给他的信,目光在两封信之间流连。不对,三木吉利忽感觉哪里出了问题,仔细对比,他猛然惊觉这封信是假冒的。笔迹和语气都相似,但认真看,还是可以发现端倪。香子的信他都放在箱子里,他想起只有最后一封信是放在写字间的抽屉里。"莫非是吉子搞的鬼?这个女人,早晚不是被她搞死,就是搞死她。"三木吉利恨恨地自语。

第二天,三木吉利给林景生打电话,让他去借一辆陌生牌照的汽车,晚上和他一起去金门大酒店。他们提前一个小时到达,没有进饭店,而是坐在汽车里,眼睛盯着酒店的大门。

离六点还差五分钟,三木吉利和林景生几乎同时看到一个单身女人从一辆黄包车上下来,款款走了进去。"香子?"三木吉利冲动得想跳下

车。林景生叫住了他:"你不是说这是一个圈套吗?再等等,看看后面来的是什么人。三木吉利只好忍住,他的心情异常复杂,既希望来的是香子,又不希望是她。时间在一分一秒地过去,酒店门口并无异常情况,三木吉利心想也许真是香子,是自己多疑了。他对林景生说想进去看看。林景生说还是一起去,万一有个什么事,也说得清楚。三木吉利觉得有道理,但两个人还没有打开车门,就看到山本次郎怒气冲冲地从汽车上下来,直奔酒店。

"好悬。"三木吉利额头上的汗都吓出来了,"林,我们马上离开这里去酒吧。"

林景生发动汽车,朝他们常去的约翰酒吧急驰而去。

山本次郎是傍晚时分接到吉子电话的,吉子说三木吉利晚上私会慧子小姐,在金门大酒店309包厢。他开始不信,没想到慧子真给他打电话,说晚上要去戏院看戏,问他去不去,山本次郎就说不去,他有应酬,让她带两个保镖去。放下的电话,山本次郎又打电话给三木吉利,结果接电话的人说他出去了不在。

"胆大包天,看我不毙了这对狗男女。"山本次郎气得那双鹰眼都快爆出来了。

金门大酒店309包厢的门虚掩着,门缝里传出一对男女的呢喃声。山本次郎一脚踹开,举起手中的枪对准了里面的人,刚想破口大骂,才发现眼前竟然是一对金发碧眼的外国人,连忙收起枪,哈着腰说认错人了,借口自己在抓抗日分子,冒犯了。这对老外被扫了雅兴,非常不高兴。酒店的经理赶紧跑过来道歉,带老外去另一个包厢,为表诚意,这晚餐就免单了。山本次郎碰了一鼻子灰,就派人去戏院看慧子在不在,没多久,派去的人回话,说看到慧子小姐好好地坐在楼上的包房,正看得津津有味。山本次郎给吉子打电话,劈头盖脸地臭骂了她一顿。吉子百思不得其解,明明设计得天衣无缝,到底哪里出了问题?想到自己的计谋又失败了,吉子气得把写字间里能摔的东西都摔了,吓得蒋茨等人大气都不敢出。既然暂时对付不了三木吉利,那就去找找郑李文续的麻烦。现在的上海,可是日本人的天下。

三木吉利和林景生在酒吧里喝着闷酒。三木吉利说,没想到吉子会如此卑鄙,用此等手段来陷害自己。林景生也深有体会,想起这个女人他的心就会不自觉地生出怯意。

"林,谢谢你!"三木吉利真诚道了谢,并让林景生给他作证今晚两个人一直在一起。对这个中国男人,他的内心从未曾真正瞧得起过,但现在的看法在逐渐改变。

"你以后要更加小心提防吉老板。"林景生说。

"这个女人太可怕。"三木吉利在思考对策,他不能就这样稀里糊涂地就吃了闷亏。

山本次郎把三木吉利叫去,问他昨晚去了哪里,三木吉利说和林景生一起在酒吧喝酒。山本次郎又当着三木吉利的面给林景生打电话,问他昨晚行踪。林景生说在约翰酒吧,和三木先生一起喝酒。

"山本长官,出什么事了?"三木吉利装作不知情的样子,一脸疑惑地问。

山本次郎走过来,难得地拍拍三木吉利的肩膀说:"三木君,没事。"

三木吉利暗暗松了一口气。

码头上,陈森正在指挥工人们卸货,忽听到一个似曾相识的声音:"陈经理,别来无恙。"

陈森回头一看,连忙双手抱拳作揖道:"马爷来了,稀客稀客。"

"陈经理,明人不说暗话,你这里以后就归我管了。"马爷的声音依然是那么尖细,只是那张油头粉面的脸粗糙了许多。

"马爷,您老是开玩笑的吧,我们可是按月付孝敬钿的。"陈森急得脖子都粗了起来。

"你睁大眼睛看看我是开玩笑的样子吗?"马爷冷着脸说。

陈森这才注意到他的身后除了跟着一帮手执刀斧的汉子,还有几个扛着枪的日本兵,暗叫大事不妙。"马爷,求您老高抬贵手,兄弟们混口饭吃也不容易,求您了。"

"求我没有用,我听皇军的。"马爷转过身子,一脸媚笑地对那个日本兵说,"皇军的意思?"

"滚,统统给我滚!不滚,就死拉死拉滴。"几个日本兵举枪威胁。

工人们见白莲泾帮和日本兵勾结,居然要强占码头,不给他们活路,群情激愤,不知谁喊了一声"拼了",于是纷纷随手拿起货物堆旁边的木棍,潮水般涌了过去。由于这群工人平时都有训练,组织起来就是一支队伍。马爷显然没有想到工人们会反抗,他带的人并不多,怕吃眼前亏,吓得倒退了几步。日本兵开枪了,有工人倒下,码头瞬间安静下来,几秒钟后又爆发了更激烈的冲突,几个日本兵手中的枪被夺走了。马爷也被人打伤了脸,嗷嗷直叫,带着人屁滚尿流地跑了。

陈森急忙跑到写字间给郑李文续打电话。郑李文续不在公司,郑鹏说她去船厂了。电话又打到船厂,郑李文续正和郑少伟商量事情,闻此消息,两个人急忙赶往码头。

"陈经理,不好了,日本人来了。"有工人气喘吁吁地跑进来对陈森说。

"什么?又来了?"陈森赶紧跑出去。

一到外面,见一群拿着枪的日本兵从卡车上跳下来,马爷带的那帮人在旁边嚣张地叫嚷着。陈森冲过去,大叫着不要乱来。这时,口哨声响起,巡捕闻声而来。可日本人根本不把巡捕放在眼里,工人们知道日本人不会放过他们,干脆再拼一次,三方发生激烈的冲突,顿时码头上枪声四起。等郑李文续和郑少伟赶到,混战已结束,码头上到处是死伤的工人。郑李文续两眼一黑,昏倒在郑少伟怀里。

又是一阵慌乱。

等郑李文续醒过来,睁开眼睛,看着码头上的惨状,心如刀绞。她摇晃着身子站起来,欲哭无泪。郑少伟在沈俊箫和工人们的协助下,把受伤

· 286 ·

的工人送到了医院。陈森也身负重伤。

吉子听完汉奸马爷等人的汇报后,得意万分,急忙去向山本次郎邀功。她兴奋地说,这是用钝刀子割郑李文续身上的肉,这感觉太好了。山本次郎表扬她这次做得不错,以前他们在上海还有所顾忌,现在情况不一样了,他们是主人。三木吉利听说后,对吉子的毒辣又增添了几分厌恶。

码头惨案再次引发社会舆论的高度关注,激起了上海工人、学生、市民的极大愤怒,纷纷游行、示威。宁波同乡会联合上海其他码头的帮派举行了码头工人大罢工,倡议"凡遇日本船只抵埠,不为起货",分发传单,劝导各码头劳动界切实进行。汪伪政府和日本特务部见事情越闹越大,开始镇压,反而激起更多的人加入抗日队伍,只好妥协,把白莲泾帮的人抓来几个,算作凶手,以安抚人心。

那段时间,郑李文续不分白天黑夜处理码头死伤工人的善后工作,整个人累得虚脱。可再累,她也只能撑着。

王兆林来向郑李文续告别。自日军占领上海公共租界后,他所在的《申报》再次停刊。一周后,在日军威胁下复刊,但已完全为日军报道部所控制。现在日军军部又突然派人查封了报社,他准备离开上海。不过他还要麻烦她最后一次——带几个热爱这个国家的中国人一起离开。郑李文续说刚好有一批货要走,为了安全,让郑辉亲自押送。

"离开上海后,你想去哪里?"郑李文续关心地问。

"姐,你也知道我的理想是当战地记者。"王兆林朝郑李文续笑了笑说。

"是非之地,离开也好。"

两个人互道保重,期待有朝一日能再次重逢。

在约定的时间,"镇山"号满载货物启程,郑辉让王兆林和那几位客人全部换上水手的衣服,分派好任务,各自做自己的事。由于日军在吴淞口外就有封锁线,兵舰日夜巡逻,他们不让中国人的船前往没有沦陷的自由区航行。他们最怕上海有人把药品及其他医疗物资运出去,落到共产

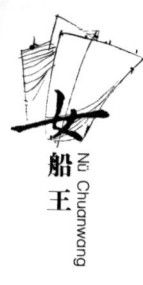

党的手上,所以查得特别紧。

不出郑辉所料,离开吴淞口没多远,日军的兵舰就过来了,叫嚷着停船检查。郑辉已经很有经验,他连忙叫船长把船停了,很配合地接受检查。船上是一批日用品,对方查得很仔细,核对货物清单,翻检里面有没有夹带其他违禁品。其中一个日本军人把视线落在一位长相斯文的中年男子身上,狐疑地打量着,上前盘问。

"你的,干什么的?"

郑辉一惊,暗叫不好,他用余光悄悄看了王兆林一眼,见他镇定自若,也稳了稳神。只见那中年男子不慌不忙地说:"炒菜的。"他指了指厨房,做了一个炒菜的动作。

"炒菜的?"这个日本人还是有点不相信。

"是,太君,他是我们船上聘请的厨师,能炒一手好菜。"郑辉忙上前解释道。

"你的,马上给我炒一个。"

郑辉心想麻烦,今天碰上一个难缠的了。再看那中年男人,只见他微笑着点头道:"好。"

另外几个日军也来了兴致,跟着到厨房。郑辉站在一边,暗暗捏了一把汗。只见那中年男人打开橱柜,扫视一眼里面的东西,拿起一块咸肉,用菜刀熟练地切了起来。郑辉一看这刀功,悬着的那颗心稍稍放了下来,应该可以过关了。

没一会儿,中年男人端出一盘咸肉炒香干。几个日本兵闻到香味,一脸的馋相,直接用手毫不客气地品尝起来,边吃边点头。郑辉忍不住想笑,又拼命克制。日军吃得高兴,也就不查了,返回兵舰,挥挥手放行。

"这位兄弟,你真是厨师?"郑辉好奇地问。

"是啊,我是厨师。"中年男人笑着说。

"还好还好,刚才吓死我了。"郑辉心有余悸地说。

"谢谢,给你们添麻烦了。"中年男人感激地说。

"郑经理,真的太谢谢你们了。"王兆林过来说。

"没事没事,希望接下去能一路平安。"郑辉摆摆手说。

"是的,平安最要紧。"中年男人把目光投向了越来越远的上海,思绪万千。

林景生做梦也没有想到,有一天他在老家的太太林叶氏会带着独生女儿林妮来上海找他。

林叶氏是因为公公去世,家里没其他人,于是就带着林景生以前寄回来的书信地址到上海来寻亲。历尽千辛万苦到了上海,可怜母女俩都是第一次进城,根本分不清东南西北,只好边走边问。

路上,一个打扮体面的男人打量着正在问路的母女俩,花骨朵般的林妮虽一身土气,但还是难掩青春的气息。

"你们要去哪里?"陌生男人上前,和气地问。

林叶氏活了大半辈子,从没出过远门,能来到大上海,已经非常了不起。她以为遇到了好人,忙把地址拿出来给那男人看。"我们要去这个地方。"

"真巧,我也刚好要去那里,不是很远,我带你们过去。"陌生男人热情地说。

"太谢谢你了。"林叶氏不停道谢。

那男人就带着母女俩走街串巷,东拐西弯进了一个小弄堂,来到一幢小楼前,停住了脚步。

"到了?"林叶氏疑惑地问。她虽不识字,但看那小楼的样子似乎不像是人家,因为外面挂着一块色彩很鲜艳的牌子。

"就在里面,进去吧!"那男人依然笑眯眯地说。

林叶氏有点怕,她拉住女儿的手说:"我们再问问别人。"

那男人闻听此言,转眼换了一副神情,恶狠狠地说:"晚了。"说完,他朝里面喊了一声:"老板娘,新鲜货来了。"

林叶氏一听,知道上当,忙拉着女儿想跑。可来不及了,屋里冲出两

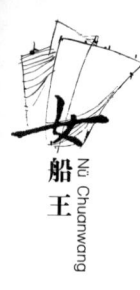

个彪形大汉,一人一个就把母女俩给拎了进去。林叶氏和林妮尖叫着喊救命,很快没有了声音,她们被打晕过去了。

那男人走进屋里,一个脸上抹着厚厚香粉的中年妇女从抽屉里拿出几张钞票递给他。男人用手指一捻,不满地嘀咕着,意思是太少了。女人瞪了他一眼,不情愿地又加了一张,男人接过,这才满意地离去。

门口,那块牌子上用日文和中文写着:春香院。

三木吉利收到家信,母亲病重,想见他一面。他拿着信去找山本次郎请假,可山本次郎以非常时期为由,不同意他回日本。三木吉利心中郁闷,叫上林景生,一起去酒吧喝酒。

"这场没完没了的战争啊!"三木吉利握着酒杯,喃喃自语。

"现在这局势对皇军来说不是挺好的吗?"林景生纳闷地问。

"没看到你们中国人在拼命反抗?"三木吉利斜着眼,讽刺道。

大冷天的,林景生额头不禁微微冒出了汗,浑身燥热。他不知道自己该如何回答,虽说头上戴了一顶汉奸的帽子,可他也不过是为了自保而已,并没有做什么十恶不赦的事。听三木吉利这么说,一时如坐针毡,只好用喝酒来掩饰。

"林,不必在意,你是我们的好朋友。"三木吉利举起酒杯说,"来,干一杯。"

两个人酒喝得差不多了,三木吉利说要带林景生去一个地方玩玩。林景生不敢不答应,就跟了去。

到了那里,林景生才发现原来是春香院,男人们寻欢作乐的地方。

三木吉利醉醺醺地对那个管事的女人说:"来一个年轻的妞。"又指了指林景生:"给他也找一个。"

"太君放心,包你满意。"管事的女人朝手下吼了一声,"还不快带太君去。"

"太君请。"一个黑衫男人走过来,讨好地做了个邀请的动作。

管事的女人又看了一眼林景生,见是个中国人,就让手下人带他去另一个房间。

三木吉利推开了房间的门,一个年轻女孩回过头,一脸惊恐地看着他。不知为何,他心里忽有了一丝不忍,但酒精在他年轻的身体里发作,借着醉意,他一边重重地关上门,一边像饿狼一样把女孩拎到床上,粗暴地剥去她身上的衣服,发泄自己的兽欲。女孩睁着一双无神的大眼睛,一脸的麻木。

林景生被带到另一个房间门口。他推门进去,看到一个神情痴呆,额头还留有血迹的中年妇女坐在地上,心里很不悦,刚想转身离开,又觉得这女人面熟。再一看,他傻在那里,揉揉眼睛:这,这,怎么可能?

这个时候,林叶氏也抬起了头,当她看到眼前的男人居然是多年不见的丈夫时,整个人都要崩溃了。

"你,你怎么会在这里?"林景生大惊失色,连声追问,"究竟怎么一回事?"

林叶氏痛苦地把事情经过说了一遍,林景生用手抓自己的头发,他万儿没有想到,妻子和女儿会有这样的遭遇,作孽啊!

"妮妮在哪?你快说,妮妮在哪?"林景生摇着妻子的肩膀问。

"在最后一个房间。"林叶氏颤抖着声音说,今天来了一个日本长官,指名要干净的处女,那帮畜牛就把林妮给拉走了,她拼了命也护不了女儿,只好眼睁睁看着女儿被关在那屋子,惨遭摧残。

林景生猛地转身,打开房门冲了出去,他跑到最后一个房间要去撞门,两个黑衣汉子拦住了他:"太君正在里面休息。"

"太君?哈哈,哈哈!"林景生大笑起来,他狠狠地抽自己嘴巴,一缕鲜血从嘴角流了下来。

笑声惊动了屋里的人。"谁在找死!"一个肥胖高大的身影怒气冲冲地拉开门,林景生一看,扑通一声跪倒在地。

"怎么是你?"山本次郎一脸疑惑地问。

　　这时,三木吉利听到声音,也穿好衣服,摇晃着打开了门。每次发泄以后,他的内心就格外空虚。他看到林景生怪异的举动,问:"林,出什么事了?"再看,山本次郎也在,一时傻在那里。

　　林景生回头,他的脸已肿了起来,泪水模糊了他的双眼,他只看到屋里的床上,一个全身赤裸的女孩像死人一样躺在那里。他爬起来,不顾一切地紧紧抓住山本次郎的手臂,颤抖着声音说:"她,她是我的女儿。"

　　"什么?"山本次郎和三木吉利都惊呆了。

　　林景生大骂自己畜生不如,春香院里的其他人也因这一幕而怔住了。山本次郎一脸难堪,他狠狠地踹了林景生一脚,头也不回地走了。

　　突然,一个沉重的声音传来,黑衣汉子冲了过去,没几秒钟,就听到喊声:"死人了!"

　　林景生想到了妻子,忙站起来跑过去一看,林叶氏已撞墙自尽。管事的人不停地喊着晦气,正叫人把林叶氏抬出去处理了。林景生号叫着拦下来,还想找他们拼命,三木吉利拦住了他。

　　"把你女儿带走。"

　　林景生如梦初醒,他跌跌撞撞地奔进房间,用被子把已处于昏迷状态的林妮裹好,抱着走出了春香院。黑衣汉子想拦,三木吉利拔出手枪,冷冷地说:"不要命的过来。"

　　管事的一看情况不妙,赶紧讨好地说:"没事没事,太君走好。"

　　林景生把女儿放到附近的客栈粗粗安顿一下,赶紧回头买好棺材,匆匆选了块坟地,草草地把林叶氏葬了。

　　接着,林景生把女儿带回了家,李淑慧一脸疑惑,他只吐出一句"她是妮妮",就再也说不出话来了。

　　"妮妮?"李淑慧惊叫起来,怎么会这样?她连忙吩咐下人去烧热水,亲自给林妮擦洗身子,看到她受到的伤害,不禁流下了眼泪。

　　"马上送她去医院。"李淑慧找出自己的一套衣服,替林妮穿上,对林景生说。

看着昏迷不醒、人不像人鬼不像鬼的女儿,林景生痛哭流涕,大骂自己不是人。

夜深了,林景生喝得醉醺醺地回到林公馆。

自从妻子惨死,女儿变得疯疯癫癫,半夜常发出惊恐的惨叫,这让他痛苦不堪,每天生活在自责中,借酒浇愁。李淑慧本来想找机会离开,可一见林妮这个样子,不忍心抛下她不管,流着泪一心一意照顾她。

林景生走进客厅,又打开酒柜,给自己倒一杯酒喝。李淑慧见丈夫一副颓废的样子,终于忍不住上前,生气地夺过他的酒杯,大骂道:"如果你还是个男人,就不要只知道整天喝酒,你去找那帮畜生拼命啊!你看看妮妮,我都心疼得受不了,你难道没感觉?!"

"我怎么会没感觉?我恨不得马上跟那帮猪狗不如的东西拼了!"林景生大声地说。

"瞧瞧你现在这样子,还没有去,自己就把自己醉死了。"李淑慧没好气地说。

林景生坐在椅子上,双眼通红,大口喘着粗气,被李淑慧骂得无话可说。不是他不想报仇,是还没有找到好办法。他知道,再这样下去,自己也成了一个废人。

"好,我听你的,从现在开始,戒酒。"林景生拿起酒瓶,狠狠地摔在地上。酒瓶发出清脆的迸裂声,玻璃碴四溅,酒流了一地。

"此仇不报,誓不为人!"林景生发下重誓。

为了复仇,林景生依然装作一副没骨气的样子,混迹于日军当中。山本次郎不相信林景生不恨他,可经过观察,发现这确实是一个没有骨气的中国男人,也就放心了。三木吉利在林景生家看到林妮的样子,又想起春香院中那些倍受摧残的中国女性,良心受到深深的谴责。他再也不去寻欢作乐,只是心情烦闷的时候,仍喜欢去喝酒。他与林景生比过去走得更近了些,还常在山本次郎面前替他说好话。林景生也使出浑身解数,套近

乎,拍马奉承,搞好各种关系。

李淑慧来找郑李文续,把林景生原配和女儿的不幸告诉了她。"那孩子太可怜了,一辈子就这样毁掉了。"

郑李文续听得心惊肉跳,既为林景生妻女的不幸难过,又为林景生这么没骨气叹息。

"他还在替日本人做事?"郑李文续问。

"是,不过他向我发誓要报仇,所以我想他可能是故意那么去做的。"李淑慧说。

听了这话,郑李文续若有所思。

"我现在不忍心丢下那孩子走,"李淑慧苦笑道,"有时候我也很矛盾,万一景生真找日本人去拼命,丢了性命,我就不知道该怎么办了。可你说,这事就这样过去,做人也太没意思。"

"只要他稍有点血性,就应该会去报仇,至于结果怎样,那是不好说。人活着都是为了争口气,这样的深仇大恨都能无动于衷,那他就不配为人夫,为人父。"郑李文续激动地说。

"是的,我也这么想。"

"那孩子不能治好吗?"

"我也不清楚,受刺激太深,太可怜了。"李淑慧说着,眼泪又要下来,"哪天说不定会来求姐姐帮忙。"

"你尽管说,他们一样是我的敌人。"郑李文续心头的怒火又燃烧起来。

李淑慧点点头说:"可惜我们都是女人,没什么用。"

"谁说女人没用?!林妮现在不是全靠你吗?"郑李文续不同意李淑慧的说法。

李淑慧不好意思地说:"姐姐不一样。"

"你也可以的。"郑李文续鼓励道。

"谢谢姐姐!"李淑慧很感动。

坐了一会儿,李淑慧不放心林妮,就告辞回去了。

19

光阴似箭,民国三十二年已过去大半。

七月三十日,汪精卫政权接收公共租界,接管捕房,各捕房改为上海特别市第三警察局各分局。沈俊箫换上了警服,趁汪政权接管前的混乱,偷偷把关押的几个政治犯给放了。

林妮在李淑慧的精心照顾下,比过去要好了些,但精神状况依然很差,时不时还要犯糊涂。每次看到女儿睁着一双惊恐的眼睛看着他发抖,林景生的心就在滴血,他不想再等下去,可单凭他一个人的力量,要报仇几乎是天方夜谭。这种内心的煎熬,让他整个人处于异样的亢奋状态。他对李淑慧说,要早点结束这场噩梦,不然他会疯掉。李淑慧提议,干脆一家人离开上海,走得远远的。林景生不甘心,他想无论是山本次郎还是吉子,只要能杀掉一个都好。为了让自己没有后顾之忧,林景生把所有的积蓄交给李淑慧,让她带着林妮马上离开上海,回四川老家。"你去找郑李文续,请她帮忙。妮妮我就托付给你,等我办好事,就去找你们。"

"景生,你不跟我们一起走吗?"李淑慧见丈夫一改往日的模样,心里既高兴又难过,高兴的是他终于醒悟过来,难过的是,怕这一别再无相见的机会。

"好了,不要管我,你和妮妮马上离开,越快越好。"

"我收拾一下就去找姐姐。"

那一晚,林景生几乎没有睡觉,他一直坐在女儿的床边,看着女儿睡梦中的脸。她睡得很不踏实,似有噩梦一直缠着她,稚嫩的脸庞已烙上人世的悲凉。

"对不起,妮妮,爸爸错了。"林景生的眼泪悄悄流了下来,他把女儿纤细的手放在自己的掌心,轻轻握住。回想女儿从小到大,他这个当父亲的基本上没尽过什么责任,还带给她终身的伤害。"原谅爸爸,好吗?"

林景生把女儿的手贴在自己潮湿的脸上,低低地抽泣起来。

李淑慧带上家里的细软和林妮来找郑李文续,请她帮忙,她们要立刻离开上海。郑李文续二话没说,马上安排。考虑到路途遥远,两个弱女子在路上不安全,征求了李淑慧的意见后,郑李文续又派了一位可靠的人员负责护送。由于公司仅有的船只都在外面,郑李文续就让人去火车站买票。票非常难买,最后花了好几倍的价钱,总算买到三张票,郑李文续亲自送她们到车站。

分别时,两个好姐妹含着眼泪拥抱在一起。

"姐,原谅景生吧,他其实也没干多少坏事,也已知道错了。"李淑慧边说边流下了眼泪。

郑李文续点点头说:"我明白。"

"谢谢姐,此去一别,不知今生还有没有相见的机会。你多保重!"

"你也是,会有机会的,我相信。"

火车缓缓离开了站台,郑李文续站在那里,目送李淑慧等人的远去,心里暗暗祈祷他们一路平安。

三木吉利的母亲去世了,临死前,她叫着儿子的名字,死不瞑目。接到家里寄来的信后,三木吉利痛哭流涕。早知道,无论如何也要想办法回国去见母亲一面,现在后悔也来不及了。他心里很痛苦,又走进酒吧,要了两瓶酒,一杯接着一杯地喝。林景生悄然出现。

"三木君,今天喝酒怎么不找我?"林景生在三木吉利对面的沙发坐下,微笑着问。

"林,从此以后我再也没有母亲了。"三木吉利第一次在林景生面前流泪。

"我的父母和妻子都不在了。"林景生被戳到痛处,声音哽咽起来,"妮妮这辈子也毁了。"

"可恶的战争!"三木吉利恨恨地诅咒,又灌了一杯酒下肚,抬起头,盯着林景生,忽生一种同病相怜之感。

"三木君,以后我就跟你混了,我现在可以说是众叛亲离,连姨太太也跟人跑了,下人也一个个走了,现在就孤家寡人一个。"林景生苦笑道。

"你也是可怜之人。"三木吉利主动给林景生倒酒,"来,喝一杯,还是酒好。"

林景生拿起酒杯一饮而尽,长叹道:"是啊,还是酒好。"

见三木吉利情绪不稳,林景生故意把话题引到吉子和山本次郎身上。"三木君,你和吉子小姐两个人,我感觉山本长官还是更看重你。"

"看重?我不过是他手中的一颗棋子罢了。"三木吉利想起去世的母亲,忍不住又难过起来,愤怒地说,"我来中国这么多年,一次都没有回去过,这次还是不允许,没有人性的家伙!"

"三木君,轻点轻点,这话你可千万不要乱说,万一被吉子小姐的人听到,你就麻烦了。"林景生故作紧张地四处张望。

"吉子,哼,我知道她整天想找我的麻烦。"三木吉利一听吉子的名字就来气,这个女人处处跟他对着干,而山本次郎表面上批评她,实际上态度却很暧昧。在海军特务部,他倒成了外人。

"那你还不小心点?"林景生摆出一副推心置腹的样子说,"人在屋檐下,不得不低头,"

三木吉利重重地放下酒杯,生气地说:"她还想怎样?!"

"好了好了,我们不提她了。对了,山本长官什么时候有空,我想请你和他一起去大中华饭店吃饭。"林景生说。

"你干吗要请他吃饭?"三木吉利没听明白,睁着醉眼问。

"表示感谢,你一次次在山本长官面前为我说好话,我都记着。不请这餐饭,心里过意不去。"林景生一脸的诚恳。

"那行吧,我明天帮你问问。"三木吉利说。

"三木君,太谢谢你了!"林景生拿过酒瓶,给三木吉利倒上酒,"来,为我们的友情天长地久干杯。"

"干杯!"

两只酒杯碰撞发出清脆的声音。窗外,夜色更浓了。

山本次郎答应了林景生的邀请。

出发去饭店前,林景生开着车来到兴盛公司,郑李文续看到他,心情很复杂。

"文续,我是来向你郑重道歉的,以前我做了太多的错事,对不起文章,也对不起你,我不敢奢望能得到你的原谅。"林景生朝郑李文续深深地鞠了一躬。

郑李文续见林景生态度恳切,真心悔过,便大度地说:"过去的事就让它过去,我一直相信林大哥不是那种背信弃义之人。淑慧妹妹可有书信寄来?"

"她们已平安到达,来过一份电报,书信我不让她寄。"林景生苦涩地笑了笑,"我是咎由自取。"

"现在还来得及。"郑李文续放下手中的笔,"这些年日本人是怎么对我们中国人的,你应该也看得很清楚。国难当头,我们都好自为之。"

林景生羞愧地点了点头,是他敌友不分,不配做个顶天立地的中国人。看时间差不多了,林景生再次弯腰向郑李文续鞠躬道歉,然后匆匆告辞。郑李文续看着他的背影,感觉既熟悉又陌生。不过有一点,她确信,林景生真的悔悟了。

山本次郎一般不接受这样的私人邀请,不安全。上海滩的暗杀活动太多了,况且很多事情虽然不是他出面,但幕后主使却是他。树敌太多,他怕招来报复。这次是给三木吉利面子,没有让三木回日本奔丧,三木心里有怨气,可以借这餐饭解解他的心结。为了安全,山本次郎让吉子提前派人去饭店清场,看看附近有没有可疑的人。吉子见林景生请山本长官和三木吉利,却不请自己,暗暗骂了一句小人,抱长官的大腿,趋炎附势的家伙!

华灯初上,"大中华饭店"几个字在夜色中闪烁着迷离的光芒。

林景生开着车,远远看到饭店门口的情形,今天怕是没有机会下手了。临下车前,他把身上的匕首拿出来,放在座位底下。

吉子看到他,冷着脸不予理睬。林景生忙赔着笑上前,请她共进晚餐。吉子哼了一声,自顾自去检查巡视。林景生走进饭店,马上有士兵拦住他,要搜了身才能上去。林景生在心里叫了一声好险,就举起手任对方摸他的衣裤口袋。见没有武器,士兵就让他上楼去。

来到包厢,林景生站在窗口往外看。他想,今天晚上若山本次郎遇刺身亡,那么他也难逃干系,吉子肯定会怀疑他,除非三个人一起死。这饭店里外都是日本兵,就算他身上带了匕首,也暗杀不成。也许是气数未尽,林景生在心里哀叹道。

山本次郎的汽车来了。

林景生赶紧下楼去,跑到门口迎接。车门打开,山本次郎和三木吉利从车上下来,林景生微笑着朝他们做了一个请的姿势。

这一餐饭吃得云淡风轻,宾主尽欢。

山本次郎对林景生的表现非常满意,称赞他是大日本帝国忠诚的好朋友。林景生连忙表态,这是自己应该做的。

送走山本次郎和三木吉利,林景生坐上车,也离开了饭店。他想这次不行,那就再等下一个机会吧!现在自己已经没有后顾之忧,他有耐心等待。

　　吉子向山本次郎汇报，说三木吉利经常在酒吧说很多反战的言论，请山本长官下令处置。山本次郎听完十分生气，他让吉子先不要惊动三木吉利，把林景生带来，他要证实一下。

　　林景生见吉子忽然上门，不由一惊，以为自己的想法已被日军察觉。他想这次无论如何也不能当个孬种了，大不了一死。既然连死都不怕，还怕什么。这么一想，人就镇定了许多，装作若无其事的样子跟着吉子上了车。

　　吉子把林景生带到山本次郎处，就退到一边。山本次郎打量着林景生，突然开口问道："林先生，今天请你来，是有件事想向你证实一下，三木君在你面前是不是说过很多不利于大日本帝国的话？"

　　林景生一听，原来是为了三木吉利，不由松了一口气。他想这肯定是吉子搞的鬼，于是认真地说："山本长官，三木君有时候酒喝多了，可能会说几句牢骚话，其他的我不清楚。"

　　"你们中国人不是常说酒后吐真言吗？看来三木君是说过那样的话。"山本次郎摸着自己的下巴，慢吞吞地说。

　　"山本长官，您明察秋毫，我个人认为偶尔说几句醉话还是可以原谅的。"林景生一脸诚恳地说。

　　"林先生，你对三木君倒是不错。"山本次郎别有深意地说。

　　"山本长官，我对皇军一向忠心耿耿。"林景生很严肃地说。

　　山本次郎忽然大笑起来，上前拍拍林景生的肩膀说："林先生，是我们的好朋友。来来，这里有一张请柬，欢迎你来参加我们海军俱乐部的周末舞会。"

　　"谢谢山本长官，我一定到。"林景生双手接过请柬，满心欢喜的样子。

　　"你可以走了，今天的事不要跟三木君提起，明白？"

　　"明白，我绝对不说一个字。"

　　山本次郎点点头，挥手让林景生离开。林景生走出山本次郎的写字间，穿过长长的走廊，向大门口走去，边走边悄悄观察四周的环境。要想在这里动手,成功的可能性太小了,只有一个办法,就是等山本次郎出去,在外面动手。

吉子见山本次郎这个态度,一时摸不清他的真实想法,难道就这么算了?于是疑惑地问:"山本长官的意思是?"

"现在还不是时候,你暗中继续关注三木的动态,若再发现他有此言论,立刻向我报告。"山本次郎吩咐道。

"是,山本长官。"吉子说。

林景生从山本次郎那儿回来后,心中暗惊,没想到三木吉利的言行都受到监视,自己以后也要加倍小心才是,这事他得让三木吉利知道,那么在行动中,说不定他还会帮自己一把。于是林景生告诉三木吉利,吉子在酒吧布了暗探,山本次郎把自己叫过去盘查他的言论,看样子要对他不利,让他无论如何提防这两个人。不出所料,三木吉利很愤怒,对林景生的仗义很感激。趁此机会,林景生就向他诉苦:"我真怕哪天没有了被皇军利用的价值,就会像一块破抹布一样被扔掉。"

林景生的话让三木吉利很有同感,自己不也是一块抹布吗?更何况山本长官现在对他又起了疑心,以后不管他怎么做,恐怕也难以得到信任。

"唉,不去想这些烦心事了,走一步看一步。这世上,人不为己,天诛地灭,我看吉子小姐一直跟三木君作对,说到底还不是为了她自己!"林景生继续煽风点火。

"真没想到她用这一招,果然是最毒妇人心。"三木吉利沉着脸说。

"算了,她有山本长官撑腰,三木君,你斗不过她的。"林景生边说边暗暗观察三木吉利的脸色。

"哼,走着瞧。"三木吉利的脸色更加阴郁。

三木吉利不再吭声,林景生见目的达到,也就不多说了。

周末到了,三木吉利和林景生一起去日本海军俱乐部。守卫的人很认真地检查每个人手中的请柬,然后放行。林景生跟着三木吉利走了进

去，一溜长条桌上摆满了各类酒水和精美点心、水果。放眼望过去，满目皆是西装革履的先生和珠光宝气的太太、小姐。林景生和三木吉利都没有带舞伴，两个人各倒了一杯酒，找了个角落坐下。林景生的神情不太自然，他今晚冒险在身上带了一把精巧的匕首进来，不知道能不能派上用场。

吉子来了，换了一身漂亮的和服，化了妆，脸刷得惨白，嘴唇又涂成猩红。林景生感觉她的目光里有一种无法言说的冷，这个女人太可怕了。有人喊"山本长官和慧子小姐到"。林景生一听慧子的名字，心里一紧，转过头去看三木吉利的神情。只见他眼神变得恍惚起来，死死盯着慧子的脸，林景生故意撞了他一下，三木吉利清醒过来，走过去打招呼，林景生也跟了过去。吉子的脸色变得极其难看，看慧子的眼神充满了杀气。她转身走出大厅，没多久又若无其事地回来。林景生感觉晚上恐怕要出事，那就正好趁乱结果了仇人。

"大家玩得开心。"山本次郎客气地说。

招呼过后，各自找位子坐下。

一名侍应生端着托盘从林景生身边走过，林景生忽然觉得这个人有点面熟，可一时又想不起来。再想细看，人已不见了。也许是自己眼花了。林景生喝了一口酒，摇了摇头。

舞会开始了。

音乐响了起来，三木吉利和林景生站起来，各找了一个舞伴。林景生看到山本次郎搂着慧子的腰，滑进了舞池。一切都显得那么平静，空气里弥漫着纸醉金迷的气息。吉子赌气似的拉了个男人，故意在山本次郎身边跳。正当大家都陶醉在舞曲当中时，天花板上的水晶灯突然掉了下来，砸在客人身上，发出清脆的巨响。紧接着，屋里突然断电。现场一片混乱，哭喊声和惨叫声四起。林景生慌忙从贴身的口袋里摸出匕首，却不知道黑暗中该刺向哪里。听到外面传来急促的脚步声，吓得他蹲下身，把匕首塞进角落的地毯下面，又快速换了位置。

灯突然又亮了,一大批日本兵冲了进来,所有人都傻在那里,有的直接瘫在地上,还有几个躺在了地上。

"山本长官!"有人惊叫。

三木吉利跑过去,林景生跟在后面,发现山本次郎正喘着粗气,一把匕首插在他身上,可惜偏了点,没有刺中要害。

"快送山本长官去医院。"三木吉利临时当起了指挥官。

"查,你给我查清楚这事是谁干的。"山本次郎咬着牙对三木吉利说。

"是,山本长官。"

吉子被人用酒瓶砸破了脑袋,一动不动地躺在角落里。三木吉利走过去探她的气息,似乎还有,回头就吩咐人把这些受伤者都送到医院去。接着,三木吉利把剩下所有参加舞会的人都集中在一起,一个个进行盘查,可没有发现嫌疑人。每个人身上手上都没有血迹,而且都是持请柬而来,一查便知身份。

这时,有士兵进来报告,说刚才清点了人数,发现少了一个侍应生。三木吉利命令立刻全城搜查。既然凶手已经跑了,再把参加舞会的人软禁着也就没有了意义,更何况前来参加舞会的不是军官,就是上海滩与日军有合作的头面人物。

"你们可以回去了。"三木吉利挥挥手说。

众人如释重负,逃也似的离开。林景生刚想走,三木吉利叫住他,意味深长地问他,凶手是谁?林景生摇摇头说不知道。三木吉利拍拍林景生的肩膀,似笑非似地说:"我还以为是你。"林景生吓得忙摆手,说自己没这个胆。三木吉利大笑,让林景生回去,说有空再去找他喝酒。

这时,三木吉利发现还有一个女人没有走,她坐在角落的椅子上,静静地看着他。"小姐,你可以走了。"三木吉利奇怪地看了她一眼。香子?还是慧子?他迟疑地走过去说:"慧子小姐,我送你回去。"

慧子张了张嘴,眼睛里写满了内容,三木吉利感觉到不对劲,上前去扶她,谁知一碰,她就滑倒在地,背后衣服上全是血迹。三木吉利抱起她,

要送她去医院。慧子虚弱地摇摇头说:"是吉子。"

"什么?是吉子对你下的毒手?"三木吉利把牙咬得咯咯响,趁慧子还有一口气,他赶紧问:"告诉我,你是不是香子?"

慧子的眼前渐渐模糊起来,她用尽力气朝三木吉利笑了笑说:"香子,是……我……姐姐。"说完,闭上了那双美丽的眼睛。

三木吉利悲愤地抱起慧子,朝外走去。

林景生心惊胆战地开车回家,一路上,他一边恨自己懦弱无能,一边猜测晚上这事是谁干的。他想自己是时候离开这个让人迷失灵魂的地方了。"淑慧,妮妮,等着爸爸。"

第二天早上,上海滩各大报纸纷纷刊登了山本次郎和吉子遇刺的消息。郑李文续看到报纸,马上联想到林景生,可又觉得不太可能,林景生会有这样的本事?她去问沈俊箫。沈俊箫说像山本次郎和吉子这种人,不管是谁,都应得而诛之,可惜这次没有一刀毙命,便宜了他们,以后就难下手了。

郑李文续点点头,心忽然一动,她略带疑问地看了沈俊箫一眼,见他神情如常,莫非是自己想多了?她又问有没有王兆林的消息,沈俊箫说暂时没有。

为了找到那个逃走的侍应生,日本军方和警察局派人在车站、码头等交通要道到处布控,可一无所获。因为那人留下的身份信息是假的。山本次郎经过抢救,总算捡回一条命。

吉子被砸成严重的脑震荡,躺在医院昏迷不醒。由于山本次郎自己也在住院治疗,所以日本海军特务部工作暂时交由三木吉利负责,有什么事情,三木吉利就到病房向山本次郎汇报。以山本次郎多疑的性格,他对自己和吉子遇袭,三木吉利却毫发无损,心里打了个大问号,怕三木吉利是为了夺权下的手,就暗中叫心腹去调查。另一方面,在医院四周加强警戒,以防再次遇刺。

三木吉利担心山本次郎会怀疑到自己头上,他也很想抓到逃走的那位凶手,可完全是大海捞针,去哪儿找? 为了打消山本次郎的疑虑,他就虚张声势抓了几个人,伪造了一份口供,到山本次郎那里交差。

"山本长官,还有一件事,属下忘了向您汇报。"三木吉利毕恭毕敬地站在病房里。

"什么事?"山本次郎被手下扶到沙发上坐下,肿着眼睛问。

"那天晚上,慧子小姐不幸遇难了。"三木吉利的声音里似乎不带任何情感,"她临死前说,是吉子小姐拿刀从背后刺了她。"

山本次郎一惊,他突然想到刺向自己的那把匕首,莫非是吉子?当时他正和慧子在跳舞,在那么短的时间,又在黑暗中,刺客不可能那么精准地既刺伤他,又砸伤吉子。合理的解释就是吉子想杀了他和慧子,而刺客的目标不是他,是吉子。没想到螳螂捕蝉,黄雀在后。

"这个女人疯了。三木君,你看好吉子,等她醒来,我要好好审问。"

"是,山本长官。"

山本次郎的心腹进来了,见三木吉利在,就站着不说话。山本次郎就让三木吉利回去,然后问调查结果。心腹说,并无异常。山本次郎就更加确定是吉子想害他,气得眼珠都突了出来,直喘粗气。

三木吉利开车离开医院,看天色已晚,他又想去喝酒了,就直接开车来到酒吧。给林公馆打电话,没有人接。打到林景生公司,还是没有人接。"这家伙跑哪儿去了?"三木吉利放下话筒,自言自语。没有人陪也要喝,慧子临死前说香子是她的姐姐,可他总觉得哪里不对劲,只是一直没有找到原因。如果田野在就好了,他可以再当面问问。想到田野,三木吉利马上把酒杯一放。田野每次来上海,都住在一个固定的地方。电话打过去,真巧,正是田野接的。三木吉利让他来酒吧,田野答应了。等田野来到酒吧,三木吉利已喝了半瓶酒了。

"你知道吗? 慧子死了。"三木吉利给田野倒了一杯红酒,轻声说。昏暗的灯光下,看不清楚他脸上真实的表情。

"我听说了。"田野低下头,拿起酒杯,一饮而尽。

"是吉子杀了她。"三木吉利的眼睛里有一团火在集聚。

田野拿过酒瓶给自己倒了一杯酒,沉默片刻,他抬起头对三木吉利说:"三木君,有件事我想告诉你真相,但你答应我不要冲动。"

"是不是慧子?"三木吉利握着酒杯的手轻微地颤抖了一下。

"是香子。"田野艰难地吐出三个字。

三木吉利怔在那里,心里似有千军万马奔腾而过。"香子",他喃喃地叫着她的名字,他终于找到答案了,泪珠从眼眶里滚了出来。

"她就是为了保护你,所以才坚决不承认,你要好好为她活着。"田野想起香子的遭遇,不胜唏嘘。

三木吉利已听不清田野在说什么,只有几个零星的词汇钻进他的脑海:逃婚、被一名长官带到上海、礼物……他站起来,头重脚轻地走出酒吧,风驰电掣地开车走了,留下田野在酒吧门口大叫。

香子,香子。三木吉利手中的方向盘不自觉地朝医院开去,直到开进医院大门,他才猛然清醒。到这里来做什么?报仇吗?山本次郎和吉子?他杀得了吗?三木吉利冷静下来。

三木吉利来到吉子的病房前,站岗的两位士兵向他举手敬礼。三木吉利微微点点头,让他们拉开病房的门,走了进去。他看到吉子头上缠满了绷带,像个死人,一动不动躺在那里。他拼命克制自己心里的那团火,走到病床前,他的眼睛渐渐出现幻觉,一个声音在诱惑着他:好,温柔点,太温柔了,用力,用力,好。

幻觉消失,三木吉利的酒醒了。他去探她的鼻息,还好还好,她还活着,不由松了一口气。

"告诉医生,吉子小姐什么时候醒了,第一时间通知我。"三木吉利走到门口,对站岗的士兵说。

"是!"

第二天早上,三木吉利接到医生的电话,说吉子伤势太重,死了,已向山本次郎汇报。

"我马上去医院。"

三木吉利赶到医院,吉子已被送到太平间。山本次郎看到三木吉利,黑着脸说:"死了算便宜她了。"见三木吉利没有摆出一副幸灾乐祸的样子,又吩咐道:"我要出院,你替我去安排。"吉子的死,让山本次郎的疑心病又发作了,他怕医院也不安全。

"是,山本长官。"

山本次郎出院后,成了惊弓之鸟,身边二十四小时不离人,有什么事都让三木吉利去做。但无论三木吉利怎么做,山本次郎心里总是对他提防三分,派人秘密监视他的日常言行。三木吉利也暗暗在寻找复仇的机会,只是苦于山本次郎防备森严,一直没有找到机会,只好暂且忍耐。

抗日战争如火如荼之际,谣言满天飞。

其中流传在上海的一个最大的谣言是,"中美两国将合作反攻,目的地是上海,美国空军负责轰炸,中国陆军由川沙、南汇、浦东三路攻入上海"。

这个谣言传得活灵活现,像真的一样,很多人都信以为真,纷纷跑路。乡下有亲戚的到乡下去躲避,没亲戚的到偏僻的农村租房子住。

上海每天不断响起警报声,听得人心头发慌。

兴盛轮船公司只剩下最后三条船了:"镇山""海山""海水"号。上海的生活物资越来越紧张,兴盛公司想办法去外地采购,每出去一趟,风险都特别大,利润却很微薄。

海通达船厂被迫关门,工人全部遣散。码头已落入日军之手。陈森自上次身负重伤后,身体差了很多,辞了经理一职,回老家休养了。郑少伟和郑辉、郑鹏一起,跟着郑李文续苦撑着残局。郑程和郑万已成了两个大小伙子,这也是郑李文续最欣慰的地方。由于局势动荡,两个人读书一直断断续续,没上课的时候就到公司,跟着母亲学习管理。

郑安氏见儿子自从进了兴盛以后,像换了一个人似的,心里有说不出

的高兴。她和媳妇还是说不到一块,各开各的伙,形同陌路人。看着空荡荡的郑公馆,她萌生了请郑李文续母子搬回来住的想法。跟郑鹏一商量,郑鹏二话没说,马上表示同意。他说屋大人气才旺,这么大的郑公馆就住他们几个,实在是浪费。更何况,婶婶到现在还是租房住,若能搬回来,那就太好了。

"可你要想好,若搬回来,下次再请你婶婶和两个弟弟搬走就不好开口了。"郑安氏犹豫地说,这也是她心里矛盾之处。

"姆妈,在这个乱世,你不觉得亲情更重要吗?我觉得我们一家人一起这样相亲相爱住在一起,看着弟弟们长大,结婚成家,不是很好吗?你和婶婶老了也有个伴。"郑鹏说的是真心话。

"阿鹏,你真的长大了,姆妈很开心。以前是姆妈不好,太自私,以后不会了。"郑安氏欣慰地看着儿子说。

"那好,姆妈,你去跟婶婶说。"郑鹏高兴地说。

"好,我看这个时候你婶婶应该回家了,干脆现在你送姆妈过去。"

"好,我们现在就过去。"

郑李文续见郑安氏和郑鹏深夜到访,还以为发生了什么事,很紧张地请母子俩坐。

"嫂子,这么晚过来,是有什么要紧事吗?"

"妹妹,我想请你和孩子们搬回郑公馆去,这样相互照顾起来也更方便。你这么忙,我又太闲,别的忙我帮不上,家里的事还是可以替你管一管。"郑安氏诚恳地说。

"搬回去住?"郑李文续很意外,她没想到母子俩特意过来是为了这事,竟不知该如何回复。

"妹妹,以前是嫂子不对,只想着自己。这些年你和孩子们都受苦了,希望妹妹能原谅嫂子,搬过来一起住吧!我们姐妹也好做个伴。"郑安氏拉住郑李文续的手,真心实意地邀请。

郑李文续被郑安氏的一片真诚深深感动,点点头说:"谢谢嫂子,我们搬回去,等以后我买了房子再搬走。"

"不搬不搬,就住一起,郑公馆这么多屋子,就算程儿、万儿结婚成家都不用搬,人多热闹。"郑安氏见郑李文续答应,立马眉开眼笑。

"是的,婶婶,我们一家人在一起比什么都好。"郑鹏说。

"嫂子。"郑李文续哽咽着说不出话来,想起前尘往事,不禁泪眼婆娑。郑安氏也跟着抹起了眼泪。

郑伯和吴妈听说要搬回郑公馆住,感慨万千,感觉像做了一场梦一样。

"快点搬过来,我都等不及了。"郑安氏临走前笑着对郑李文续说。

"好,我们收拾一下就搬过去。"

为了迎接郑李文续一家重回郑公馆,郑安氏亲自动手,把郑李文续和孩子们以前住的房间打扫干净,又让郑鹏去买了几盏红灯笼,挂在院子里,忙碌了好几天。

郑李文续带着孩子们和郑伯、吴妈回到了郑公馆。她站在院子里,看着眼前熟悉的一切,回想这些年所经历的一切,百感交集。

郑安氏走上前,拉着郑李文续的手,流着泪说:"妹妹,嫂子以前虽然吃素念佛,但心里并不清楚什么才是最重要的,是你让嫂子明白了人活着不能只想着自己,要多为别人考虑。你一次次不计前嫌,真心实意对待我和阿鹏,嫂子很惭愧,跟你比我差得太远了。"

"嫂子,一家人不说这些客套话,只要我们都好好的,比什么都强。"郑李文续掏出手绢,轻轻按了按眼角的泪痕。

"妹妹,嫂子懂了。"郑安氏含着泪,点了点头。

悠悠带着孩子走到郑安氏和郑李文续面前,先叫了一声"姆妈",又叫了一声"婶婶",又让孩子喊"奶奶"。

郑李文续忙笑着答应,伸出手去摸小女孩红彤彤的苹果脸,对郑安氏说:"嫂子好福气,孙女长得这么可爱。"

郑安氏抬起头看着悠悠,这个她心底从未承认过的媳妇,又看看活泼的孙女,第一次和颜悦色地点点头。"你去厨房看看,饭菜都好了没有。"

"好,我马上去。"悠悠惊喜地答应。

郑李文续笑了,她上前搂住了嫂子的肩。

郑伯越来越衰老,郑李文续见上海这么不安全,就劝他回老家养老。郑伯也怕自己这把年纪,万一有个什么事,反而会成为郑李文续的拖累,于是离开上海,告老还乡。

20

浓雾笼罩下的上海滩,每天都有新闻发生。老百姓心里虽害怕,但仍然抱定"抗战必胜,建国必成"的信心,不甘心当亡国奴,纷纷起来抗日。除了那些被日军占领的"点"和"线",很多地方都有共产党领导的游击队。当然,也有一些地痞流氓以各种名义胡作非为。日军也变得很小心,不轻易离开据点,因为他们不知道什么时候哪里会冒出什么人,把他们的脑袋给砍了。当时,德国法西斯已投降,日本节节败退。在中国大陆战场,日军虽有一些进展,但败局已定,人们看到了胜利的曙光。汉奸们的日子开始不好过了,日本人对汉奸的策略是在有用时把他们养肥,一旦失去利用价值,就把他们给杀了。而汉奸们捞到的钱财,最后仍落到日本人手中。

汪国栋害怕了,他暗中买好去香港的船票,准备偷偷离开上海。可这么一大家子,真要走,不可能一点不走漏风声。除非只带点细软,其他都留下。汪国栋又舍不得,他陷入了矛盾之中。思前想后,他还是下定决心,保命要紧。为了不引起日本人的怀疑,他先把自己的子女送出国,至于姨太太们,还是不带了,就带大老婆走,毕竟她是孩子们的娘。

由于日军无恶不作,上海各地出现了多起日本士兵被杀事件,引起上

峰的震惊,限令山本次郎在规定时间内破案。山本次郎看这治安情形很不利,就从北方调来几万个伪满洲军人,人称"皮帽子军",想叫他们一起来维持上海治安。

上海的老百姓万儿没有想到,虎还没走,又来了一群豺狼,这些人一到上海,当天晚上就以闸北为据点,奸淫掳掠,滥杀无辜。第二天一早,闸北成千上万的居民拖儿带女逃避到租界中来,租界顿时又陷入一片混乱。

汪国栋知道现在日本人没空管他,离开的时机已到,于是在一个早晨,趁姨太太们还在睡觉,就和大老婆一起,提着两只装满细软的大箱子悄悄走出汪公馆,让金刚开车送到码头,逃往香港。

郑公馆里,郑李文续正在吃早餐。郑鹏跑过来,脸色很不好,颤抖着声音说:"婶婶,刚才郑经理打来电话,说我们的'镇山'在海上触礁沉没了。"

郑李文续一呆,半天没有说话。前不久,公司的"海山"号连船带货被土匪劫走,"海水"轮也落在日军手中,现在整个兴盛只在宁波还有两个仓库,公公创下的家业,到头来春梦一场,不禁怆然。

"婶婶,你也别太难过,只要我们都好好活着,以后定会有东山再起的机会。"郑鹏劝慰道。

"你说得对,我们定会有东山再起的那一天。"郑李文续振作精神。

国难当头,重庆政府又无能,侵略者的魔爪之下,谁又能独善其身?相信公公和丈夫在天之灵,也会原谅自己。

郑程走进来,他滔滔不绝地向母亲汇报皮帽子军的事。

"姆妈,你不知道这皮帽子军让各警察局头痛死了,连日本人都发现叫这些人来是失策。听说现在警察和民间的万国商团队员从早到晚到处在抓皮帽子军人,抓到后马上送日本宪兵队司令部。"

"你怎么知道?"郑李文续奇怪地问儿子。

"你都不出去领世面。不过现在外面不安全,你还是不要出去好。听说那些皮帽子军很狡猾,他们不穿自己的衣服,而改穿老百姓的衣服,就在这租界里混着,天天干坏事。"郑程对母亲说。

郑李文续见儿子已学会关心人,很欣慰,说:"程儿,你长大了,姆妈很高兴,你爸爸在天之灵也会很开心。"

"姆妈,爸爸都去世这么多年了,你还没有忘记他?"郑程问。

"傻孩子,妈妈怎么可能忘记你爸爸?"郑李文续嗔怪道。

"不是那个意思,姆妈,我只是觉得你太辛苦了。"郑程犹豫了一下说,"我看少伟叔叔和沈叔叔都对你挺好的,你选一个吧。"

"小孩子胡说什么!"郑李文续脸一沉,阻止儿子继续说下去。

郑程嘀咕了一句"封建",转身跑了出去。

郑李文续的心被儿子这句话搅得波澜起伏,久久不能平静。这么多年,她不是不清楚身边有对她好的男人。她和少伟之间早已不是亲人胜似亲人。而沈俊箫无论多么忙碌,只要是她的事,就不求任何回报地帮她。每次他来写字间,坐一会儿,有时说一会儿话,然后离开;有时候什么也不说,就这样静静地坐着,喝一杯茶告辞。她曾问过沈俊箫为何不成家,沈俊箫笑笑,没有回答。其实郑李文续也猜得到沈俊箫心里在想什么,不是不懂,只是她有太多的牵绊。

"或许,这世上真的有命。"郑李文续自言自语道。

"八月六日,暴米在广岛投下了一种猛烈性的地毡弹,死亡人数无算"(这里"暴米"的"米"字,指美国。所谓地毡弹,即原子弹。)当郑李文续在报纸上看到这条新闻时,不由得陷入了沉思,这时局是不是又有什么变化了?

三天后,美国又在长崎投下了第二颗原子弹。

沈俊箫特意过来告诉郑李文续,日本人马上要从中国滚蛋了。

"真的吗?太好了!"郑李文续高兴地说。

"总算熬出头了。"

面对沈俊箫眼里的深意,郑李文续只能选择把目光移开。就在八月

十日那天晚上，有人从俄国人那里先一步得到消息，说是日本宣布接受中美英等国发布的《波茨坦公告》，愿意投降。上海滩顿时成为一片狂欢的海洋，到处是鞭炮声。酒吧里和各食品店里的酒被抢购一空，大街上人山人海，人们都一脸的扬眉吐气。郑李文续激动得彻夜失眠，她兴奋地告诉大家，日本人马上就要滚出中国，以后世界就会太平了。

郑李文续天天关注着报上的新闻，日本天皇向全国广播了接受《波茨坦公告》无条件投降的诏书。日本陆军少将今井武夫飞抵芷江请降去了。中国战区受降仪式在中国首都南京的中央军校大礼堂举行。十月二十五日，中国政府在台湾举行受降仪式，这成为抗日战争取得完全胜利的重要标志。

"终于胜利了！"郑李文续捧着报纸，泪流满面，这一天，她等得太久了。中国人活得太压抑，太痛苦，一切都该重新开始了，也许儿子的话是有道理的。

让郑李文续没有料到的是，日本虽然宣布投降，可他们在退兵前还抓紧时间进行了一场大屠杀。先把他们内部反对战争的军人集体枪杀，又把一些关押的异己分子秘密处死。

原来，战争还没有结束。

郑诗韵没有死。

原来，和刘星关在一起的那个王通是地下党的一位负责人，由于一直没有暴露身份，时间长了，特务对这些人也就懒得费神，管得也不是很严，平时就两个看守轮流值守，但要逃出去也不容易。后来地下党组织通过巡捕房一位神秘人士的关系，买通看守，暗中带一瓶药进牢房，让王通假装得了重病。王通让刘星一起服用，这样就可以逃出牢笼。刘星想让诗韵也服用，又怕把她真给吃坏，求王通若能出去，把诗韵也带上。王通答应了。服了药后，两个人拉了几次肚子，他们故意直接拉在牢里，那脸马上就跟菜叶子一样。看守去汇报，说牢里发现疑似传染病人，怎么处理？

宪兵队就派了一个人过来看，王通和刘星倒在草堆上，奄奄一息，还没有走近，就闻到里面的恶臭，实在让人受不了，就捏着鼻子吩咐看守，等晚上没有人，赶紧拖出去处理了。看守连忙答应一定会把这事办得妥妥的。

监牢外有人守着等消息，与看守约定时间里应外合，把王通和刘星当作传染病人送出监牢。临走时，王通请看守把诗韵也放了。那看守想想一个小姑娘关了这么久也可怜，反正平时这里也没有人来查，若问起来，就说已经死了。再说他收了一大笔酬金，就当送个人情，于是就让诗韵也躺在担架上，蒙上布，用最快的速度抬了出去。送到外面，三个人马上坐上一辆前来接应的车，为了保证安全，他们不能在上海停留，得马上离开。车上，王通才告诉刘星自己的真实身份。

"我想为了安全，你们两个暂时也不要回家，跟我走吧。到了根据地，再跟家人联系。"王通说。

"我没意见。"刘星转过头问诗韵，"你呢？"

"好，我跟你们一起走。"诗韵说。虽然她很想母亲和弟弟，可万一哪天日本人又想起她来，找上门去，不是给家人带去危险吗？还不如先离开。

"那好，我们一起走。"王通高兴地说。

看这三个人浑身上下散发着难闻的气味，送他们的人把车开到了一家公共小澡堂。察看环境后，没发现什么异常，就让三个人进去赶紧洗个澡，换洗的衣服本来是给王通准备的，现在先将就拿来穿。匆匆换洗好，诗韵就这样穿着一身男人的服装，乔装改扮，和刘星一起，跟着王通坐船离开了上海。她不知道，那天晚上坐的正是自家的船。她辗转来到皖南地区，投奔了新四军。一晃几年过去了，她与刘星早已心心相印，成为一对革命情侣。

在一个月朗星稀的夜晚，刘星和诗韵漫步田间说着悄悄话。此刻，周围一片宁静，倘若不是不远处有站岗放哨的人，还真让人忘记了这是战场。

"诗韵，等战争结束，你愿意嫁给我吗？"刘星牵着诗韵的手问。

"嗯。"诗韵含羞地点了点头。她喜欢刘星的勇敢、有责任心,为人又很热情、善良,是值得自己托付终身的人。

刘星很开心,他看到脚边有青草,就弯下腰扯了一根,亲手编了一个青草指环,戴在诗韵的手指上。诗韵看着这个别致的指环,非常欢喜,这可是独一无二的礼物。

两个年轻人在月光下紧紧拥抱在一起,感受着彼此的心跳和爱情的甜蜜,期盼着美好的明天。

在一次战斗中,刘星为了救诗韵而身受重伤。

很快,刘星被送到野战医院,诗韵要求留下来照顾他。领导同意了。

经过抢救,刘星醒了过来,他全身上下多处受伤,整个人被纱布绑得只剩下两只眼睛了。诗韵看得好心痛。她小心地给他擦洗,没日没夜地守在他的病床前。困了,就趴在病床边打个盹。

医生来查看刘星的伤势,诗韵在旁边忍不住问:"医生,他好些没有?"

"这位同志伤得不轻,恐怕会有后遗症。"医生见刘星闭着眼睛,以为他睡着了,便没有了顾忌。

"后遗症?什么后遗症?"诗韵焦急地问。

"手脚不灵活,头部也有脑震荡的症状,看他的恢复情况了。"医生解开绷带,看了看伤口愈合程度,满意地说,"毕竟年轻,还不错。"

医生走了。诗韵站在刘星床边,看着病床上的心上人,心想不管他变成什么样,自己都不会离开。

刘星其实没有睡着,他清楚地听到医生与诗韵的对话。万一自己有严重的后遗症,岂不是要拖累诗韵?他决定,从现在开始他必须狠下心来,做个无情无义的人,让诗韵主动离开。

"你醒了?要不要喝水?"诗韵看到刘星睁开了眼睛,马上俯下身问。

"不喝。"刘星语气生硬地说。

"怎么了?哪里不舒服?"诗韵紧张起来,忙替他翻身。

"烦,别在我面前晃来晃去。"刘星很不耐烦地说。

诗韵一愣,刘星难道脑子震坏了?昨天还好好的,今天脾气就变这样。他一定身体不舒服,所以才发火,自己不能跟他一般见识。于是,诗韵依然温柔地在病床边坐下,支着下巴,守着刘星。刘星闭上眼,不去理她。

接下去的日子里,刘星一会儿嫌开水烫了,一会儿骂诗韵多事,就是不给她好脸色看。好几次诗韵都被气得跑到外面去哭,哭好了又擦干眼泪,若无其事地走进来。

刘星终于忍不住,他朝诗韵吼道:"你走!你为什么不走?!我以后就是一个废人,我不用你可怜!"

诗韵总算找到了刘星的心结,她很认真地从衣服口袋里掏出那个已经变了颜色的青草指环,小心地套上,举起手对刘星说:"你说过,等战争结束,我们就结婚,你别想耍赖。不管你变成什么样,我都不会离开你。"

"你好傻!"刘星看着心爱的姑娘,泪流满面。

"你才傻,你不知道那发炮弹过来是要人命的?你为什么要救我?"诗韵也哭了起来。

刘星伸出缠着纱布的手,抹去诗韵脸上的泪水,深情地说:"你比我的生命还重要。"

诗韵忍不住扑到刘星怀里,刘星被碰到了伤口,连连痛呼。诗韵吓了一跳,两个人看着对方一脸的泪水,又笑了起来。

"等把日本人赶出中国,我就回家去看看姆妈和弟弟,这一别多年,恐怕姆妈以为我早不在人世了。"想起家人,诗韵心里是万般牵挂。她也曾写过信寄回上海,但不清楚母亲有没有收到。

"快了,再忍忍。"刘星怜爱地看着诗韵,认真地说,"到时候我也要跟去。"

诗韵的脸一红,两人不由憧憬起美好的未来。

黄昏,沈俊箫约郑李文续在江边见面,说有非常重要的事告诉她。这

么多年,这是沈俊箫第一次主动邀约。想到自己已经很久没有心情好好打扮,郑李文续特意换上一身漂亮的旗袍,化了一个精致的妆容,前去赴约。

正遥望着滔滔江水的沈俊箫听到脚步声回头,看到款款向他走来的郑李文续,虽然经历了这么多磨难,但她身上并没有留下太多岁月的痕迹,她还是那么美丽和高贵。他微笑着迎了上去:"来了。"

"来了。"

"文续,我要离开上海了,今晚就走。"江风吹过来,沈俊箫的声音充满了起伏的节奏。

"你要去哪里?"郑李文续意外极了。

"战争还没有结束,去一个我应该去的地方。"沈俊箫的目光投向黄浦江外遥远的地方。他又转过头来深情地说:"幸好你身边还有亲人朋友,不然我真不放心走。"

郑李文续的心忽地绞痛起来,她知道,自己又要再次面对生命中的别离。她多么希望他能留下来,这么多年,她已习惯有这样一位朋友,每当她遇到什么难题,他都能帮她解惑。

"对不起。"沈俊箫从衣服口袋里掏出自己一直随身带着的一个怀表,拉过郑李文续的手,把表轻轻放在她的掌心,"留个纪念。"抬头,又笑着说:"我也要一样你的东西,就把你头上的那支发簪送我吧!"

郑李文续含着泪点点头,她想伸手去拔,沈俊箫说"我来"。他上前,轻轻解开她的头发,把那支碧玉发簪握在手上,赞叹道:"文续,你披着头发的样子真美。"

"俊箫,谢谢你!"

郑李文续低下头,泪水模糊了她的眼睛。对他,她所能还的,只有一句谢谢!

"保重!"沈俊箫在她耳边轻声说,"别难过,你是最坚强的。"

郑李文续再次泪如雨下。

送走了沈俊箫,郑李文续情绪低落地回到郑公馆,来到书房,忽见桌上放了一只首饰盒。打开一看,一朵紫色的珠花静静地躺在里面,散发着柔和的光芒。郑李文续把珠花放在掌心,轻轻握住,又松开,她可以想象那个男人是鼓起了多大的勇气才把这份礼物放在这里。"少伟",郑李文续在心里轻轻叫了一声。拉开皮包拉链,郑李文续从里面拿出怀表,听着"滴答滴答"的声音,时光在快速流逝,她已不再年轻。郑李文续决定给父亲写封信,问他:郑家的媳妇李家的女儿是不是真的不能再爱?

日本人投降了。

郑公馆内,郑李文续设家祭告慰公婆、大哥、丈夫和女儿。

两根白色的蜡烛,三炷清香,四杯黄酒,还有数碟糕点、菜肴,在祭桌上一一摆好。郑李文续点燃了蜡烛和香,告知远在天堂的亲人,不久的将来,一个太平清朗的世界就会降临。这十多年,她一直非常努力地守着这份家业,再苦再累也不怕,可最终还是没有守住。危石之下无完卵,国将不国之时,任何财富都有可能化为乌有。在大我与小我之间,她别无选择。

郑李文续抬起头凝视着墙上丈夫的照片,他依然是过去的模样,微笑地注视着她。她有太多的话想说,却又不知该从何说起。作为妻子,她很抱歉,在他去世之后,虽然一直压抑克制自己的感情,但心湖还是掀起波澜,算不算是一种背叛?"可你要理解,我真的好难,好累。"郑李文续的泪无声地滑落,"你已很久没有到我的梦里来,是不是离开时间太久,你已经把我给忘了?还是你误会我不再爱你?文章,我对你的爱从没有减少过,无论过去、现在、将来,你会永远住在我的心里,无人可以替代。"这个时候的郑李文续,不再是那个叱咤商界的女强人,而是一个普通的弱女子,渴望被人疼爱,渴望有一个温暖完整的家。盯着桌上的香和蜡烛一点点燃尽,各种酸甜苦辣在郑李文续的心海翻滚着,她想着郑少伟为她付出的一切,想起今生说不定再也无缘相见的沈俊箫,她总是一次次辜负爱她

的人的深情,这就是命运。思及此,不由泪流满面。

郑安氏走过来,劝慰道:"妹妹,别伤心了,爹和文章都知道你这些年撑着不容易。"

"嫂子。"郑李文续靠在嫂子怀里,抽泣着。

"别难过了,现在孩子们也大了,苦日子过去了。"郑安氏像个母亲一样,拍着郑李文续的背。

这时,郑程和郑万一脸喜气地跑进来:"姆妈姆妈,我们把日本人抢去的'平安'轮夺回来了。"

郑李文续以为自己听错了,抬起头,睁着泪眼问:"真的?快告诉姆妈究竟怎么回事!"

郑程说,早上和弟弟经过浦东的一个码头,看到码头上停着一艘船,船体上印着两个白色的大字"平安",猛地一怔,这不是我家的船吗?

"万儿,快看快看,这是我们家的船。"郑程用手指了指码头边的那艘大船,他以前听母亲说,这船此前被日军强行掳走。

"真的?哥,那怎么办?"郑万仔细一看,船上挂着日本旗,船头居然还有一门高射炮,船尾放着一挺机关枪。不过,船上好像没有人,就船边有一个日军守着。

郑程想到日本人已经投降,上海已经不再是他们的天下,现在有美国军队在,干脆直接去找美军交涉。主意打定,郑程让弟弟在原地守着,自己叫了一辆黄包车,直奔美军宪兵队驻地。郑程的英语很好,这回派上用场了。郑程没有说这船是自己家的,他只告诉美军宪兵,他发现浦东码头上有一艘挂着日本旗的船,上面有武器。

"什么?有武器?"美军宪兵紧张地问,难道日军还想反扑?

"高射炮、机关枪、步枪,还有日本兵。"郑程用流利的英语回答。

"在哪里?"美军宪兵问。

"我带你们去。"郑程顺水推舟道。

郑程带着三个美军宪兵来到码头,指给他们看。美军宪兵一看,果然如此,于是就背着枪走过去,郑程和郑万跟在后面。船边站的日本兵忽见美国宪兵出现,以为是来抓他的,赶紧转过身,拼命往前面跑去。美军宪兵见日本兵逃走了,也不去追,就上船里外一番检查。没有人,但确实有不少武器。郑程就主动提出找人来,负责把船上所有枪炮卸下,交给他们。美军宪兵同意了郑程的建议。于是,郑程让弟弟马上去找郑辉和郑少伟,请他们叫些人来帮忙。

"让郑辉伯伯找个会开船的人过来。"郑程补充一句。

"好,我马上去。"

美军宪兵对船上的武器一一做了登记,他们见郑程英语讲得这么好,朝他竖起了大拇指,相互攀谈了一番。郑程告诉他们,这条船是他们家的,以前被日本人抢走了。正说着,郑辉和郑少伟带着人赶过来,大家动手,把船上的武器都卸了下来,搬到美军宪兵队驻地,美国宪兵算是完成任务了。至于那条船,他们对郑程说:"既然是你家的,你就把船开走吧!"

郑程高兴得跳了起来。

最激动的还是郑辉和郑少伟两个人,他们上上下下一遍遍打量着"平安"轮,对郑程两兄弟说:"你姆妈听到这个消息,不知道会有多开心。"

"那麻烦郑伯伯把船开回去,我们先回家告诉姆妈去。"郑程开心地说。

"好,好,你们先回,我这就让人把船开到自家码头去停好。"郑辉笑得合不拢嘴。

郑程和郑万就急急回家,向母亲报告这个喜讯。

郑李文续听完事情的来龙去脉后,喜极而泣,她对着公婆和丈夫的牌位,高兴地说:"爹娘、文章,你们听到了吗?平安轮回来了。程儿和万儿也已经长大,可以当我的得力帮手。你们放心,我有信心让一切重新开始。还有一件事忘了告诉你们,我们又搬回郑公馆,和嫂子一家住在一起,相互关照,我们再也不分开了。"

"是的,再也不分开了。"郑安氏低下头,抹起了眼泪。

有这样的大喜事,当然要庆祝。郑安氏和吴妈去准备,郑鹏奉命去通知郑少伟和郑辉过来。郑李文续说她要亲自下厨,炒几个好菜。

中午,大家围坐在一起,庆祝熬过了最艰难的时刻,相信渴望的太平日子不远了。

"少奶奶,少奶奶,诗韵小姐回来了!"阿龙兴奋异常地边跑边喊。

"你说什么?!"郑李文续手中的筷子掉在了桌上,一脸惊愕。还是郑少伟冷静,急忙走出去,外面站着一对青年男女,英气逼人。仔细一看,真的是诗韵。

"是诗韵小姐回来了!"郑少伟欣喜地大叫。

所有人都跑出房间,郑李文续承受不住这巨大的喜悦,眼看着就要晕倒在地,还是郑鹏手快,忙扶住了她。

"姆妈!"诗韵飞奔过来,搂住郑李文续的脖子,激动地喊着,"姆妈,我回来了,你们好吗?我想死你和弟弟了。"

"诗儿,真的是你?真的是你?姆妈以为这辈子再也见不到你了!"郑李文续捧起女儿的脸,眼睛里全是泪水,她什么都看不清,抹一把泪,又流出来。"我在做梦吗?你们说,这是不是梦?"郑李文续狠狠地掐了一把自己的手臂,痛。

"对不起,姆妈,是我不好,让你们担心了。"诗韵也满脸是泪,又转过身朝两个大小伙喊:"程儿,万儿。"

"姐,你说话不算数,说好半年就回来,一去就这么久。"郑程深知母亲这些年所受的苦,对姐姐不免有了一丝埋怨。

"对不起,是姐姐不对。"诗韵向弟弟道歉。

"这里还有一位贵客。"郑少伟笑着说。

郑李文续这才发现女儿身后站着一位英俊的小伙子,忙问:"诗儿,他是?"

"姆妈,他叫刘星,是我……"诗韵的脸像一朵花似的红了。

刘星很有礼貌地上前:"阿姨好,我是刘星,是诗韵的男朋友。"

"好好。"郑李文续激动地看着眼前的两个年轻人,感觉像在梦游,太不真实。女儿是那么健康、阳光,活生生站在她的面前,老天爷对她还是厚爱的,让女儿平安回来。

"太好了,真是双喜临门,菩萨保佑,菩萨保佑啊!"郑安氏抹起了眼泪,双手合十,谢天谢地。"好了好了,大家都快进屋坐,我再去加几个菜。"

诗韵拥着母亲进了屋,大家重新坐下。郑李文续迫不及待地问女儿这些年的情况,为什么连音信都没有。她一边说一边流眼泪,吴妈拿来热毛巾给她擦脸。她擦了又流,流了又擦。她做梦都想着女儿好好活着,可醒来总是一场空。当这个喜讯从天而降时,她被砸晕了。

诗韵简单说了自己这几年的经历,至于吃过的苦她就不提了。她说之前也写过好几封信,是寄到原来租的房子那里,一直没有收到家里的回信,可能是因为战争和路途的原因,中途遗失了。直到在前线碰到王兆林叔叔,才知道家里发生的一切,她这次和刘星是有任务在身,与家人见一面,马上就要离开。

"还要走?"郑李文续紧紧拉住女儿的手,不肯松手,"你就不能在家陪陪姆妈?"

"姆妈,你放心,等战争结束,我们就回来陪你,再也不分开,好吗?"诗韵轻拍母亲的手背,劝慰道。

"你说你碰到兆林了?没想到他真去当战地记者了。你们有任务,姆妈也不能拦你们。诗儿,给你父亲去上炷香。"郑李文续无奈地说,站起来,猛看到女儿的牌位,忙说,"看我,太糊涂了,还摆着你的牌位。"

"快去扔掉,快去扔掉。"郑安氏急忙说。

"是的,姆妈,我们和王叔叔在同一个地方。"诗韵看到写着自己名字的牌位,想到这些年母亲所受的苦,身为长女,却什么也不曾分担,很是羞愧:"对不起,姆妈。"

郑少伟把诗韵的牌位取下来,拿到外面去处理。郑李文续又重新斟酒,告慰亡人。

"文章,如果你这个时候在,那该有多好。"女儿的"复活"让郑李文续又产生了幻想。说不定,丈夫还活在某个地方,哪天也回来了,从此,一家人过上了幸福的生活。

这时,忽听有人在敲郑公馆的门。

又有什么人来了?阿龙跑去开门。一个陌生的男子站在外面,问他找谁。他说找郑文章的太太,来告知有关郑先生的事。阿龙一听,不敢怠慢,赶紧带了进来。郑李文续听说有人找,走出去,见此人一脸胡子,马上想起来了。

"郑太太,你还记得我吗?你被关在小白楼,是我给你送的饭菜。"蒋茨朝郑李文续抱拳说道。

"你找我何事?"郑李文续猛地联想到了丈夫的下落。

这时,屋里的其他人闻声也都走了出来。

蒋茨说:"郑太太,我是来告诉你郑先生埋在哪里的。当年是我亲手埋的他,现在日本人滚蛋了,我想应该可以告诉你们地方了。"

郑李文续心中再次翻江倒海起来,脸上又失了色。

蒋茨说:"我带你们去。"

众人一听也呆住了。郑鹏轻声提醒婶婶:这会不会是个圈套?郑李文续选择了相信。一行人让蒋茨带路,来到郊区的一座小山脚下。蒋茨抬头打量,这里的草木更加茂盛了,他记得当时是沿着一条小路上去,在半山腰一块大石头后面埋的。凭着记忆,蒋茨带着大家一路找了过去。寻寻觅觅,蒋茨终于找到了那块被一人高的荒草掩盖住的大石头,对郑李文续说:"应该就在这个位置。"当年他埋郑文章时,就考虑到万一有一天可以告知郑家人,所以找了个有明显特征的地方。

郑李文续缓缓上前,十多年阴阳相隔,今日再见,却是一抔黄土。望着眼前的荒草,郑李文续悲从中来,今天她的情绪大起大落,实在难以自制,无法平静。千言万语哽在喉咙里,却一个字也吐不出来。只有那止不住的泪水流下来,那里有思念有委屈有疲惫有无尽的遗憾。郑程和诗韵扶住母亲,他们无法把这荒草与记忆中的父亲联系在一起。众人也都跟着百感交集,又好生劝郑李文续不要太伤心。

"文章,我们来看你了。"郑李文续再次听到心被撕裂的声音,那里流出了殷红的血。她缓缓地跪倒在地:"你看看,程儿和万儿都长大了,诗儿已成长为一名勇敢的战士,我们熬过了最艰难的时刻,你安息吧!"

郑鹏、郑诗韵、郑程、郑万、刘星跟着跪了下来。郑辉和郑少伟等人,深深地鞠躬。

寒风盘旋着从头顶呼啸而过,发出沙沙的呜咽声,有老鸦鸣叫着利箭般刺向丛林深处。

落叶,似蝶般纷飞。

尾 声

抗战胜利后,根据《波茨坦公告》,中国政府负责运送日本兵和侨民回国。郑家唯一的"平安"轮又被征用。

接到通知,郑李文续再次陷入矛盾痛苦之中。她想不通,凭什么我们要如此仁慈,把杀人魔鬼送回去?他们害得多少中国人家破人亡、妻离子散,现在倒好,反倒送他们回家团圆!

天理,天理何在?

郑少伟默默地陪着她,无论她做什么样的决定,他都无条件支持,这似乎已成为他人生的信条。郑李文续的思绪飘得很远,记忆中的那些人那些事又重新浮现在眼前,清晰如昨。最后,郑李文续说服自己,中国人一向有以德报怨的情怀,相信日本人当中也有善良、正直的人,比如那位年轻的日本军官,当时倘若不是他及时出现阻止,说不定自己早已惨遭毒手。他们也有父母妻儿朋友,战争撕裂了无数亲情、爱情和友情,那就让一切都结束吧!

郑李文续拨通了轮船公会负责人的电话:"我同意用'平安'轮送日本兵和侨民回日本,但有个小小的要求。"

"什么要求?"

"我想亲自送'平安'轮起航。"

"好。"

这一天,终于来了。

那是民国三十五年的三月,春天已经降临大地,满目疮痍的大地,在耐心等待万物复苏。

大清早,郑李文续带着两个儿子来到虬江码头,几艘遣返船静静地停泊在江边。郑李文续和孩子们一起来到自己家的"平安"轮面前,久久凝视。

往事如烟,昔日公公千辛万苦创下的家业,大哥、丈夫和自己用心守护、发展,终于取得令人瞩目的辉煌,可又在这场战争中不可避免地成为牺牲品。不过,她有信心,只要人活着,一切都可以重新开始。

大卡车开来了,一车接着一车,船上,很快就站满了人。郑李文续跟甲板上维持秩序的国民党宪兵说明了自己的身份,她要上船说几句话,对方同意了。

郑李文续在两个儿子陪同下,登上了"平安"轮,走到船头的甲板上,拿起喇叭,大声说:"请大家静静,我有话要说。"

郑万拿起另一只喇叭,作同声翻译,他跟郑程一样,不但英语好,还自修了日语和德语,成绩非常优秀。船上的日本兵和侨民们都安静下来,大家好奇地看着这位身材娇小的中国女人。

郑李文续让郑程拿着喇叭,自己捋起衣袖,露出手臂上的疤痕,人群中发出惊讶的声音。

"今天,我以一个中国母亲、中国妻子的身份对你们说,我恨你们。我希望这辈子不要再见到你们。你们带给我和我的国家的伤害是永远难以弥补的。可今天,我还是愿意,用被你们掠夺后仅存的一条船送你们回家。我已经吩咐船长加足了煤和淡水,备好了蔬菜粮食。我之所以做出这样的选择,是因为我知道,你们的父母和妻儿在盼望你们平安归去。"

听着郑万的翻译,人群里出现了骚动,惊讶、感动、羞愧等各种情绪

交织。

突然,郑李文续的目光落在一张丑陋的脸上,她一步步走上前,愤怒地逼视着对方:"你这种人居然还活着?"

"对不起,郑太太,我错了,我为自己过去所犯下的所有罪行向你忏悔。"穿着普通衣服的山本次郎"扑通"一声跪在郑李文续面前。他害怕会有越来越多的人来找他索命,所以迫不及待想离开上海,回到日本去。特别是三木吉利的不知所踪,让他更加心惊胆战。

"你的手上沾满了中国人的鲜血,你还我亲人的命来,你这种禽兽不如的人也配回家?!"郑李文续双目圆睁,脸涨得通红,呼吸急促,拳头紧握,想起丈夫的惨死,她恨不得上前就把眼前这个敌人给掐死,报仇雪恨。

"我罪该万死,郑太太,你宽恕我吧,我知道错了。我家里还有老母亲在等着,求你放过我。"山本次郎早已没有了不可一世的狂傲,低声哀求。

"你也知道错?你可知道我失去亲人的痛?可知道多少人在你们手中丧失了性命?"郑李文续热泪长流,声音哽咽,一腔怒火在胸中熊熊燃烧,她伸出手,紧紧抓住山本次郎的衣领,怒视对方那张写满了恐惧的脸。

"对不起,求你宽恕我们的罪。"

甲板上,所有的日本人都跪了下来,黑压压一片。

"姆妈。"郑程上前,搂住了母亲的肩膀,给她力量。

郑李文续强忍着内心排山倒海的情感撞击,努力克制自己的情绪,慢慢冷静下来。她松开了手,提高声音对山本次郎说:"我放过你,但相信老天爷不会放过你,你会得到报应的。"

山本次郎跪在那里,把头垂得很低,很低。他的脖子似乎已经支撑不起他这颗硕大的脑袋了。

郑李文续环顾四周,一个字一个字地说:"走吧,祝你们平安!"

人群里响起了抽泣声,越来越大,终于有人忍不住痛哭起来。船上,哭声一片。

郑李文续和两个儿子一起,缓缓穿过人群,下了船。

"平安"轮汽笛长鸣,解缆起航。

郑李文续面容坚毅,春风从她的耳边吹过,似午夜梦中爱人的喃喃私语。郑程和郑万站在母亲左右,三人目送着"平安"轮渐行渐远,消失在水天之间……

2015年6月15日第一稿

2016年5月23日最后定稿